B. TRAVEN

Werkausgabe B. Traven
Band 7

B. TRAVEN

REGIERUNG

Büchergilde Gutenberg
Frankfurt am Main Wien Zürich
1977

Werkausgabe B. Traven
Herausgegeben von Edgar Päßler
Büchergilde Gutenberg, Frankfurt am Main 1977

Ausstattung
Juergen Seuss, Niddatal bei Frankfurt am Main
Gesamtherstellung Gerhard Stalling AG, Oldenburg (Oldb.)
Schrift Korpus Baskerville Linotron 303 TC mit Auszeichnung
Papier 80 g Werkdruckpapier OPO 80 der Papierfabrik Scheufelen Oberlenningen
Printed in Germany 1977. ISBN 3 7632 2082 8

REGIERUNG

ERSTES KAPITEL

1

Der Politische Chef im Distrikt Ost war Don Casimiro Azcona. Wie ein jeder Jefe Politico, so war auch Don Casimiro in erster Linie auf sein eigenes Wohl bedacht. Er diente dem Vaterlande, nicht dem Vaterlande und dessen Bewohnern zuliebe, sondern um an dem Vaterlande zu verdienen auf Kosten des Volkes. In dieser Weise läßt es sich angenehmer arbeiten und, vor allen Dingen, besser leben. Kann man als Diener des Staates nicht mehr verdienen, als wenn man eine Schenkwirtschaft betreibt, so liegt durchaus kein Grund vor, warum man den Ehrgeiz haben soll, seine schönen Kräfte in den Dienst der Nation zu stellen.
Nachdem er mit Erfolg zuerst an sich selbst gedacht hatte, schenkte er genügend Aufmerksamkeit seiner Familie. Darauf folgten seine intimen Freunde. Diese Freunde hatten ihm geholfen, einen Staatsposten zu erhaschen; und er mußte sie sich warm halten, damit sie ihn auf jenem Posten sitzen ließen, so lange, bis einer von ihnen die Zeit für gekommen erachtete, nun für sich selbst jenen Posten zu erobern.
Alle seine Familienmitglieder, bis in das fernste Glied: Neffen, Vettern, Schwager, Onkel, Brüder, Gevattern und deren Neffen, Vettern, Schwager, Söhne und Gevattern, waren versorgt worden. Sie blieben so lange in ihren Ämtern als Steuerverwalter, Bürgermeister, Postmeister, Polizeichef, Friedensrichter, Marktkommissar, Gesundheitsinspektor, wie er sich selbst im Amte halten konnte. Darum waren sie alle auf seiner Seite, was immer er auch tat. Er mochte stehlen, soviel er wollte. Er durfte nur nicht etwa ihnen, wenn sie stahlen, mit Untersuchungen, Nachprüfungen und mit Gesetzen ankommen. Alles, was sie taten, gesetzlich oder ungesetzlich, er hatte es gutzuheißen.
Diese Art des Verwaltens des Staatswohles fing oben an der Spitze so an, ging so weiter bei den Ministerien, setzte sich so fort bei den Generalen, äußerte sich in gleicher Weise bei den Gouverneuren der verschiedenen Staaten und ging so hinunter bis zu dem Alkalden der kleinsten Gemeinde.

Das Ganze nannte man in Zeitungen und Schullesebüchern: die weise und wohlgeordnete Organisation der Republik.
Da oben wenig, meist gar keine Fähigkeiten vorhanden waren, so erwartete man unten noch weniger. Die Bevölkerung war froh, daß sie leben durfte. Wenn der Nachbar unerwartet ermordet wurde, weil er sich um die Mißwirtschaft der Verwaltung und um gar zu rücksichtsloses Stehlen und Bestechen der Beamten ereiferte, so waren seine nächsten Nachbarn und Freunde erfreut, daß es diesmal nicht sie selbst getroffen hatte. Die Ermordeten wurden eingegraben und waren vergessen. Man erinnerte sich ihrer nur, daß man gelegentlich sagte: »Warum mußte er sich denn das Maul verbrennen?«

2

Don Casimiro hatte einen Freund, Don Gabriel Orduñez.
Ursprünglich war dieser Don Gabriel Viehhändler gewesen, hatte jedoch so ziemlich alles, was er besaß, verspielt, und das, was übrigblieb, versoffen. Dann machte er einen Laden auf, bis ihm der Laden eines Tages von seinen Gläubigern wieder zugemacht wurde.
Er war ein Freund des Don Casimiro seit ihrer gemeinsamen Schulzeit. Und als er eines Tages Don Casimiro vorlamentierte, wie schlecht es ihm ginge und wie sehr er ständig vom Unglück verfolgt sei, sagte ihm Don Casimiro: »Ich werde sehen, was sich für dich tun läßt.«
Einige Wochen später, als Don Casimiro auf einer Inspektionsreise durch jenen Distrikt kam, traf er Don Gabriel irgendwo wieder an. Don Gabriel erinnerte ihn an sein Unglück, und weil Don Casimiro ein gutes Herz besaß und seine Freunde nicht leiden sehen konnte, sagte er: »Ich habe nicht viel für dich. Es ist alles besetzt. Und alle kleben wie Pech. Aber ich habe da einen kleinen Ort mit Indianern: Bujvilum. Böse Burschen da. Lassen sich nicht unterkriegen. Rebellieren gegen alles. Wenn ich Soldaten hinschicke, lassen wir stets alle Häuser niederbrennen. Aber wir können keinen erwischen. Machen sich immer rechtzeitig davon, in die Dschungel, wo wir sie nicht herausholen können. Wenn alles abgebrannt ist und wir die Maisfelder niedergelegt haben, kom-

men sie nach einer Weile zurück und bauen ihr Dorf wieder auf, als ob nichts geschehen wäre. Und da lassen wir sie dann wieder in Ruhe. Steuern können wir keine von ihnen kriegen. Wenn du da hinwillst, dann mache ich dich zum Ortssekretär. Eröffnest eine Schule. Und ich gebe dir die alleinige Erlaubnis, Branntwein zu verkaufen. Du machst eine Cárcel auf, ein Gefängnis. Ist die Hauptsache. Das übrige weißt du ja. Wenn du also da hinwillst, die Stelle kannst du haben. Eine andere habe ich zur Zeit nicht für dich.«

Don Gabriel war im Besitz eines guten Revolvers, und er war ein ganz vorzüglicher Scharfschütze. Weil die Indianer keine Revolver besaßen und auch keine kaufen konnten, da sie kein Geld hatten, und es außerdem streng verboten war, ihnen Revolver oder Gewehre zu verkaufen, von Vorderladern zum Jagen abgesehen, so nahm Don Gabriel die Stelle an. Er würde auch die Bewachung des kochenden Pechkessels in der Hölle angenommen haben, wenn man ihm den Posten angeboten hätte. Er saß so tief drin im eigenen Pech, daß ihm keine Wahl blieb. In ehrenhafter Arbeit einen Ausweg aus seinen wirtschaftlichen Nöten zu suchen, hatte er seit beinahe zwanzig Jahren aufgegeben. Ein Posten im Staate ist schon immer das Sicherste. Man hat nur die Augen aufzumachen und aufzuhalten, um rasch zu ergreifen, was mit der Nasenspitze irgendwo hervorlugt.

In die Einzelheiten seines neuen Amtes brauchte Don Gabriel nicht eingeweiht zu werden. Besondere Verwaltungsgesetze bestanden für jenen Ort nicht. Und hätten sie auch bestanden, Don Gabriel brauchte sich nicht darum zu bemühen, sie zu kennen, viel weniger, sie gar zu beachten. Er war ja doch ein Freund des Jefe Politico, handelte nach bestem Ermessen und nach bestem Gutdünken. Jeden Monat hatte er an den Jefe einen Report zu senden, in dem er die Zahl der Geburten berichtete, die Zahl der Todesfälle, die Zahl des Viehes. Falls er genötigt sein sollte, einige Indianer zu erschießen, so konnte er das berichten, oder er konnte es auch sein lassen. Es war nur darauf zu achten, wenn er solche Vorkommnisse meldete, daß er nicht vergaß, hinzuzusetzen, daß er sich in Notwehr befunden habe und daß der Erschossene den Gouverneur öffentlich beschimpft habe. Eine Untersuchung wurde nicht eingeleitet, weil das Geld kostete. Und außerdem, weil man von einem Sekretär, besonders wenn er ein Freund des Politischen Chefs ist und von dem für das Amt empfohlen wurde, nicht glaubt, daß er in einem Report schwindelt.

3

Bujvilum war ein unabhängiger Pueblo der Indianer. Er war bevölkert von den Bachajones, einem Stamm der Tseltales.
Die Bachajones sind sehr rührige Indianer, fleißige Ackerbauer und eifrige Viehzüchter. Ihr Vieh waren Ziegen und Schafe sowie reichlich Schweine. Die Schweine lieferten ihnen Fleisch und Fett. Aus dem Verkauf der Schweine an herumziehende Aufkäufer erzielten sie das Geld für Dinge, die sie selbst nicht anfertigen konnten und die sie in den größeren Orten der Region kauften, wie Machetes, Äxte, Baumwollstoffe, Nadeln, Schießpulver und Schrot.
Aus der Wolle der Schafe fertigten die Frauen Decken, Röcke, Überwürfe, sogenannte Jorongos, Haarbänder zum Einflechten, Gürtel, genannt Fajas, und viele andere nützliche Gebrauchsartikel. Da diese Sachen sehr dauerhaft waren, so vermochten sie diese selbstverfertigten Waren auf dem großen Markte von Jovel an den Tagen des Tianguis zu guten Preisen zu verkaufen. Ihre Waren fanden sich stets begehrt, und sie konnten nie genug anfertigen, um den Bedarf zu decken.
Die Erde von Bujvilum ist sehr mager. Darum war sie von den spanischen Kolonisatoren nicht gar zu gierig verlangt worden. Als Mexiko unabhängig geworden war, versuchten Ladinos, sich hier seßhaft zu machen. Aber die Indianer verstanden es gut, den Ladinos den Aufenthalt so zu verärgern, daß die Ladinos immer wieder abzogen, wenigstens die, die am Leben blieben. Außerhalb ihres Distriktes taten die Indianer wohl selten, wenn überhaupt, jemand etwas zuleide, es sei denn, daß sie ihm, aus guten Gründen, Vergeltung geschworen hatten.
Die Bachajones rebellierten gegen die Regierung und gegen Individuen immer nur dann, wenn man sie in ihrem Distrikt nicht in Ruhe ließ. Durchziehende Reisende und Händler waren im Ort sicher, wenn sie nur einen Tag und eine Nacht im Ort verbrachten.

Versuchten sie aber, ihren Aufenthalt länger auszudehnen, wurden die Indianer mißtrauisch, weil sie glaubten, es möchte ein Vorwand sein, sich hier festzusetzen und anzusiedeln. War der Neuangekommene nach zwei Tagen noch immer im Ort, so wurde ihm nahegelegt, seine Zeit sei abgelaufen und daß er gut daran täte, die folgende Nacht im nächsten Ort zu verbringen. Hörte er nicht auf die Warnung, so war er am nächsten Morgen ermordet, ganz sicher aber am darauffolgenden Tage. Seine Waren oder sonstigen Besitztümer fanden sich unangetastet im Korridor des Cabildo, wo er geschlafen hatte.

Die Regierung oder, genauer gesagt, der Gouverneur versuchten stets aufs neue, den Ort unter ihre Kontrolle zu bringen. Nicht, weil sie so sehr um das Wohlergehen jener Indianer besorgt waren, als vielmehr darum, weil sie von diesen fleißigen Leuten keine Steuern erheben konnten. Gouverneur zu sein ist ohne irgendwelchen Reiz, wenn keine Steuern hereinkommen.

Nun, ganz ohne Steuerzahlung waren die Indianer dort ja freilich nicht. Wenn sie ein Schwein oder einige Ziegen nach einem anderen Ort brachten, um sie auf dem Markte zu verkaufen, so mußten sie ihre Marktgebühr entrichten. Außerdem erhob der Bürgermeister für jedes verkaufte Tier ein Kopfgeld, für Ziegen einen Peso und für Schweine zwei Pesos für das erwachsene Tier. Für Jungtiere weniger.

Kamen sie mit ihren Tieren durch kleinere Orte, wo sie nicht zu verkaufen gedachten, weil keine Käufer da waren oder weil die Preise schlecht waren, so erhob der Alkalde eine Gebühr von zwanzig Centavos für jedes Stück Vieh, das durch den Ort getrieben wurde. Nur selten konnten sie Orte umgehen, weil die Pfade immer nur durch Orte führten und des Busches oder felsiger Gebirge wegen Pfade nicht beliebig gewählt werden konnten.

Auch wenn die Indianer ihre Waren verkaufen wollten, so mußten sie Marktgebühren bezahlen; und wenn sie kein Geld hatten, dann wurden ihnen so viele ihrer Waren abgenommen, daß die Marktgebühr überreichlich gedeckt war. Gegen diese Abgaben wendeten die Bachajones nichts ein. Jeder andere Indianer zahlte sie auch. Und sie hätten auch schon darum nichts einwenden können, weil sie in anderen Orten ebensowenig Macht besaßen.

Dann plötzlich schickte der Gouverneur zwanzig Soldaten unter einem Offizier nach Bujvilum. Alle Männer und Jungen, die nicht rechtzeitig in die nahen Dschungel geflohen waren, wurden eingefangen, und sie mußten den Cabildo, das Stadthaus, aufbauen. Es wurde, weil anderes Baumaterial nicht zu haben war, aus Lehmfladen errichtet. Es bekam einen großen Raum, der die Amtsstube des Sekretärs wurde. Es erhielt einen zweiten Raum, der die Schulstube wurde.
Ein dritter Raum diente als Wohnung für den Sekretär, und ein vierter Raum wurde die Cárcel, das Gefängnis.
Das Gefängnis war ungemein wichtig. Wie überall auf Erden. Mit dem Bauen des Gefängnisses beginnt überall die Organisation eines zivilisierten Staates.
War der Cabildo fertig, dann wurde er eingeweiht. Der neue Sekretär stiftete einige Raketen und ähnliches Feuerwerk, das unter großem Geschrei des Abends abgebrannt wurde. Er stiftete ferner ein Fäßchen Branntwein, um die Indianer versöhnlich zu stimmen. Er hielt eine Rede, in der er viel von Patria und von Amor para la Patria, Vaterland und Vaterlandsliebe, sprach, und er gelobte, seine Geschäfte con Honradeza y Justicia, mit Ehrenhaftigkeit und Gerechtigkeit, zu führen. Dann redete der Jefe der Indianer. Er versprach im Namen seines Stammes, den Sekretär in allen gerechten Handlungen mit aller seiner Macht zu unterstützen und das Wohl des Ortes und aller seiner indianischen Bewohner mit Freuden zu fördern. An den Gouverneur wurde eine Botschaft geschickt, in der von dem guten Einvernehmen, das zwischen den Indianern und dem Vertreter der Regierung, das war der Sekretär, bestand, berichtet wurde. Der Gouverneur sandte eine Dankesbotschaft mit dem Gelöbnis, dem Ort allen seinen Schutz angedeihen zu lassen.
Dann wurde das Telephon gelegt, das den Ort mit dem nächsten Municipio, wo die Garnison lag, verband.
Die Indianer, die mit ihren Familien in die Dschungel geflohen waren, kamen zurück mit ihrem Vieh, und sie begannen ihre Felder aufs neue zu bestellen.
Es herrschte Friede, Versöhnlichkeit und Eintracht.
Sobald das Telephon gelegt war, kam eine kleine Kommission,

gesandt vom Gesundheitsamt, und die Indianer wurden alle geimpft und bekamen einige Dosen Quinina.
Zwei Wochen darauf traten die Soldaten vor dem Cabildo an, wurden in Achtungstellung kommandiert, und dann warfen sie ihre Gewehre über die Schultern und marschierten heim zu ihrer Garnison.

4

Der Sekretär bekam fünfzehn Pesos Gehalt im Monat von der Regierung. Davon konnte er mit seiner zahlreichen Familie natürlich nicht leben. Aber die Regierung erwartete auch gar nicht, daß er von diesem Gehalte leben sollte.
Er war ja Sekretär eines Ortes, in dem fleißige und betriebsame Indianer wohnten.
Es erwartete ja auch niemand von einem Gouverneur oder von einem Polizeichef oder von einem Bürgermeister oder Steuerverwalter oder einem Richter, daß er von seinem Gehalt lebte. Auch der Politische Chef des Distriktes dachte nicht daran, daß er von seinem Gehalt leben müsse.
Der Sekretär mußte nun selbst versuchen, wie er zu einem guten Einkommen gelangte. Der Politische Chef erwartete von ihm, daß er ihm reichlich von seinem Einkommen abgab, wie auch ein Polizeichef verlangt, daß alle Polizisten, die unter seinem Kommando stehen, ihm von ihren Nebeneinnahmen genügend abgeben, damit er sie in ihrem Amte lassen kann. Auf welche Weise sie auf ihre Nebeneinnahmen kommen, ist nicht seine Sache. Sie haben ja alle einen Kopf von Hause aus mitbekommen, und er hat jedem einen guten Revolver gegeben und sie mit reichlicher Autorität ausgestattet.
Und der Sekretär arbeitet und arbeitet, um sein Einkommen zu erhöhen und die Wünsche des Politischen Chefs zu befriedigen, der ihm alle zwei Wochen schreibt, daß er wieder eine Consideracion, das ist eine Auffrischung in Silber, benötigt, und wo sie bleibt.
Je nach der Art, wie der Sekretär arbeitet, vergehen sechs Monate oder zehn oder sogar achtzehn in Ruhe.
Dann findet er eines Morgens seine beste Kuh erstochen. Eine Woche darauf seine letzte Kuh. Dann hat sein Pferd einen schwe-

ren Machetehieb am Bein. Dann ist eines Tages die Telephonleitung zerschnitten. Er geht die Leitung absuchen. An einer Stelle des Weges, wo der Busch sehr dicht ist, findet er ein schönes rotes neues Wollband. Er bückt sich, um es aufzuheben, und ein Machete saust gerade noch so dicht an seinem Kopfe vorbei. Er wagt sich nicht mehr aus dem Cabildo heraus. Telephonieren kann er nicht. An einem Abend steht er, eine Zigarette rauchend, im Portico des Cabildos, um nach dem Wetter zu sehen. Als er wieder hineingehen will und gerade die Tür zuziehen möchte, kracht ein Schuß. Eine dicke Schrotkugel fährt durch seinen Hut, eine andere schlägt in die Tür.

Der Cabildo steht hundert Schritte entfernt von dem nächsten Jacal des Dorfes.

Am nächsten Morgen verladet er sich und seine Familie auf Pferde und zieht ab, um nie wiederzukommen. Keiner kommt, um sich von ihm zu verabschieden. Das Dorf ist wie tot. Aber er weiß, daß hinter den Bambusstäben der Jacale einige hundert Augen ihn abwandern sehen.

Geht er nicht, so ist er zwei oder drei oder zehn Tage später tot.

Einige Wochen darauf kommen die Soldaten. Der Jefe Politico hat seit drei Monaten keinen Report bekommen und kommandiert darum die Soldaten nach dem Ort.

Die Soldaten suchen die Hütten ab. Sie finden keinen Menschen daheim. Selbst das Kochgeschirr ist fortgeräumt.

Die Soldaten brennen alle Häuser nieder. Den Cabildo mit dem aufgebrochenen Gefängnis lassen sie stehen. Ihre Marschrationen haben sie aufgegessen. Und weil sie in keinem Hause auch nur eine trockene Tortilla finden, ziehen sie wieder ab.

Nach einigen Monaten beschließt der Gouverneur, den Ort aufs neue unter die Kontrolle und Steuergewalt der Regierung zu bringen. Der Jefe Politico hat einen Freund, dem er ein Amt geben muß, weil der Freund ewig vom Unglück verfolgt ist und in Geldnöten steckt.

Die Soldaten kommen an und bringen den neuen Sekretär mit seiner Familie gleich mit. Aber der neue Sekretär hat keine Wohnung. Der Cabildo ist inzwischen niedergebrannt. Wo er einst stand, sprießt drahtiges Gras und keimender Busch.

Das Dorf ist wieder aufgebaut. Die Maisfelder grünen. Aber keine Menschenseele ist im Dorf, keine Ziege, kein Schaf. Kein Kochgeschirr ist in den Jacales.
Der Dschungel ist tief, dunkel und drohend. Er hat keine Pfade. Aber er hat Moräste, Tigerkatzen, Schlangen und Moskitos.
Der Sergeant, der die Soldaten führt, ist Indianer. Er weiß, was Dschungel und Busch bedeuten. Er denkt nicht daran, in dem Dschungel Indianer zu fangen, um den Cabildo aufzubauen.
Aber das Dorf ist wieder aufgebaut. Die Maisfelder und die Bohnenfelder grünen verheißungsvoll. Steuern winken.
Der Jefe Politico, der immer und ewig in Geldnöten ist und der darum seinen Freund zum neuen Sekretär gemacht hat, kann das Dorf nicht in Frieden lassen. Er braucht das Geld, das herausgeholt werden kann, wenn der Sekretär gut auf dem Posten ist.
Er schickt Botschaft in ein anderes unabhängiges indianisches Dorf, das näher der Garnison liegt. Und er befiehlt dem indianischen Jefe jenes Dorfes, zwanzig seiner Leute zu schicken, die hier, ohne daß sie für ihre Arbeit bezahlt werden, ohne daß sie ihr Essen dafür bekommen, den Cabildo aufzubauen haben. Denn der neue Sekretär braucht eine Amtsstube, eine Wohnung, eine Telephonleitung und ein Gefängnis.
Der Cabildo wird eingeweiht. Die Indianer kehren zurück aus dem Dschungel. Es werden Raketen abgebrannt und Reden gehalten, in denen viel von La Patria gefaselt wird. Die Soldaten werfen ihre Gewehre über die Schulter und ziehen ab.
Nach zehn Monaten oder zwölf fliegt eines Tages an dem Kopf des neuen Sekretärs ein Machete noch gerade so haardicht vorbei.
Das Dorf wird niedergebrannt. Dann wächst wieder drahtiges Gras auf der Stelle, wo der neue Cabildo mit dem Gefängnis stand, und dann kommen die Soldaten wieder.
So geht das nun seit zweihundert Jahren. Es wiederholt sich wie die lieben Jahreszeiten. Ob Revolutionen und Militärrevolten oder nicht. Ob Präsidenten ermordet werden oder ob sie nach Europa aus Gesundheitsrücksichten gehen, um nicht ermordet zu werden.
Und das alles wiederholt sich nicht darum, weil die unabhängigen Indianer Barbaren, Rebellen und Mörder sind oder weil sie sich

nicht einordnen können in die Organisation eines gerecht verwalteten Staates, sondern es geschieht darum, weil Gouverneure und Politische Chefs und andere Beamte ewig in Geldnöten sind, spielen, protzen, ein Heer von Parasiten, die sich Freunde und Verwandte nennen, um sich dulden und um sich ertragen und weil sie dreimal mehr Frauen haben, als sie ernähren, kleiden und bejuwelen können.

Die Kirche haben sich die Bachajones rechtzeitig vom Nacken zu halten verstanden. Von ihr sind sie verschont geblieben, weil sie es mit den ersten Pfaffen und Mönchen ebenso machten wie nun mit den Sekretären. Indianern braucht man keinen Rat zu geben und keine Bibelsprüche einzuhämmern. Sie benötigen auch keine kommunistischen und sozialistischen Parteiprogramme. Alles, was sie wollen, ist, in Frieden gelassen zu werden.

5

Es geschah zuweilen, daß Bujvilum fünf Jahre und länger keinen Sekretär bekam. Der Ort hatte dieses Glück, wenn er vergessen wurde. Und er wurde am leichtesten vergessen, wenn sich die oberen Machthaber in den Haaren lagen.

Ein neuer Gouverneur war gewählt worden. Er behauptete, die Majorität zu haben, und trat sein Amt an. Aber sein Gegenkandidat, der unterlegen war, behauptete und bewies, daß schwere Wahlbetrügereien vorgekommen seien und daß, wenn jene Betrügereien nicht gewesen wären, er der gewählte Gouverneur sein würde.

So trat auch der Gegenkandidat sein Amt an und errichtete seine Regierung in einer anderen Stadt des Staates. Er beeilte sich, alle seine Freunde rasch einzunisten, damit sie ihn unterstützen sollten.

Der gewählte Gouverneur tat das gleiche, um ein großes Gefolge zu haben. Das beste und sicherste Gefolge ist immer das, das durch die Gefolgschaft verdient.

Weil aber unter diesen beiden neuen Gouverneuren keine Einigkeit erzielt wurde, so hielt sich der frühere Gouverneur, aus patriotischen Gründen, für verpflichtet, ebenfalls im Amt zu bleiben.

Die Federalregierung, die in diesem Streit nicht untätig bleiben wollte, um nicht die Kontrolle über den Staat zu verlieren, bestimmte einen provisorischen Gouverneur, der gleichfalls sein Amt antrat.

Nun gibt es ja in Mexiko immer zwei Regierungen. Die Zivilregierung und die Militärregierung. Jeder Staat hat zwei Regenten, den Gouverneur und den Jefe de las Operaciones Militares. Dieser Jefe ist der Militärchef der Federaltruppen, die in dem Staate in Garnison liegen. Da dieser General für den öffentlichen Frieden im Staate von der Federalregierung verantwortlich gemacht wurde, so hielt er sich in diesem Falle für verpflichtet, nun ebenfalls einen provisorischen Gouverneur einzusetzen, weil er dem von der Federalregierung eingesetzten provisorischen Gouverneur das Vertrauen und damit den militärischen Schutz verweigerte.

So geschah es, daß in dem Staate fünf Gouverneure zu gleicher Zeit im Amt waren, die sich alle gegenseitig bekämpften, weil keiner dem andern nachgeben wollte, jeder seinen langen Schwanz von Freunden und Verwandten hatte und jeder darauf bedacht war, die Zeit seiner Herrschaft, auch wenn sie kurz sein sollte, gut auszunutzen, um für den Rest seines Lebens von irgendwelchen Geldnöten verschont zu bleiben. Alle betonten, daß sie von reiner und uneigennütziger Vaterlandsliebe geleitet waren. Ähnliche Kämpfe kamen auch unter den Jefes Politicos zuweilen vor.

Und dies waren die Zeiten, in denen die Indianer unabhängiger Dörfer, die in fernen Regionen lagen, Frieden hatten; denn es ist ja schon bei den Hunden so: Wenn um den Schinken gekämpft wird, läßt man die Knochen vorläufig einmal in Ruhe; die Knochen kommen an die Reihe, wenn über den Schinken entschieden ist. Über den Schinken war entschieden. Diejenigen, die zu fern waren, um zu helfen, die Schinken aufzuteilen, mußten sich mit den Knochen begnügen. Und Knochen waren überall in dem weiten Lande. Jeder, der arbeitete, jeder, der produzierte, jeder, der verdiente, war ein Knochen, den bis in die Poren hinein abzunagen jeder für seine Aufgabe ansah, der einen Posten hatte. Sowohl von außen wie von innen betrachtet, gewann man den Eindruck, daß einen Posten zu haben nichts weiter bedeutete, als eine Gelegenheit zu haben, sich zu bereichern.

Eine gesetzliche Verfolgung war nur dann zu befürchten, wenn der Verdacht bestand, daß der Inhaber eines Postens der Regierung unfreundlich gegenüberstand und etwa gar von wahrer Demokratie krächzte. Das war das einzige Verbrechen, dessen sich ein Beamter schuldig machen konnte. Über alle übrigen Verbrechen und Mißwirtschaften saß er selbst zu Gericht. Wo ein Gauner oben auf der Leiter sitzt, da sitzen auf allen Sprossen ebenfalls nur Gauner. Der Unterschied ist nur der, daß die einen weiter unten sitzen als die andern.

Diejenigen, die weiter unten saßen, waren die Financiers, die Fabrikanten, die Latifundienbesitzer, die Minenkompanien, die Plantagenbesitzer, die Finqueros.

6

Don Gabriel war ja kein Säugling mehr. Er wußte, wie es Sekretären in den unabhängigen Pueblos der Indianer erging. Hunderte von Beispielen waren ihm wie allen Leuten im Staat bekannt.

Aber er wußte auch, ebenfalls von Hunderten von Beispielen, wieviel ein Sekretär einer solchen indianischen Gemeinde verdienen konnte, wenn er tüchtig auf dem Posten war.

Und das gab für ihn den Ausschlag, den ihm angebotenen Posten mit Jubel anzunehmen.

Wie alle Sekretäre es vor ihm getan hatten, so nahm auch er sich vor, den gefundenen Knochen so rasch abzunagen, wie das nur angängig war, und sich dann ebenso rasch, ehe sich die Indianer in wilde Wut verbissen, wieder aus dem Staube zu machen.

Die Indianer waren durchaus nicht böse veranlagt. Sie waren friedlich, wenn man sie in Frieden ließ. Sie waren nicht kriegerisch. Sie waren friedliche Ackerbauer. Ackerbauer sind überall friedlicher Natur, wenn man sie in ihrem Bereich nicht belästigt. Sie haben keinen anderen Wunsch, als in Frieden ihre Felder zu bestellen, ihre Familien zu erhalten, ihre Kinder großzubringen und ein ruhiges Alter zu genießen. Landwirtschaft verbietet kriegerischen Geist. Felder und Herden verkommen, wenn man auf dem Kriegspfade sein muß. Und wenn die einen auf kriegerischen Zügen die Felder ihrer Nachbarn verwüsten, so sind die Nachbarn, denen die Felder verwüstet wurden, aus Selbsterhaltungs-

trieb gezwungen, morgen in die Felder ihrer Angreifer einzubrechen. Abenteuerlust gebiert keine Ackerbauer. Abenteuerlust und kriegerischer Geist erwachen nur, wenn die eigene Erde den Ackerbauer nicht mehr ernährt.
Don Gabriel kannte Bujvilum, und er kannte die Bachajones. Als Viehhändler hatte er mit ihnen oft genug zu tun gehabt, und immer war er mit seinen Geschäften bei ihnen gut ins klare gekommen. Weil er wußte, die Leute waren friedlicher Natur, so hatte er auch keine Furcht, als Sekretär zu ihnen zu gehen.

7

Drei Jahre lang hatten die Bachajones keinen Sekretär gehabt. Ihr letzter Sekretär war in seinem Bett gestorben, am Fieber oder an einer Magenverrenkung. Jedenfalls war er auf eine natürliche Weise aus dem Leben geschieden. Gewiß hatte er nicht die Zeit gehabt, es so weit zu treiben, bis ihm die Bleistücke um den Kopf flogen, um ihn zu warnen, daß es nun an der Zeit sei, seine Familie und sich selbst fortzuschaffen. Seine Frau blieb noch einige Monate mit den Kindern allein dort, und sie besorgte die Amtsgeschäfte. Als sie dann ihre Tienda ausverkauft hatte, kehrte sie nach ihrem Heimatort, Shcuchuitz, zurück.
Dann war der Ort ohne Sekretär geblieben, weil der Politische Chef keinen geeigneten Mann fand, der hingehen wollte, und weil die, die hingehen wollten, kein Wort Tseltal sprechen konnten.
Wie jeder Sekretär, so brachte auch Don Gabriel einen Peloton Soldaten mit sich; in diesem Falle nicht, um ihn zu beschützen, sondern weil dies für ihn das einzige Dokument war, das die Indianer lesen konnten und das besagte, daß Don Gabriel der neue und rechtmäßig eingesetzte Sekretär sei, der hier die Regierung vertreten solle.
Die Indianer, die wie immer, wenn sich Soldaten dem Ort näherten, auch diesmal im Dschungel verschwunden waren, kamen aber sehr bald hervor, als sie sahen, daß die Soldaten friedlich vor dem Cabildo ihre Gewehre zusammenstellten, ihre Campfeuer anzündeten und sich, nachdem sie abgekocht hatten, zum Schlafen niederlegten, ohne in das Dorf zu gehen und die Hütten zu durchsuchen.

Als einige Indianer als Vorposten in das Dorf zurückkehrten, kauften ihnen die Soldaten Hühner und Eier ab und bezahlten mit gutem Geld, ohne zu stehlen. Sie gingen dann, als sie ihren Kauf abgeschlossen hatten, wieder zu ihrem Lager zurück, um für den Abend zu kochen.

Am Morgen darauf hißte Don Gabriel auf einem hohen Pfahl vor dem Cabildo die Landesflagge, die Soldaten standen in Achtungstellung, und der Trompeter blies die Fahnensignale.

Dann zogen die Soldaten ab.

Am Abend holte Don Gabriel die Flagge wieder ein und brannte einiges Feuerwerk ab. Branntwein brauchte er nicht zu verausgaben, weil diejenigen Männer, die ins Dorf zurückgekehrt waren, in ihren Jacales blieben.

Noch am selben Abend gingen einige Burschen in den Dschungel, um den Leuten zu sagen, daß die Soldaten fortmarschiert seien und daß nur der Nuevo Secretario mit seiner Frau im Cabildo wäre.

Am Morgen schwelte aus allen Jacales der Rauch friedlicher Herdfeuer.

Nach und nach kamen die Männer zum Cabildo, und der Jefe der Indianer führte sich bei dem neuen Secretario ein und stellte seine Delegados, seine erwählten Räte, vor.

Als sie sahen, daß Don Gabriel inzwischen schon die Tienda eröffnet hatte, begannen sie gleich einzukaufen. Ein wenig später kamen auch schon die Frauen und Kinder und kauften Salz, Nadeln, Zwirn, Süßigkeiten, Tabak, Kaffee.

Der Cabildo, nur aus dünnen Staketen gebaut, mit Lehm beworfen und einem Palmdach überdeckt, war in einem jämmerlichen Zustand.

Ohne daß Don Gabriel ein Wort gesagt hätte, kamen die Männer am Nachmittag und begannen das Haus und besonders das undichte Dach auszubessern. Sie ersetzten auch die halb verfaulte Tür des Gefängnisses durch eine neue starke hölzerne Gittertür.

»Damit die Mörder und Verbrecher nicht fortlaufen können«, sagte der Jefe, als seine Männer die neue Tür heranschleppten.

Don Gabriel gab jedem Manne, der an dem Cabildo gearbeitet hatte, eine Copita, ein Gläschen Branntwein, damit sie auf den

Geschmack kommen sollten. Der Jefe nahm keinen, er erklärte, er tränke keinen Aguardiente, kein Feuerwasser.
Am Abend sagte Don Gabriel zu seiner Frau: »Du, der Viejo, der Cacique, trinkt nicht. Das stimmt mir nicht.«
»Er wird schon auch trinken«, sagte die Frau zuversichtlich. »Er wäre der erste, den ich kennenlerne. Biete ihm an, wenn er allein mit dir ist.«

8

Von den Einkünften aus dem Laden konnte Don Gabriel nicht reich werden. Einmal war der Laden nicht groß. Er war ein kleines Winkelchen in der Wohnstube. Von hier aus war eine Öffnung durch die Lehmwand gebrochen. Diese Öffnung wurde durch ein starkes Stück Brett geschlossen. Unten an dem Brett befanden sich zwei Schleifen aus Bast, die irgendwie so an Pflöcken in der Wand befestigt waren, daß jenes Brett herunter- und hinaufgeklappt werden konnte. Wenn es heruntergeklappt war, dann war die Öffnung in der Wand offen wie ein offenes Fenster. Unter das Brett wurden nun zwei Stäbe gestellt, deren oberes Ende in ausgehöhlte Nocken des Brettes faßte, damit sie nicht umfielen. Wenn das Brett heruntergeklappt war und auf jenen Stäben ruhte, so war das Brett der Ladentisch, und der Laden war offen. War das Brett hochgeklappt, so war der Laden geschlossen. Wer etwas kaufen wollte, blieb draußen, außerhalb des Hauses, vor der Öffnung stehen und wartete so lange geduldig und ohne zu rufen oder in die Hände zu klatschen, bis Don Gabriel oder seine Frau gelegentlich bemerkten, daß jemand im Laden war, wie man anderswo sagen würde.
Der Laden war wenig reichhaltig. Niemand hatte Don Gabriel auch nur auf Kredit gegeben, selbst dann nicht, als er sagte, daß er zum Secretario ernannt worden sei. Er konnte für den Ankauf von Waren nur gerade so viel anlegen, wie er bares Geld besaß. Und das war nicht viel. Einige Pesos mehr, die er sich von Freunden und von Verwandten seiner Frau hatte borgen können, waren für andere Dinge, für das Haus und die Reise draufgegangen.
Nur ein Faß Branntwein wurde ihm auf Kredit gegeben, zu erheblich erhöhtem Preise und gegen einen Zweimonatsbrief, zahlbar

am letzten Tage des zweiten Monats ohne besondere Präsentation oder Mahnung. Der Fabrikant des Aguardiente sicherte ihm aber zu, daß, wenn er den Brief am Verfalltage einlöse, er in Zukunft das Feuerwasser zu dem üblichen Händlerpreis bekommen würde gegen Einmonatsbrief. Die Frau des Don Gabriel mußte als Bürgschaft unterschreiben.
Aguardiente darf in Mexiko an Indianer nicht verkauft werden auf Kredit. In kleinen Orten mit reiner indianischer Bevölkerung darf überhaupt kein Branntwein verkauft werden.
Aber Don Gabriel hatte ja von dem Jefe Politico eine besondere Lizenz für den Verkauf von Branntwein erhalten. Und wie der Gouverneur für den Staat, so der Politische Chef für seinen Distrikt, konnte er Gesetze aufheben oder Gesetze erlassen je nach Gutdünken oder Ermessen.
Landesgesetze sind ja ganz gut. Aber es müssen immer Beamte da sein, die den Landesgesetzen Achtung verschaffen. Und diese Beamten, die Macht und Autorität haben, Landesgesetzen Achtung zu verschaffen, sind in ihrem Bereich stark genug, die Gesetze auszulegen, abzuändern, außer Kraft zu setzen oder zu verschärfen, ganz wie es ihnen beliebt. Andernfalls hätte ja eine Diktatur keinen Sinn, und man könnte sich mit einer Demokratie oder einer konstitutionellen Monarchie abfinden. Ein Unterschied muß doch bemerkbar sein. Und der Diktator, der oben an der Spitze steht, könnte ohne gute Freunde, die unten Autorität und Macht haben, seine Diktatur nicht lange aufrechterhalten.
Don Gabriel verkaufte am zweiten Tage vier kleine Gläschen. Am dritten Tage eines. Am vierten Tage keines. Am fünften Tage zwei. Am sechsten, einem Sonntag, keines.
An diesem Abend sagte Don Gabriel zu seiner Frau: »Wenn ich keinen Kredit gebe, verkaufe ich das Faß Branntwein in vier Monaten nicht, und wer in sechs Wochen meinen Schuldbrief bezahlt, das weiß ich nicht.«
»Natürlich mußt du Kredit geben, Tonto, du Narr«, gab die Frau zur Antwort. »Die Burschen bezahlen schon, wenn sie Schweine verkaufen oder Mais oder Wolle.« Nach einer Woche hatte Don Gabriel einen Peso und dreißig Centavos eingenommen aus dem Laden und aus dem Verkauf des Branntweins.

Verhungern konnte er ja nicht. Er hatte sich Hühner mitgebracht und vier kleine Schweinchen.
Die Leute im Dorf waren nicht unfreundlich zu ihm. Es brachte heute einer ein Huhn als Geschenk, morgen einer ein Zickelchen, übermorgen ein anderer ein Red voll Mais, den nächsten Tag ein anderer einen dicken Buschen goldmatter Bananen.
Der Jefe der Indianer hatte ihm vom Kommuneland einen Garten und ein Feld zugewiesen. Der Häuptling schickte auch gleich Burschen, die Garten und Feld für ihn bestellten.
Aber was Don Gabriel brauchte, das war Geld. Mais, Hühner, Eier kann man nicht aufhäufen, wenn man nicht auf Großhandel eingerichtet ist und dem Verkehr nahe liegt.
Doch wozu hatte er hier im Ort die Macht?
Wenn man die Macht hat, muß man sie gebrauchen. Man muß sie rasch gebrauchen, ehe man sie verliert.

9

Zwei arabische Händler kamen auf ihrer Reise durch den Ort. Sie hatten allerlei Nützliches und eine gute Menge Überflüssiges zu verkaufen. Zündhölzer, Stickwolle in allen Farben, bedruckte Baumwollstoffe, Knöpfe, vielfarbige Haarkämme aus Zelluloid, Haarnadeln, Nähnadeln, weißes Hemdentuch, Messer, Löffel, buntbemalte Tassen aus Emaille, Schießpulver, Zündhütchen, Glasperlen, glitzernde Ohrringe und Fingerringe, kohlensaures Natron, Quinina, Heiligenbildchen mit einem Spiegel auf der Rückseite, bunte Seidenbänder, Zwirne.
Der Indianer ist nicht viel anders geartet als alle übrigen Menschen. Die Frauen lieben bunte Bänder und glimmernde Halskettchen und glitzernde Ohrringe, neben den wichtigen Dingen, die für Kleidung und für das Haus gebraucht werden, sind sie, wie alle übrigen Frauen auf Erden, immer geneigt, unzählige Dinge zu kaufen, die ihnen Freude machen oder ihnen Zufriedenheit geben oder um sich von anderen Frauen in irgendeiner Weise zu unterscheiden, um eine größere Aufmerksamkeit ihres Mannes oder ihres Erwählten auf sich zu lenken. Wie überall, so wird auch hier der Mann mit Lachen, mit Freundlichkeit oder mit Tränen und Verärgertsein veranlaßt, seine Frau einkaufen zu lassen, was sie

gern haben möchte. Und wie auch anderswo kauft der Mann allerlei Dinge ein, die an sich wenig von Nutzen sind, von denen er aber weiß oder glaubt, daß sie seiner Frau Freude machen oder das Herz seiner Erwählten für sein Begehren leichter öffnen.

Die Händler, die mit ihren Packmules in den Dörfern der Indianer herumziehen, wissen aus langer Erfahrung, wie sie Geschäfte zu machen haben. Was sie nicht mit sich haben, können sie nicht verkaufen. Aber was sie bei sich führen, das wissen sie loszuwerden für gute Preise, ob es der Indianer gebrauchen kann oder nicht. Wie allen anderen guten Kaufleuten war es auch ihnen völlig gleichgültig, ob die Sachen, die sie zum Verkauf anboten, nützlich waren oder schundig; für sie war es nur wichtig, daß die Sachen verkaufsfähig waren und einen guten Verdienst zuließen.

Reisende Händler, ganz gleich, ob Mexikaner oder Libanesen, die in einen Ort kommen, um ihre Waren zu verkaufen, gehen zuerst zum Alkalden, dem Ortsvorsteher, um sich ihm vorzustellen. Es ist eine Form der Höflichkeit. Der Alkalde fragt zuweilen nach den Lizenzen und nach den Steuerquittungen, und er sagt ihnen, daß sie keinen Branntwein verkaufen dürfen.

Die beiden Syrier kamen auch hier zuerst zu Don Gabriel. Er war zwar nicht Alkalde. Denn Alkalde war hier der von den Indianern gewählte Jefe. Aber die Händler betrachteten den Secretario als die eigentliche Autorität, und Don Gabriel würde es ihnen gewiß sehr übelgenommen haben, wenn sie das nicht getan hätten.

Als sie sahen, daß er einen Branntweinhandel unterhielt, nahmen sie erst einmal eine Runde, in die sie ihn selbst mit einbezogen, um die Zeche zu erweitern. Dann fragten sie ihn, ob sie im Cabildo übernachten und bei ihm essen könnten. Das gab abermals einen Verdienst für ihn.

Die beiden Händler bezahlten reichlich die Federaltaxe für das Land, sie zahlten die Staatstaxe für den Staat, sie zahlten ihre Steuer für die Municipalidad, in der sie wohnhaft waren. Sie bezahlten außerdem eine besondere Lizenztaxe für herumziehende Händler.

Don Gabriel prüfte ihre Lizenzen und Steuerquittungen nicht nach. Es war für ihn ohne Belang, was andere an den Händlern verdienten.

Er kam, als die Copitas ausgetrunken waren, gleich auf den Kern: »Hier ist eine besondere Kommunalsteuer zu entrichten; für jeden Händler jeden Tag ein Peso.«

»Aber«, wandte der eine Araber ein, »wir zahlen unsere Municipalidad-Taxe ja bereits in Jovel.«

»Was ihr Spitzbuben in Jovel zahlt, geht mich hier gar nichts an«, sagte er kurz. »Ihr wollt hier am Ort Geschäfte machen, und da müßt ihr eben Steuern bezahlen. Wenn ihr nicht bezahlt, gebe ich euch keine Erlaubnis, eure Waren hier auszulegen oder in die Häuser der Leute zu gehen, und in einer Stunde habt ihr den Ort zu verlassen.«

»Das ist aber eine Ungerechtigkeit«, sagte der andere der Händler.

Darauf antwortete Don Gabriel: »Ich bin hier el Secretario, und ich weiß darum, ob hier am Ort Steuer bezahlt wird oder nicht.«

Die Araber bezahlten ihre Steuer.

»Eine Quittung brauche ich euch nicht zu schreiben«, sagte er, als er das Geld empfing. »Ich bin ja hier am Ort, und in einem anderen Ort fragt euch niemand nach einer Quittung von hier.«

So hatten sie keinen Beweis, wenn sie Beschwerde hätten führen wollen. Die Beschwerde hätte auch dann keinen besonderen Erfolg gehabt, wenn sie eine Quittung hätten vorzeigen können. Diktaturen und Militär erkennen Beschwerden und das Recht zum Beschweren nicht an, und wer Lärm schlägt, wird erschossen, weil er die Ruhe stört und die Autorität verächtlich macht.

Don Gabriel ließ sich aber den Fang nicht entgehen. Wenn man einen Fisch am Haken hat, muß man ihn festhalten.

»Ich bekomme hier kein Gehalt«, sagte er. »Mein Gehalt ist, daß ich das Recht habe, hier einen Laden zu unterhalten und Branntwein zu verkaufen. Ihr verkauft dasselbe, was ich hier in meiner Tienda habe, und wenn ihr verkauft, kann ich nicht verkaufen. Ihr müßt mir jeder einen Peso Konkurrenztaxe für jeden Tag bezahlen, wenigstens aber jeder zwei Pesos, um meinen Schaden ein wenig auszugleichen.«

Die beiden Händler zahlten auch dieses Geld.

Es ist überall so, wenn auf ein Päckchen Zigaretten ein halber Cent Steuer gelegt wird, dann verkauft der Händler das Päckchen nicht

um einen halben Cent teurer, sondern um fünf Cents. ›Um abzurunden‹, wie er sagt. Er begründet den erhöhten Preis mit der neuen Steuer.
Hier gingen alle Waren der Händler sofort um fünfzig Prozent hoch. Die Indianer, die kaufen mußten, weil sie die Waren benötigten, bezahlten. Don Gabriel, der als Secretario die Indianer gegen Wucher und Ausbeutung schützen sollte, konnte gegen die Wucherpreise nichts einwenden, weil er ja als Autorität den Händlern die Handelserlaubnis am Ort gegeben hatte.

10

Don Gabriel war gefällig und gütig. Als er sah, daß mehrere der Indianer Hemdenstoffe und andere notwendige Dinge kaufen wollten, aber kein Geld hatten, bot er ihnen Kredit an. Ganz freiwillig.
»Du willst drei Pesos geliehen haben, Hipolito?« fragte er.
»Ja, Don Gabriel, ich habe kein Hemd, und meine Mujer sagt, wir müssen einige Meter Stoff haben.«
»Du kannst gern drei Pesos haben«, sagte Don Gabriel. »Wer bürgt für dich?«
»Mein Bruder Eleoso.«
»Bring ihn her.«
»Hier bin ich«, sagte Eleoso.
»Du bürgst für Hipolito?« fragte Don Gabriel.
»Freilich, er ist ja mein Bruder.«
»Wann verkaufst du deine beiden Schweine, Hipolito?« fragte Don Gabriel.
»In fünf Wochen, Don Gabriel. Ich habe schon mit Don Roberto gesprochen. Er ist der Händler, der hier immer herkommt, um Schweine und Ziegen zu kaufen.«
»Dann gibst du mir in fünf Wochen fünf Pesos, nicht wahr, Hipolito?« rechnete Don Gabriel.
»Freilich gebe ich dir dann fünf Pesos«, sagte Hipolito.
»Du bürgst für die fünf Pesos in fünf Wochen, Eleoso?« fragte Don Gabriel. »Und für jede Woche mehr einen Peso mehr?« setzte er hinzu.
»Freilich bürge ich für meinen Bruder«, sagte Eleoso.

»Gut, hier hast du drei Pesos.« Don Gabriel gab Hipolito das Geld, wofür er sofort Hemdenstoff kaufte.
Don Gabriel verborgte alles bare Geld, das er im Hause hatte, an die Indianer, die von den Händlern kaufen wollten. Und weil die Leute so schnell und leicht Geld bekamen, kauften sie bis zum letzten Centavo.

11

Einige Wochen darauf kamen Viehhändler.
»Ihr wollt hier Vieh aufkaufen?« fragte Don Gabriel, nachdem sie einige Runden getrunken hatten.
»Natürlich, wir kommen hier regelmäßig her«, sagten sie, »wir haben hier alte Kundschaft.«
»Ihr kennt doch hier die Ortssteuer?« fragte Don Gabriel.
»Wir zahlen unsere Steuer an unserem Wohnort und die Kommunalsteuer im Schlachthof.«
»Das geht mich hier nichts an, was ihr sonstwo zahlt«, sagte Don Gabriel. »Für jedes Schwein, das ihr hier aufkauft, habt ihr hier einen und einen halben Peso Steuer zu zahlen, für jedes Schaf einen Peso und für jede Ziege achtzig Centavos. Wenn ihr nicht zahlt, kann ich euch keine Erlaubnis zum Handel geben, und ich gebe den Bewohnern hier keine Erlaubnis, an euch zu verkaufen.«
Die Händler hatten nun schon den weiten Weg gemacht, und sie wollten sich die Kundschaft des Ortes erhalten. Der Preis, den die Indianer für ihre Tiere bekamen, war niedriger, als sie erwartet hatten, weil die Händler die Steuer von dem Ankaufspreis herunterhandeln mußten, um auf ihre Kosten zu kommen.
Die Indianer wollten zu den Preisen nicht verkaufen und sagten, daß sie die Tiere dann selbst nach Jovel treiben würden, wo sie ihre guten alten Preise sicher bekämen.
Die Händler wurden ärgerlich und wollten nichts kaufen und an anderen Orten sich umsehen. Aber wenn sie nichts kauften, dann konnte Don Gabriel die Steuer nicht erheben.
Don Gabriel ließ abermals den Fisch, den er am Haken hielt, nicht entwischen.
Er rief den Jefe der Indianer zu sich.
Wenn immer Don Gabriel etwas bei den Indianern erzwingen

wollte, von dem er befürchtete, es könnte zu heftigem Widerspruch führen und lange erklärende Reden nötig machen, dann ließ er die anerkannte Autorität der Indianer, ihren eigenen Häuptling, entscheiden. In diesem Falle wurde er selbst nur der bescheidene Secretario, der unter der Autorität des Präsidenten des Ortes stand. Denn das eigentliche Oberhaupt der Gemeinde war stets ein Indianer, zugehörig dem Stamm, der in dem Orte seit Jahrhunderten ansässig war. Dieser Ortsvorsteher wurde von den Indianern jedes Jahr gewählt; jedes Jahr ein anderer von den angesehenen und befähigten Männern ihres Stammes. Der Secretario war lediglich nur der Vertreter der Regierung, der, weil die Indianer nicht lesen und schreiben konnten, den Verkehr des Ortes mit der Regierung aufrechterhielt. Er hatte kein Recht, etwas zu verfügen oder anzuordnen ohne Einwilligung des indianischen Jefe.

So besagte das Gesetz. Und das Gesetz war so geschaffen worden nicht aus Liebe zu den Indianern und nicht aus Achtung vor ihren natürlichen Rechten, sondern weil es die einzige Möglichkeit bot, daß die Regierung mit den selbständigen Indianern in Frieden leben konnte. Militärische Expeditionen waren teuer. Und wenn es den Soldaten gelang, die Dörfer der Indianer zu zerstören, so wurden die Indianer heimatlos, bildeten Banden und zogen raubend, mordend und plündernd in den Regionen der mexikanischen Farmen und Dörfer herum, durch Niederbrennen von Haciendas und ganzen Ortschaften, durch Abschlachten alles Viehes, das sie antrafen, durch Verbrennen aller angebauten Felder, durch Zerstören der Telegraphenleitungen und Brücken, durch Mitschleppen aller Pferde und Mules, die auf den Weiden waren, so viel Schaden stiftend, daß die Regierung sich beeilte, mit den Banden Frieden zu schließen. Die Indianer zeigten gar keine Liebe, in Banden herumzuziehen. Sie zogen es vor, ruhig in ihren Dörfern, umgeben von ihren Familien, zu leben, ihre Äcker zu bestellen und ihr Vieh aufzuzüchten. Nicht nur die Regierung, sondern das ganze Land hatte nur Nutzen davon, wenn die Indianer in Frieden gelassen wurden.

Aber wenn auch das Gesetz den Indianern volle Selbstverwaltung einräumte in allen Orten, in denen die Indianer die alleinige Bevölkerung waren, so war das Gesetz nur in diesem Umfange Gesetz, wie es die Sekretäre auslegten und anwandten. Seit es Gesetze gibt, sind es immer die Auslegung und die Wirkung der Auslegung der Gesetze, die Unheil schaffen.

12

Don Gabriel konnte das, was er nun beabsichtigte, ohne die Hilfe des indianischen Jefe nicht durchführen.

»Sehen Sie, Narciso«, sagte Don Gabriel zu dem Indianer, »die Angelegenheit ist doch völlig klar. Diese neun Leute«, er nannte sie alle bei Namen, »haben sich von mir Geld geborgt, dieser so viel, der andere mehr. Sie haben mir alle Bürgen beigebracht, als ich ihnen das Geld lieh. Das Geld ist nun fällig, bei einigen schon seit einer Woche. Sie haben mir versprochen, das Geld zurückzuzahlen, sobald sie Schweine oder Schafe verkaufen. Nun sind die Händler hier, und die Leute wollen nicht verkaufen, weil ihnen die Preise nicht gefallen. Aber das ist gewiß doch nicht meine Schuld.«

»Nein, sicher nicht«, sagte der Jefe.

»Die Leute wollen auf dem Markt in Jovel verkaufen«, erklärte Don Gabriel weiter, »weil sie glauben, dort höhere Preise zu bekommen. Wenn jedoch viel Vieh aufgetrieben ist, dann sind die Preise niedriger als hier. Das ist mir freilich ganz gleich. Sehen Sie, Don Narciso«, er redete den Indianer jetzt mit Don an, um ihm zu offenbaren, daß er ihn einem Ladino für ebenbürtig halte, »sehen Sie, wenn die Leute in Jovel verkaufen, geben sie das Geld dort aus und betrinken sich noch dazu obendrein. Wie können sie mir dann das Geld zurückbezahlen, das jetzt fällig ist, und mit Bürgschaft?«

Narciso ließ sofort alle die Männer, deren Namen Don Gabriel genannt hatte, von ihren Feldern herbeiholen.

Er fragte jeden einzelnen, wieviel er Don Gabriel schulde, eingerechnet das, was er Don Gabriel als Zins unter Bürgschaft versprochen habe.

Don Gabriel hatte sein Büchelchen zur Hand, und er bestätigte die Summen, die jene Schuldner recht wohl im Kopfe hatten. Keiner versuchte, die Summe zu fälschen. Das taten sie nicht, weil Wort ein Wort ist und man zu seinem Wort steht.

»Ihr habt doch unter Bürgschaft versprochen«, fragte Narciso, »daß ihr, sobald hier Händler in den Ort kommen, Schweine oder was ihr sonst habt verkaufen wollt, um Don Gabriel das geborgte Geld zurückzuzahlen?« Die Männer erklärten, das sei richtig, aber die Preise, die der Händler hier böte, seien viel niedriger, als er früher immer geboten und bezahlt hätte.

»Daran kann ich nichts ändern«, sagte Narciso.

Er wandte sich an den Händler und fragte ihn: »Warum sind denn die Preise plötzlich so niedrig? Seit Jahren sind sie nicht so niedrig gewesen.«

Der Händler suchte nach einer guten Antwort. Er sah sich um und fand, daß ihm Don Gabriel fest ins Gesicht blickte. Der Händler wollte nun sagen, daß er hier einen so hohen Betrag für jedes Stück Vieh als Gemeindetaxe zahlen müsse und daß dies der Grund sei, warum er weniger für das Vieh bezahlen könne, um es noch mit einem kleinen Gewinn an die Fleischläden verkaufen zu können. Don Gabriel ließ ihn jedoch nicht sprechen. Er sagte: »Die Steuern für die Viehhändler sind jetzt so hoch gesetzt worden, daß die Aufkäufer die alten Preise nicht mehr zahlen können.«

Der Händler verstand sofort. Er durfte sich den Secretario nicht verärgern, wenn er hier Geschäfte machen wollte. Ein Sekretär kann einem Händler unter hundert Vorwänden das Geschäft so erschweren, daß der Händler weder heute noch sonst, solange dieser Sekretär am Orte ist, auch nur ein Fell kaufen kann. Was kann der Händler tun, wenn der Sekretär erklärt, daß das Vieh, das der Händler an einem anderen Orte gekauft hat und nun mit sich führt, verseucht sei und daß es sofort getötet werden müsse, um zu verhindern, daß der Ort verseucht werde? Das getötete Vieh des Händlers wird sofort verbrannt, angeblich, um eine Verbreitung der Seuche zu verhindern. Wie und wo kann der Händler beweisen, daß jenes Vieh nicht krank war? Don Gabriel wäre nicht der erste und einzige, der das und ähnliches getan hätte, wenn der Händler, oder wer sonst auch immer den Ort berührt, das Wort und die Autorität des Secretarios nicht anerkennt.

Narciso, das Oberhaupt der Indianer, konnte nur nach dem urteilen, was seine Augen sahen und seine Ohren hörten. Die Leute hatten sich bei Don Gabriel verschuldet, hatten versprochen, die Schulden zu bezahlen, sobald ein Händler in den Ort käme, an den sie ihr Vieh verkaufen könnten.

Er sah ein, daß Don Gabriels Forderung zu Recht bestand und von niemand bestritten wurde. So ordnete er an, daß alle die Männer, die Schulden bei Don Gabriel hatten, ihr Vieh an den Händler zu dem Preise verkaufen müßten, den er nach seinem besten Urteil zahlen könne. Wer keine Schulden bei Don Gabriel hätte, dürfe mit seinem Vieh tun, wie es ihm gefalle.

Es waren inzwischen alle Männer des Ortes auf dem Platze vor dem Cabildo versammelt; denn die Unterhandlungen hatten sich gemächlich über einige Stunden hingezögert.

Alle Männer, selbst die verschuldeten, gaben zu, daß ihr Häuptling das Urteil in diesem Streite gefällt habe, wie es recht sei. Weil keiner wußte und keiner wissen konnte, was Don Gabriel mit den Händlern unter sich verhandelt hatte, so sahen sie die Entscheidung ihres Jefe als eine durchaus gerechte an. Und da nicht der Secretario, dem keiner von ihnen traute, das Urteil gesprochen hatte, sondern ihr eigener Häuptling, so folgten sie willig, und die Händler bekamen mehr Vieh, als sie je erwartet hätten.

»Wozu erst das viele Reden über die paar Pesos, die ihr mir hier abladet!« sagte Don Gabriel am Abend zu den Händlern. »Wenn ich nicht gut dahinter gewesen wäre, so hättet ihr hier nicht einen abgefaulten Ziegenschwanz mit heimgekriegt. Und nun? Seht euch das an. In keinem Ort habt ihr so viel zusammenkaufen können wie hier. Da können euch doch die paar traurigen Pesos, die für mich dabei abfallen, wirklich keinen vergeizten Kummer bereiten.«

Das Amt, das bei Beginn so kläglich ausgesehen hatte, fing an, auf jedem Grashalm Gold wachsen zu lassen.

ZWEITES KAPITEL

1

Die wenigen Pesos, die Don Gabriel ausgeliehen hatte, waren zu ihm mit großer Gefolgschaft heimgekehrt. So wurde es ihm nun auch möglich, das Geschäft zu erweitern.

Er war verpflichtet, Schule zu halten. Das war eines seiner vielen Nebenämter. Es konnte auch leicht als Nebenamt betrieben werden, weil das Hauptamt nur darin bestand, wenigstens im wesentlichen, daß er anwesend war.

Lehrer war er nie gewesen. Er konnte lesen und schreiben und das Notwendigste rechnen.

Aber unter der Diktatur wurde kein Wert darauf gelegt, daß die Kinder der proletarischen Bevölkerung unterrichtet wurden. Sobald Proletarier ein wenig Bildung haben, wollen sie gleich noch mehr bekommen und werden unzufrieden mit den Verhältnissen, die Gott mit Hilfe der Kirche und der Regierung schuf und nun zu erhalten wünscht.

Die Kinder der Indianer oder die Indianer selbst zu belehren und ihnen Bildung zu geben, galt als Versündigung gegen den Willen des Höchsten. Wenn es im Willen des Höchsten gelegen hätte, daß alle Menschen lesen und schreiben können sollten, so würde ihnen Gott diese Fähigkeit gleich bei der Geburt mitgegeben haben. Der Wille des Höchsten wurde auf Erden vertreten von der Kirche, die aus überirdischer Erleuchtung ihrer Diener genau wußte, was Gott wollte und was er nicht wollte; denn sie standen mit ihm im vertraulichen Verkehr als seine gesalbten Beamten und Zwangsvollstrecker.

Die Diktatur konnte sich nur dadurch halten, daß sie die Macht mit der Kirche teilte und ihr jegliche Konzession gab, die sie verlangte. Und eine dieser Konzessionen war, daß die Indianer keine Schulbildung erhalten durften, weil deren einfältiger Kinderglauben die schönste christliche Zierde sei.

Aber es kamen Touristen aus fremden Ländern ins Land und Zeitungsschreiber. Und es kamen Leute, die Geld hatten und es nutzbringend anlegen wollten in einem Lande, wo die Konkurrenz weniger hart und zerreibend war als in ihrem Heimatlande. Der Diktator wünschte, daß das Land aufgeschlossen werden sollte, um es einzureihen in die Reihe der hochzivilisierten Nationen. Der Diktator einer hochzivilisierten Nation ist angesehener und seines Platzes in der Weltgeschichte sicherer als der Diktator einer Horde von Barbaren. Die Mexikaner waren nach Ansicht ihres Diktators unfähig, ihr Land selbst aufzuschließen, weil sie, wie er meinte, nicht zu arbeiten verstünden und auch nicht arbeiten wollten.

Er selbst, der Diktator, obgleich ebenfalls Mexikaner, machte eine Ausnahme. Darum ließ er sich immer wieder und wieder wählen von denen, denen er das Recht gab, ihn wählen zu dürfen, und die dafür mit Posten und Ämtern belohnt wurden. Die Komödie des Wählens wurde aufrechterhalten, um den zivilisierten Ländern zu zeigen, daß hier eine konstitutionelle Republik sei, in der das angelegte Kapital und die Konzessionen, die den amerikanischen Banken und Minenkompanien gegeben wurden, sicher seien.

Der Diktator hielt sich für den besten Mexikaner und für den einzigen Mexikaner, der wert war, zu leben. Im übrigen wäre es für Mexiko besser, wenn eine Sintflut alle anderen Mexikaner in vierundzwanzig Stunden hinwegschwemmen würde.

Stand eine neue Wahl bevor, so ließ er seine Clique feierlich in Audienz antreten und ihn flehentlich bitten, doch ja die Kandidatur wieder anzunehmen. Er weigerte sich in der Art eines Türwächters des Palastes eines Millionärs, der sich für zu vornehm hält, ein Trinkgeld anzunehmen, der aber sehr enttäuscht ist, wenn man es ihm nicht in die offene Hand, die er auf dem Rücken hält, hineinlegt.

Endlich, wenn die Clique auf den Knien vor ihm lag, erklärte der Diktator: »Ich wollte es nicht mehr. Ich habe geschworen, die Kandidatur abzulehnen. Aber da Sie, Caballeros, mich so inständig darum bitten, will ich mich abermals für das mexikanische Volk aufopfern.«

Der Diktator opferte sich für sein Volk achtmal in dieser Weise auf, bis ihn die Revolution aus dem Sattel warf und das undankbare mexikanische Volk seinen großen Staatsmann im Exil, auf fremder Erde, verbittert und vergrämt sterben ließ, den Fluch und die

pessimistischen Verschwörungen dieses großen Dulders auf Diktatorenthron verschmerzend.
Der Diktator sah es als seine wichtigste Aufgabe an, gute Statistiken in die Welt zu zaubern. Hätte er das unterlassen, würde die Welt ja nicht erfahren haben, was für ein großer Staatsmann er war und wie sehr das mexikanische Volk ihm dankbar sein mußte, daß er sich immer wieder aufopferte und die Dornenkrone eines Präsidenten auf sich preßte, um der erste und oberste Diener seines geliebten Volkes zu sein.
Die unzähligen Horden von Banditen, die das Land durchschwärmten und die sich aus Indianern bildeten, denen ihr Land genommen war, um es Latifundienbesitzern, amerikanischen Kompanien, Generalen, Diputados, Senadores und Angehörigen der aristokratischen Cliquen zu geben, und vergrößert wurden von Peones, die der Tyrannei der Latifundienbesitzer entwichen waren, wurden von der eisernen Hand des großen Staatsmannes dadurch beseitigt, daß die Zeitungen darüber bei Strafe der Konfiskation nicht berichten durften.
Aber der Diktator wollte nicht nur die eiserne Hand des großen Staatsmannes, der dem Lande inneren Frieden und Sicherheit verbürgte, besitzen, sondern er wollte auch in den zivilisierten Ländern den Ruhm haben, der große moderne Erzieher des mexikanischen Volkes zu sein.
Diesen Ruhm erreichte er mit Statistiken über die große Zahl von Landschulen, die er angeblich gegründet hatte, um die Peones wie das gesamte Proletariat des mexikanischen Volkes mit moderner Bildung zu füttern.
Ein Land, das viele Schulen hat, steht hoch in der Achtung der zivilisierten Nationen, und es ist ein günstiger Platz, um fremdes Kapital anzulocken und dort anzulegen.
Die Schulen in den großen Städten waren den Schulen in den Vereinigten Staaten ebenbürtig. Das mußten sie auch sein. Denn hier kamen Touristen, Bankiers und Zeitungsschreiber hin, die eingeladen wurden, diese Schulen zu besichtigen.
Aber Touristen, Bankiers und Zeitungsschreiber gingen nicht in die fernen Dörfer der Indianer und des Landproletariats. Ihnen legte man die Statistiken von den vielen Landschulen vor, die der

Diktator gegründet hatte. Damit begnügten sich die fremden Besucher. Sie schlossen von den wenigen Musterschulen in den großen Städten auf die Schulen in den Dörfern. Sie scheuten sich vor den beschwerlichen Reisen in das Innere des Landes und erhielten ihre Kenntnis von schön aufgebauten Modellen in den Ausstellungen des Unterrichtsministeriums.

Die Escuela Rural, die Landschule in Bujvilum, deren Lehrer Don Gabriel war, gehörte zu jenen Schulen, die der große Staatsmann und Erzieher des mexikanischen Volkes gegründet hatte und die in den Statistiken als Schule für Indianer mit hundertzwanzig Schülern glänzte.

Diese Escuela Rural de Bujvilum wurde genauso geleitet wie alle übrigen Landschulen der Republik.

Sie hatte wirklich hundertzwanzig Schüler männlichen Geschlechts. Die Statistik log nicht.

2

Don Gabriel fragte Narciso, den Häuptling: »Wieviel Jungen sind hier in Bujvilum und in den Siedlungen, die zum Municipio gehören?«

»Ich werde sie auszählen lassen«, sagte Narciso.

Einige Tage später brachte er die Antwort: »Hundertzwanzig oder wohl einige mehr.«

»Die müssen alle hier in die Schule kommen«, ordnete Don Gabriel an. Der Jefe gab den Befehl rund.

Am nächsten Montag kamen etwa dreißig Jungen zur Schule. Die Mehrzahl war nackt.

Don Gabriel schrieb alle Namen auf. Denjenigen, die ihren Namen nicht wußten, weil sie ihn nie gehört hatten, gab er einen Namen.

Am Dienstag kamen wieder einige dreißig Jungen zur Schule. Die Hälfte war neu und am Montag nicht hier gewesen. Von den dreißig, die am vorhergegangenen Tage anwesend waren, hatte sich die Hälfte nicht mehr eingefunden, weil Don Gabriel, der nicht wußte, was er mit den Kindern machen sollte, drei Jungen verprügelt hatte, um wenigstens etwas zu tun und ihnen zu zeigen, wozu eine Schule gut sei. Die Väter der Jungen waren damit nicht einverstanden und untersagten ihren Jungen, wieder in die Schule zu gehen, weil sie nicht wünschten, daß der Secretario die Jungen verprügelte, nur weil sie sich auf dem Platze vor dem Cabildo gebalgt hatten.

Don Gabriel verprügelte wieder einige Jungen, weil er ja Lehrer war.

Am nächsten Tage blieb wieder die Hälfte der Jungen fort. Sie hatten es vorgezogen, mit ihren Vätern auf den Feldern zu arbeiten, statt sich in der Schule verprügeln zu lassen.

Aber ein Dutzend neuer Jungen war gekommen, die weder am Montag noch am Dienstag hier gewesen waren.

Im Verlaufe von zwei Wochen waren alle hundertzwanzig Jungen wenigstens jeder einmal in der Schule gewesen.

Don Gabriel schickte seinen Report an die Regierung, daß er hundertzwanzig Schüler habe, deren Namen er in einer Liste angab. Die Schule kam in die Statistik und machte dort einen vortrefflichen Eindruck.

Da Don Gabriel jeden Tag Schüler hatte, mußte er natürlich unterrichten.

Die Schüler kamen um sechs Uhr morgens, wie es von ihm befohlen worden war. Oder, genau gesagt, die Kinder kamen gleich nach Sonnenaufgang, weil weder Don Gabriel noch sonst irgendwer im Ort eine Uhr besaß.

Aber um sechs Uhr war Don Gabriel noch nicht aufgestanden. Nur seine Frau war auf, und das Bett war warm.

Um halb acht bekam er seinen schwarzen Kaffee zu trinken.

Dann trat er in die Tür und rief hinüber zu dem Platze vor der Schultür: »Seid ihr alle da, Muchachos?«

»Ja, Señor Profesor, wir sind alle da«, schrien die Jungen.

»Ich komme gleich. Macht nicht soviel Lärm, verflucht noch mal!« rief Don Gabriel.

Die Jungen setzten sich eine Weile in das Gras wie kleine Mäuschen!

Als Don Gabriel wieder im Hause war, sich hier herumdrückte und mit seiner Frau querulierte, weil er nicht wußte, was er wollte und was er tun sollte, begannen die Jungen, aufs neue wieder zu jagen und zu balgen. Nach einer halben Stunde trat Don Gabriel

wieder in die Tür, verärgert infolge eines gewöhnlichen Streites mit seiner Frau, und schrie erbost: »Ihr gottverdammtes Gesindel, habe ich euch nicht befohlen, euch ruhig zu verhalten?«
Er packte sich einen Jungen heraus und gab ihm eine Backpfeife.
Der Junge schrie heulend: »Ich werde es meinem Vater sagen, daß du mich gehauen hast.«
Er lief fort und war an diesem Tage nicht wieder zu sehen.
Es kamen inzwischen einige neue Jungen an.
Nach einer Weile krepelten und balgten sich die Jungen wieder, um zu sehen, wer am längsten auf dem Kopfe stehen könne, ohne umzufallen. Don Gabriel saß jetzt beim Frühstück und sagte zu seiner Frau: »Diese gottverfluchten Bohnen sind auch wieder nicht weich. Kreuzverdammt noch mal, caray, wenn du nicht kochen kannst, hättest du nicht heiraten sollen! Deine Mutter ist mir auch gerade die Rechte. Hat nichts und weiß nichts und verbringt das ganze hart verdiente Geld von Don Manuel. Wie ich den armen Mann bedaure, daß er dein Vater ist! Die Tortillas sind kalt und wie Stroh. Ich habe mir den Löffel in eine schöne Suppe gesteckt. Wie mich der liebe Gott nur so bitter strafen konnte, daß ich mich mit deiner Familie eingelassen habe! Dein Bruder Sixto ist der reine Strauchdieb. Läßt auch nicht ein einziges Mädchen in Ruhe. Blind will ich doch gleich werden, wenn sie den nicht eines Tages vor die Gewehre stellen.«
»Laß meine Familie in Ruh', du Schurke, das sage ich dir nur«, schrie die Frau. »Deine Familie ist bekannt bei aller Welt. Vorne nichts und hinten noch weniger, und mehr Schulden als Läuse. Hätte ich doch nur auf meine gute arme Mutter gehört, die hat mich vom ersten Tage an vor dir gewarnt. Und wie recht sie hatte, Dios en el cielo, Gott im Himmel, weiß, wie recht sie hatte. Deine Mutter kann meiner nicht einmal das bedreckte Hemd von hinten küssen. Hätte ich mich doch lieber aufgehängt, als mich mit dir Betrüger einzulassen.«
Darauf setzte sich die Frau in eine Ecke und begann zu heulen und zu quietschen wie eine Schneiderschere. Don Gabriel klatschte die Tortilla, die er in der Hand hielt, wütend auf die Tischplatte, sprang zur Tür, nahm einen Knüppel und warf ihn mit voller Wucht zwischen die Horden der sich balgenden Jungen.

»Gottverfluchte Hundebrut«, schrie er, »habe ich euch nicht zweihundertmal gesagt, daß ihr nicht so schreien sollt? Alle der Reihe nach verprügele ich euch, ihr stinkigen Ratten. Gleich komme ich.« Schreiend rannten wieder einige Jungen fort, hinüber zum Dorf. Die tapferen hingegen blieben und setzten sich still auf das Gras, wo sie hockten wie eingeschüchterte Regenwürmer, die vergessen haben, aus welchem Loch sie gekrochen sind, und nun nur noch die einzige Hoffnung haben, daß ein Schwarzvogel sie findet, aufpickt und so von ihrem Heimweh erlöst.

Wieder kamen einige neue Jungen an. Sie brachten ihre Hunde mit, weil sie sich von ihnen nicht trennen konnten und die Hunde nicht von ihnen.

3

Inzwischen war es zehn Uhr geworden.

Don Gabriel war in seine Amtsstube gegangen, um zu sehen, ob sich dort etwas ereignet habe.

Es hatte sich nichts ereignet. Alles war so, wie er es am Abend dort zurückgelassen hatte. Einige Papiere und Briefe waren aufgeschichtet. Einige waren aufgespießt an Nägeln, die in der Lehmwand steckten.

Es konnte sich in seiner Amtsstube auch nichts ereignen, denn seine Regierungsgeschäfte gingen sehr langsam vor sich.

Nun sah er sich um, ob nicht vielleicht doch etwas zu tun sei, weil er ja der Ortssekretär war. Aber so sehr er sich auch umblickte und hin und her wandte, er fand nichts, was seine Regierungstätigkeit erforderlich gemacht hätte.

Er schichtete die Briefe und Bogen und alle gedruckten Verordnungen und Anweisungen, die auf dem Tische lagen, um und nochmals um. Jeden Wisch und jeden Zettel hatte er hundertmal schon gelesen und sich um nichts gekümmert, was in den gedruckten Anweisungen der Regierung stand. Er hätte einen Schreiber haben müssen, aber er hatte keinen. Er würde auch nicht gewußt haben, was er dem Schreiber zum Schreiben hätte geben sollen, denn es war nichts da, was zu schreiben nötig gewesen wäre. Er würde ihm die gedruckten Verordnungen zum Abschreiben gegeben haben, um ihn zu beschäftigen. Als er alle Zettel und Bogen

mehrere Male durchgeschichtet hatte, legte er sie wieder so hin, wie sie vorher gelegen hatten, strich sie glatt, schob sie in eine Ecke des Tisches und regelte sie mit seinen Handflächen so, daß sie mit der Kante abschnitten, und schlug dann leicht mit der Handfläche darauf, als ob er fürchtete, die Briefbogen möchten in dieser Anordnung vielleicht nicht liegenbleiben.
Dann nahm er das Tintenfläschchen auf, schüttelte es, korkte es auf, roch daran, schüttelte es abermals, korkte es wieder zu und stellte es zurück auf seinen Platz. Nun nahm er den Federhalter zur Hand, besah sich die rostende Spitze, kratzte sie an seinem Haar sauber und legte den Halter schön wieder neben das Fläschchen.
Die Amtsstube hatte nichts weiter als einen rohen Tisch, zwei ebenso rohe und sehr steife Stühle und zwei lange Bänke, die gegen die Wand standen.
Er sah hinüber zu den Bänken und bedauerte, daß keine Verhafteten oder Streitenden auf ihnen saßen, über deren Schicksale und Geldstrafen er verhandeln könnte.
Nun trat er vor die Tür, sah hinüber zum Dorf und hob die Hand auf, um zu sehen, wo der Wind heute herkomme.
Er ging bis zur Ecke des Hauses, von wo aus er die Jungen sehen konnte, die vor der Tür der Schulstube wie Gänse schnatterten.
Der Eingang zur Schulstube war um jene Ecke, an der anderen Wand des Ortsgebäudes.
Von der Ecke aus rief er: »Ahora, Muchachos, Escuela.«
Die Jungen reihten sich vor der Tür in einer Linie auf.
»Atencion! Achtung!« kommandierte er.
Einige der Jungen, die das an den vorhergegangenen Tagen gelernt hatten, schrien wild: »Buenos dias, Señor Profesor!«
Don Gabriel übte nun erst einmal eine halbe Stunde lang die Atencion, die Aufstellung der Jungen in Linie und das freudige Schreien ›Guten Morgen, Señor Profesor!‹, sobald er nahe genug der Schultür kam, um anzudeuten, daß jetzt die Schule beginne.
Jeden Tag mußte er das von neuem einüben, weil jeden Tag neue Jungen kamen, die das Reglement nicht kannten. Don Gabriel hielt diese Atencion für die wichtigste Lektion, die er den Jungen beibringen konnte. Es kostete ihn die geringste Arbeit seines Hirns, und diese so geringe Geistestätigkeit hatte einen raschen

und sichtbaren Erfolg, der sich beim Eindrillen des Alphabetes nicht so schnell gezeigt haben würde.
Die Atencion war gleichzeitig eine ganz vorzügliche Schaustellung für Beamte, die etwa auf irgendwelchen Inspektionsreisen den Ort berühren sollten. Darunter vielleicht gar der Jefe Politico in eigener Person.
Sollte einer dieser Caballeros hier ankommen, so würde er die Schule anspringen lassen. Er würde ›Atencion!‹ rufen, und der Señor Jefe Politico würde seine Freude an diesem gutgeölten Mechanismus haben. Er würde sich geschmeichelt fühlen und würde gleichzeitig erkennen, daß die Jungen gut erzogen sind und seine Autorität anerkennen. Wenn der Mechanismus auf Kommando so gut arbeitet, braucht ein Diktator keine Furcht zu haben, daß die Jungen, einmal Männer geworden, rebellieren könnten und Rechte verlangen. Wird das in der Jugend gut eingedrillt, so ruft der Diktator oder der Erzbischof nur laut ›Atencion‹, und alle vergessen, daß sie eigentlich kamen, um Rechte und Freiheiten zu verlangen.
Den Jungen machte das Anspringen zur Atencion und das Aufreihen in gerader Linie und das Schreien viel mehr Freude als das ruhige Hinsetzen.
Es war gleichzeitig ein guter Anfang für das Lernen der spanischen Sprache. Die Jungen kannten nur die Sprache ihrer indianischen Väter und Mütter. Und weil die Tseltales das Wort ›Achtung!‹ in ihrer Sprache nicht haben, wenigstens nicht in dem hier gebrauchten Sinne, so begann damit gleich die erste Kenntnis der Landessprache.
Alles, was Don Gabriel die Kinder lehren wollte, mußte er ihnen erst in ihrer eigenen Sprache erklären. Er sprach Tseltal nur sehr mangelhaft, ja mehr als dürftig. Leute, die weniger höflich und taktvoll gewesen wären, als es die Indianer waren, würden sich bei jedem Satze den Leib in Krämpfe gelacht haben. Erst recht Kinder. Aber die Kinder waren von ihren eigenen Eltern zu gut erzogen, als daß sie einen Erwachsenen lächerlich gemacht haben würden, auch wenn er stotterte oder eine schiefe Klumpnase trug. Als die Kinder das ›Buenos dias, Señor Profesor!‹ genügend kräftig brüllen konnten, lernten sie an Stelle des ›Señor Profesor‹ das

Wort ›Caballero‹ setzen. Es wurde sie gelehrt, daß sie immer ›Caballero‹ zu rufen hatten, wenn der Morgengruß nicht dem Lehrer galt. Caballero stimmte immer. Es konnte sogar auf einen geistlichen Herrn angewandt werden, über dessen Titel sich Don Gabriel nicht einig war.

4

Die Schulstube hatte ebensowenig wie irgendein anderer Raum im Ortsgebäude ein Fenster. Es war nur die Tür da, die, wie in allen anderen Räumen des Hauses, offengelassen werden mußte, wenn der Raum vom Tageslicht erhellt werden sollte.

In den Dörfern und kleinen Städten in Mexiko hat kein Haus, ob Wohnhaus oder Amtsgebäude, Fenster; in den Städten mittlerer Größe ist die Mehrzahl der Häuser ohne Fenster; und selbst in den Großstädten des Landes findet man Hunderte von fensterlosen Häusern, besonders in den Vierteln des Proletariats. Nachts werden die Türen fest verrammelt, und die Menschen schlafen wie in einer Gruft. Lebt man längere Zeit in Mexiko, gewöhnt man sich so sehr daran, daß man völlig vergißt, daß Häuser auch Fenster haben können. Dies um so mehr, als selbst die Zimmer in zahlreichen kleinen Hotels keine Fenster haben. Das Klima läßt es zu, daß man das ganze Jahr hindurch die Tür offenhalten kann und man deshalb Fenster gar nicht vermißt.

Der Fußboden im Schulraum war, wie in allen Räumen des Hauses, festgestampfte Erde. Die Decke war das Palmdach, ohne irgendein Zwischendach.

Die Möbel des Schulraumes bestanden aus einem sehr kleinen rohen Tischchen und einem verwitterten Stuhl. Es waren für die Kinder weder Bänke noch Tische vorhanden. Die Kinder mußten stehen, oder sie hockten sich auf den Boden.

Auf dem Tischchen lag das einzige Buch, das die Schule besaß. Es trug den Titel: ›Was muß ein Farmer wissen, um sein Vieh gesund zu erhalten?‹ Das Buch hatte wahrscheinlich ein früherer Secretario, der hier sein Amt gehabt hatte, aus Versehen zurückgelassen. Es war in Fetzen und hatte sicher den Kindern mehrerer Ortssekretäre als Spielzeug gedient. Außerdem war da noch ein kränkliches und verwahrlostes Büchlein, das man nicht als Buch bezeichnen konnte, weil die zweite Hälfte völlig fehlte. Die fehlenden Blätter waren gewiß einer durchreisenden Amtsperson gegeben worden, die nicht daran gewöhnt war, ausgerissene Grasbüschel für Privatzwecke zu gebrauchen. Dieses Buch sah auch darum noch sehr trostlos aus, weil die Ränder der verbliebenen Blätter von Cucarachas und Mäusen abgeknabbert waren. Der Titel hieß: ›Volkstümliche Astronomie.‹

Ferner stand auf dem Tischchen ein Tintenfläschchen mit verdickter und verfilzter Tinte. Daneben lag ein Federhalter mit verrosteter Feder. Links davon lagen einige Bogen weißes Papier.

Die Kinder hatten weder Schiefertafeln noch Papier.

Jeder General im Lande, jeder Gouverneur und jeder Staatssekretär unterhielt nicht weniger als sechs Frauen. Viele mehr als zwanzig. Die Zahl ihrer Haciendas und Landgüter erhöhte sich in jedem Jahr. Und in jedem Jahr erhöhte sich die Zahl ihrer Mietshäuser und vermieteten Villen in den Hauptstädten. Zwölf Prozent der Frauen des Landes waren registrierte Frauen. Von den verbleibenden Frauen waren die Hälfte derer, die in Städten wohnten, nicht registriert, aber sie waren gezwungen, das gleiche zu tun wie die registrierten, um sich und ihre Kinder und ihre Väter und Mütter am Leben zu erhalten. Ihre Kundschaft fanden sie unter den Generalen und Obersten der Armee, unter den hohen Beamten des Landes und unter denen, die das fremde Kapital in das Land brachten, um das Land zum Segen des Volkes aufzuschließen. Dreißig Jahre Diktatur und die Folgen eines goldenen Zeitalters unter jener Diktatur hatten ein stolzes Volk so zu unterdrücken verstanden, daß in den günstigsten Fällen drei Prozent des Volkes sich an den politischen Wahlen beteiligten, weil sie hinkommandiert wurden, um den Schein eines zivilisierten und konstitutionell regierten Landes aufrechtzuerhalten. Dagegen war die Wahl der Karnevalskönigin und des Clownkönigs der Fastnachtsprozession so wichtig, daß bei diesen Karnevalswahlen zwanzigmal mehr Stimmen abgegeben wurden als bei der Wahl des Landespräsidenten.

Die Landschulen standen mit hohen Besuchsziffern in den Statistiken, um der Welt zu offenbaren, daß Mexiko mit in der ersten Front der zivilisierten Völker marschiere. Aber die Schulen hatten keine Bänke, keine Tische, keine Schiefertafeln, keine Bleistifte, keine Tinte, keine Federn, keine Bücher, kein Papier, keine geschulten Lehrer. Das wurde jedoch in den Statistiken nicht gesagt. Es verlangte auch niemand, daß es gesagt wurde. Darum läßt sich ja auch auf allen Gebieten menschlicher Tätigkeit mit Statistiken leichter lügen und betrügen als ohne Statistiken. Es ist nur nötig, das aus den Statistiken fortzulassen, was den beabsichtigten Wert einer Statistik vermindern könnte. Wenn angesichts so vieler Schulen und so hoher Besuchsziffern, nach einer Diktatur von dreißig Jahren, fünfundachtzig Prozent des Volkes weder lesen noch schreiben können, so kann der Diktator nichts dafür. Mit Trichtern kann man nichts in die Hirne füllen. Wenn die Kinder nicht lernen, so ist es ihre eigene Schuld, und es beweist nur, wie nötig es ist, daß die Diktatur der Regierung und die unheilvolle Macht der Kirche erhalten bleiben müssen, angesichts der angeblichen Unfähigkeit der Indianer, zu lernen, sich Wissen anzueignen und sich selbst zu regieren.

5

Hinter dem Tischchen im Schulraum waren zwei Brettchen aus alten Kisten an die Lehmwand genagelt.

Don Gabriel nahm ein Stück Kreide und schrieb an das Brett ein A und sagte: »Das ist ein A. Was ist das?«

Die Kinder schrien alle gleichzeitig: »Ein A.«

Dann schrieb er ein B und sagte: »Das ist ein Be. Was ist das?«

Die Kinder schrien: »Ein Beee!«

Als er bis zum H gekommen war, fühlte er sich ermüdet und sagte: »Jetzt ist Pause. Könnt auf dem Platze spielen. Aber prügelt euch nicht, sonst prügele ich euch mit der Bohnenstange, ihr Cochinos, ihr Schweine, die ihr seid. Was seid ihr?«

»Cochinos«, schrien die Kinder im Chor, »Schweine«.

»Das wißt ihr wenigstens«, sagte er.

Er ging in seine Wohnstube und goß sich einen Branntwein ein. Dann ging er in die Küche und versöhnte sich mit seiner Frau. Da er mit ihr im selben Bett schlief und an die Nacht dachte, hielt er es für gesünder, sich mit seiner Frau immer rechtzeitig zu vertragen. Vor Sonnenuntergang soll man sich immer vertragen, besonders mit seiner Frau, wenn man keine andere zur Verfügung hat. Aber es fehlte noch lange bis zum Sonnenuntergang. Und ehe der Tag abgelaufen war, hatte er sich noch viermal mit seiner Frau gräßlich gezankt, jedoch immer wieder versöhnt. Weil die letzte Versöhnung vor sich ging, als er die Kerze verlöschte, hatte er keine Zeit mehr, sich ein fünftes Mal mit ihr zu zanken, und es blieb bei der Versöhnung bis zum Morgen, wo sie aber, vor dem Frühstück noch, wieder abgebrochen wurde, um den neuen Tag mit ehelichen Unterhaltungen beginnen zu können. Wenn eine Ehe diese täglichen Schwergefechte nicht hätte, wäre sie nicht zu ertragen, und man müßte etwas Besseres erfinden. Denn das Leben des Mannes ist Kampf. Und das der Frau Gegenangriff mit Unterstützung der Artillerie in gut abgedeckten Stellungen im Rücken und ständigem Bereithalten der Reserven.

Nach einer Stunde nahm Don Gabriel den Unterricht wieder auf. Er begann ihn mit Atencion! und dem Verprügeln zweier Jungen, die sich in den Haaren gerauft hatten. Die Jungen liefen heulend nach Hause, um es ihrem Vater zu sagen.

Es waren fünf neue Jungen zur Schule erschienen, so daß der Verlust nicht groß war. Die Zahl aber war die gleiche geblieben, weil drei Jungen während der Pause fortgegangen und nicht wiedergekommen waren.

Don Gabriel kümmerte sich nicht darum. Er hatte nur die Pflicht, Schule anzusagen und Schule zu halten.

Er zeigte nun auf das A: »Was ist das?«

»Ein F«, schrien die Jungen in ihrer Mehrzahl, während zwei unter sich zu streiten begannen, daß es ein D sei.

Don Gabriel war verzweifelt, schüttelte den Kopf und sagte: »Falsch, es ist ein A.«

»Falsch, es ist ein A«, schrien die Jungen.

»Was ist das?« fragte er und zeigte auf das B.

»Ein Haa«, schrien einige, während einige riefen: »Ein Eeee.«

Don Gabriel raufte sich wutschnaubend sein dickes Haar und schrie wie besessen: »Ihr Ziegen lernt das nie in eurem Leben. Es hat gar keinen Zweck. In eure Indianerschädel kann man es nur mit einem Beil hineinhämmern.«

Er schrieb nun ein I an das Brett.

»Das ist ein I. Sagt das alle nach.«
»Das ist ein Iiiii sagt das alle nach«, schrien die Jungen gutgelaunt.
»Verflucht noch mal«, schrie er wütend, »ihr sollt nur I sagen, weiter nichts.«
»Weiter nichts«, schrien die Kinder.
Die Jungen standen dicht vor dem Tischchen.
Don Gabriel malte nun ein J an das Brett.
Da rief einer der Jungen: »Ich weiß es, das ist eine Ziege, die angebunden ist. Und mein Vater hat gesagt, ich soll nach Hause kommen und auf die Ziegen aufpassen, die gehen in den Mais.«
»Du bleibst hier«, sagte Don Gabriel. Der Junge begann zu heulen.
»Mach dich zur Hölle!« schrie Don Gabriel. »Aber morgen früh bist du wieder hier in der Schule, oder du kriegst die Bohnenstange über den Rücken gedroschen.«
Der Junge rannte fort, und Don Gabriel sagte: »Das ist ein Jota.«
»Das ist ein Jota!« kam es im Chorus von den Jungen.
»Aber das lernt ihr ja doch nicht. Was soll ich mich hier noch länger herumquälen und mir meine Lunge zerfetzen!« sagte Don Gabriel knurrend. »Wir werden jetzt etwas anderes lernen. Aufgepaßt! Ich bin ein Mexikaner, Viva Mexico, Viva, Arriba!«
Die Jungen schrien es nach, und Don Gabriel sagte: »Das wißt ihr nun und behaltet es gut.«
Was es bedeutete, wußten die Kinder freilich nicht; denn Don Gabriel gab sich nicht die Mühe, es den Jungen in ihrer eigenen Sprache zu erklären.
Jedoch dieser Ruf ›Viva Mexico!‹ brachte ihn auf einen neuen Gedanken in Hinsicht dessen, was er die Jungen lehren wollte.
Irgendwelchen Lehrplan hatte er nicht, noch viel weniger irgendeine Vorstellung über die Art und Weise, wie man Kinder unterrichten müsse.
Er schrieb die Buchstaben auf ein Brett und nannte die Buchstaben beim Namen. Wenn die Kinder das behielten, so konnten sie lesen; wenn sie es nicht behielten, so war es nicht seine Schuld. Seiner Pflicht als Lehrer hatte er genügt, wenn er ihnen sagte, wie die Buchstaben hießen. Zudem wußte er auch nicht, was er mehr hätte tun können. Er war am Ende seiner Fähigkeiten als Lehrer angelangt.

Aber das ›Viva Mexico!‹ war wie eine Eingebung. Er sah jetzt deutlich, in welcher Form er seine Lehrtätigkeit fortsetzen konnte. »Gebt gut acht, Muchachos«, sagte er, »ich werde euch hier etwas vorsingen, und ihr werdet es nachsingen.«
Er begann darauf die Nationalhymne zu singen. Er sang die Melodie so ungenau, daß es ebensogut irgendein Foxtrott hätte sein können. Als er zur dritten Zeile gelangte, fand er, daß er die Worte nicht weiter wußte. Er begnügte sich infolgedessen damit, die ersten beiden Zeilen mehrere Male zu wiederholen und die Kinder aufzufordern, ihm die Worte nachzusingen. Sie plärrten sie nach, ohne ihren Sinn zu verstehen, weil das Lied ja in Spanisch war. Don Gabriel betrachtete das als ein vorzügliches Mittel, eine Hauptaufgabe des Schulunterrichts zu erfüllen: die indianischen Kinder die Landessprache zu lehren.
Als die Kinder diese zwei Zeilen ein dutzendmal heruntergeleiert hatten und es sich, wenn man oberflächlich hinhörte, nicht genau sagen ließ, ob die Jungen Spanisch oder Hindostanisch sprächen, daß man aber einem Zuhörer einreden konnte, es sei Spanisch, gab sich Don Gabriel mit seinem Erfolg zufrieden.
Er wartete auf eine neue Eingebung, was er nun tun sollte. Und da fiel ihm ein, daß er die Kinder gut gebrauchen könne, um einen besseren Posten im Staate zu erhaschen.
Er wußte, daß kein Beamter, der etwa auf einer Inspektionsreise den Ort berühren würde, sich je die Mühe gab, in der Schule nachzuprüfen, ob die Kinder lesen und schreiben lernten. Eine solche Prüfung strengte nur an und war langweilig. Beamte wollen nicht gelangweilt werden. Aber ein vorzüglicher Eindruck wurde erzielt, wenn er die Jungen Atencion! stehen ließ, wenn sie in Spanisch ›Guten Morgen, Caballero!‹ riefen, wenn sie einige Zeilen der Nationalhymne heruntersangen; und wenn sie gar noch den Fahnenschwur aufsagen konnten, in Spanisch natürlich, so würde der inspizierende Beamte einsehen, daß Don Gabriel der Mann für einen besseren Posten sei, vielleicht gar der geeignete Mann für einen frei werdenden Posten als Steuereinnehmer.
Er kam zu der Überzeugung, daß für eine Vorstellung der Schule gewiß kein einziger Beamter erwarte, die Nationalhymne in allen ihren Strophen absingen zu lassen. Im Gegenteil, sie würden Don

Gabriel im stillen Dank dafür wissen, daß er sie nicht damit peinigte, den tausendmal gekauten Kohl in seiner ganzen erbarmungslosen Länge hier in diesem verlausten Dorf anzuhören. Es würde ihm als feiner Takt angerechnet werden, wenn er dem Beamten nur gerade die Idee des Unterrichts und des Erfolges zeigen würde. Und um zu offenbaren, daß hier nicht etwa gar Nachlässigkeit vorliege, würde er dem Beamten vorher sagen, daß er ihm in diesen kurzen Ansätzen zeigen wolle, in welcher Richtung sich der Unterricht bewege, und daß er wohl wisse, daß die Zeit des Señor Inspector zu kostbar sei, als daß er von ihm erwarten könne, sich stundenlang das Aufsagen und Herleiern der Kinder anzuhören. Don Gabriel kannte seine Leute. Als einige Monate später ein Steuerinspektor durch den Ort kam und, um seine Tätigkeit umfangreicher erscheinen zu lassen, eine Inspektion der Schule in seinen Reisebericht aufnahm, handelte Don Gabriel wirklich so, wie er sich das ausgedacht hatte. In seinem Reisereport an die Regierung fand sich die Note: Besuchte und inspizierte nebenamtlich die Schule des Ortes und fand sie, unter der Leitung des Sekretärs des Ortes, Señor Gabriel Orduñez, sehr verheißungsvoll und wirklich zufriedenstellend in jeder Hinsicht; alle Kinder sprechen Spanisch und befinden sich in vorgerückter Stufe in Lesen, Schreiben und Geschichte.
Der Report jenes Inspektors sagte, wie alle solche Reporte, die Wahrheit. Unter einer Diktatur oder einer Despotie nehmen Statistiken und Reporte einen wichtigen Rang ein. Sie sind die Fassaden des Gebäudes. Diese Fassaden vertragen es nicht, daß man auch nur mit dem Fingernagel an der Vergoldung herumkratzt. Und nirgendwo sonst verstehen Beamte und Nicht-Beamte so geschickt Fassaden aufzubauen als unter einer Diktatur, wo ein jeder, der leben und unbehelligt leben will, vor allem, was er tut oder redet, eine Fassade errichten muß, um nicht in den Verdacht zu geraten, mit dem System nicht einverstanden zu sein.
Als Don Gabriel drei Wochen lang Schule gehalten hatte, fand er, daß seine Schüler niemals im klaren waren, ob der Buchstabe, der an das Brett gemalt war, ein A oder ein G war. Don Gabriel sagte den Jungen jeden Tag zehnmal, daß sie das ja doch nicht lernen würden, auch wenn sie hundert Jahre lang in die Schule kämen.

Die Jungen sahen das selbst ein, und sie kamen nur dann zur Schule, wenn sie nicht wußten, was sie sonst hätten tun sollen. An keinem Tage waren je mehr als ein Viertel der Jungen anwesend.
Don Gabriel erfand eine neue Lehrmethode. Er erfand sie eigentlich nicht; denn er hatte sie einmal in einem anderen Ort angefunden zur Zeit, als er noch Viehhändler war und er in jenem Ort von dem Sekretär Vieh kaufen wollte.
An diese Methode, die er dort sah, dachte er jetzt, und er ahmte sie nach mit einer geringen Verbesserung des Patents. In dieser geringen Verbesserung lag seine Erfindung.
Er suchte in seinem Laden alte und unbrauchbare Fetzen von Packpapier, zerrissenen Papierbeuteln und weißen Zeitungsrändern zusammen.
Dann schrieb er mit Tinte auf jeden solchen Fetzen einen kurzen Satz. Die Kuh ist braun und hat vier Beine. Die Ziege hat Hörner und einen Schwanz. Das Schaf ist schwarz oder weiß und hat Wolle. Der Baum ist hoch und hat viele Äste. Der Secretario ist ein Caballero und hat eine Frau. Der Gouverneur regiert den Staat ehrenhaft und mit Klugheit. Der Präsident des Landes ist ein General und ein guter kluger Mann. Die mexikanische Republik hat einen berühmten Präsidenten. Der Jefe Politico in unserm Distrikt ist ein Mann mit Ehre und wird respektiert von allen. Die Mexikaner sind edel und die tapfersten Krieger der Erde. Die Sonne steht am Himmel und ist rund. Mein Vater hat einen Acker und Ziegen und Schafe.
Nachdem Don Gabriel genügend Papierfetzen mit je einem dieser Sätze beschrieben hatte, gab er jedem Jungen einen solchen beschriebenen Fetzen.
Er gab dem Jungen den Fetzen so in die Hand, daß die Stellung der Buchstaben, vom Auge des Kindes aus gesehen, richtig war.
Dann sagte er zu dem Jungen: »So hältst du das Papier immer vor dir, daß dieser Punkt hier an dem Daumen deiner rechten Hand ist. So, wie ich es dir hier zeige.«
Nun las er dem Jungen den Satz vor, der auf dem Zettel stand, und der Junge mußte den Satz so oft wiederholen, bis er ihn mit einiger Sicherheit nachsprechen konnte.
Aber er erklärte dem Jungen den Satz in der indianischen Sprache

nicht genügend. Der Junge erfaßte nur eine ganz leise Ahnung von der Bedeutung des Inhaltes jenes Satzes. Er wußte nicht, welches Wort in dem Satze Kuh hieß oder Ziege. Der Junge konnte nach einigen Wiederholungen lediglich den Satz, der ihm vorgesagt war, herschnattern, ohne weder den Sinn richtig zu begreifen noch jedes einzelne Wort zu bezeichnen, denn diese Sätze waren ja alle in Spanisch.

Nachdem der Junge seinen Zettel besaß und er den Inhalt genügend oft nachgeredet hatte, bis er ihn auswendig wußte, wurde der Junge mit seinem Papierfetzen allein gelassen, und seine weitere Aufgabe bestand darin, nun unaufhörlich, ohne Unterbrechung, den Satz herunterzuschnattern, dabei den Fetzen vor den Augen haltend.

Nun nahm sich Don Gabriel den nächsten Jungen vor, ihm den Zettel in die Hand gebend und ihm den Satz, der darauf geschrieben stand, vorsagend, bis der Junge ihn aufgeschnappt hatte.

Als alle Jungen ihren Zettel in den Händen hielten, schnatterte jeder seinen Satz zu gleicher Zeit mit allen anderen Jungen laut herunter. Es war ein wildes Durcheinanderreden von allen möglichen Sätzen, deren Dichter und Erzeuger Don Gabriel war.

Der Unterricht bestand in den folgenden Wochen in nichts anderem, als daß die Kinder die zwei Zeilen der Nationalhymne, die Don Gabriel selbst wußte, jeden Tag wiederholten und jeden Tag vier oder fünf Stunden lang, unterbrochen von einigen Pausen zum Herumbalgen, den Satz herschnatterten, der auf dem Zettelchen stand, das ein jeder Junge besaß.

Im Verlaufe dieser Wochen waren alle hundertzwanzig Jungen, jeder einzelne wenigstens einmal, zur Schule gekommen, und einem jeden wurde sein eigener Zettel gegeben.

Richtig kam auch eines Tages auf seiner Inspektionsreise Don Casimiro, der Jefe Politico des Distriktes, durch den Ort.

Nachdem die Jungen Atencion! gestanden und ihr »Buenos dias, Caballero!« schmetternd hinausgebrüllt hatten, sagten sie die zwei bekannten ersten Zeilen der Nationalhymne auf. Sie sagten sie auf in einem Singsang, der keine Ähnlichkeit mit der wirklichen Melodie aufwies. Aber Don Casimiro nahm das nicht übel. Es fiel auch nicht auf, daß die Jungen keine Zeile weiter von der Hymne wußten, denn sobald die zwei Zeilen heruntergerasselt waren, schrien sie: »Ich bin ein Mexikaner, Viva Mexico, Arriba Mexico!«

Don Casimiro gewann dadurch den Eindruck, daß hier auf diesem Gebiete alles erreicht war, was aus indianischen Kindern nur herausgeholt werden konnte.

Dann trat jeder Junge vor, hielt seinen Zettel vor sich hin und las laut und schnatternd vor, was darauf stand.

Der Jefe Politico sah einige der Zettel an und fand zu seiner großen Genugtuung, daß jeder Junge wirklich das las, was auf seinem Zettel stand.

Da er Don Gabriel so taktvoll fand, ihn nicht zu sehr mit der Vorstellung der Schüler zu belästigen, so war auch er taktvoll und machte keinen Versuch, die Zettel der Jungen untereinander auszutauschen und das eine oder andere Kind zu veranlassen, den Zettel eines andern Jungen zu lesen. Und er ging auch nicht so weit, einen Jungen heranzurufen, auf ein bestimmtes Wort zu zeigen und zu fragen: »Wie heißt dieses Wort hier, unter dem ich meinen Finger habe?« Auch fragte er keinen Jungen: »Zeig mir auf deinem Zettel, wo das Wort Mais steht.«

Dann ließ Don Gabriel die Kinder von eins bis zwanzig zählen. Und endlich fragte er: »Was ist Mexiko?« Die Kinder riefen im Chorus: »Mexiko ist eine freie und unabhängige Republik.« – »Wer steht an der Spitze der mexikanischen Republik?« fragte er, und die Jungen schrien: »Ein Präsident.«

Damit endete die Schulvorstellung. Don Casimiro schüttelte Don Gabriel die Hand und sagte ihm, daß er mit dem Resultat sehr zufrieden sei.

In seinem Report erwähnte er, daß die Jungen des Ortes unter der Leitung eines Sekretärs, den er selbst seiner großen Fähigkeiten wegen ausgesucht habe, alle Spanisch sprächen und alle schreiben, lesen und rechnen könnten.

Die Schule fand sich in der Jahresstatistik als Landschule mit hundert Prozent Erfolg verzeichnet und mit der Bemerkung ausgerüstet: Altersklasse von sieben bis vierzehn Jahren keine Analphabeten.

Hunderte von indianischen Dörfern, die achtzig bis vierhundert

Kilometer von der nächsten Eisenbahnlinie entfernt lagen, bekamen eine gleich gute Stellung in der Statistik; denn jeder Jefe Politico war ehrgeizig genug, einem andern Jefe Politico nicht den Vorrang zu lassen. Eine so vortreffliche Erziehungsstatistik konnte nicht einmal Dänemark aufweisen, und bis in die fernsten Zeiten hinaus war der Ruhm des Diktators als Erzieher seines Volkes und als warmherziger Beschützer der indianischen Rasse gesichert. Die Statistiken wurden auf schönem schwerem Papier mit Sorgfalt gedruckt, prachtvoll gebunden und dann an die Statistischen Ämter aller zivilisierten Nationen verschickt.

»Was für ein hoffnungsreiches Land!« sagten die amerikanischen Bankiers. Und sie liehen willig Millionen her, um die Hände rechtzeitig in diesem Lande zu haben, das eine so große Zukunft versprach und wo der Indianer so versklavt war wie ein proletarischer Neger in Liberia.

DRITTES KAPITEL

1

Don Gabriels großer Kummer war, daß die Schule nichts für ihn einbrachte.

Im Verlaufe der vielen Wochen, die er hier am Orte bis jetzt zugebracht hatte, war es ihm gelungen, kraft seiner Autorität allerlei Geschäfte zu machen.

Extrasteuern für Händler, Extrasteuern für Vieh, das die Indianer im Ort schlachteten, Extrasteuern für Viehaufkäufer, Extrasteuern für Familienfeste, die die Indianer des Ortes für sich abhielten, Geldstrafen für eingeführten Branntwein, den die Indianer mit sich heimbrachten, wenn sie in einer Stadt zu Markte gewesen waren und sich von Don Gabriel erwischen ließen oder wenn sie betrunken angetroffen worden waren.

Es war Don Gabriels Absicht, nicht sein ganzes Leben in diesem weltvergessenen Ort als Sekretär zu verbringen. Sein Ziel war, sich hier so rasch wie möglich zu bereichern und sich dann eine Finca zu kaufen oder in einer Stadt eine Branntweinfabrik zu eröffnen.

Man darf Gott, der einem ein Amt bescherte, nicht versuchen wollen und ihn zum Narren machen. Die große Gnade, die einem Sünder erwiesen wurde, der unwürdig ist, dem Antlitz des Höchsten gegenüberzutreten, nütze er zu seinem eigenen Vorteile aus und wuchere mit dem Pfunde, damit es eine Tonne werde. Aber Don Gabriel war arm an Ideen, die zu Erfolgen hätten führen können.

Jedoch da geschah es, daß zu rechter Zeit sein jüngerer Bruder Mateo zu Besuch kam.

2

Don Mateo kam nicht ganz freiwillig zu Besuch. Er fühlte keine besondere Neigung zu Don Gabriel, und ob es Gabriel gut ginge oder schlecht, das kümmerte ihn wenig.

Mateo hatte stets viel Glück gehabt. Oder, um das genauer zu bezeichnen, weil Glück wenig definierbar ist, er besaß die Fähig-

keit, sich immer nur solche Freunde auszusuchen, die ihm von persönlichem Nutzen sein konnten.
Infolge dieser Beziehungen war es ihm gelungen, eine ganze Reihe guter Posten zu erwischen: Postmeister in einem kleinen Ort, Eichinspektor, Heuschreckenkommissar, Schlachtviehinspektor, Marktaufseher.
Von diesem letzten Posten aus tat er seinen großen Sprung zu einem der begehrtesten Ämter, die es unter der Diktatur gab: Steuereinnehmer.
Zu keinem Amte, nicht einmal zu dem eines Schulinspektors oder dem eines Kommissars der öffentlichen Gesundheitspflege, waren irgendwelche Kenntnisse vonnöten. Analphabeten konnten Generale sein. Jemand, der die Wirkung des Rizinusöls kannte und bestimmt wußte, daß die Mehrzahl der Menschen das Herz auf der linken Seite hatte, konnte Militärarzt sein und gab sich den Titel Doktor. Die Ämter waren nicht da, um dem Volke zu dienen, sondern sie waren da, um diejenigen unterzubringen, die den Diktator, El Caudillo, für den größten Staatsmann der letzten vier Jahrhunderte hielten, oder um denen den Geldbeutel gespickt zu halten, die gefürchtet waren, daß sie der regierenden Clique unbequem werden möchten, weil sie Mitglieder sehr reicher und sehr einflußreicher Familien waren.
Wenn von einem Steuereinnehmer geglaubt wurde, daß er nun lange genug sein Amt gehabt habe, um genügend auf die Seite gebracht zu haben, und er suchte nach einigen deutlichen Ermahnungen nicht um seine Entlassung nach, um einem anderen Strebsamen den Platz frei zu machen, so geschah es oft genug, daß jemand den Mann in einen Streit verwickelte, gewöhnlich auf einer Festlichkeit, wo viel getrunken wurde. Der Mann wurde absichtlich beleidigt, bis er in seiner Erregung den Revolver zog. Darauf wurde er von denen, die bereitstanden, erschossen. Aus Notwehr. So wurde der Posten frei; und nicht selten bekam der den frei gewordenen Posten, der geschossen hatte. Da Richter, Polizeichef, Bürgermeister und Zeugen alle zu der Clique dessen gehörten, der den Posten bekommen sollte, so war der Mord nach dem pompösen Begräbnis des auf so unglückliche und bedauernswerte Weise ums Leben gekommenen Steuerverwalters vergessen. Der

neue Steuerverwalter gab ein großes Bankett und einen eleganten Gesellschaftsball.
Ein Steuerverwalter erhielt ein auskömmliches Gehalt. Aber das betrachtete er nur als Trinkgeld. Die Einnahmen, um derentwillen das Amt so begehrt war, waren anderer Art.
Zuerst einmal erhielt er einen guten Prozentanteil aller vereinnahmten Steuern. Das geschah, um die Steuerverwalter an dem Geschäft zu interessieren und aus den Handeltreibenden bis über die letzte Grenze hinaus alles herauszuholen, was nur herausgeholt werden konnte. Ehe ein unternehmungslustiger Fabrikant dazu kam, tausend Meter Baumwollstoff zu weben, hatte er bereits den Wert von fünfundzwanzigtausend Meter an Lizenzgebühren und Steuern bezahlen müssen. Die Regierung hatte kein Interesse daran, daß Mexikaner eine eigene Industrie in ihrem Lande aufbauten. Es war bequemer, an hohen Zöllen für eingeführte Waren aus fremden Ländern zu verdienen und sich das Wohlwollen amerikanischer, englischer und französischer Häuser zu erhalten, um durch hohe Einfuhrziffern zu beweisen, daß die Diktatur ein goldenes Zeitalter geschaffen habe.
Mit dem Amt des Steuerverwalters waren noch andere gute Einnahmen verbunden.
Wie oben an der Regierung nur Diktatoren waren, so waren auch unten in allen Ämtern nur Diktatoren. Der Steuerverwalter hatte das Recht, die Höhe der Steuern für jeden Handelszweig und für jedes Gewerbe und für jedes Einkommen nach seinem Gutdünken festzusetzen. An sich hatte das seine Berechtigung. In einem so großen Lande können die Steuersätze nur schwer allgemein durch Gesetz geregelt werden. In den Distrikten, die fern von Eisenbahnen und Straßen liegen, sind die Transportkosten höher, in anderen Distrikten sind die Preise für Lebensmittel hoch, in anderen niedrig, hier sind die Löhne und allgemeinen Geschäftsunkosten niedrig und an anderer Stelle hoch.
Wenn die Steuerverordnung des Staates bestimmte, daß eine Branntweinfabrik, etwa angesichts ihrer Fabrikationsmenge, zweihundert Pesos im Monat Steuer zu zahlen habe, so setzte der Steuerverwalter jene Steuer unter beliebiger Begründung auf vierhundert Pesos fest. Dann erhielt er einen Besuch des Fabrikanten.

Der Fabrikant beteuerte, daß er eine solche Steuer nicht zahlen könne. Der Besuch endete damit, daß er dem Steuerverwalter für dessen Begutachtung des Geschäfts tausend Pesos gab, und der Steuerverwalter setzte dafür die Steuer auf nur zweihundertfünfzig Pesos an. Damit hatte er immer noch für sich den guten Namen gemacht, zugunsten des Staates fünfzig Pesos mehr herausgewirtschaftet zu haben, als ursprünglich eigentlich nur zu zahlen war.
Natürlich konnte der Fabrikant auf gesetzlichem Wege die hohe Steuer anfechten. Aber zuerst hatte er einmal die angesetzte Steuer für ein Jahr oder noch länger zu bezahlen; denn es vergingen ungezählte Monate, ehe das oberste Steueramt entschied. Auch wenn das Steueramt zu seinen Gunsten entscheiden sollte, so dauerte es gewöhnlich noch ein Jahr oder länger, ehe er das zuviel bezahlte Geld zurückerhielt. Da der Fabrikant alle Kosten des Schiedsverfahrens zu tragen hatte und er an den Orten, wo die Entscheidungen gefällt wurden, Anwälte halten mußte, so fraßen die Kosten den größten Teil des zuviel bezahlten Steuergeldes auf, so daß jene Summe, die endlich in seine Hände zurückgelangte, kaum des Mitnehmens noch wert war.
Gewöhnlich war es auch noch so, daß er überhaupt zuweilen weniger an Steuern bezahlt hatte, als er eigentlich hätte zahlen müssen. Bei dem Schiedsverfahren wäre das herausgekommen, weil Nachprüfungen gemacht wurden.
Aus diesen Gründen war es stets das einfachste für jeden Steuerzahler, sich mit dem Steuerverwalter zu einigen und ihm zu verdienen zu geben. Es war immer billiger und sicherer.
Darum war es leicht zu verstehen, weshalb das Amt eines Steuerverwalters ein so begehrtes war und warum ein Anwärter sich nicht scheute, dem gegenwärtigen Inhaber eines solchen Amtes, wenn er zu gegebener Zeit nicht freiwillig gehen sollte, aus dem Leben zu helfen.

3

Es war freilich nur ein ganz kleines Städtchen, in dem Don Mateo durch die Hilfe einflußreicher Freunde diesen Steuerposten bekommen konnte. Aber für ihn, der sonst nichts besaß, war selbst dieser kleine Posten genügend, ihn zufriedenzustellen, wie ja auch für Don Gabriel der Posten als Ortssekretär, winzig wie er war, ihm Gelegenheit bot, gut auf die Füße zu kommen.

Dann stand eines Tages eine von ihm völlig unerwartete Revision bevor, und es fehlten Mateo mehr als dreitausend Pesos in der Kasse.

Er versuchte, sich das Geld zusammenzuborgen. Aber das schlug fehl. Er verfiel auf einen merkwürdigen Ausweg. Einen Ausweg, der, obgleich merkwürdig, dennoch häufig auch anderswo angewandt wird.

Mateo machte sich auf den Ritt zu einem entfernt liegenden kleineren Ort, der in seinem Steuerbezirk lag, um dort Steuern einzuholen. Am zweiten Tage darauf kam er zurück, ohne Pferd, zerzaust und verwahrlost und mit einer Schußwunde im Arm. Er ging zum Polizeichef und erklärte, daß er auf dem Heimweg von Banditen überfallen worden sei, die ihm alles Geld, das er bei sich trug, mehr als dreitausend Pesos, geraubt hätten.

Sein Pferd fand sich in der Nacht auf seiner Weide von selbst ein. Mit Blutflecken am Sattel.

Bei der Revision stimmte die Kasse trotzdem nicht. Er war nicht klug genug, um geschickt verschleiern zu können, daß jene dreitausend Pesos, die ihm geraubt waren und die er in jenem Ort einkassiert hatte, identisch seien mit den dreitausend Pesos, die in der Hauptkasse fehlten. Aber die Revisionsbeamten, die von Buchführung so gut wie nichts verstanden und auch nur darum Revisionsbeamte geworden waren, weil sie einen Posten haben sollten und andere Posten nicht frei waren, fanden sich nicht durch, um Mateo die Unterschlagung klar beweisen zu können. Sie begnügten sich mit der Behauptung, daß die geraubten dreitausend Pesos dieselben dreitausend Pesos seien, die in der Hauptkasse fehlten.

Weil der eine dieser Revisionsbeamten einen Freund hatte, dem er sich für irgend etwas erkenntlich zeigen mußte und dem er seit langem schon ein Amt versprochen hatte, so benutzte er den Vorfall, Mateo vorzuschlagen, den Posten freiwillig niederzulegen. Mateo verstand den Wink, und er reichte seine Entlassung ein. Von jener Zeit an tat er nichts. Er trieb sich in Comitan herum, kam in Händel mit Frauen, versuchte einige Geschäfte im Verkauf von Häusern und Farmen, handelte mit Pferden und Mules und unterstützte seine Freunde im Kampf um Ämter in der Municipalidad, immer in der Hoffnung, daß, wenn einer seiner Freunde in ein Amt gelange, dann auch für ihn wieder ein Ämtchen abfallen mußte.

In einem heftigen Streit um die neue Kandidatur für den Presidente Municipal kam es zu Schießereien zwischen den Cliquen; und Mateo hatte das Unglück, dem Polizeichef, der zur anderen Partei der neuen Kandidatur gehörte, eine Kugel Kaliber fünfundvierzig ins rechte Bein zu brennen. Das größere Unglück aber war, daß, während alle übrigen Kugeln, die in jenem Streit gewechselt wurden, nach ihrem Ursprung nicht erwiesen werden konnten, der Polizeichef mit Sicherheit wußte, wer ihm die Fünfundvierziger versetzt hatte. Und weil die Partei des Polizeichefs augenblicklich an der Macht war, blieb Mateo nichts anderes übrig, als innerhalb einer halben Stunde reisefertig zu sein, sich aufs Pferd zu setzen und, von seinen Freunden im Rücken gedeckt, noch in derselben Nacht sich auf den Weg nach Guatemala zu machen.

Bis zu den Seen von Tsiscao ist der Weg verhältnismäßig gut. Aber er ist auf der mexikanischen Seite sechzig Kilometer lang und für die Verfolger ebensogut wie für den Verfolgten. Jedoch hinter den Seen beginnt ein gottverfluchter Dschungelweg bis zum ersten größeren Ort in Guatemala.

Es war dieser Dschungelweg, den Mateo fürchtete.

Weil jeder, der in jenen Distrikten etwas versehen hat und sich verflüchtigen muß, nach Guatemala reitet, wo er wegen Dingen, die er in Mexiko verübt hat, weder verfolgt noch ausgeliefert wird, so glaubte der Polizeichef, daß Mateo auf alle Fälle nach Guatemala gehen würde, und da er genügend Vorsprung hatte, so gaben die Verfolger nach zwei Stunden auf.

Die Verfolger hatten den Auftrag, Mateo bei Sicht anzurufen, und

wenn er nicht halte, sofort zu erschießen. Mateo wußte, sie hätten ihn auch dann erschossen, wenn er nach dem Anruf gehalten hätte. Und dann erst recht. Der Polizeichef war sein bitterster Feind. Einmal einer bestimmten Frau wegen, und zum andern, weil es bekannt war, daß Mateo selbst Polizeichef zu werden hoffte, wenn seine Clique hochkommen sollte. Dann hätte der Polizeichef die Stadt verlassen müssen; denn Mateo würde irgendeinen Grund gefunden haben, ihn aus Notwehr zu beseitigen.
Mateo fürchtete den langen einsamen Ritt durch den Dschungel. Er fühlte auch, daß sein Pferd zu ermüden begann. Darum änderte er seinen Plan.
Nach einem Ritt von zwanzig Kilometern brach er von dem Wege ab, wandte sich nach Norden, umging San Antonio und Las Margaritas, rastete in Santa Helena, reiste weiter hinauf nach Santa Rita, umging Hucutsin, wo er bekannt war und wo sich Telephon befand, und landete nach fünf Tagen Ritt bei seinem Bruder in Bujvilum.
Hier war er beinahe ebenso sicher wie in Guatemala.
Er war in einem anderen Distrikt, konnte sich verstecken, wenn etwa irgend jemand durchreisen sollte, der ihn kannte, und niemand kam auf den Gedanken, ihn hier zu suchen, weil ihn alle in Guatemala glaubten.
Nach drei Monaten war die Wunde im Bein des Polizeichefs sicher geheilt, vernarbt und vergessen. Mateo konnte zurückkehren, sich mit dem Polizeichef versöhnen, eine Weile sich aus den Händeln halten und warten, bis seine Clique an die Krippe kam.
Man ist in Mexiko sehr weitherzig in solchen Dingen. Wer nicht gepackt wird, solange das Blut noch am Überkochen ist, ist seines Friedens sicher, wenn die Wunde vernarbt ist, bis er etwas Neues auf das Fell bekommt.

4

Don Gabriel hatte für seinen Bruder Mateo nicht viel Liebe übrig. Mateo war streitsüchtig und rechthaberisch und prahlte ewig mit seinem besseren Wissen und seinen größeren Fähigkeiten herum, seinen älteren Bruder stets herabsetzend und ihn bekrittelnd in allem, was er tun mochte.

»Ich kann dir hier in deinen Geschäften tüchtig helfen«, sagte Mateo.
»Ja«, erwiderte Gabriel. »Aber da ist nicht viel zu helfen. Ich habe hier nichts zu tun. Die Arbeit eines ganzen Jahres kann ich in einem halben Tage verrichten, ohne mich anzustrengen.«
»Wieviel verdienst du denn an der Schule?« fragte Mateo.
»Gar nichts«, sagte Gabriel, »das mache ich so nebenbei, um wenigstens etwas zu tun. Es macht auch einen guten Eindruck im Report und besonders, wenn irgend jemand durch den Ort kommen sollte. Es ist mit einbegriffen in meinen fünfzehn Pesos, die ich im Monat als Sekretär bekomme.«
Mateo lachte überlegen: »Für sehr schlau habe ich dich nie gehalten, Gabucho. Aber doch nicht für so dumm. Die Schule kann dir gut dreißig und auch fünfzig Pesos im Monat bringen.«
»Die Familien zahlen nicht für den Unterricht.«
Mateo sagte: »Das kann ich mir denken. Aber da ist doch ein Gesetz, daß die Kinder zur Schule geschickt werden müssen, jeden Tag. Und wenn sie nicht kommen, hast du das Recht, die Väter zu bestrafen, mit einem Peso oder gar mit drei Pesos.«
»Das ist wahr«, bestätigte Gabriel. »Daran habe ich nie gedacht.«
Weil jeden Tag nur immer etwa dreißig Jungen zur Schule kamen und neunzig fehlten, so waren das täglich neunzig Pesos Verdienst. Er rechnete das schnell aus.
»Um das für den Anfang nicht so hart zu machen«, erklärte Mateo, »brauchst du ja nicht mit einem Peso zu bestrafen, sondern nur mit zwei Reales, fünfundzwanzig Centavos, für jedes Ausbleiben.«
»Eine vortreffliche Idee«, sagte Gabriel.

5

Er beeilte sich, den Rat seines Bruders zu verwirklichen. Noch am selben Nachmittag ließ er im Ort ansagen, daß er morgen eine Sitzung des Ayuntamiento, der Ortsverwaltung, halten müsse, um wichtige Fragen zu erörtern, und daß der Cacique und die Beigeordneten gebeten würden, anwesend zu sein.
Um diese harte Maßregel durchzusetzen, benötigte er wieder, wie bei dem Viehverkauf, den indianischen Jefe.

Am nächsten Vormittag kamen der Jefe und seine Räte zum Cabildo. Don Gabriel lud sie ein, sich auf die Bank zu setzen.

Anwesend war auch Mateo, und Gabriel sagte kurz: »Das ist mein Bruder, Don Mateo, der hier auf Besuch gekommen ist.«

Don Gabriel begann gleich auf den Punkt loszugehen. Er schob in den gedruckten Verordnungen, die auf dem Tische lagen, herum, griff eine beliebige heraus und begann: »Da ist eine neue Verordnung von der Regierung gekommen.«

Der Jefe und seine drei Begleiter sahen sich an, ohne jedoch eine auffallende Miene zu zeigen. Aus Erfahrung wußten sie, daß immer, wenn eine neue Verordnung der Regierung kam, es bedeutete: Bezahlung in Geld oder Lieferung von unbezahlten Arbeitskräften für den Bau einer Straße in einer weit entfernten Gegend, die für den Ort selbst auch nicht das geringste Interesse hatte.

Die Verordnung, die Don Gabriel in der Hand hielt, war eine Anweisung für die Sekretäre, die Telephonleitungen regelmäßig abzugehen, verbunden mit einer Reihe von Regeln, wie Störungen leichter Natur in den Leitungen in einfacher Weise von den Sekretären selbst beseitigt werden können, um die Leitung in Ordnung zu bringen und zu halten.

Weder Don Gabriel noch sonst irgendein Sekretär im Staate machte sich je die Mühe, diese Verordnung zu beachten und die Telephonleitungen abzugehen. Die Regierung, die diese und ähnliche Verordnungen an die Sekretäre herumschickte, erwartete auch gar nicht, daß eine solche Verordnung beachtet wurde. Solche Verordnungen wurden nur erlassen, damit irgend jemand, der einen Posten hatte und von dem man nicht wußte, womit man ihn beschäftigen könne, mit der wichtigen Aufgabe betraut wurde, diese Verordnung in monatelanger schwerer Tätigkeit auszuarbeiten. Die Verordnungen erfüllten noch einen anderen Zweck: Bei der Vergebung der Druckarbeiten dieser Verordnungen konnte jemand, der etwas höher im Amt war, dadurch verdienen, daß er sich mit dem Drucker darüber einigte, wie die Rechnungen und die Quittungen auszustellen seien.

Don Gabriel hob diese Verordnung hoch, ging dann zu dem Jefe und gab ihm die Verordnung in die Hand.

Weder der Häuptling noch einer seiner Beisitzer konnte lesen.

Aber in der Verordnung waren einige Zeichnungen, die klarmachen sollten, wie man zerrissene Drahtleitungen provisorisch verbinden könne und wie der Draht auf den Glaspuppen befestigt sein müsse, um Induktionen in den Leitungsträgern zu verhindern und gute Isolierungen zu erreichen.

Auf diese Zeichnungen hindeutend, erklärte Don Gabriel: »Hier steht es, wo die Regierung verlangt, daß ich alles mit dem Telephon an die Regierung berichten soll, wenn im Ort nicht getan wird, was die Regierung befiehlt.«

Das verstanden die Leute, denn sie sahen ja die Zeichnungen der Telephonleitungen.

»Die Regierung sagt hier in dieser Verordnung«, redete Don Gabriel weiter, »daß jeder Junge des Ortes jeden Tag zur Schule kommen muß, außer an den beiden Tagen Samstag und Sonntag, an denen in der ganzen Republik keine Schule gehalten wird. Und die Regierung bestimmt, daß der Vater eines jeden Jungen, der nicht zur Schule kommt, für jeden Schultag, den er fehlt, einen Peso Strafe an den Sekretär des Ortes bezahlen muß.«

Die Indianer sagten kein Wort. Sie nickten nur mehrere Male und sahen ihren Jefe an, der gleichfalls nickte.

Der Jefe drehte sich eine Zigarette und sagte dann langsam: »Das können wir nicht bezahlen. Dazu haben wir das Geld nicht. Manch einer hier von den Familienvätern hat sechs Kinder. Wie kann er sechs Pesos den Tag bezahlen, wenn die Jungen groß genug sind und mit auf dem Felde arbeiten müssen, wenn der Mais gepflanzt wird oder wenn die Jungen bei den Schafherden bleiben müssen, damit die jungen Tiere nicht der Jaguar holt?«

»Ja, das ist wahr«, sagte Don Gabriel verstehend, »aber ich kann nichts tun. Ich bin hier nur der Secretario. Die Regierung hat angeordnet, und ich muß tun, was die Regierung anordnet, oder ich komme in das Gefängnis.«

Nun mischte sich Don Mateo in die Verhandlung: »Das ist überall so im Staat. Das ist auch in Comitan so und ebenfalls in Jovel.«

Der Cacique sah ihn an und sagte sehr ruhig: »Bist du hier der Secretario?«

Ein wenig verwirrt durch die unerwartete Frage, sagte Mateo: »Natürlich nicht. Aber ich weiß, daß es überall so ist.«

»Du hast wohl diese Verordnung hier mit hergebracht?«
»Ja«, antwortete Don Mateo unsicher, »ich war auf dem Wege zu meinem Bruder hier, und da gab mir der Postmeister den Brief zum Mitnehmen.«
Der Häuptling erhob sich, und gleichzeitig standen seine Begleiter auf. Er sagte: »Dann können wir ja nun gehen. Oder ist noch eine andere Verordnung da?«
»Nein«, sagt Don Gabriel, »es ist nur die eine angekommen.«

6

Am nächsten Tag waren wie immer nur etwa dreißig Jungen in der Schule.
Don Gabriel begann, die Namen der Väter derjenigen Jungen, die fehlten, aufzuschreiben, um bei jedem den Peso einzukassieren. Aber hier stieß er gegen eine Wand, deren Vorhandensein ihm bisher nicht zur vollen Kenntnis gekommen war.
Er hatte eine Liste aller hundertzwanzig Jungen des Ortes. Es waren jedoch zumeist Namen, die er den Jungen selbst gegeben hatte, um, für sich selbst, die Jungen voneinander unterscheiden zu können. Nur von wenigen Jungen kannte er deren Vater. Und das waren nur gerade jene Väter, die im Ort wohnten. Die Mehrzahl der Familien wohnten weit verstreut im Bezirk des Ortes. Viele wohnten weit in den Dschungel hinein.
Er sah keine Möglichkeit, die Namen der Väter festzustellen, deren Jungen heute fehlten. Er wußte auch kein Mittel, wie er die Namen der Väter erhalten sollte, deren Jungen morgen fehlen würden.
Weil auch Mateo hier um guten Rat verlegen war, so gaben sie beide die Hoffnung auf, aus der Schule in irgendeiner Form einen persönlichen Gewinn zu erzielen. Das trug nicht wenig dazu bei, daß in Don Gabriel das Interesse an der Schule verringert wurde.
Zwei Wochen später kam der Cura, der Kaplan, durch den Ort. Die Indianer mit ihren Frauen und Kindern kamen herbei, um dem Cura die Hand zu küssen. Dafür gab er ihnen seinen apostolischen Segen, und er war dann mit seiner schweren Arbeit zu Ende.

7

Durch die Ankunft des Curas war aber auch das Haus des Sekretärs reichlich gesegnet worden, mit einem Segen, der sichtbare Formen zeitigte.

Don Gabriels Frau ließ im Ort herumsagen, daß sie nichts im Hause habe und daß sie doch dem Señor Cura Gastfreundschaft bieten müsse, denn der Heilige Herr dürfe doch ganz gewiß nicht Hungers sterben. Zwei Stunden später hatte Don Gabriel im Hause vierzehn Hühner, achtzig Eier, sechs Truthühner, zwei kleine Saugschweinchen, fünf Zickelchen und das Fleisch von zwei Antilopen.

Der Heilige Herr konnte freilich nicht alles essen, und was übrigblieb, machte Don Gabriel nicht ärmer.

Dem Señor Cura wurde die Schule vorgestellt, und er war außerordentlich zufrieden mit dem Ergebnis des Unterrichts.

»Ich weiß, Señor Secretario«, sagte er zu Don Gabriel, »es ist eine sehr harte Arbeit, die Sie hier haben, und es ist wahrhaft wohltuend, einen solchen Erfolg zu sehen.«

»Gracias, Padre«, erwiderte Don Gabriel bescheiden, »ich könnte viel viel mehr leisten in der Erziehung, wenn nur der Schulbesuch regelmäßiger wäre.«

Der Heilige Herr nickte verständnisvoll und klopfte sich auf den Bauch: »Ich weiß nicht recht, ich glaube, ich habe es an der Leber, hier sitzt es, hier, nein hier«, er führte die Hand Gabriels zu der Stelle seines Leibes, die er meinte. »Es können auch die Nieren sein«, sagte er weiter, »ich bin mir nicht ganz klar. Aber meist ist es übel mit der Verdauung. Und schlafen kann ich auch nicht recht. Haben Sie nicht ein Glas guten alten Comiteco im Hause, Señor Secretario? – Danke, danke. Das ist ein Labsal. – Ja natürlich, noch einen; nein, nein, schenken Sie ruhig voll, ich falle nicht gleich über die Stange. Was den Schulbesuch anbetrifft, geben Sie nichts darauf, was die Regierung da sagt. Was weiß die Regierung? Die wirkliche Autorität ist der Vater. Das ist Gottes Gesetz und Gottes alleiniger Wille. Von Anbeginn der Welt. Wenn der Vater den Jungen zur Arbeit braucht, so ist es die Pflicht des Kindes, seinem Vater zu gehorchen. Das ist Gottes Wille, und wir Menschen sollen uns in den Willen des Gottes, der alle Dinge am besten weiß und kennt, nicht hineinmischen. Wenn das Kind Gehorsam lernt gegen seinen Vater und gegen Gott, was mehr und was Besseres können wir armen Sünder es lehren? Diejenige Regierung ist eine wahrhaft weise Regierung, die keinen Unfrieden stiftet zwischen Vater und Kind. Gehorsam gegen den Vater steht höher als Gehorsam gegen eine irdische Regierung. Lassen sie die Kinder hier zur Schule kommen, wie sie wollen und wann sie wollen, ihr eigener Vater weiß am besten, was seinen Kindern gut ist. Was kann es gut tun in der Welt, diese Leute hier aus ihrer kindlichen Unschuld zu reißen, sie vollzupfropfen mit Lesen und Schreiben, ihr zufriedenes Leben zu zerstören mit dem eitlen Tand, der Wissen und Bildung genannt wird! Tand, eitler Tand ist es, nichts weiter. Den Unschuldigen und den Unwissenden ist das Himmelreich sicher. Ob den anderen auch, das ist ungewiß; denn darüber ist nichts gesagt. – Ja, freilich, ich nehme noch ganz gern ein Glas. – Ja natürlich, voll. Hilft meiner Verdauung. Die ist sehr träge und lahmt an allen Ecken. Wie gesagt, Señor Secretario, lassen Sie die Kinder zum Unterricht kommen, wann und wie sie wollen. Offen gesagt, ich bin, wie auch der hochwürdige Herr Bischof es ist, gegen jede Landschule. Je weniger, desto besser; gar keine, das beste. Aber trotzdem erkenne ich doch an, was Sie hier in diesen wenigen Monaten an Erziehung der Kinder geleistet haben. Es ist bewundernswert, wie weit die Kinder sind. Es ist eine große Ehre für Sie. Salud! Gesundheit! – Na, ich weiß nicht, ob ich noch einen, gut, aber nur einen einzigen, den allerletzten. Ist ausgezeichnet. Wie ist denn jetzt der Weg nach Tanquinvits? Sehr morastig? Vor zwei Jahren bin ich da im Wege steckengeblieben. Bis zum Sattel hoch steckte ich im Schlamm mit meiner alten Mula.«

»Jetzt, in dieser Jahreszeit«, sagte Don Gabriel, »ist der Weg gut zu reiten. Da sind einige Stellen, wo Sie besser tun, gut achtzugeben. Steine, mit Erde und Schlamm bedeckt. Dazwischen sind Löcher. Besser steigen Sie da ab, Señor Cura. Es kommt vor, daß die Mules mit einem Bein tief in ein Loch zwischen den Steinen einsinken und die Beine leicht brechen können. Aber wenn Sie absitzen, ist weniger Gefahr, das Tier kann sich leichter herausziehen, wenn es keine Last trägt.«

El Cura überlegte eine Weile, zündete sich eine Zigarre an und sagte: »Die Leute, die Sie hier in ihrem Bezirk haben, sind sehr friedliche und fleißige Leutchen. Ich komme nun schon seit langem jedes Jahr einmal hierher, um zu taufen. Lassen Sie die Leute nur ganz in Ruhe. Sie sind wie Kinder. So muß man sie auch behandeln. Und wenn sie sich gelegentlich einmal betrinken, sagen Sie gar nichts. Am nächsten Tage haben sie es ausgeschlafen.«

Don Gabriel stand auf: »Entschuldigen Sie mich, Señor Cura, ich habe einige Briefe zu schreiben. Ich wollte Sie bitten, die Briefe mit nach Jovel zu nehmen und dort auf die Post zu geben.«

»Es wird wohl eine Woche oder zehn Tage sein, ehe ich nach Jovel komme«, sagte der Heilige Herr lächelnd, »ich besuche alle Ortschaften in der Region. Bin nicht sehr eilig auf meinem Wege. Meine Mula trottet wie eine altersschwache Schnecke. Ich lasse sie trotten, wie es ihr gefällt. Gottes Geschäfte sind langsam und brauchen keine Flugmaschinen. Haben Sie je so eine Maschine gesehen? Ich glaube nicht dran. Und es wird auch nichts daraus werden. Man soll Gott nicht verbessern wollen. Hätte Gott es gewollt, daß wir in der Luft herumfliegen, dann würde er uns Flügel mitgegeben haben. Und weil er uns keine Flügel gab, sondern sie den Engeln vorbehielt, so hat er damit seinen Willen deutlich kundgetan, und wir sollen dem Willen Gottes gehorchen. Wenn Ihre Briefe keine große Eile haben, dann nehme ich sie gern mit.«

»Die Briefe sind nicht eilig«, antwortete Don Gabriel. »Ich schicke sie jetzt nur, weil ich eine Gelegenheit dazu habe.«

»Ja, freilich nehme ich noch ein Glas«, sagte El Cura, »ich finde nicht immer einen so guten Añejo. Und es tut mir gut. Ich fühle dann nicht so kalt im Magen. Aber es muß nun der allerletzte sein. Und dann, mit Ihrer gütigen Erlaubnis, werde ich mich niederstrecken.«

8

Am nächsten Tage, als der Pfarrer mit seinem Burschen abgeritten war, sagte Don Gabriel zu seinem Bruder: »Dieser Ratschlag von dir ist gründlich fehlgegangen. Aus der Schule ist nichts zu machen. Ich will die Kirche nicht auf dem Halse haben.«
»Deine Sache«, erwiderte Don Mateo gleichgültig, »wenn du hier nicht auf deine Kosten kommst. Was geht es mich an?«
»Ich habe immer gedacht, daß du so sehr schlau bist und alles besser weißt als ich«, sagte Don Gabriel.
Diese Bemerkung fraß an Don Mateo.
Weil er hier nichts zu tun hatte, nur auf seinen Bruder und dessen Frau als einzige Unterhaltung angewiesen war, darum würgten diese Worte ärgerlicher in ihm, als es unter anderen Umständen geschehen wäre.
Von jeher hatte er behauptet, daß er nur darum gute Ämter gehabt hätte, weil er größere Fähigkeiten habe als andere Leute und ganz besonders größere Gaben habe als sein älterer Bruder.
Es war der Kernpunkt ihres täglichen Streitens, daß Mateo darauf bestand, wenn er hier sechs Monate Sekretär gewesen wäre, dann würde er es weitergebracht haben, und er würde in zwei Jahren aus diesem Amt wenigstens fünftausend Pesos für seine eigene Tasche herausgewirtschaftet haben.
»Das möchte ich nun doch wissen«, sagte darauf Don Gabriel jedesmal, »wie du hier fünftausend Pesos herausholen könntest. Wenn du alle Familien hier auf den Kopf stellst, da fallen auch noch nicht einmal dreihundert Pesos aus ihnen heraus. Die Leute haben es doch einfach nicht. Leicht gesagt, fünftausend Pesos in zwei Jahren herauswirtschaften! In deinem Ort, wo du warst, wo drei Branntweinfabriken sind, zehn, vielleicht fünfzehn Schenkwirtschaften, vier Gastwirtschaften, zwanzig Chinesen mit Läden, die du vorn und hinten und oben und unten rupfen kannst, eine andere Sache als hier.«
»Aber in jenem Bezirk war ich nicht allein«, gab Mateo zur Antwort, um seine Meinung zu verfechten. »Da war der Bürgermeister, der Stadtsekretär, der Steuermarkenverwalter, der Polizeichef mit sechs Mann, der Richter, die Delegationen und ein halbes

Hundert mehr, die alle mitrupften und mitzupften. Aber hier bist du doch allein und kannst die ganze Suppe allein löffeln.«
»Verdammt noch mal«, schrie Don Gabriel, »laß mich in Ruh!«
Er sah, daß sich die Jungen auf dem Platze vor der Schultür balgten und jagten, griff sich fünf heraus und verprügelte sie.
Dann befahl er ihnen, ihre Papierschnitzelchen aufzusagen. Als sie alle damit durch waren, ließ er sie auf dem Platze aufreihen, übte Gänsemarsch und Armstrecken mit ihnen.
Hierauf ließ er Erholungspause machen, ging ein Glas Comiteco trinken und begann sich mit seiner Frau zu zanken.

VIERTES KAPITEL

1

Don Gabriel war in seiner Amtsstube und schichtete die Verordnungen und Briefe um, strich sie glatt, legte oben einen Stein auf als Beschwerer, öffnete das Tintenfläschchen, roch daran, schüttelte es, korkte es wieder zu, nahm die Feder auf, kratzte den Rost an seinem Haar ab, legte den Federhalter wieder neben das Tintenfläschchen, pustete den Staub vom Tisch und trat in die Tür, um eine Zigarette zu rauchen.

Als er zufällig hinübersah, wo der Pfad aus dem Busch auf den Ort zukam, bemerkte er, daß ein Trupp von Indianern auf dem Marsche war und den weiten Platz des Cabildo kreuzen wollte, um auf den Pfad zu gelangen, der nach Hucutsin führte.

Zwei Männer, Ladinos, mit je einem schweren Revolver im Gurt, führten den Trupp. Sie saßen zu Pferde.

Sie gaben Kommando, daß hier auf dem weiten Platze alle halten und ein wenig rasten sollten, um die Nachzügler aufkommen zu lassen.

Jeder der Indianer trug einen schweren Packen mit seinen Dekken, Lebensmitteln und Kleidungsstücken.

Die beiden Ladinos ritten vor den Portico des Cabildo. Sie stiegen ab von ihren Pferden und kamen auf Don Gabriel zu.

»Buenos dias«, grüßte der eine, »Sie sind der Secretario hier?«

»Ja«, bestätigte Don Gabriel, »pase, kommen Sie herein.«

»Haben Sie Comiteco?« fragte der eine.

»Genügend«, sagte Don Gabriel.

»Dann füllen Sie uns hier unsere Flaschen, und einen werden wir gleich hier einheben. Einen für Sie, Señor Secretario.«

»Danke«, sagte Don Gabriel. »Setzen Sie sich nieder für einen Augenblick, ich habe den Branntwein in meiner Tienda. Wenn Sie oder die Leute, die Sie hier haben, etwas für den Weg brauchen sollten, meine Tienda ist die einzige hier am Orte; die nächsten acht Leguas, die Sie heute noch marschieren wollen, finden Sie keine Tienda.«

Als er mit den Flaschen zu dem Laden kam, fand er seine Frau und

Mateo schon emsig am Verkaufen von Tabakblättern, Zigaretten, Kampferstückchen, Salz, Chili und Bastseilen.
Einige zwanzig der wandernden Leute umstanden in einem dicht aufeinandergepreßten Haufen die heruntergelassene Klappe, die den Ladentisch zu liefern hatte. Don Gabriel füllte die Flaschen der beiden Männer und goß drei Gläschen ein.
Er kam zurück in die Amtsstube. Sie alle sagten »Salud!« und schossen den Comiteco hinunter.
»Bueno«, sagten die Männer und zogen ihren Leibgurt hoch, damit andeutend, daß sie reisefertig seien. »Vamonos, gehen wir. Haben einen langen kräftigen Weg vor uns.«
Gerade als sie ihre Pferde von den Pfosten des Portico losbanden, kam Mateo um die Ecke des Hauses.
Auf dem weiten Platze war es unter den Indianern beweglich geworden. Sie hoben ihre Packen hoch und begannen, sich nach und nach in Marsch zu setzen.
»Wieviel Leute haben Sie denn hier mit sich?« fragte Mateo die Männer, die eben ihre Füße in den Steigbügel setzen wollten.
»Achtzig«, antwortete der eine und setzte sich in den Sattel.
»Hinunter zu den Kaffeeplantagen?« fragte Mateo.
»Ja, in den Distrikt Soconusco.«
»Sie können doch aber hier nicht so ohne weiteres abmarschieren, Caballeros«, sagte Don Mateo, dicht an die Pferde tretend.
»Como?« fragte der Mann. »Wie meinen Sie das, Señor?«
»Das wissen Sie doch, Sie müssen hier das Passiergeld für die Leute bezahlen«, sagte Don Mateo, »zwanzig Centavos für jeden Mann.«
»Warum Passiergeld?« fragte der Mann. »Ich habe die Kontraktsteuer voll bezahlt.«
»Die Kontraktsteuer geht uns hier nichts an«, sagte Don Mateo. »Hier für den Ort haben wir Passiergeld zu erheben, Wegegeld. Ist Ortsverordnung. Das sollten Sie als Arbeiteragenten doch wissen, Caballeros. Es geht ja nicht aus Ihrer Tasche. Sie rechnen es den Leuten auf deren Konto an wie die Kontraktsteuern und wie die Anwerbekommissionen. Ihnen kann es ganz gewiß gleich sein. Aber wir haben hier das Recht, den Abmarsch der Leute zu verhindern, wenn das Passiergeld nicht entrichtet ist.«

Die beiden Agenten wußten natürlich, daß der Ort kein Recht hatte, Passiergeld zu erheben, weil weder Brücken noch Sumpfstege im Bereich des Ortes waren, die der Ort zu unterhalten verpflichtet war. Aber sie wußten auch, daß es sie um keinen Schritt weiterbrachte, wenn sie die Passiergelder nicht bezahlten. Mit ihren achtzig Mann hätten sie den Durchmarsch leicht erzwingen können. Sie hätten sich jedoch die Feindschaft des Sekretärs aufgeladen. Und eine solche Feindschaft ist störend. Sie waren nicht nur Anwerbeagenten von Indianern für Kaffeepflanzer, sondern sie waren auch Viehaufkäufer und Viehverkäufer, Fellhändler, und gelegentlich hatten sie einen Transport von Waren auf Maultierkarawanen zu befördern. Auf Reisen zu der wichtigen Schiffsverladestation des Grijalvastromes konnte dieser Ort nur mit einem Verlust von drei Tagen an Reisezeit umgangen werden. Es konnte freilich geschehen, daß sie die nächsten drei Jahre nicht durch diesen Ort zu reisen brauchten; aber es konnte ebensogut geschehen, daß sie schon nach zwei Monaten wieder hier durchmußten. Das hing von ihren Geschäften ab. Den Secretario in irgendeinem Orte, den man auf Reisen oder in Geschäften zu berühren hatte, zum Feinde zu haben oder ihn auch nur unfreundlich zu wissen, konnte sehr kostspielig werden. Jeder, der hier reist, ob Händler oder Nichthändler, ist immer auf den guten Willen der Ortssekretäre angewiesen. Der Ortssekretär ist der einzige Nichtindianer am Ort, und er ist die Autorität, die einem Schutz geben oder verweigern kann.

Die Agenten bezahlten die sechzehn Pesos Passiergeld.

Sie wollten eine Quittung haben. Aber Mateo sagte: »Wir haben die neuen Formulare noch nicht bekommen. Sie brauchen ja auch keine Quittung, Caballeros. Wir erheben hier das Geld nicht zweimal für denselben Trupp.«

Als der Transport außer Sichtweite war, sagte Don Mateo zu seinem Bruder: »Hast du gesehen, wie das gemacht wird? Du hättest die Burschen hier durchziehen lassen, ohne ein Wort zu sagen. Alles, was dir hier in den Weg kommt, muß gerupft werden, sonst bringst du es nie zu etwas. Wenn die Leute hier wieder zurückkommen und heimkehren von den Plantagen, dann marschieren sie allein, ohne Agenten. Dann nimmst du ihnen wieder zwanzig Centavos für jede Seele ab. Dann haben sie ihren Lohn in der Tasche. Wissen ja sonst nicht, was sie damit tun sollen. Und hängst ihnen ordentlich Comiteco auf. Kümmere dich nur nicht darum, daß die beiden Agenten sich beschweren werden wegen ungerechter Taxe. Auf keinen Fall, solange du hier Sekretär bist, und wenn du nicht mehr Sekretär hier bist, dann kann es dir gleich sein, und dann haben sie es längst vergessen, und sie wissen auch nie, ob du nicht irgendwo anders einen wichtigen Posten erhascht hast. Sie bezahlen es ja nicht selbst, die Muchachos müssen es bezahlen. Und die können nicht nachrechnen, das Konto ist zu groß.«

2

Im Ort war eine Hochzeit. Der junge Ehemann hatte die übliche Verpflichtung, sowohl seine eigenen Freunde als die Freunde der beiden Familien, die durch diese Hochzeit zusammenkamen, mit Branntwein zu bewirten. Er hatte den Branntwein schon einige Wochen vorher in Jovel gekauft, wo er ihn um ein Vielfaches billiger erhielt, als ihn Don Gabriel verkaufte. Das Fäßchen war heimlich in den Ort geschmuggelt worden, und Don Gabriel erfuhr nichts davon. Weil zu erwarten war, daß sich einige Leute betrinken würden, kaufte der junge Indianer auch noch zehn Liter von Don Gabriel, um den Schein aufrechterhalten zu können, daß aller Branntwein, der auf der Hochzeit getrunken wurde, aus der Tienda des Sekretärs stamme.
»Du kannst mehr haben«, sagte ihm Don Gabriel, »auch wenn du jetzt nicht bezahlen kannst. Ich borge dir ganz gern.«
Aber der junge Bursche erwiderte, daß er denke, mit den zehn Litern auszukommen.
Es liegt wohl in der Natur des Indianers, daß er sehr leicht und sehr rasch von Branntwein beeinflußt wird, besonders von jenem, der an Indianer verkauft wird. Viele Indianer verlieren unter dem Einfluß von Branntwein jegliche Kontrolle ihrer Handlungen. Jeder Mensch, der Indianer kennt, weiß das; und wenn er es nicht weiß, erfährt er es rascher, als ihm zuweilen angenehm ist.
Zwei Tage und zwei Nächte hindurch wurde getanzt, nach der Musik eines Akkordeons und zweier Gitarren.

Die jungen Burschen tranken wenig. Selbst das wenige, was sie tranken, verlor sich in seiner Wirkung durch unermüdliches Tanzen, durch Trinken großer Mengen von Kaffee und noch viel größerer Mengen von Wasser. Die jungen Burschen, ohne Ausnahme, hatten auch den entschlossenen Wunsch, auf die Mädchen im allgemeinen, und auf ein bestimmtes Mädchen im besonderen, einen guten Eindruck zu machen. Das indianische Mädchen schätzt die Nüchternheit bei einem Manne höher als eine körperlich angenehme Erscheinung. Diese Einschätzung eines jungen Mannes lehrt sie schon ihre Mutter. Die jungen indianischen Burschen wissen das, und sie wissen, daß sie, wenn sie keinen nüchternen Charakter haben, sie vielleicht doch eine Frau bekommen können, aber daß sie wohl schwerlich das Mädchen zur Frau bekommen, das sie gern haben möchten. Wie auch bei anderen Rassen ändert sich der Charakter des Mannes wie der der Frau von dem ursprünglich gezeigten oder vorgetäuschten, wenn es nicht mehr nötig erscheint, einen vortrefflichen Charakter zu haben. Das vollzieht sich, je nach der Ausdauer und Kraft der Heuchelei, entweder zwei Wochen nach der Eheschließung oder zwei Jahre oder zehn Jahre später. Viele Eheleute haben die Fähigkeit, sich zwanzig Jahre lang gegenseitig einen Charakter vorzuheucheln, den keiner von beiden wirklich besitzt. Es kann sogar geschehen, und geschieht in der Tat zuweilen, daß eine ausdauernde Verheuchelung des wahren Charakters so zur Gewohnheit wird, daß der geheuchelte Charakter beinahe der wirkliche Charakter wird. Beinahe. Völlig niemals. Darum ereignen sich auch so oft nach einer Ehe von fünfundzwanzig Jahren Geschehnisse, bei dem einen oder bei dem anderen, oder gleich bei beiden, die niemand jemals in dieser anscheinend so harmonischen Gemeinschaft erwartet hätte.

Es waren die verheirateten Männer, mit Frauen und Kindern wohl versorgt, die in einer desillusionierten Welt im Branntwein ihre letzte Zuflucht fanden. Wenn selbst hochzivilisierte Menschen nicht wissen und nicht erklären können, warum sie Champagner, Whisky und Cognac in sich hineingießen, nachdem der Drang, sich zu vergessen oder eine hochgeschraubte Stimmung in sich zu erzeugen, längst gesättigt ist, so kann man das von einem

Indianer viel weniger verlangen. Es ist vergebliche Mühe, es erklären zu wollen. Man findet sich am besten zurecht, wenn man die Tatsache gelten läßt, daß es sinnlose Trinker unter ihnen gibt, mäßige Trinker, volle Abstinenzler und Gelegenheitstrinker.

Die sinnlosen Trinker und die Gelegenheitssäufer waren es, die jene Hochzeit benutzten, auf lange Freifahrt zu kommen.

Es waren drei, die am frühen Morgen, halb ausgeschlafen von einem schweren Rausch am vorhergegangenen Nachmittag, zur Tienda des Don Gabriel kamen und mehr Branntwein verlangten. Auf der Hochzeit gab es keinen mehr für sie, weil die Hochzeit in ihrer langen Nachfeier sich nur auf den engen Kreis der beiden Familien erstreckte.

Sie brachten leere Literflaschen mit sich und Geld. Don Gabriel wollte ihnen keinen Aguardiente verkaufen, nicht etwa, weil er das Geschäft nicht hätte machen wollen, sondern weil er wußte, daß er wegen übergroßer Trunkenheit der Leute allerlei Scherereien haben konnte.

Don Mateo kam in diesem Augenblick herbei: »Was geht denn dich das an, wieviel die Leute trinken wollen! Du bist doch nicht deren Gesundheitsrat. Du hast dich nur darum zu bekümmern, ob sie bezahlen können und ob sie genügend wert sind, ihnen zu borgen.«

Don Gabriel gab ihnen den verlausten Aguardiente.

Zwei Stunden darauf hörte er ein wildes Kreischen aus dem Ort; und eine Indianerin, ihren Säugling im Arm, kam zum Cabildo gelaufen, schreiend: »Er hat meinen Bruder erschlagen und schneidet ihm den Kopf ab.«

Don Gabriel und Don Mateo liefen hinüber zum Ort, wo sie innerhalb der Umzäunung eines kleinen Hofes, hinter einer Hütte, eine Anzahl von Männern sahen, die sich bemühten, Gregorio, einen der drei, denen am Morgen Branntwein verkauft worden war, zu überwältigen.

Gregorio schlug mit einem Machete um sich, das von Blut triefte. Gegen die Lehmwand der Hütte gelehnt, befand sich der Leichnam eines Burschen von etwa achtzehn Jahren, das Gesicht an mehreren Stellen zerhackt und der Körper aufgerissen von tiefen Wunden.

Die Männer, von denen die Mehrzahl selbst noch im schweren Trunk waren, versuchten den Rasenden mit Stangen zu erreichen und niederzuschlagen. Aber sie wagten sich nicht nahe genug heran, weil sie Furcht hatten, daß Gregorio sie mit dem Machete werfen konnte.

Der indianische Jefe kam herzu, weil er das Geschrei gehört hatte. Aber auch er war noch im Rausch und sah alle der Reihe nach mit verglasten Augen an, ohne zu begreifen, was hier geschah oder was geschehen war. Don Gabriel gab einem Jungen, der herumstand, den Auftrag, rasch zu seiner Frau zu laufen und sich den Lasso vom Sattel geben zu lassen. In wenigen Minuten war der Junge zurück. Don Gabriel gelang es nach einigen Versuchen, und nachdem er sich um die Hütte geschlichen hatte, Gregorio vom Rücken aus zu erhaschen, ihm den Lasso überzuwerfen und ihn zu Fall zu bringen. In dem Augenblick, als Gregorio fiel, sprangen einige der Indianer hinzu und banden ihn in den Lasso wie ein Paket ein, so daß der Mann sich nicht mehr rühren konnte. Dann schleppten sie ihn hinüber zum Cabildo und steckten ihn in das Gefängnis. Nun völlig ausgegeben in seiner Kraft, begann er einzuduseln und seinen Rausch auszuschlafen.

Auf dem Platze vor dem Cabildo befand sich noch ein halbes Dutzend Männer, die dort herumschrien und blökten und nicht wußten, was sie mit sich tun sollten.

Don Mateo sagte, es sei das beste, diese Burschen auch ins Gefängnis zu stecken, damit sie nicht etwa noch mehr Unheil stifteten. Don Gabriel rief einige Männer, die genügend nüchtern schienen, herbei, und mit ihrer Hilfe gelang es, diese Burschen festzulegen. Alle Frauen im Ort, und alle Männer, die nüchtern waren, gaben Don Gabriel recht, daß er die Betrunkenen eingesperrt habe, um zu vermeiden, daß sich noch ein zweiter Totschlag ereigne. Aller Leute, besonders der Frauen, hatte sich eine hysterische Furcht bemächtigt. Vier Frauen kamen mit ihren Kindern zum Cabildo gelaufen, um hier Zuflucht vor ihren betrunkenen Männern oder Brüdern zu suchen und den Rest des Tages in dem Schulraum zu verbringen. Eine Frau kam schreiend zu Don Gabriel, ihn anflehend, ihren Mann ins Gefängnis zu sperren, weil er sie und ihre Kinder erschlagen wolle. Don Gabriel ließ den Mann herbeischleifen, sperrte ihn ein, und die Frau ging mit ihren Kindern zurück zu ihrem Jacal.

Gegen Mitte des Vormittags war völlige Ruhe im Ort eingekehrt. Die Betrunkenen schienen alle zu schlafen, und die übrigen sah man ihrer Arbeit in den Feldern nachgehen.

3

Das Gefängnis war ein sehr kleiner Raum. Sardinen können in ihrer Büchse nicht dichter liegen, als die Gefangenen in jenem Raume aufeinanderlagen.

Gegen Mittag kamen ihre Frauen, um ihnen Essen zu bringen. Aber keiner von ihnen war wach.

Am Abend kamen die Frauen wieder und steckten ihren Männern das Essen durch das Gitter der schweren Holztür. Dann zündeten sie vor der Tür ein Feuer für die Nacht an, das den Gefangenen einige Wärme bieten sollte.

Die Männer waren noch immer im Rausch. Den Frauen schien es wohl sicherer zu sein, daß ihre Männer noch im Gefängnis blieben. Keine ging zu Don Gabriel, um ihn zu ersuchen, ihren Mann herauszulassen.

Sie wußten auch aus früheren Erlebnissen und aus Erfahrungen, wenn ihre Männer in einer Marktstadt wegen Trunkenheit im Gefängnis waren, daß ein Herauskommen weniger einfach war als das Hineinkommen. Über der Tür vieler Gefängnisse in den kleinen Orten des Landes standen Merksprüche, die sich Polizisten und Wärter ausdachten und dann mit Kreide über die Tür schrieben. ›Hüte dich, hier hineinzukommen, Brüderchen, denn wann du wieder herauskommst, niemand weiß es.‹ – ›Leicht geht auf die Tür für jene, die hereinkommen; aber der Schlüssel ist schwer zu finden für die, die herausmöchten.‹ – ›Bleib draußen, Freund, glaub mir, der drinnen war; kommst du herein, dann bleibst du hier nicht weniger als ein Jahr.‹ – ›Der dich einschließt, Brüderchen, sitzt vor der Tür; der dich rausläßt, wohnt tausend Meilen von hier.‹

4

Am nächsten Morgen kamen die Frauen schon gleich bei Sonnenaufgang und hockten sich, ihre Säuglinge auf dem Schoß, vor das Gefängnis und sprachen mit ihren Männern. Sie stellten die Kaffeekrügchen an das Feuer, das dort die ganze Nacht hindurch geglimmt hatte.

Indianer empfinden die Nacht unangenehm, wenn sie nicht zu ihren Füßen ein Feuer brennen oder wenigstens schwelen haben. Mit einem langen Stock, den ihnen am Abend eine Frau durch das Gitter gereicht hatte, schoben sie Knüppel im Feuer nach, damit es nicht verlösche, sobald der eine oder der andere in seinem Rausche einmal aufwachte und für Sekunden zur Besinnung kam.

Don Gabriel hatte während der Zeit seines Hierseins bisher keine Gelegenheit gehabt, jemand in das Gefängnis zu stecken. Es gab viele Streitigkeiten im Ort, aber niemand war zu ihm gekommen, um jene Streitigkeiten zu schlichten. Alles wurde von ihrem eigenen Jefe geregelt und geschlichtet. Er hatte kein Recht, sich im Orte selbst in die Angelegenheiten der Bewohner hineinzumischen. Keiner kam auch je zu ihm, wenn Uneinigkeiten über Feldverteilung herrschten oder ein Streit über das Recht an einem erjagten Wild oder Unklarheit darüber, ob es die Ziege des Tomas oder die des Panfilo war, der ein herumirrendes Zicklein zugehörte, oder ob Elias mit Recht den Lino beschuldigte, daß er ihm ein Mädchen, das er zu heiraten gedenke, abwendig zu machen suchte.

Alles das ordnete ihr Häuptling Narciso zu ihrer Zufriedenheit.

Don Gabriel hatte nur das Recht, in ganz bestimmten Fällen als Vertreter der Regierung einzugreifen. Ein solcher Fall war, wenn der öffentliche Friede in bezug auf Land und Bewohner, die nicht unmittelbar zu dem indianischen Ort gehörten, gestört wurde.

Was die Indianer innerhalb ihres Ortes unter sich taten und was irgendeinen andern Staatsbürger nicht berührte, das war ihre eigene Sache. Jedoch hatte Don Gabriel das Recht und die Pflicht einzugreifen, wenn er gerufen wurde. Als die Frauen des Ortes keinen Ausweg wußten, wie sie sich vor ihren eigenen betrunkenen Männern schützen sollten, und ihr eigener Jefe unfähig war, den

Mörder zu überwältigen sowie die übrigen Männer zur Ruhe zu bringen, weil er selbst schwer betrunken war, kamen sie zu Don Gabriel als ihrer letzten und einzigen Rettung.

Es wäre den jungen Männern des Ortes, die nicht betrunken waren, leicht gewesen, Ordnung zu schaffen. Aber es ist gegen die indianische Sitte, daß Söhne oder junge Leute ihren Vätern und den älteren Männern ihrer Gemeinde Befehle geben und diese Befehle gar mit Gewalt durchsetzen. Keiner wird seinen Vater fesseln oder ihn niederwerfen, wenn der Vater in seiner sinnlosen Trunkenheit die Mutter erschlagen will. Der Sohn kann die Mutter nur in Sicherheit bringen, und wenn ihm das nicht glückt, dann fängt er für seine Mutter den tödlichen Hieb mit dem Machete auf. Der Vater in seinem Rausch und den Machete in der Hand ruft den Sohn an, zu ihm zu kommen, und der Sohn folgt aufs Wort, ohne gegen seinen Vater auch nur den Arm zur Abwehr zu erheben. Wenn er befürchtet, sein Vater könnte ihn in seiner Wut und Sinnlosigkeit erschlagen, dann geht er ihm rechtzeitig aus dem Wege; aber wenn ihn die Stimme seines Vaters erreicht, dann kommt er aus seinem schützenden Versteck heraus.

Aus diesen Gründen geschah es, daß Don Gabriel zu Hilfe gerufen werden mußte.

Auch aus anderen Gründen wurden Sekretäre zuweilen gerufen, um selbst innere Streitigkeiten und Unklarheiten in rein privaten Angelegenheiten zu lösen.

Es gab Fälle, bei denen der Häuptling aus Klugheit keine Entscheidung traf, weil die Entscheidung ihm eine dauernde Feindschaft nicht nur eines Mannes, sondern einer ganzen Familie einbringen konnte. Der Ursachen mochten viele sein, warum aus seinem Urteil eine dauernde Feindschaft erwuchs. Er ließ dann den Secretario entscheiden. Der Sekretär galt als unparteiisch, weil er oder seine Familie oder einer seiner Freunde durch das Urteil nicht begünstigt werden konnte; denn er stand in seinem Besitz und in seinen Familienbeziehungen außerhalb der Gemeinde.

Es waren solche Fälle, die aus den Sitten, dem Charakter, den wirtschaftlichen und verwandtschaftlichen Beziehungen der Indianer unvermeidlich hervorgingen, die den Sekretären eine

Macht und eine Autorität gaben, die in den Händen korrupter Beamter zu mitleidloser Ausbeutung und völliger Versklavung unabhängiger indianischer Gemeinden führten.

5

Wie alle Beamten unter der Diktatur betrachtete Don Gabriel sein Amt als ein Mittel, sich zu bereichern. Von Kindheit an sah der Mexikaner unter diesem Regierungssystem nichts anderes. Er lernte nichts anderes, und er hörte nichts anderes. Man sagte nicht von einem Beamten: »Der Mann hat einen schweren verantwortungsvollen Posten«, sondern man sagte: »Der Mann hat seine Schafe drinnen, er braucht sie nur noch zu scheren, er ist ja der Gouverneur.« Und von Jugend auf hatte Don Gabriel gelernt, daß selbst das kleinste Amt Einnahmen zu bringen hat, die um ein Vielfaches höher sein müssen als das Gehalt.
Der Diktator Don Porfirio hatte die Welt dadurch in Erstaunen gesetzt, daß er den völlig zerrütteten Staatshaushalt der Republik Mexiko in kurzer Zeit so wohlgeordnet aufzeigen konnte, daß der Staatsschatz des Landes in einer Weise wuchs, die andere Länder neidisch machen mußte. Die Statistiken bewiesen, daß ein großer Staatsmann das mexikanische Volk zu einer Höhe der Zivilisation und zu einer wirtschaftlichen Blüte gebracht habe, die man nie für möglich gehalten hätte. Er verstand es, die Ausgaben für den Staat lächerlich klein zu halten. Das war sehr leicht. Die Gehälter der Beamten waren in vielen Fällen so niedrig, daß kaum eine Maus davon hätte leben können. Und wenn ein Gouverneur oder ein Polizeichef oder ein Jefe Politico oder ein Richter leben wollte, wie es seiner Stellung entsprach, so mußte er Nebenverdienste haben. Daß er die Machtbefugnisse seines Amtes dazu gebrauchte, die Nebenverdienste bis zur äußersten Grenze zu erhöhen, ergab sich von selbst. Der Staatsschatz wurde immer größer, die Schuldenlast des Landes, scheinbar, immer geringer; die Armut des Volkes, die Unwissenheit, die Korruption, politische Spionage, klaffende Ungerechtigkeit dagegen wurden immer verheerender.
Don Gabriel wußte, daß er dieses Amt habe, um sich zu bereichern, und daß er es nicht habe, um das Wohl des indianischen Ortes und seiner Bevölkerung zu fördern. Es fehlte ihm nur an

Geschicklichkeit und an Schlauheit, aus dem Amt alles herauszuholen, was nur irgendwie darin verborgen war.

Er sah nicht, daß in dem Transport indianischer Arbeiter, der durch den Ort kam, für ihn sechzehn Pesos enthalten waren, hätte es ihm sein Bruder Mateo nicht gezeigt. Don Mateo war reich an Erfahrung, gewonnen im Umgang mit vielen Beamten. Aber er hatte nicht nur Erfahrung, sondern, was bei einem Amte mehr gilt, er besaß Phantasie und Erfindungsgabe.

»Wenn das Amt nichts gibt«, sagte er zu Gabriel, täglich zehnmal, »dann mußt du es gebend machen.«

6

An diesem Morgen, als sie beim Frühstück saßen, sagte Mateo: »Jetzt hast du doch endlich ein fettes Schwein im Stall, Gabucho. Und eine zu melkende Kuh noch dazu.«

Gabriel hörte auf zu kauen: »Ich? Du bist wohl auch im Tran? Schwein und eine Kuh? Como? Wie meinst du das?«

»Bei dir kann man sagen: Perle vor die Säue, Hombre«, antwortete Mateo. »Ja, Mann der Mules und Klarinetten, bist du denn in allem Ernst so vernagelt, daß du den Haufen Pesos nicht siehst, wenn er vor dir liegt? Die Cárcel voll mit Säufern, die rauswollen, und du sitzt hier und hast kein Kissen unter dem Hintern. Ich glaube gar, du läßt den fetten Truthahn, den du in der Hand hast, fliegen und freust dich daran, wie er ab und in den Busch fliegt, und läßt die Burschen alle raus aus der Höhle, wo sie sich so mollig hineingesetzt haben. So ein Glück, alle selbst gekommen. Du hast nicht einmal einen gerufen. Sie haben sie dir alle freiwillig hergebracht.«

»Ich kann sie aber nicht ewig hier im Calabozo behalten, ich muß sie heute herauslassen, sonst brechen sie mir das ganze Haus in Stücke.«

»Habe nur keine Angst«, erwiderte Don Mateo, »das tun sie nicht. Die wissen, daß dann die Soldaten kommen und daß ihre Häuser und Felder verbrannt werden.«

Don Gabriel kam nicht dazu, etwas darauf zu sagen, weil er hörte, daß einige Männer vor der Tür der Amtsstube waren, die dort sprachen und offenbar auf ihn warteten. Er setzte seinen Hut auf, zog den Revolvergurt fest und ging um die Ecke des Hauses in den Portico, wo die Männer vor der geschlossenen Tür standen. Don Mateo, gleichfalls den Revolver umschnallend, folgte ihm.

»Guten Morgen!« grüßte Don Gabriel.

Die Männer erwiderten den Gruß.

Gabriel schloß die Tür auf, ging an seinen Tisch, schichtete die Verordnungen und Briefe um, korkte das Tintenfläschchen auf, roch daran, korkte es wieder zu und kratzte den Federhalter an seinem Haar sauber.

Die Männer kamen heran und setzten sich auf die Bank. Don Mateo setzte sich auf dieselbe Bank und drehte sich eine Zigarette.

Dann begann einer der Männer zu reden: »Ich bin der Bruder des Isidro, der im Loch sitzt. Hier, das ist der Bruder der Frau des Isidro. Und das ist ein Halbbruder von Isidros Frau. Und dieses da ist der Bruder des Vaters von Isidro.«

»Warum hockt denn der Isidro im Gefängnis?« fragte Don Gabriel. Er wußte nicht, welcher seiner Gefangenen Isidro war, denn er kannte keinen der gefangenen Männer bei Namen.

»Isidro ist der Mann, der nur betrunken war und soviel geschrien hat, aber er meint es nicht so«, sagte der Bruder. »Wir möchten nun, daß du ihn herausläßt. Er ist jetzt nüchtern, und wenn er nicht nach seinem Mais sieht, dann hat er eine schlechte Ernte.«

Gabriel stand auf und sagte: »Recht, ihr könnt ihn gleich haben.« Er wollte gehen und Isidro aus der Haft entlassen.

»Warte«, sagte da Mateo, »du mußt doch erst sagen, wieviel er Multa, Strafe, zu bezahlen hat.«

Die Indianer verstanden nur wenig Spanisch, aber sie begriffen, um was es sich handelte. Sie begriffen noch besser, daß Don Mateo die kostenlose Befreiung des Isidro verhinderte.

Sie waren daran gewöhnt, daß eine Multa über sie verhängt wurde, wenn sie aus irgendeinem Grunde, meist wegen Trunkenheit, in einem Ort, wo sie zu Markte waren, ins Gefängnis gesteckt wurden. Wenn sie kein Geld hatten und keiner ihrer Verwandten oder Freunde, die mit ihnen waren, die Multa für sie bezahlte, so wurden sie eine Woche oder länger noch im Gefängnis behalten, und sie mußten an den Wegen oder an den Straßen oder in den Parks der Stadt arbeiten.

Hier aber waren sie in ihrem eigenen Ort, und Isidro hatte nichts weiter begangen, als herumzuschreien und sich zu weigern, ruhig in seine Hütte zu gehen.

»Die Multa für Isidro ist zehn Pesos«, sagte Don Mateo, »sobald er die zehn Pesos bezahlt, kann er gehen.«

»Wo soll denn Isidro zehn Pesos hernehmen?« fragte der Bruder des Isidro. »Er hat keine zehn Pesos, aber eine große Familie. Zehn Pesos? Ja, das ist beinahe der Wert von zwei sehr dicken Schweinen, wenn die Preise gut sind. Wenn die Preise so schlecht sind wie an dem Tage, als die Händler das letztemal hier waren, dann sind es vielleicht gar drei Schweine.«

»Gabriel«, rief Don Mateo, »steht das nicht da in der Verordnung, zehn Pesos Multa für Trunkenheit und Lärmen und Bedrohen?«

Don Gabriel nahm ein gedrucktes Blatt auf und sagte: »Ja, das steht hier verordnet von der Regierung.«

»Dann können wir nichts daran ändern«, sagte Don Mateo, »das ist Gesetz.«

Inzwischen hatte Don Gabriel Zeit gehabt, zu begreifen, daß hier eine neue Geldquelle sich öffnete, an die er wohl schon früher einmal gedacht hatte, die aber aufzubohren er bisher gefürchtet hatte.

Nun traf es sich aber, daß die Bewohner des Ortes in der Zwangslage gewesen waren, aus Selbstschutz den Sekretär in der Festnahme der Betrunkenen zu unterstützen. Es mochte geschehen, daß einer oder der andere jemand erschlug oder ein Haus anzündete. Der eine Mord, der geschehen war, konnte leicht die Mordgier eines anderen, der die Kontrolle über seine Handlungen verloren hatte, wachrufen.

Sicher hätte Don Gabriel alle Gefangenen freigelassen, ohne ihnen Geld abzunehmen, wäre er allein gewesen. Nicht weil er etwa einsah, daß er durch den Verkauf von Branntwein eine Mitschuld an den Vorfällen trug oder weil er ein menschliches Verstehen für die Schwächen der Indianer in sich gefühlt hätte, sondern aus praktischen Gründen.

Einmal hatte er Furcht. Er kannte das Schicksal einiger anderer Sekretäre. Zum andern wollte er nicht so plötzlich, sondern nach und nach alle Quellen öffnen, die vorhanden waren. Er war durchaus nicht so stupid, wie sein Bruder von ihm glaubte. Im Grunde war er vielleicht klüger als sein Bruder Mateo, auf jeden Fall diplomatischer.

Mateo hatte es leicht, hier brüsk vorzugehen und den starken, mutigen Mann zu spielen. Er war nicht verantwortlich. Alle Folgen konnte er auf den Sekretär abwälzen. Er konnte auch rascher aus dem Ort verschwinden als Gabriel, der eine Frau hatte und einige Sachen, die er nicht verlieren wollte.

Ob Mateo seinen Bruder absichtlich in eine schwierige Lage bringen wollte, war nicht zu ersehen. Gabriel wußte wohl, daß Mateo nicht sehr brüderlich ihm gegenüber fühlte. Dennoch glaubte er nicht, daß Mateo so teuflisch sein könnte, ihn bewußt in Gefahr zu bringen. Mateo sehnte sich nicht nach diesem Amte. Das war gewiß. Ob er es auf die Frau des Don Gabriel abgesehen hatte, war wenig wahrscheinlich.

Dagegen mochte es wohl sein, daß Don Mateo gern spielte. Konnte er nicht um Geld spielen, so spielte er mit Schicksalen anderer, um zu sehen, wie alles ausginge, und sich daran zu erfreuen, daß er der Mechaniker im Hintergrunde gewesen war.

7

Ob so oder so die Gründe waren, Don Gabriel war in eine Lage gebracht worden, wo er so festsaß, daß er keine Spalte sah, durch die er entweichen konnte.

Don Mateo hatte die Höhe der Multa genannt und sie mit einer Verordnung begründet. Don Gabriel konnte jetzt nicht mehr sagen, die Multa brauche nicht bezahlt zu werden. Er mußte nun rücksichtslos auf die Bezahlung der Geldstrafe dringen. Das Hauptgeschäft seines Amtes hatte er ja aufgebaut auf jene Geldstrafen, die er, sobald er erst einmal genügend sicher war, bei jeder nur irgend zulässigen Gelegenheit festsetzen und mit unerbittlicher Strenge eintreiben würde. Aber für dieses Geschäft hatte er gehofft, sich den Jefe der Indianer nach und nach zu erziehen, um ihn zur Unterstützung zu haben.

Er sah ein, daß, wenn er jetzt nachgebe, nachdem Mateo ihn festgetrieben hatte, er sehr lange Zeit brauchen würde, ehe er die Leute hätte überzeugen können, daß die Geldstrafen nötig seien,

um Ordnung und Frieden im Ort zu wahren. Jeder würde sich darauf berufen, daß er die bösesten Friedensstörer freigelassen habe, ohne daß sie zu bezahlen brauchten, während er bei geringeren Versehen gegen angebliche Verordnungen unerbittlich sei. Das Entscheidende jedoch war, daß er sich vor Mateos Spott fürchtete. Griff er jetzt nicht zu, wie er zugriff, als Don Mateo ihm das Passiergeld des Arbeitertransportes zuschob, dann würde das Verhöhnen und Verspotten Mateos ihm gegenüber in den folgenden Wochen nicht zu ertragen sein, weil er die Truthühner, die er so schön in der Hand hielt, wieder in den Busch zurückfliegen ließ. Seine eigene Frau, mehr auf Geld bedacht als er, würde mit Freuden jede Bissigkeit Mateos unterstützen, bis er es selbst glauben würde, daß er der größte Narr sei, dem Gott je die Gnade erwiesen hatte, ihn mit einem Amte zu segnen.
Don Mateo stand auf und nahm seinen Bruder zur Seite. Er tat so und redete in einer solchen Weise leise auf ihn ein, daß die anwesenden Indianer glaubten, er rede seinem Bruder zu, gnädig mit den Gefangenen zu verfahren.
In Wahrheit jedoch sagte er: »Hombre, so gut wie diesmal triffst du es nie wieder, und wenn du hundert Jahre hier Ortssekretär sein solltest. Laß dir diese gute Gelegenheit nicht entwischen. Wer weiß, ob sie jemals wieder so gut kommt. Du hast keinen einzigen eigenmächtig eingesperrt. Die Männer und die Frauen haben dich gebeten, die Betrunkenen und die Herumschreier in den Calabozo zu setzen. El Jefe hat nach deren Meinung es bestätigt, weil er nichts dazu gesagt hat. Dein Glück, daß er mehr besoffen war als alle übrigen. Jetzt hast du genug hier beisammen mit voller Unterstützung des ganzen Ortes. Lasse sie gut bezahlen, um wieder herauszukommen. Von nun an geht das wie von selbst. Jede Woche kannst du jetzt zwei oder drei verhaften lassen. Immer findet sich etwas. Du kannst so viele Verordnungen machen, wie du willst. Die können keine lesen. Wenn sie damit nicht zufrieden sind, werden sie wütend auf die Regierung. Das geht dich nichts an, und die Regierung ist weit. Selbst wenn sie eine Abordnung schicken und der Gouverneur macht sich wirklich die Mühe, sie für fünf Minuten zu empfangen, sie können nicht mit ihm sprechen, er versteht kein Wort Idioma. Er fragt sie nach ihrem Na-

men, gibt jedem die Hand, bezahlt für sie in einer Fonda ein Essen für einen halben Peso und schreibt dir einen amtlichen Brief, um zu erfahren, was sie wollten. Du kannst ihm antworten, was du willst. Er legt den Brief auf alle Fälle beiseite, denn er hat die verlausten Indios inzwischen lange vergessen, wenn er überhaupt noch Gouverneur ist und nicht schon ein anderer an seinem Platze sitzt, der überhaupt nichts weiß und sich nur darum kümmert, wieviel Extrataxen er aus den Kaffeepflanzern herauspressen kann für Automobilstraßen und Eisenbahnen, die nie gebaut werden.«

Don Gabriel begriff, daß alles so war, wie sein Bruder sagte. Wollte er sich sein Amt nicht für immer verderben, dann mußte er nun den Speck anschneiden, der vor ihm lag.

Auch die Indianer, die auf der Bank saßen, hatten inzwischen unter sich gesprochen und beraten, was sie tun könnten.

Als Gabriel und Mateo wieder in den Amtsraum traten, sagte der Mann, der sich als Bruder Isidros vorgestellt hatte: »Hören Sie, Señor Secretario, wir wollen vier Pesos Multa für Isidro bezahlen, damit er nach Hause gehen kann zu seiner Frau und seinen Kindern.«

Mateo ließ Gabriel nicht antworten. Er sagte sofort: »Die Verordnung bestimmt zehn Pesos Geldstrafe. Aber ich bin ja nicht der Secretario. Wenn Don Gabriel es für weniger tun kann, dann muß er es vor der Regierung verantworten.«

»Gut«, sagte Don Gabriel, »no soy un Tirano, kein Despot. Wir wollen sagen, acht Pesos. Isidro ist arm, und er hat eine große Familie.«

»Fünf Pesos«, antwortete darauf der Bruder Isidros. »Fünf Pesos wollen wir wohl bezahlen, soviel kann er uns zurückbezahlen, wenn er Ziegen verkauft.«

Nach Hin- und Herreden einigten sich alle auf sechs Pesos Multa für Isidro. Die Männer gingen zu ihren Häusern, und Isidros Bruder kam nach einer Viertelstunde zurück mit den sechs Pesos.

Don Gabriel stellte keine Quittung für die Geldstrafe aus.

Trotzdem fühlte sich Mateo veranlaßt, ihm zu raten: »Quittungen mußt du nie ausstellen, niemals. Dann kann man dir nie etwas nachrechnen, nie etwas beweisen, wenn die Läusefresser hier vielleicht gar unruhig werden sollten und rebellieren. Mußt sie immer und immer glauben machen, daß die Regierung jene Verordnungen bestimmt und daß du nur ein angestellter Beamter bist, der die Verordnungen durchzusetzen hat, und wenn er sie nicht durchsetzt, dann selbst ins Gefängnis gesteckt wird. Überhaupt, warum so viele Worte. Die verlangen gar keine Quittung. Ihnen fehlt der Begriff dafür. Hier ist die Ware und hier ist das Geld, und wenn geborgt wird, dann nur gegen Bürgschaft eines anderen.«

»Ich möchte nur wissen, warum man dich noch nicht zu einem Sekretär gemacht hat«, sagte Don Gabriel lachend.

»Geht mir zu langsam, Manito«, erwiderte Mateo, »ich habe auch nicht die Ruhe, die du hast. Ich wäre zu rasch, und dann habe ich sie alle auf dem Halse. Die Wahrheit, Gabucho, ich hätte Angst, so allein zu sein, hier mit einem ganzen Dorf voll von Indianern, an denen ich verdienen will.«

Gabriel warf seine Zigarette fort, trat darauf und sagte: »Also so kommst du mir heraus, Brüderchen. Mich willst du hier fest einklammern, und du bist fort, wenn es brennt!«

»Dir geschieht das nicht, Gabucho, du bist zu dumm dazu. Du kannst ein Schafsgesicht machen. Ich nicht. Darum bist du sicher auf einem solchen Posten.«

8

Gegen Mittag waren alle Gefangenen für je sechs Pesos Multa freigelassen. Teils war das Geld gleich bezahlt worden, teils hatte es Don Gabriel gegen Bürgschaft zweier Verwandten dem Verhafteten auf Konto geschrieben.

Für den Mann, der in seiner Trunkenheit gedroht hatte, seine Frau und seine Kinder zu erschlagen, und dessen eigene Frau den Sekretär angefleht hatte, ihren Mann ins Gefängnis zu stecken, bis er wieder nüchtern sei, setzte er eine Multa von zwanzig Pesos fest. Zwanzig Pesos bedeuteten wohl die halbe Ernte des Mannes an Mais oder die doppelte Anzahl von verkäuflichen Schweinen, die er besaß.

Seine Brüder und Onkel und andere seiner Sippe kamen, um für ihn zu handeln. Nach einer Sitzung von drei Stunden einigten sich alle auf zwölf Pesos, die dem Manne auf sein Konto geschrieben

wurden. Alle Anwesenden bürgten dafür, daß die Summe innerhalb von sechs Wochen mit drei Pesos Zins bezahlt werden würde.
Für den Mörder Gregorio zu verhandeln, war noch niemand gekommen. Es hatte ihm nur seine Frau regelmäßig das Essen gebracht. Jedesmal hockte sie sich, ein Kind an der Brust und drei um sie herumlaufend, vor der Tür des Gefängnisses hin, und hier blieb sie jedesmal, wenn sie kam, drei Stunden und länger hocken. Ihr Mann sprach nicht viel zu ihr und sie so gut wie nichts zu ihm. Sie betrachtete es als ihre Pflicht, ihrem Manne nahe zu sein. Zuweilen weinte sie still vor sich hin.
Abends kam sie nur mit ihrem Säugling. Sie brachte ihrem Manne schwarze Bohnen, Tortillas und ein Krügchen Kaffee. Vor der Tür zündete sie ein Feuer an, wärmte das Essen auf, reichte es ihrem Mann durch das Gitter, sah ihm zu, wie er aß, fragte ihn, ob er mehr Salz haben wolle oder mehr Wasser.
Nachdem er gegessen hatte, reichte sie ihm Tabakblätter zu, und er rollte sich dicke Zigarren. Er lehnte gegen die Lehmwand des Gefängnisses, rauchte und fragte gelegentlich nach irgend etwas, was im Hause geschah, und er gab ihr kurze Anweisungen über Arbeiten, die getan werden sollten und auf welche Dinge und auf welche Tiere geachtet werden müßte. Dann schlief er ein, ausgestreckt auf dem dünnen Petate, den ihm seine Frau gebracht hatte, und zugedeckt mit einer dünnen, überall zerlöcherten Wolldecke.
Die Frau blieb vor der Tür beim Feuer geduldig hocken. Sie schürte das Feuer auf, preßte ihren Säugling gegen ihre nackte Brust, rauchte eine Zigarre, die ihr Mann ihr gegeben hatte, schlief ein, ohne ihre hockende Stellung zu verändern, wachte auf, wenn das Feuer verglimmen wollte, sprach leise und zärtlich zu ihrem Kleinen, preßte ihn wieder an sich, legte Holz im Feuer nach, zündete die verlöschte Zigarre wieder an, rauchte einige Züge, schlief wieder ein und wachte auf, wenn das Feuer auszugehen drohte. Ihr Mann schlief ruhig und sanft, von keinem Schuldbewußtsein in seinen Träumen gestört.
Als die Nacht bleich zu werden begann, richtete sich die Frau auf, trabte mit kurzen Schritten zur heimatlichen Hütte, um ihrem Manne das Frühstück zu bereiten.

9

Die Tür des Gefängnisses war aus dicken gehackten Mahagonibrettern gefertigt, die ohne Nägel zusammengefügt waren. Das Gitter bestand aus dicken Stäben der Länge und der Breite, an den Kreuzungen so eingekerbt, daß die Stäbe ineinandergriffen. Die einzelnen Gitterfensterchen waren genügend weit, daß der Gefangene leicht seinen Kopf hindurchstecken konnte, wenn er dazu Lust spürte.
Die Tür hatte kein Schloß. In den Türpfosten war eine eiserne Kramme eingetrieben. Sie war völlig verrostet. Hätte man einen Stock in diese Kramme geschoben und die Kramme verdreht, so hätte sie mit einem leichten Knacken ihren letzten irdischen Seufzer ausgestoßen, um zu keiner irgendwie nützlichen Auferstehung gebraucht werden zu können.
Durch eine Querstange des Gitters, dessen Fensterchen dem Pfosten am nächsten lag, war eine Kette in einer doppelten Schlinge gelegt. Diese Kette gehörte zu derselben tuberkulösen Familie, der auch die Kramme angehörte. Ihre Glieder waren so von Rost zerfressen und zernagt, daß man leicht das eine oder andere Glied dieser Kette mit einem Handdruck hätte zerpressen können.
Durch die zwei Endglieder der Kette und durch die Öffnung der Kramme steckte ein Vorhängeschloß. Aber das Schloß arbeitete nicht, denn es war so verrostet, daß der innere Mechanismus sich nicht mehr bewegen ließ. Aber ob sich dieser Mechanismus bewegen ließ oder nicht, kam nicht in Frage; denn Don Gabriel hatte keinen Schlüssel zu jenem Schloß. Wenn er den Gefangenen einschloß, so drückte er nur den Bügel des Schlosses so weit ein, wie sich der Bügel das gefallen ließ. Weil der Mechanismus des Schlosses den Lauf der hastenden Welt nicht mehr mitzumachen sich vorgenommen hatte, so schnappte das Schloß nicht mehr ein. Wenn der Gefangene herausgelassen werden sollte, zog Don Gabriel den Bügel einfach auf.
Er ließ den Gefangenen mehrere Male des Tages auf zehn Minuten hinaus. Während dieser Zeit ging Don Gabriel in den Schulraum oder zu seiner Frau in die Küche. Weil er ja wußte, was der Gefangene während dieser zehn Minuten tat, denn er mußte es tun, so

fühlte Don Gabriel keine besondere Lust zuzusehen, wie es vor sich ging.

War der Gefangene fertig mit seinem Opfer, das er der Erde bot, so setzte er sich vor die Gefängnistür, wo er geduldig wartete, bis Don Gabriel wieder erschien, um ihn aufs neue einzuschließen.

Wie das ganze Amtsgebäude, so bestanden auch die Wände des Gefängnisses, das eine Ecke im Amtshause einnahm, nur aus dünnen Staketen, die dick mit Lehm bekleidet waren. Mit ein paar Fußtritten konnte die Wand sowohl von außen wie von innen ohne Mühe durchgestoßen werden. Jeder beliebige Mann konnte das Schloß ebenso leicht öffnen, wie es Don Gabriel tat. Und jeder Mann im Orte wußte, wie das Schloß geöffnet und wieder geschlossen wurde.

Dennoch, selbst wenn der Gefangene in jenem Gefängnis auf die Vollstreckung seines Todesurteils einige Wochen hätte warten müssen, er wäre nicht entwischt, und niemand von seinen Freunden würde ihn befreit haben.

So wie die Tür eines Hauses für einen Indianer als geschlossen gilt, wenn sie nur mit einem Bastband zugebunden ist, so gilt für ihn die Gefängnistür als geschlossen, auch wenn sie nur mit einem gekrümmten Finger aufgerissen werden könnte.

10

Ein Indianer, der ein Verbrechen begeht, versucht wie jeder andere Mensch zu entweichen, ehe er ergriffen wird. Ist er jedoch einmal verhaftet, dann ergibt er sich in sein Schicksal mit einer Gleichgültigkeit, die ein Europäer nicht versteht. Er versucht weder zu entfliehen noch sich zu verteidigen. Seine Tat beschönigt er nicht, und er sucht nach keiner Rechtfertigung. Wird er um Angabe von Gründen für seine Tat ersucht, so nennt er Gründe, die an sich mit der Tat kaum etwas zu tun haben, nach Meinung dessen, der ihn verhört und nach Ansicht eines Nicht-Indianers. Es geschieht, daß er sagt: »Ich fühlte das Bedürfnis, jemand zu ermorden, und darum erschlug ich ihn.« Meist jedoch gibt er überhaupt keine Erklärung. Möglicherweise hat er keine Erklärung. Oder sie ruht so tief in seinem Wesen, in seinem Unterbewußtsein, in seinen geheimen Ängsten, in seinen intimen Wünschen, in seiner ihm unklaren Einstellung zur Umwelt und Mitwelt, daß er nicht die Intelligenz, ja nicht einmal die Fähigkeit hat, mit Worten und klaren Sätzen die treibenden Kräfte seiner Seele irgendeinem andern Menschen, nun gar einem Richter oder einem Polizeibeamten, verständlich zu machen. Wahrscheinlich fühlt er instinktiv, daß kein anderer Mensch ihn verstehen kann, auch wenn er tagelang reden würde. Und weil er das fühlt, darum ermüdet ihn jedes Wort, das er zu seiner Verteidigung sagen könnte. Der Richter, in aller seiner Würde, sitzt vor ihm und redet und schreit auf ihn ein und sagt ihm, daß er ein eigensinniger, starrköpfiger, hinterhältiger Bursche sei, der zum Verbrecher geboren wurde. Das Urteil nimmt er hin, wie er seine Geburt hingenommen hat. Er bemüht sich nicht, daran etwas zu ändern oder etwas dazu zu sagen. Er fühlt nur die eine tiefe Erlösung, daß mit dem Urteil seine Qual zu Ende ist, daß nicht länger mehr in ihm herumgebohrt wird, daß er nicht länger mehr gefragt wird nach Erklärungen, die er nicht geben kann, weil er keine hat. Er ergibt sich in sein Urteil völlig. Wenn es ein Todesurteil ist, dann steht er vor den Mündungen der auf ihn gerichteten Gewehre mit derselben Gleichgültigkeit, mit der er vor seinen Richtern stand, und lacht die Soldaten, die auf ihn schießen, offen und ehrlich an. Er trägt weder für seine Richter noch für die Soldaten, die ihn erschießen, Haß oder Wut mit sich hinüber in das ewige Schweigen. Er empfindet nicht einmal, daß ihm ein Unrecht geschehen sei. Vielleicht denkt er, daß sein Schicksal es von Anbeginn der Welt so für ihn bestimmt habe und daß niemand seinem Schicksal entweichen könne und kein Mensch auf Erden irgendeine Schuld habe, wenn sich das Schicksal so vollziehen müsse, wie es nun geschieht. Der Beobachter dieses Vorganges, der kein Indianer ist und der das Wesen des Indianers nicht kennt, legt die erschütternde Furchtlosigkeit des Indianers angesichts seines sicheren Todes als Tapferkeit aus. Aber jene Furchtlosigkeit, jenes Anlachen der Soldaten, die auf ihn angelegt haben, der Eindruck, den er erweckt, als handele es sich um ein Spiel, alle diese Erscheinungen haben nichts mit Tapferkeit zu tun. Der Indianer, einmal drin in dieser Lage, ist weder tapfer noch schwächlich; er ist lediglich unsagbar gleichgültig. So gleichgültig in der Tat, daß er völlig außerhalb aller irdischen

Sinne und Empfindungen steht. Tapfer ist nur der Mensch, der gegen eine Gefahr nicht gleichgültig ist und nicht gleichgültig bleibt. Im Kriege und in blutigen Händeln ist der Mensch am tapfersten, der am wenigsten innere Kultur besitzt und dessen Geist die geringste Sensibilität aufweist, der Mensch, der keine Phantasie hat und in seinem Wesen und Charakter einem Bullen am nächsten kommt. Wer den inneren, den geistigen Wert des Lebens in sich empfindet, ist niemals wirklich tapfer auf jenen Gebieten, wo gewöhnlich Tapferkeit verherrlicht wird.

Wird der Indianer freigesprochen und darf er unbehelligt seines Weges ziehen, so bedankt er sich bei niemand dafür. Er nimmt diesen Freispruch ebenso gleichgültig hin wie sein Todesurteil. Es macht für ihn, in seinem Wesen, keinen Unterschied aus. Es bleibt in ihm dennoch die Gewißheit bestehen, daß die Gründe seines Handelns nicht verstanden wurden und daß er sie niemandem klarmachen kann. Er fühlt die Gründe, und er fühlt sie gewiß völlig richtig im Einklang mit seinem Wesen und mit der Umwelt, wie sie sich vor seinen Augen zeigt. Aber er vermag jene Gründe weder sich selbst gegenüber in seinen Gedanken klarzumachen, noch vermag er sie seinem besten Freunde zu erklären. Jedoch sein Freund, ein Indianer, seiner Sippe zugehörig, aus demselben Stamme, in der gleichen Umwelt, unter den gleichen Traditionen und Sitten aufgewachsen wie er, versteht das Handeln, versteht die Gründe; aber auch er könnte sie niemandem verständlich machen, der nicht so eng zu der Rasse gehört, daß er ohne erklärende Worte die Gründe einer Handlung in seiner Seele versteht.

Der zivilisierte Indianer und der Indianer der Städte stehen dem primitiven Indianer genau so fern im instinktiven Nachfühlen verborgener und unerklärbarer Gründe von Handlungen wie ein Europäer.

Gesetze werden so gemacht, daß sie dem Durchschnitt angepaßt werden können. Gesetze in einer europäischen Nation, die in Rasse, Sprache, Grundreligion, Geschichte und Sitten einheitlichen Charakters ist, soweit eine solche Einheitlichkeit überhaupt je erreicht werden konnte, kommen, wenigstens scheinbar, einer aufgepuderten Gerechtigkeit nahe. Geschickt geleitete Erziehung durch Staat und Kirche machen die Menschen glauben, daß sie eine gerechte Gesetzgebung haben. Dieser Glaube der Staatsbürger ist notwendig, damit Gesetze respektiert werden. Gesetze, die von der Mehrheit als ungerecht angesehen werden, lassen sich für die Dauer nicht aufrechterhalten. Werden sie gewaltsam in Kraft gehalten, führen sie zu Revolutionen.

Wie gut aber auch Gesetze sein mögen, in einem Lande wie Mexiko können die allgemeinen Landesgesetze immer nur für einen geringen Teil der Gesamtbevölkerung gerechte Gesetze in ihrer Wirkung sein. Die Gesetze in Mexiko setzen, wie es überall Gesetze tun, eine Bevölkerung voraus, die in ihrer Bildung, in ihrer Rasse, in ihrer Sprache, in ihren Traditionen, in ihren Sitten, in ihrer ökonomischen Struktur einheitlich ist. Infolge der Anwendung dieser Landesgesetze auf die gesamte Bevölkerung ohne Unterschied und ohne Rücksicht auf die Verschiedenheit in der Zusammensetzung des Volkes aus zahlreichen, in jeder Hinsicht voneinander getrennten Schichtungen geben diese Gesetze die Möglichkeit, Ungerechtigkeiten in unerhörten Ausmaßen zu begehen, ohne daß sie als Ungerechtigkeiten nach dem Landesgesetz gelten können.

Der Mord, den ein zivilisierter Mexikaner begeht, ist nach dem Gesetz derselbe Mord, den ein Indianer begeht, der in seiner Seele, seinen Empfindungen, seinen wirtschaftlichen Lebensbedingungen gar keine Ähnlichkeit mit dem zivilisierten Mexikaner aufweist. Der Mord, den ein Indianer begeht, wurzelt in Motiven, die der zivilisierte Mexikaner weder kennt, noch fühlt, noch versteht. Der Zivilisierte weiß, daß das Gesetz ihn schützt, und daß es ihn rächt, wenn jemand an ihm ein Unrecht begangen haben sollte. Der Indianer dahingegen hat ein solches Verständnis für das Gesetz nicht. Fühlt er sich beleidigt oder bestohlen oder nichtswürdig behandelt, so ist das Gleichgewicht in seinem Gefühl für Gerechtigkeit und für Vergeltung nicht dadurch wiederhergestellt, daß ein Richter in einer weit entfernten Stadt den Mann, der an diesem Indianer irgendein Unrecht verübte, mit einem Jahr Gefängnis bestraft. Selbst dann fühlte er die Harmonie in Untat und Vergeltung nicht erreicht, wenn der Mann, der seinen Sohn erschlug, irgendwo im Lande dafür zum Tode verurteilt und erschossen wird.

Der Caballero kann nur weiterleben, wenn er den Schänder seiner Ehre im Duell erschlagen hat, oder, wenn er ihn nicht erschlagen kann, zieht er es vor, selbst erschlagen zu werden. Es genügt ihm nicht, daß ein Richter, der diese Ehrenschändung als alltäglich betrachtet, den Beleidiger mit einer Geldstrafe oder mit vier Wochen Gefängnis bestraft. Diese Ansicht des Caballeros ist primitiv. Vielleicht. Aber dann ist die Beleidigung einer Nation durch eine andere Nation gleichfalls primitiv. Dennoch ziehen hochzivilisierte Völker heute noch in den Krieg. Solange sie das tun, kann der unbegreiflich erscheinende Mord eines Indianers nicht von einem Außenstehenden beurteilt werden.

Der Mord, den ein Indianer in seiner Kommune begeht, ist niemals ein Raubmord, wie weit auch immer dieser Begriff ausgelegt werden mag. Das Verbrechen, das ein Mensch begeht, der Ursache, Zweck, Wert und Wirkung von Gesetzen kennt, ist nicht das gleiche Verbrechen, das ein primitiver Indianer begeht. Ja, es ist nicht einmal dasselbe Verbrechen, das ein wenig gebildeter, hart arbeitender und schlecht bezahlter Proletarier in einem zivilisierten Lande begeht.

Eine Börsenschiebung ist ein Raub, sie ist ein Taschendiebstahl. Die Börsenschiebung ist gesetzlich zulässig, der Taschendiebstahl wird bestraft. Jedoch in beiden Fällen werden Unvorsichtige beraubt von dem, der zupackt. Spekulation in Kaffee und Getreide, wobei die Erzeuger dieser Produkte ihr Land und alles, was sie sonst an Eigentum besitzen, verlieren, ohne daß sie etwas dazu tun können, um jene Spekulation zu verhindern, ist gesetzlich zulässig. Das Stehlen eines Sackes Kaffee oder eines Sackes Getreide aus dem Lager des Spekulanten dagegen ist schwerer Einbruch und wird hart bestraft. Beide Handlungen, die Spekulation wie auch das Stehlen eines Sackes Kaffee, sind sowohl in der Absicht als auch im Effekt auf die Betroffenen durchaus gleich. Vor dem Gesetz aber gilt das eine als einwandfreies und gesetzlich geschütztes Geschäft, das andere jedoch als Raub.

Diese Ungerechtigkeit oder, genauer gesagt, diese Unvollkommenheit in den Gesetzen sehen wir ein, verstehen wir und können wir besprechen.

Sowenig wie der Getreideproduzent sich vom Gesetz geschützt

sieht gegenüber dem Raub der Spekulanten, sowenig sieht sich der Indianer durch ein Gesetz vergolten, das mit keinem Worte, mit keiner Idee es vermag, auch wenn es so wollte, ihm die Harmonie seines Lebens wiederzugeben, die durch eine Handlung seines Nachbars zerbrochen wurde. Der Indianer mag einem Weißen, der keine Beziehung zu seinem Leben hat, eine Tat vergeben, die er seinem Nachbarn nicht vergeben kann. Er weiß und fühlt, daß der Weiße in einer anderen Welt lebt. Darum beurteilt er ihn milde. Seinen Nachbarn dagegen beurteilt er hart und gerecht; denn von seinem Nachbarn weiß er, daß ihm seine Sitten und Gefühle vertraut sind wie seine eigenen.
Und über einen Mord und Mörder, verwachsen in solcher schwierigen Umgebung, war Don Gabriel, kraft seines Amtes, zum Richter gesetzt.

11

Nach der Auffassung, die unter der Diktatur galt, unterscheidet sich ein Indianer von einem Tiere nur dadurch, daß er sprechen kann. Er hat weder menschliche Rechte noch eine menschliche Seele. Die Handlungen der Beamten gegenüber dem unzivilisierten Indianer müssen aus dieser Auffassung heraus verstanden werden. Sie dürfen dem Mexikaner, aufgewachsen und erzogen im Geiste jener Diktatur, nicht derart angerechnet werden, um über ihn ein Urteil zu fällen hinsichtlich dessen, was in ihm gut oder böse ist. Im zivilisierten Rom Sklaven oder Christen den Löwen vorzuwerfen und sich in der Arena an diesem ungleichen Kampfe zu erfreuen, galt durchaus so sittlich und moralisch gerechtfertigt, wie es heute als durchaus gerechtfertigt angesehen wird, daß der Staat Menschen gegen ihren Willen in die Armee einreiht, sie mehr oder weniger unmenschlich behandelt, ihren Willen und ihre Freiheit gewaltsam bricht und sie gegen ihren Willen auf Befehl des Landespräsidenten in die Arena gegen die Armee eines anderen Landes schickt, um hier zu morden und sich morden zu lassen für Dinge, die dem Proletarier, der die Masse der Arenasklaven zu stellen hat, ebenso gleichgültig sind, wie dem Sklaven in der Arena die Zahl der Zuschauer und die Höhe der vereinbarten Eintrittsgelder gleichgültig sind und sein müssen,

weil sie an seinem Schicksal sowenig ändern, wie an dem Schicksal des Proletariers geändert wird, der im Kriege verblutet. Er kämpft für das Schicksal der Überlebenden, die auf den Ausgang des Kampfes in der Arena gewettet haben.
Das Unrecht, das die Diktatur an dem Indianer beging, beruhte nicht darin, daß sie den Indianer als ein sprechendes Tier betrachtete, sondern darin, daß sie nichts dazu tat, den Indianer aus jener unzivilisierten Stufe so hoch zu erheben, daß jeder Mensch in dem Indianer wenn auch vielleicht nicht einen Bruder, so aber doch ein menschliches Wesen von gleicher Art und gleicher seelischer Zusammensetzung wie die eines zivilisierten Mexikaners erblickte. So besteht auch das Unrecht der Staaten und ihrer Regenten nicht so sehr darin, daß sie Landesangehörige gegen ihren Willen, gleich Sklaven, in die Arena der Kriege schicken, sondern daß sie ihre Landesangehörigen nicht auf eine solche Stufe der Zivilisation erheben, daß sie sich weigern, sich als willenlose Herde von Sklaven gebrauchen zu lassen. Das würde freilich die Staaten zwingen, so gute Gründe für die Notwendigkeit eines Krieges nachzuweisen, daß die Landesangehörigen freiwillig ihren Staat verteidigen, und dies um so williger, je berechtigter sie, auf Grund ihrer Zivilisation, die Entscheidung ihrer Staatsmänner ansehen.

12

Don Gabriel überlegte, ob er aus dem Mord nicht irgendwie Geld für sich machen könnte. Aber weder er noch Don Mateo sahen hier eine Möglichkeit offen, die Einnahmen des Sekretärs zu erhöhen. Ob der Mann einen anderen Indianer oder zwei Dutzend Indianer ermordet hatte, das war ihnen gleichgültig. Tausend Indianer dieser Sorte mehr oder weniger in der Welt machte für Mexiko keinen Unterschied in seiner wirtschaftlichen Lage; und weil tausend Indianer dieser Art erst recht keinen Unterschied ausmachten in den persönlichen Einnahmen eines Gouverneurs oder eines Generals oder eines Steuerverwalters, so war ihr Fehlen oder ihr Vorhandensein nicht wichtiger als das Fehlen oder das Vorhandensein von tausend Stück Wild in den Savannen oder in den Wäldern.
Die revolutionäre Regierung, zwanzig Jahre nach dem Fall der

Diktatur, zählt den Indianer, jeden Indianer, als mexikanischen Bürger, dessen Rechte gleichstehen mit jedem anderen Bürger, für dessen Wohlergehen sich die Regierung verpflichtet fühlt und dem sie ertragfähiges Land zuweist, wo immer das Bedürfnis vorliegt. Wo die Handlungen des Indianers, die er innerhalb seiner Kommune begeht, nicht in Konflikt kommen mit den Rechten, der Sicherheit und dem Leben anderer Menschen, die außerhalb jenes engen Kreises stehen, läßt die Regierung den Indianern freie Hand, ihre Händel unter sich zu schlichten, und sie greift nur dann ein, wenn sie zur Entscheidung angerufen wird. Nur wird leider auch hier von Gouverneuren, Generalen und anderen Beamten in fernen Distrikten auch jetzt noch nur zu oft nach dem System des Diktators gewirtschaftet, gerichtet und gehandelt, ein System bekannt unter dem Namen Caciquismo.

Don Gabriel gedachte den Mann mit fünfzig Pesos Multa zu bestrafen. Er hätte diese fünfzig Pesos natürlich gern gehabt. Aber der Indianer hatte sie nicht. Er hätte sie auch in drei Jahren nicht aufbringen können, wenn Don Gabriel ihm die Summe mit weiteren fünfzig Pesos Zinsen geliehen haben würde. Don Gabriel versuchte es; aber der Mann konnte keinen Bürgen beibringen. Niemand wollte für ihn Bürge sein, weil die Möglichkeit sehr nahe lag, daß der Mann von einem Angehörigen des Ermordeten als Vergeltung wieder erschlagen wurde und der Bürge für die Summe einstehen mußte.

Blutrache kennt der Indianer nicht, von wenigen kleinen Stämmen vielleicht abgesehen. Erschlägt ein Indianer einen anderen, so weiß das ganze Dorf, warum der Mord geschah. Jeder kennt die Gründe in ihrem ganzen Umfange, in ihrem Entstehen, in ihren sittlichen oder traditionellen Motiven. Wird der Mord nach jenen Motiven als gerechtfertigt und unvermeidlich beurteilt, so wird weder der Bruder noch der Vater, noch der Sohn des Ermordeten den Mörder verfolgen. Die Meinung herrscht, daß der Erschlagene sein Los verdient hat und daß er es sich durch sein Verhalten selbst zugezogen hat.

Es kann freilich geschehen, daß ein Angehöriger der Sippe, der vielleicht besser die wahren Gründe kennt, die Meinung des Dorfes nicht teilt. Er sinnt auf Vergeltung und verübt sie, sobald sich ein Anlaß bei einer Streitigkeit in der Trunkenheit oder auf einem Feste dazu findet.

Ist die allgemeine Ansicht des Ortes die, daß der Mord zu Unrecht geschah, so weiß es der Mörder, wenn er aus seiner Trunkenheit erwacht oder sich aus seiner Wut erholt, ganz von selbst. Er nimmt seine Familie und verläßt freiwillig das Dorf. Niemand verfolgt ihn. Geht er jedoch nicht, sondern bleibt er im Orte wohnen, als wäre nichts geschehen, so findet man ihn, ehe der Mond sich voll geändert hat, eines Tages erschlagen im Busch oder auf seinem Acker.

Ist die Meinung im Dorf in der Weise geteilt, daß die eine Sippe erklärt, der Mord sei ungerechtfertigt, die andere dagegen erklärt, der Täter glaube, im Recht zu sein, oder er war bewußtlos betrunken, oder er handelte übereilt, und es reut ihn jetzt, dann wird ihm vom Häuptling angeraten, das Dorf zu verlassen und sich weit draußen im Dschungel anzusiedeln. Folgt er diesem Rat, dann sind alle Familien im Ort mit ihm ausgesöhnt.

Es wäre einfach gewesen, den Mörder dem Jefe des Ortes zu übergeben. Aber Don Gabriel sah sich in einer Lage, wo er das nicht tun konnte.

Er war von den Männern gerufen worden, den Mörder, der sich in einer solchen Trunkenheit befand, daß er jeden zu erschlagen drohte, der ihm zu nahe kam, ins Gefängnis zu setzen zur Sicherheit des Ortes.

Hätte er ihn jetzt ohne weiteres herausgegeben, so würde er an seiner Autorität eingebüßt haben. Diese Autorität gebrauchte er aber, um Geschäfte zu machen. Er würde vielleicht gar den Eindruck erweckt haben, daß er Furcht vor dem Mörder oder vor dessen Sippe habe. Aber Furcht durfte er nie zeigen, wenn er hier Sekretär bleiben und Extrasteuern und Geldstrafen aus dem Ort herauswirtschaften wollte.

Den Mann mit zehn Pesos zu bestrafen, eine Summe, die er vielleicht irgendwie hätte beschaffen können, wäre unklug gewesen. Es konnte darauf geschehen, daß Händler oder Reisende überfallen und ermordet wurden in der Gewißheit, daß mit zehn Pesos Geldstrafe der Sekretär die Sache beilegen und vergessen würde, während man gleichzeitig bei dem Raube hundert Pesos, die der

Händler bei sich führte, gewinnen könne. Die Gedankengänge unzivilisierter Indianer, wie die der meisten unzivilisierten Menschen, sind oft recht merkwürdig; aber sie haben stets irgendwo einen durchaus verständlichen Ausgangspunkt.

Dasselbe, was auch Richter und Polizeiinspektoren, die nicht genau wissen, was sie mit einem Verhafteten anfangen sollen, in anderen Ländern tun, das tat nun Don Gabriel hier. Er ließ den Mann erst einmal ruhig einige Zeit im Gefängnis sitzen, ohne ihm zu sagen, was er mit ihm zu tun gedenke, in der Hoffnung, daß sich irgend etwas ereignen möchte, das ihn entweder überhaupt davor bewahrte, eine Entscheidung zu treffen, oder das ihm eine Entscheidung in die offene Hand legte.

FÜNFTES KAPITEL

1

Die Beköstigung des Gefangenen kostete weder Don Gabriel etwas noch die Gemeinde. Die Frau des Gefangenen hatte für ihn das Essen zu schaffen und es ihm zu bringen. Würde er keine Frau gehabt haben, so hätten seine Mutter oder seine Brüder, oder wen er sonst haben mochte, ihn zu unterhalten gehabt.

In einer Geduld, die niemals ermüdete, nie erlahmte, kein Wort eines Vorwurfs verlauten ließ, kam die Frau dreimal täglich mit ihren Kindern zum Gefängnis, um ihren Mann zu füttern, ihm reine Wäsche zu bringen, ihm Tabak zu geben und sich um alle seine Bedürfnisse zu sorgen und zu kümmern.

Zuweilen, wenn Don Gabriel in der Laune war, ihn gerade zu gelegener Zeit herauszulassen, saß die ganze Familie vor der Tür des Gefängnisses, und sie aßen gemeinsam. Wer von den Freunden des Gefangenen Zeit fand oder Lust dazu hatte, kam zu ihm, hockte sich vor das Gefängnis und sprach mit ihm.

Nicht regelmäßig, aber doch die Mehrzahl der Nächte schlief die Frau mit ihrem Säugling auf einer Matte dicht an der Tür des Gefängnisses, um ihrem Manne nahe zu sein.

Während seiner Haft tat die Frau alle Arbeit, die auf den Äckern und mit den Tieren notwendig war. Wenn ihre Kraft oder Zeit nicht ausreichte, kamen ihre Brüder und halfen ihr aus.

Es geschieht nicht selten in kleinen Orten, daß diese Form der Gefängnishaft monatelang andauert, wenn der Ortsvorsteher oder der Sekretär entschieden haben, daß der Gefangene in Haft zu bleiben habe, als Strafe für irgendein Vergehen.

Narciso, der Jefe der Indianer, war inzwischen mehrfach im Cabildo gewesen, um Amtshandlungen mit Don Gabriel zu besprechen. Dabei war der Gefangene jedoch nie erwähnt worden.

Aber dann kam er eines Tages, setzte sich auf die Bank in der Amtsstube und sagte: »Don Gabriel, was tust du nun mit Gregorio, der den Aurelio erschlagen hat? Willst du ihn für Lebenszeit hier im Calabozo festhalten?« Don Mateo war nicht zugegen. Er befand sich im Dschungel auf Jagd.

Don Gabriel korkte das Tintenfläschchen auf, roch an der Tinte, korkte es wieder zu und sagte: »Das weißt du gut, Narciso, du bist hier el Presidente und kennst die Gesetze und Verordnungen.«

»Freilich kenne ich die Gesetze«, antwortete Narciso.

»Dann wirst du auch wissen«, fuhr Don Gabriel fort, »daß Mord eine sehr böse und sehr schlimme Sache ist. Gregorio wird wohl füsiliert werden.«

»Ja, das weiß ich«, erwiderte Narciso.

»Wenn er hundert Pesos oder wenigstens fünfzig Pesos Multa bezahlen könnte«, sagte Don Gabriel, »dann könnte ich ihn vielleicht freilassen.«

»Soviel Geld hat Gregorio nicht«, sagte Narciso, »und soviel Geld wird er in seinem ganzen Leben niemals haben.«

»Ich habe bis jetzt gewartet, Don Narciso, des Gregorio wegen, und habe noch nichts an die Municipalidad telephoniert. Aber ich kann nun nicht länger warten. Wir müssen etwas tun. Mord ist eine sehr schwere Sache. Wenn ich telephoniere, dann kommen die Soldaten her und erschießen ihn gleich hier auf dem Friedhof.«

»Ja«, sagte der Jefe, »das werden sie gewiß tun.«

»Gehen lassen aber kann ich ihn auch nicht«, redete Don Gabriel fort, »dazu habe ich kein Recht, und manche Raufbolde hier, die immer betrunken sind, möchten glauben, das ginge immer so leicht ab, und es habe keine bösen Folgen. Dann haben wir hier vielleicht jede Woche einen Mord.«

»Das könnte sein«, gab der Jefe zu.

Durch dieses Hin- und Herreden kam Don Gabriel auf eine Idee, an die er bisher nicht gedacht hatte.

Solange er nun schon hier am Ort tätig war, hatte er keine Gelegenheit gehabt, einmal nach Jovel zu reiten, um zu sehen, was in der Welt vor sich gehe und ob sich vielleicht eine Lücke inzwischen geöffnet habe, durch die er an eine bessere Futterkrippe kriechen könnte.

Nun bot sich durch Gregorio eine Gelegenheit, nach Jovel zu reisen und dafür noch mit Tagegeldern bezahlt zu werden. Er hatte nur Gregorio als Strafgefangenen zu den Behörden zu bringen, eine Amtstätigkeit, die extra bezahlt werden mußte. Es war billiger für die Behörden, wenn er den Mann selbst zur Stadt brachte, als wenn Soldaten hätten geschickt werden müssen, um ihn entweder zu erschießen oder ihn zur Stadt zu führen, um dort abgeurteilt zu werden.

So rasch, wie ihm diese vortreffliche Idee gekommen war, so rasch versuchte er sie auch auszuführen.

»Wir haben hier kein Recht, Don Narciso, über einen so schweren Fall zu urteilen«, sagte er, »weder du als Presidente noch ich als Secretario. Das ist eine Sache des Gerichts. Ich muß ihn nach Jovel bringen und ihn dort den Autoritäten übergeben. Ich will dir sagen, Don Narciso, das ist viel besser für ihn. Die Richter in Jovel sind vielleicht nicht so hart mit ihm. Sie verurteilen ihn etwa zu drei oder fünf Jahren Gefängnis oder schicken ihn in eine Arbeitsstrafkolonne ab. Und ist einmal die Zeit vorüber, dann wird er freigelassen und kann hierher zurückkommen zu seinen Leuten. Wenn dagegen die Soldaten hierherkommen, dann hat er wenig zu hoffen. Entweder sie füsilieren ihn gleich hier, oder sie tun es auf dem Wege und sagen, er habe entlaufen wollen, auch wenn es gar nicht wahr ist, sie wenden einfach die Ley Fuga an.«

Darauf sagte der Jefe: »Ich denke, Don Gabriel, du hast recht. Das ist das beste für ihn, und es gibt ein gutes Beispiel für die Raufbolde hier.«

»Dann gehe ich morgen, Don Narciso«, sagte Don Gabriel. »Don Mateo wird mich hier vertreten als Secretario. Du bist doch damit einverstanden?«

»Ja, ich bin durchaus damit einverstanden«, erwiderte Narciso. »Ich werde zu seiner Familie gehen und berichten, daß Gregorio morgen zur Stadt gebracht wird zum Gericht.«

Da es ihr eigener Jefe war, der dem Ort und der Familie des Gregorio klarmachte, daß es wohl das beste sei für Gregorio, wenn er zur Stadt gebracht würde, um dort abgeurteilt zu werden, so war ein jeder damit einverstanden. Sie wußten alle recht wohl, daß sich nichts anderes tun ließ, wenn die Regierung einen Sekretär am Orte hatte. Dadurch, daß ein Sekretär hier war, der die Regierung vertrat, besaßen sie kein Recht, diesen Fall unter sich selbst zu regeln.

Die Frau des Gefangenen unterrichtete ihren Mann davon, daß er am nächsten Morgen fortgebracht würde. Außerdem kam auch noch Don Narciso zu ihm, um ihm zu sagen, daß er mit Don Gabriel ruhig nach Jovel gehen solle, weil das besser für ihn sei. Gregorio nahm alles dies, dem Anschein nach, genausogleichgültig auf, wie er es wohl aufgenommen haben würde, wenn ihm gesagt worden wäre, er sei aus dem Gefängnis entlassen und könne frei seiner Wege gehen.

Seine Frau brachte ihm das Abendessen, und sie saß bis Mitternacht mit den Kindern vor dem Gefängnis, zuweilen schlafend, zuweilen wachend und einige Worte zu ihrem Manne sprechend und das Feuer ständig unterhaltend.

Gegen Mitternacht ging sie zu ihrem Jacal, um ihm das Frühstück zu kochen und ihm, mit Hilfe einiger Nachbarinnen, den Reiseproviant zu bereiten. Es war ein Marsch von vier Tagen, den er vor sich hatte.

Um sechs Uhr am folgenden Morgen waren Don Gabriel und seine Frau reisefertig. Er saß zu Pferde, während seine Frau ein altes, aber sicher gehendes Mule ritt; ein zweites Mule trug die Packen für die Reise.

Gregorio half dabei, die Tiere marschbereit zu machen. Er war vor Sonnenaufgang aus dem Gefängnis gelassen worden, um hier mit Hand anzulegen. Auf der Reise sollte er als Bursche dienen.

Er ging in seine Hütte und holte seinen Packen, der die Lebensmittel für den Marsch enthielt, seinen Petate und seine zerlöcherte Wolldecke. Er ging ohne Aufsicht und blieb eine Stunde fort. Wenn er gewollt hätte, so konnte er leicht entweichen, wie er erst recht auf dem Wege hätte entlaufen können.

2

Jedoch, nachdem er seine persönlichen Angelegenheiten besorgt hatte, kam er wieder zurück zum Cabildo. Es war sein Schicksal gewesen, Aurelio erschlagen zu müssen. Sowenig wie er dagegen etwas tun konnte, sowenig konnte er nun den weiteren Verlauf seines Schicksals, das ihn zur Aburteilung in die Stadt schickte, aufhalten. Was würde es ihm genützt haben, zu entlaufen, wenn das Schicksal für ihn eine andere Bestimmung bereithielt? Er konnte Don Gabriel und seinen Richtern und den Soldaten entlaufen, aber er konnte nie seinem Schicksal entfliehen.

Und selbst wenn er nicht Fatalist und widerstandsloses Objekt der Schicksalsfügung gewesen wäre, wohin hätte er entlaufen sollen? In einen anderen Ort, wo nicht seine Sprache geredet wurde? Dort war er Fremder, wurde nicht aufgenommen in die Kommune, und wenn er sich trotzdem ansiedelte, niemand würde mit ihm Gemeinschaft schließen. Mit jedem Tage würde das Mißtrauen größer und größer gegen ihn werden. Er war schuld, daß kleine Kinder starben, daß der Mais nicht wuchs, daß die Schafe nicht gebaren, daß der Bach des Ortes seinen Lauf änderte, daß kein Regen fiel.
Dann wurde eines Tages sein Jacal verbrannt und sein Maisfeld zerstampft. Blieb er dennoch, wurden er und seine Familie eines Tages ermordet.
Er konnte seine Frau und seine Kinder nehmen und sich im Dschungel ansiedeln. Aber sein Gemeinsinn war so tief, daß er allein im Dschungel nicht lange leben konnte. Er verging und verwitterte ohne seine Sippe. Er mußte zurück zu seinem Volke. Früher oder später. Und wenn seine Sippe ihn zum Tode verurteilte und das Urteil an ihm vollstreckte, so war er zufrieden in seiner Seele, war er im Gleichgewicht mit der Harmonie seiner Umwelt, war dankbar in seinem Herzen, daß es ihm vergönnt war, innerhalb seines Volkes sterben zu dürfen. Im Dschungel konnte er leben wie ein Tier, aber nur in der Gemeinschaft seiner Sippe war er ein Wesen, das sich seiner Menschlichkeit bewußt ist.
Er konnte weit entfliehen in eine Stadt, wo niemand ihn kannte, wo niemand sich um ihn kümmerte. Aber auf dem Wege schon traf er viele Leute, die ihn fragten: »Wohin, mein Freund? Und warum?« Er vermag zu lügen in den gewöhnlichen Dingen seines engen Lebens. Aber geschickt zu lügen in verwickelten Dingen und in ungewohnter Umgebung und zu fremden Leuten, die ihn mißtrauisch anblicken, das kann er nicht. Er wird unsicher, erweckt darum nur größeres Mißtrauen, und am nächsten Ort wird er von den Behörden festgenommen.
Oder er schleicht sich geschickt auf Buschpfaden zur Stadt, geht jedem Nichtindianer weit aus dem Wege, übernachtet nur im Busch, abseits von den Pfaden.
Er erreicht die Stadt. Aber er spricht kein Wort Spanisch. In der

Stadt gibt es keine Arbeit, die er verrichten könnte. Alles und jedes ist ihm fremd, Sprache, Gewohnheiten, Lebensweise, Leute. Betteln kann er nicht. Er weiß nicht, wie man sich in einer Stadt, selbst wenn man keine Arbeit hat, dennoch notdürftig am Leben erhalten kann. Es wachsen in der Stadt keine Pflanzen und Früchte, die er nehmen und sich daran sättigen kann wie im Dschungel oder im Busch. Er könnte als Helfer bei den Carreteros oder bei Muletreibern Arbeit finden. Aber er weiß nicht, wie er sich ihnen nähern könnte. Und selbst diese Leute, wenn sie kein Wort seiner Sprache verstehen, sind mißtrauisch und abweisend.

Dennoch kann es ihm glücken, irgendwo eine Arbeit zu bekommen, die schwerste, die härteste, die dreckigste, die elendeste, wo er täglich vierundzwanzig Stunden zur Verfügung stehen muß und nur ein mageres Essen als Lohn bekommt. Ein Arbeiter, der keinen Lohn fordert, ist auch in Mexiko ein willkommener Mensch. Er ist wohlgelitten und gilt als höflich, wenn er für seine Arbeit nichts weiter verlangt als ein gnädiges Zunicken seines Herrn.

Doch selbst eine solche Zuflucht rettet ihn nicht. Die Sehnsucht nach seiner Frau und seinen Kindern wird eines Tages so stark, daß er zurück muß zu ihnen, ohne Rücksicht darauf, was mit ihm geschieht. Er erträgt es nicht, von ihnen getrennt zu leben.

So, was immer er auch tut, er ist im Netz und kann nicht entweichen. In vieler Hinsicht unterscheidet er sich gar nicht so sehr von dem europäischen Proletarier, dessen Anhänglichkeit an seine Familie, an seinen erwählten Wohnsitz und an seinen Freundeskreis die Quelle vieler seiner wirtschaftlichen Nöte und seiner ökonomischen Abhängigkeit ist.

3

Gregorio nahm seinen Packen auf und machte sich auf den Marsch voraus.

Seine Frau war mit den Kindern weit auf dem Wege vorangegangen, um dort, wo der Pfad in den Busch einbog, von ihm Abschied zu nehmen.

Hier hockte die Frau mit ihrem Säugling an der Brust, ihren Mann erwartend. Die übrigen Kinder trollten in ihrer Nähe herum.

Die Frau, nach Indianerart auf dem Boden gehockt, weinte still vor sich hin, dabei den Oberkörper hin- und herwiegend in einem Rhythmus, der gewiß im Einklang stand mit der schmerzlichen Bewegung in ihrem Gemüt. Sie preßte und herzte ihren Säugling an sich und ließ ihn wieder ein wenig frei im gleichen Rhythmus. Es war, als ob sich all ihr Schmerz nur auf das Kleine bezog. An dem Kinde äußerte sie ihre körperliche Empfindung, die sie ihrem Manne gegenüber nicht zeigen wollte, vielleicht nicht zeigen konnte.

Da kam Gregorio seines Weges, in einem wiegenden Schritt, reichlich gebückt unter der Last seines Packens.

Weil er nicht aufsah, sondern infolge des Traggurtes, der über seiner Stirn lag, nur gerade einige Schritte weit vor sich sehen konnte, ohne weit nach links oder rechts blicken zu können, hatte er seine Frau nicht bemerkt.

Als er nur gerade noch drei Schritt von ihr entfernt war und aufruckte, um die Last besser zu verteilen, sah er seine Frau am Pfade hocken.

»Huj!« rief er kurz aus.

Er war erstaunt, sie hier zu sehen.

Er hielt seinen Schritt an, tat jedoch nur eine halbe Wendung zu ihr hin, als ob er andeuten wolle, daß er nicht die Absicht habe, stehenzubleiben oder gar zu rasten.

Die Frau hielt ihren Säugling hoch, als wollte sie ihn ihrem Manne zureichen, damit er ihn noch einmal sehen möchte.

Ihre Brust war bloß. Sie bemerkte es und nestelte ihr Jäckchen zu, ohne es aber zu schließen, weil sie es in ihrer Erregung zu hastig tat.

Sie richtete sich ein wenig auf und kniete nun, immer noch ihr Kind ihrem Manne hinhaltend. Dann begann sie zu schreien wie ein Tier. Ihr Gesicht, nicht gewaschen und dick aufgedunsen von nächtelangem Weinen, verzog sich zu einer Unbestimmtheit, die nur noch die Form eines weit geöffneten bläulichroten Mundes mit kräftigen Zähnen hatte. Ihre schwarzen Augen waren zwei dünne Striche, aus denen sich dicke Tränen drängten. Ihr dickes schwarzes Haar war zerzaust und zerrauft und stand in verfilzten Strähnen nach allen Richtungen hin auseinander wie die dünnen

Ästchen eines unentwirrbaren Strauches im Dschungel. Ihre kleine kurze Nase zog sich breit auseinander, und die an sich schon sehr weiten gesunden Öffnungen erschienen wie Höhlengänge zu den Mysterien einer unbekannten Welt, die hinter der braunroten wetterharten Haut ihres Gesichtes begann.
In langen gezogenen Strömen schrie sie den Klageschrei der indianischen Frau hinaus in die Unerbittlichkeit einer Umwelt, in die der Mensch gesetzt wird, zu seiner ewigen Not behaftet mit körperlichen und seelischen Gefühlen, beklagenswerter als ein stumpfes Tier, das beneidenswert ist, keine Gefühle gegenüber der Zukunft zu haben.
Ihr Trauerschrei um ein totes Kind, um ihre tote Mutter, um ihren toten Gatten. Es brauchte ihr niemand zu sagen, sie wußte es: Ihr Mann wurde ihr genommen, um nie wieder zu ihr zurückzukehren. Wie ein Kalb, das vom Viehhändler aus dem Orte geführt wird, nie mehr zurückkommt. Ein Tier, das sprechen und lachen konnte, aber keine Seele nach der Meinung derer besaß, die über es zu Gericht saßen und es regierten. Dreckig, verlaust, katholisch getauft, aber dennoch Heide, ungebildeter als ein Hund, gierig nach Branntwein, arbeitsgewohnte Hände hart wie Ebenholz, das Haar auf dem Kopfe durchgescheuert von den rohen Tragriemen schwerer Lasten, durchgescheuert und kahl wie die Druckstellen auf dem Rücken eines Lastmules.
Eine Ziffer im Schlachthaus der Launen derer, die Land und Rasse beherrschten.
Die Frau kannte die Zusammenhänge, die ihr Schicksal bestimmten, sowenig, wie ihr Mann sie kannte. Und sowenig wie eine Kuh, die von dem Händler über Land getrieben wird, um im Fleischladen zu landen, daran denkt, an geeigneter Stelle am Wege fortzulaufen, sowenig denkt die Frau daran, daß ihr Mann zurückkommen könnte. Sie sieht, wie Vieh fortgebracht wird; und weil sie aus hundert Erfahrungen weiß, daß die großen Patroncitos, die Herrchen mit dem Revolver im Gürtel, keinen Unterschied kennen oder machen zwischen Vieh und Indianer, darum weiß sie, daß sie jetzt ihren Mann zum letzten Male sieht.
In ihrem gellenden Jammer ist kein Gedanke verborgen, der sich egoistisch auf sie selbst bezieht, was aus ihr und aus den Kindern

nun werden soll. Das berührt sie nicht. Die Kinder wurden ihr geboren, und die Kinder werden essen und leben. Das Morgen ist weit, und wenn es kommt, wird sich der Tisch decken.

Ihr Jammer ist in diesem Augenblick in seiner vollen vulkanischen Kraft nur auf das Schicksal ihres Mannes gerichtet. Ihr Mann ist ihr in ihrem Herzeleid weder Bettgenosse noch der Versorger ihrer Kinder. Das ist wenig. Darum würde sie keinen Schrei ausstoßen, vielleicht kaum die Mundwinkel verziehen.

Aber ihr Mann ist der Vater ihrer Kinder, die ihr Herzblut sind. Ihren Kindern wird die Gottheit genommen in ihm. Den Kindern wird der Altar zerstört, an dem sie beten. Und für sie selbst, die Frau, wird der Mittelpunkt ihres Lebens zerbrochen. Ihr Mann mag ein Trunkenbold sein, er mag sie schlagen, er mag sie arbeiten lassen bis an das Ende ihrer Kräfte; aber trotz alledem, er ist der Kernpunkt ihres Seins. All ihr Denken, Handeln und Sorgen sammelt sich auf ihn, er ist ihre Religion, ihr Herr, ihr einziger Freund und ihr treuester Kamerad. Er ist ihre wahre Heimat. Er ist das einzige Vaterland, das sie kennt. Mit ihm und durch ihn ist die Welt um sie herum belebt. Ohne ihn bricht die Welt in Stücke. Nicht ihre wirtschaftlichen Probleme sind mit ihm verknüpft. Diese Probleme vermag sie mit Hilfe der Sippe zu lösen, schwer vielleicht, aber doch mit gewisser Sicherheit. Es sind ihre seelischen Probleme, die ohne ihn leer und verschwommen werden. So wie unpersönliche Menschen in ihrer Seele leer werden, wenn ihnen ihr Gott oder ihr Götze oder ihre Heiligen genommen werden.

Sie jammert nicht um sich, sie bemitleidet sich nicht. Ihr erschütternder Jammer ist der Ausdruck ihres Schmerzes, eines körperlichen Schmerzes beinahe, weil sie auseinandergerissen wird und ein Stück ihres Seins, das größere Stück ihres Seins und Wesens, von ihr geschnitten wird.

4

Ihr Schreien brachte ihre herumtollenden Kinder herbei, die sich nahe an sie drängten und zu weinen begannen, als sie ihre Mutter in Trauer sahen. Gregorio war stehengeblieben und wandte sich ihr halb zu, sie anblickend, als ob sie schon nicht mehr zu ihm gehöre. Er gedachte weiterzugehen.

Als er aber seine Frau in dieser wilden Verzweiflung sah, und mehr noch vielleicht infolge des zappelnden nackten Säuglings, den ihm seine Frau wie eine Opfergabe entgegenstreckte, kam er dicht zu ihr heran, ließ sich auf die Knie nieder und zog seinen Kopf aus dem Traggurt.

»Tate, Tate«, riefen die Kinder und krabbelten an ihm herum. Ihr Weinen versiegte sofort, als sie sahen, daß ihre Mutter sich beruhigte im Augenblick, als sie ihren Mann an ihrer Seite wußte.

Es waren nur einige Minuten, die er hier verweilen durfte. Aber mit allen Sinnen und Gefühlen im Augenblicke lebend, waren diese eilenden Minuten für die Frau gleich Jahrhunderten im Erlebnis. Auch nicht einer dieser wenigen Minuten wurde eine Sekunde geraubt, um sie an einen einzigen Gedanken an die Zukunft zu vergeuden. Keine dieser Minuten kam je wieder; und was in ihnen nicht empfunden und erlebt wurde, konnten Ewigkeiten nicht erzeugen.

Gregorio offenbarte durch keine Bewegung in seinem Gesicht, was in ihm vorging. Er bewegte die Lippen, als wären sie am Vertrocknen.

Er nahm den Säugling aus den vorgestreckten Armen seiner Frau, schaukelte ihn, hielt ihn ein wenig auf seinen Knien, berührte mit den runden braunen Backen des Kindes zärtlich kosend sein Gesicht.

Aber nicht ein einziges Wort sagte er. Nicht eines des Trostes, keines mit ungläubiger Hoffnung auf Wiederkehr. Sein Schicksal war es, daß er Vieh war. Er hatte weder Macht noch Fähigkeit, dieses Schicksal zu beeinflussen. Was die Patroncitos, die Herrchen, bestimmten, entschieden und mit ihm taten, mußte er annehmen. Weder sein Ja noch sein Nein konnte daran etwas ändern. Menschenliebe wohnt weit weg, gegenseitiges menschliches Verstehen liegt fern außerhalb der Grenzen der Welt, und der allweise und allgerechte Schöpfer aller Dinge bleibt unsichtbar und unerforschlich, damit seine Priester ihr Einkommen aus dem Weinberge nicht verlieren.

Die Frau schluchzte leise in sich hinein und rückte ganz nahe, um ihren Mann zu fühlen.

»Gregorio, Gregorio«, sagte sie einige Male. Das waren die einzi-

gen Worte, in denen sie alle ihre gegenwärtigen Gefühle auszudrücken vermochte.
Er gab ihr keine Ratschläge, was sie tun sollte, wenn er fort sei. Sie fragte ihn auch nicht darum. Das waren Dinge, die zu behandeln genug Zeit war, wenn sie drängten.
Die Kinder begannen erneut, herumzutollen.
Mann und Frau saßen still beieinander, ohne sich anzusehen. Beide sahen vor sich auf den schmalen Pfad, als ob sie die verwischten Hufspuren der Pferde und Mules, die da gegangen waren, auf ihr Alter prüfen wollten.
Gewiß mag es sein, daß die beiden nichts dachten, daß die Umwelt vor ihnen verschwand und daß sie sich ausgelöscht fühlten aus ihrem bewußten Dasein wie in einem tiefen Schlafe.
Plötzlich jedoch wurden sie aus diesem Schlafe aufgerissen, hart und unerbittlich.
»Ola, Gregorio, voran, voran!« Don Gabriel kam angeritten.
Seine Frau ritt voran, das Tragmule folgte, und hinten ritt Don Gabriel. Als er Gregorio hier am Wege sitzen sah, fühlte er, daß er etwas sagen müsse. Er wußte, daß der Indianer, trotz seines schweren Packens, nicht nur mit den Tieren Schritt halten konnte, sondern ihnen meist voraus sein würde auf dem Wege. Der Indianer kletterte über steile Abhänge und kroch quer durch die Schluchten, wo die Tiere nicht gehen konnten. Er marschierte den kürzesten Weg, während die Tiere zuweilen sehr weite Umwege zu machen hatten. Und der Frau des Don Gabriel wegen, wie auch des Tragmules wegen, liefen die Tiere selten mehr als einen eiligen Schritt.
»Oritito, Patroncito«, antwortete Gregorio, »ya me voy; ich komme schon.«
Er richtete sich auf bei diesen Worten und gab seiner Frau den Säugling zurück. Don Gabriel, ohne auch nur eine Sekunde zu halten, ritt unbekümmert weiter.
Die Frau preßte das Kleine sofort wild und verzweifelt an sich mit überhastigen und wirren Bewegungen ihrer Arme und Hände. Da sie ihren Mann nicht umarmen und an sich pressen konnte, weil dies gegen ihre Sitte verstieß, sie sich aber gedrängt fühlte, körperlich auszudrücken, was sie in diesem Augenblick empfand, um

sich zu befreien, darum überlud sie ihr Kleines mit den Umarmungen, die in ihrem Herzen ihrem Mann galten.

Sie blieb hocken auf ihrem Platz. Sie preßte ihre Lippen fest zusammen und sah mit großen nassen Augen auf zu ihrem Manne, alle seine Bewegungen des Aufbruchs verfolgend, so, als wolle sie die Erinnerung an jene Bewegungen für ewig in sich aufnehmen. Mehrere Male schüttelte sie heftig den Kopf, als wolle sie etwas verneinen, weil es nicht möglich sein könne.

Während sie ihrem Manne zusah, wie er aufpackte, ergriff sie hin und wieder ein Händchen des Kleinen, preßte es wie im Krampf zwischen ihre Finger und schob es in ihren Mund, leicht, aber doch völlig unbewußt ihrer Handlung, daran kauend und saugend.

Gregorio hatte seinen Packen geordnet. Er setzte sich nieder, legte den Gurt über den Kopf, warf den Oberkörper mit einem kurzen sprungartigen Ruck nach vorn und stand dabei auf.

Mit der Last auf dem Rücken wandte er sich nun seiner Frau zu. Er reichte ihr die Hand, und sie berührten, nach der Weise ihrer Rasse, die ersten Glieder ihrer Finger, ohne die Hände zu drücken. Aber ehe sie die Hände voneinander trennten, griff die Frau fest zu, nahm die Hand ihres Mannes und küßte sie.

Sein Gesicht wurde trübe, als zöge ein dünner Schleier darüber hin. Er preßte die Augen halb zu, schluckte einmal gurgelnd in der Kehle und griff mit der linken Hand an den Gurt über der Stirn, als müsse er ihn bequemer rücken.

Für den Hauch einer Sekunde preßte er seinen Handrücken gegen die Lippen seiner Frau. Dann zog er die Hand heftig zurück.

Die Frau hielt ihm den Säugling zu, und er legte seine Fingerspitzen auf das Haar des Kindes.

Ihre Stimme in Gewalt nehmend, rief die Frau aus: »Muchachos, Tate geht.«

Die Kinder kamen herbei. Jedes, auch das allerkleinste, ergriff die Hand des Vaters und küßte sie. Er berührte das Haar jedes Kindes als Gegengruß.

Die Kinder schlängelten sich von dannen.

Er stand eine Weile vor seiner Frau. Sah sie an in ihrer ungewaschenen und jammerheulenden Kümmerlichkeit, in ihren Muskeln und Sehnen verkrümmt und verkrampft von dem wilden Widerstand gegen den zerfetzenden Aufruhr ihrer Empfindungen, denen gegenüber sie nun endlich zu unterliegen begann, den Säugling an der nackten Brust hängend, ihre Augen, dick verquollen und mit großen kugeligen Tropfen durchschwemmt, auf ihn gerichtet, ihre nackten Beine mit den krustigen bloßen Füßen vorgestreckt aus dem schwarzen zerlöcherten Wollkittel, der ihre einzige Bekleidung war, die sie auf Erden besaß. Er sah auf sie, und er sah in ihr, wie nie zuvor, den ganzen Inbegriff seiner Heimat und seiner Welt. Sah diese Welt zum erstenmal in seinem Dasein vor ihm entstehen und im Entstehen auseinanderfallen. Er öffnete ein wenig den Mund, als wolle er einen tiefen Atem einholen. Aber ehe er die Bewegung vollendete, preßte er die Lippen fest aufeinander.

Dann drehte er sich rasch um und ging seines Weges, ohne noch etwas zu sagen, ohne sich umzublicken, ohne anzuhalten.

Nach zehn Schritten hatte ihn der Busch verschlungen.

SECHSTES KAPITEL

1

Zwei Tage darauf, am späten Nachmittag, erreichte Don Gabriel den großen indianischen Ort Cahancu.
Der Ort ist ein wichtiger Platz für alle Maultierkarawanen, die aus dem Süden und aus den mittleren Distrikten des Staates kommen. Hier teilen sich die Wege nach den Orten des Nordens, nach denen des Nordostens und denen des Nordwestens. Er ist darum ein wichtiger Handelspunkt und Marktort. Die Karawanen kaufen hier ein, was sie für die Weiterreise benötigen, an Lebensmitteln und Ersatz an mürbe gewordenen Materialien für die Tragsättel. Oft genug verbleiben hier die Karawanen volle zwei Tage, um den Tieren eine ausreichende Ruhe zu geben, ehe die nun sehr schwierig werdenden Wege beginnen. Die Waren werden umgepackt je nach der Tragfähigkeit und der Ausdauer, die jedes einzelne Mule auf dem bisherigen Marsche gezeigt hat. Die Wunden der Tiere, teils verursacht durch das Drücken und Scheuern schlecht balancierter Lasten, und teils verursacht durch tiefe Bisse großer Insekten, werden hier gründlich gedoktert. Geschieht das nicht, so füllen sich auf dem Weitermarsche die Wunden mit fingerlangen Würmern, die ein Tier in wenigen Tagen, unter der Haut entlang, bei lebendigem Leibe auffressen, bis das Tier zusammenbricht und am Wege stirbt.
Cahancu liegt auf einem hohen Plateau. Dieses Plateau wird ganz von der Plaza eingenommen. Die Indianer wohnen rundherum an den Abhängen jenes Plateaus, und weiter nach unten liegen ihre Felder und Äcker.
An der Plaza wohnen Mexikaner, die sogenannten Ladinos.
Die Plaza ist ein großes Rechteck. Die eine schmale Seite wird eingenommen von der zerfallenen Kirche, die andere gegenüberliegende Seite wird abgegrenzt von dem Cabildo, dem Stadthaus, in dem der Sekretär des Ortes wohnt und regiert. Der Präsident der Gemeinde ist ein Indianer, der, wie in allen Orten mit indianischer Bevölkerung, inmitten seines Volkes lebt.
Die eine Längsseite hat ein lang hingestrecktes koloniales Gebäu-

de, mit einer Säulenhalle in seiner ganzen Länge. Hier befinden sich die Fondas und Küchen, wo die Durchreisenden essen können. Hier sind einige fensterlose Räume, wo leere Bettstellen stehen. Die Matratze besteht aus kreuz und quer gezogenen rohen Kuhhautriemen, die an den Seitenleisten der Bettstelle festgeknüpft sind. Auf diesem Genetz von rohen Riemen, an denen sich noch alles Haar des Felles befindet, weil diese Riemen nicht gegerbt sind, liegt eine Matte aus Bast. Diese Räume und Bettstellen werden an Durchreisende vermietet. In jedem Raum befinden sich vier bis acht solcher Bettstellen, keine abgetrennt von der andern durch einen Vorhang oder eine verstellbare Wand.

Meist sind es nur reisende Frauen, die eine Bettstelle mieten. Es wird für die Bettstelle sehr wenig, meist gar nichts berechnet. Sie gilt als Zugabe zu dem Abendessen, das nicht teurer berechnet wird, ob man in einer Bettstelle schläft oder nicht.

Männer schlafen, mit seltenen Ausnahmen, in der offenen Säulenhalle, wo sie eine Hängematte ausspannen oder sich auf den flachen Lehmboden legen, eine Matte unter sich, mit einer Wolldekke zugedeckt und das Moskitonetz darüber.

Es schlafen auch oft genug Frauen, besonders wenn sie mit ihren Männern reisen, unbekümmert in der offenen Halle, wo es gewöhnlich kühler ist als in den stickigen Räumen.

Diese offene Halle ist oft so angefüllt mit Packen, Sätteln und schlafenden Menschen, daß kaum ein Viertel Meter Raum bleibt, obgleich die Halle sehr lang ist. Zuweilen sind zehn Hängematten ausgespannt, in denen je ein Mann oder eine Frau schläft, und unter der Hängematte hat ein Muletreiber oder ein wandernder Indianer sein Lager.

Nachts wird es nie ganz still in jener Halle, wie auch das Geschwätz und Feilschen und Herumbabbeln halbbetrunkener Maultiertreiber oder Indianer auf der Plaza nie verstummt.

Zu jeder Stunde des Nachts kommen Reisende oder Karawanen an oder ziehen Leute weiter, besonders wenn Mondschein ist. Vor der Halle brennen die ganze Nacht hindurch die Feuer der Indianer und der Maultiertreiber, die sich ihr Essen selbst kochen, weil ihnen selbst die niedrigen Preise der Küchen noch zu hoch sind. Die ganze Nacht hindurch wird in der Halle gepackt, geredet, gesungen, geschimpft, geflucht, geraucht und der Weg für die nächsten Tage beratschlagt.

Die Küchen sind an dem Ende der Halle, die sich dem Cabildo am nächsten befindet. Auch hier wird die ganze Nacht hindurch gekocht und geschwatzt. Wenn das letzte Abendessen für einen Reisenden, der soeben angelangt ist, verabreicht ist, dann stehen schon einige Leute bereit, die reisefertig sind und Frühstück verlangen.

Alle Rassen und Berufe finden sich in der Halle zusammen, amerikanische Ingenieure, schwedische Geologen, arabische Händler, spanische Handelsagenten, mexikanische Archäologen, Neger, Juden aus Polen, chinesische Opiumschmuggler, indianische Lastträger, entwichene Sträflinge und Mörder auf der Flucht. Aber alle, was immer sie hier auch zusammengeführt haben mag, sind friedlich und geselliger Natur. Wer nachts aus Versehen von einem, der abreisen muß, auf den Kopf getreten wird oder einen schweren Stoß in die Weichen bekommt, daß sie blau anlaufen, flucht für eine Weile, der Täter entschuldigt sich höflich mit vielen Worten, der Gepeinigte, sich die schmerzende Stelle reibend, antwortet noch höflicher: »Das hat nichts zu sagen, Señor, stehe immer bereitwillig zu Ihren sehr geschätzten Diensten!«

Aber Friede und Eintracht werden dadurch nicht gestört; denn jeder weiß, daß niemand die Absicht hatte, einen andern zu belästigen. An der gegenüberliegenden Längsseite der Plaza sind die Läden aufgereiht.

Diese Handelshäuser sind Strohhütten und Holzbaracken. Jedes einzelne dieser Geschäftshäuser erweckt den Eindruck, daß es im nächsten Augenblick zusammenfallen wird, und es würde sicher zusammenbrechen, wäre es nicht gehalten von seinem Nachbarn, der ebenso erbarmungswürdig auf den nächsten Windstoß wartet, um von der grausamen Welt endlich einmal Abschied nehmen zu dürfen. Obgleich diese Läden nur aus Brettern, Latten, Staketen, Lumpen, Strohbüscheln, Palmblättern, Pappe, Blechfetzen, Drahtstücken, leeren Gasolinbüchsen und Petroleumbüchsen, Fellen, Matten und Überbleibseln morscher Kisten bestehen, so erwecken sie dennoch den Eindruck, daß sie schon hier standen, als Noah den Auftrag zugewiesen erhielt, eine Arche zu bauen.

Manche dieser Läden haben nur für drei Pesos Ware alles in allem gerechnet. Aber die Inhaber scheinen davon leben zu können. Jeder Laden hat so ziemlich genau dasselbe zu verkaufen, was auch der Nachbarladen aufzuweisen hat. Die Inhaber der Läden sind meist Frauen. Wo ihre Männer sind, weiß man nicht, auch keine einzige der Frauen selbst weiß, wo sich ihr Mann befindet, und selten weiß sie zu sagen, warum er ihr abhanden gekommen ist. Zur dauernden Erinnerung jedoch hat jeder Mann seiner Frau eine Anzahl Kinder zurückgelassen, damit sie jederzeit beweisen kann, daß sie einmal oder mehrere Male einen Mann gehabt hat.
Diese Läden sind keine geschlossenen Baulichkeiten. Genau betrachtet und wenn man sich nicht von dem Namen Tienda oder Laden hypnotisieren läßt, der Sache auf den Grund geht und sich das Hemd auf dem Leibe besieht, so erkennt man, daß diese Läden nur Bretter sind, die über Kisten oder Böcken liegen, um einen Verkaufstisch zu bilden.
Hinter diesem Ladentisch sind sehr roh gearbeitete Fächer, in denen die Waren ohne jegliche Ordnung und Einteilung hineingesteckt, hineingestopft und hineingeworfen sind, wo sie jahrzehntelang auf einen Käufer warten.
Dieser Tisch und jenes Gestell mit Fächern sind überdacht mit allen möglichen Dingen, mit denen man im Notfalle irgend etwas überdachen kann, wenn man weder Dachpappe noch Dachziegel besitzt. Links und rechts vom Ladentisch sind aus Brettern aller möglichen Größen, aller möglichen Holzarten, jeder möglichen Herkünfte und jeglichen nur denkbaren ursprünglichen Gebrauches Wände errichtet, um anzudeuten, wo die eine Ladeninhaberin mit ihrem Geschäft aufhört und die Nachbarin beginnt.
Von der phantastischen Bedachung hängen alle nur irgendwie gangbaren Waren herunter: Seile, Gurte, Kerzen, Kaffeekesselchen, Laternen, Muletreiberpeitschen, Sporen, Sandalen, Lackschuhe für Damen, Taschen aus Bast, Taschen aus Leder, Schrotflinten, Feuerzeuge, bestehend aus Stahl, Stein und Lunte, Heiligenbilder, grellrote große Halstücher, gigantische Strohhüte, Machetes, Baumwollhemden und Ballkleider.
Auf dem Tische ist eine Waage, die so eingerichtet ist, daß der Käufer nie feststellen kann, ob richtig gewogen wird oder nicht.

Meist vermag das auch der Verkäufer nicht genau zu sagen. Aber die Waage ist Vorschrift, und darum steht sie hier.

Auf dem Tische stehen Flaschen mit Bier, Limonaden und Sodawassern; ferner liegen da Bananen, Orangen, Zitronen, Backwaren, Kakaobohnen, Kürbiskerne. In Gläsern und Flaschen sind verlockende Bonbons.

Des Abends werden diese Läden illuminiert. Jeder Laden hat eine andere Beleuchtung. Petroleumlampen, Azetylenlaternen, Öllämpchen, Gasolinlampen sind bei den großen und modernen Läden zu sehen. Die kleineren Läden haben Kerzen, und die noch kleineren haben Kienspäne als Beleuchtung.

Vor den Läden ist eine Reihe von indianischen Garküchen aufgebaut, die weder Bedachung noch Tische und Stühle haben. Jeder, der essen will, kauert sich auf den Boden oder stellt sich bei der winzigen Küche auf. Die Kundschaft sind meist wandernde Indianer oder Karawanentreiber, die zu müde sind, selbst abzukochen. Diese Garküchen bleiben die ganze Nacht hindurch in Tätigkeit. Die indianischen Köchinnen hocken bei ihren kleinen Blechöfchen und schlafen; sobald sich aber jemand vor dem Öfchen aufstellt, sofort sind die Frauen munter, und ohne daß der Gast etwas sagt, bläst die Frau das Feuer an und wirft einige trockene Tortillas zum Rösten oder Anwärmen in das runde Blech über dem Feuer. Der Kaffee ist stets fertig, denn das Krügchen bleibt ständig am Feuer.

Die Läden sind nicht verschließbar. Es würde auch nicht viel nützen, sie zu verschließen. Da die Läden nur aus zusammengenagelten Kistenbrettern, Latten, Säcken, Fellen, aufgerissenen Pappkartons und Bastmatten bestehen, würde ein leichter Fußtritt genügen, um einzubrechen. Das Schloß wäre nur Luxus.

Wenn der Weltstadtverkehr des Ortes abzuebben beginnt, so etwa gegen zehn Uhr, und nur an den Läden, wo Branntwein verkauft wird, noch ein wenig Geschäftsbewegung zu sehen ist, weil die Muletreiber sich ihren Nachttrunk einkaufen gehen, dann fängt die Ladeninhaberin an, den Tisch, oder das Gestell, das sie Tisch zu nennen beliebt, abzuräumen. Alles, was darauf liegt, wird unter den Tisch gepackt, oder es wird verstaut, wo sich nur gerade ein freies Eckchen oder eine leere Kiste findet.

Manche der Läden stellen einige Bretter auf den Tisch in der Weise, daß sie oben gegen das Schilfdach gelehnt sind. Damit geben sie zu erkennen, daß sie geschlossen haben und daß man nur durch die Hintertür oder die Seitentür haben könne, was man benötige. Diese Hintertür oder Seitentür ist während des Tages ein Fetzen Sackleinen, und während der Nacht sind es zwei oder drei angelehnte morsche Bretter.

Wenn der Ladentisch in einer Weise abgeräumt ist, daß niemand, der in der Dunkelheit der Nacht sich hier vorbeischleicht, etwas mitnehmen kann, dann baut sich die Ladeninhaberin mit ihren Kindern und Mägden irgendwo in diesem winzigen Gebäude etwas auf, von dem man weder sagen noch sehen kann, woraus es besteht und wie es entstand. Aber die Ladeninhaberin nennt es nichtsdestoweniger la Cama, das Bett. Das kleinste Kind nimmt sie mit in ihr Bett. Die übrigen Kinder werden in Decken gerollt und auf Kisten, Säcken, Matten, Brettern, auseinanderfallenden Matratzen niedergelegt. Die Mägde, zwei oder drei, kriechen gleichfalls in irgendeinen Winkel, um innerhalb des Hauses schlafen zu können. Zuweilen hat die Magd selbst auch noch einen Säugling oder ein größeres Kind.

Die älteren Kinder der Ladeninhaberin schlafen auf dem Ladentisch und schützen so das Warenhaus vor Raub und Einbruch.

Die Moskitonetze werden endlich zugezogen, und der ganze Laden ruht aus, sich vorbereitend für die schwere Arbeit des kommenden Tages.

Der Raum zwischen Ladentisch und der klapprigen Wand, die den Laden gegen den Busch hin abschließt, dient nicht nur als Handelsstube und Schlafzimmer, sondern gleichzeitig als Küche, Salon, Empfangszimmer für Besuche, Speisezimmer und als Festsaal für die lärmenden Veranstaltungen, wenn die Frau ihren Heiligentag feiert.

Diese kleinen Geschäfte, so kümmerlich, armselig, primitiv und dennoch immer arbeitsfreudig, erfüllen eine wichtige Aufgabe am Orte. Nicht etwa, wie man glauben möchte, haben sie die Aufgabe, reisende Leute und Karawanen mit unentbehrlichen Dingen für deren lange und beschwerliche Reisen zu versorgen. Das ist nur so nebenbei. Ihre wichtigste Aufgabe ist, den Ortssekretär mit

Einnahmen zu versorgen. Jeder Laden, sei er auch noch so klein und unansehnlich, und jede winzige Küche, die Tortillas und Frijoles an vorüberziehende Muletreiber verkaufen will, hat Steuern zu bezahlen. Und die Steuern werden natürlich an den Ortssekretär abgeliefert.
Der Ortssekretär verrechnet die Steuern mit der Regierung des Staates. Diese Verrechnung ist sehr verwickelt und außerordentlich umständlich infolge der vielen kleinen und sehr sehr kleinen Geschäfte. Einige sind so klein, daß sie nur zwei Centavos Steuern täglich entrichten. Das sind die winzigen indianischen Händler, die selbstgeerntete Bananen, Orangen, Zwiebeln oder Chili auf dem Boden ausbreiten und sich dahinterhocken und darauf warten, bis endlich jemand herankommt, der glaubt, daß er hier bei dem Indianer etwas geschenkt bekommen kann.
Der einzige Mann auf Erden, der bei dem Steuerverrechnungsgeschäft des Ortes mit dem Staate klarsehen kann, woher die Steuern kommen und wie sie verrechnet werden, ist der Ortssekretär. Da er ja kein hochstudierter Volkswirtschaftler ist, erwartet niemand von ihm, daß er sich in dieser Verrechnung zurechtfindet. Und weil sich die Steuerverwaltungsbeamten in diesem Wirrwarr noch viel weniger durchfinden und gerade darum, weil sie studierte Kalkulatoren sind und weil ferner der Ortssekretär allein bestimmt, wie hoch die Steuer für jedes einzelne Geschäftchen in seinem Ort je nach dem Erträgnis des Ladens angesetzt werden muß und kein Mathematiker diesen Wirrwarr von Abzügen, Nachlässen, Erhöhungen, Spezialtaxen, Branntweinlizenzen, die der Ortssekretär nach eigenem Urteil festsetzt, auflösen, zergliedern und auf Richtigkeit nachprüfen kann, darum ist der Posten als Sekretär für diesen lebhaften Durchgangsort so sehr begehrt.
Außer Steuern kommen Geldstrafen ein, für die der Sekretär je nach Belieben Quittungen gibt oder nicht. Und auch das, was mit Geldstrafe geahndet werden muß, ordnet er selbst an. Es kann ihm niemand dreinreden. Er ist die Autorität, er hat den Revolver und vier indianische Polizisten mit Schrotflinten und Machetes.

2

Als Don Gabriel ankam, ritt er sofort auf den Cabildo zu, um den Sekretär zu begrüßen. Es war seine Absicht, im Cabildo die Nacht zu verbringen, weil ihm das Gelegenheit gab, mit dem Sekretär Amtsgeschäfte zu besprechen. Eine solche Konferenz bestand darin, daß zwei Ortssekretäre, die sich irgendwo trafen, Ratschläge miteinander austauschten, auf welche Weise sich ihr Einkommen erhöhen ließe. Sie unterschieden sich hier keineswegs von den Seelenhirten, die gleichfalls zuweilen Konferenzen in ihren Bezirken abhielten, weniger mit der Absicht, über das Seelenheil ihrer Schäfchen zu reden als vielmehr und ausschließlich darüber, wie sich das Amt einträglicher gestalten ließe unter geschickter Ausnützung aller sich bietenden Gelegenheiten.

Wie in allen Orten dieser Art, so gab auch hier der Sekretär durchziehenden Reisenden besserer Art, auf Wunsch und wenn Platz war, Nahrung und Obdach gegen die übliche Bezahlung. Dieses Hotelrecht war ein weiterer Teil seines Einkommens. Es war das einzige Geschäft am Orte, das keine Steuern zahlte. Autokratische Könige sind überall auf Erden, wahrscheinlich auch im Himmel, steuerfrei. Mit dieser Herberge machte der Sekretär natürlich den übrigen Fondas, die in dem langen kolonialen Gebäude ihr Geschäft ausübten, reichlich Konkurrenz. Denn gerade diejenigen Reisenden, die gut zahlen konnten, kamen nur dann zu den Fondas, wenn der Sekretär mit Gästen überfüllt war und niemand mehr aufnehmen konnte.

Er verdiente nicht nur an dem Essen, das er den Reisenden verabreichte, sondern auch an dem Zacate und dem Mais, den die Tiere der Reisenden, die Pferde und Mules, benötigten, und ferner an dem Essen für die Burschen der Reisenden. Sofern diese nicht in den Fondas essen.

Außerdem unterhielt er einen Branntweinausschank, der von allen Reisenden, die bei ihm wohnten, reichlich beehrt wurde, wodurch den Geschäften am Orte, die hohe Taxen für die Branntweinlizenz entrichten mußten, gute Kundschaft entzogen wurde. Nicht genug mit dem allen, besaß er auch noch im Cabildo eine Tienda, wo er dieselben Arten von Waren feilhielt, die jene Frauen in den Baracken und Hütten verkauften, um Lebensunterhalt für sich und ihre Familien zu finden.

Es muß aber hier gesagt werden, daß er seine Stellung und Autorität als Ortssekretär niemals benutzte, diejenigen Reisenden oder Bewohner amtlich zu begünstigen, die bei ihm übernachteten oder bei ihm kauften. Das trug wesentlich dazu bei, daß die Geschäftsleute am Ort sich über diese Konkurrenz nicht beschwerten, sondern sich mit den Verhältnissen abfanden.

Ein solches Beschweren hatte auf jeden Fall mehr Nachteile als Vorteile. Die Beschwerdeführer mußten ihre Namen nennen. Der Sekretär erfuhr diese Namen, und er hatte die Macht, die Träger jener Namen so zu beuteln und zu schütteln, daß sie es jahrelang bereuten, sich einmal beschwert zu haben.

Dennoch gibt es genug Tapfere, die sich beschweren. Aber es sind mehr vorhanden, die sich über die Ungerechtigkeiten und Willkürlichkeiten des Sekretärs erbittern, ohne sich irgendwie zur Wehr zu setzen.

Darum besteht zwischen dem Sekretär und den Ladinos am Ort, den Mexikanern, eine stete grimme Feindschaft. Diese Feindschaft ist nicht offen. Gesicht gegen Gesicht scheint Verträglichkeit zu sein. Aber im Hintergrunde ist nichts als Haß.

3

Don Rafael Sariol, der Sekretär des Ortes, war an diesem Tage nicht daheim. Seine Frau empfing die Ankommenden. Sie war besonders hilfsbereit und freundschaftlich zu Don Gabriels Frau, denn sie wußte aus eigener Erfahrung, was solche weite Reisen zu Mule und auf unsagbar schlechten Wegen für eine Frau bedeuteten. Wenn auch die mexikanischen Frauen, die auf den fernen Ranchos und Haciendas leben, robuster und hartgesottener auf langen Reisen sind als ein durchgekochter alter teutonischer Raubritter, wenn sie auch ein Viertelliterglas heftigen Tequilas auf einen Hieb hinunterschwenken können, ohne mit einem Härchen zu wackeln, so sind diese langen Reisen auf ewig stolpernden, springenden und fallenden Mules und Pferden wirkliche Martern. Es sind Folterungen für einen Mann, und in noch viel höherem Grade für eine Frau. Nun gar erst für eine Frau, die ein halbes

Dutzend Geburten hinter sich hat auf fernen Farmen, wo die einzige ärztliche Hilfe, die sie bekommen kann, die einer alten Indianerin ist.

Die Wege sind so beschaffen, daß selbst ein gutes altes Mule, auch wenn es wollte, nicht ständig in gleicher ruhiger Gangart gehen kann.

Da liegen gigantische Bäume, abgebrochen beim letzten oder vorletzten Hurrikan, quer über dem Wege. Einen Meter dick oder einen und einen halben Meter. Das Mule springt, und es muß springen. Dann sinkt das Reittier in tief ausgewaschene Löcher und Gruben ein. Oder es verhakt sich einen Fuß zwischen offen liegenden Baumwurzeln. Nun kommt eine tiefe Böschung, und das Tier klimmt daran herunter, daß die Schinken beinahe senkrecht über dem Kopfe stehen. Dann wieder hat es über einen Graben in weitem Sprung zu setzen. Die Hinterbeine bleiben über dem Rand des Grabens hängen. Die Reiterin weiß einige aufregende Sekunden lang nicht, ob das Tier die Hinterbeine wird nachziehen können, oder ob es, mit der Frau auf seinem Rücken, den Graben, der vielmehr eine schluchtartige, zwanzig Meter tiefe Rinne ist, hinunterrutschen wird mit dem Erfolg, daß die Frau unter das Tier gerät, wenn beide, Frau und Mule, unten auf dem Grunde des Grabens ankommen. So ungefähr geht das den ganzen Weg entlang, nur mit noch lebhafteren Hindernissen ausgeschmückt. Und so geht die Reise sechs, sieben, zwölf Tage lang. Jeden Tag von sechs Uhr morgens bis vier oder fünf Uhr nachmittags. Das alles wäre noch erträglich genug, dürfte die Frau auf dem Mule oder auf dem Pferde sitzen, wie es ihr am bequemsten für eine so lange und anstrengende Reise erscheint. Aber die Sitte erlaubt ihr nicht, Bequemlichkeiten zu genießen, die nicht ausdrücklich im Sittenkodex der mexikanischen Frau zugelassen sind. Sie darf nicht im Männersattel reiten, noch viel weniger nach Männerart. Sie sitzt im Sattel, selbst auf diesen martervollen langen Reisen durch Busch, Dschungel und Sümpfe, genauso, wie die spanischen Edeldamen zur Jagd ritten, als Kaiser Karl der Fünfte die Mitteilung erhielt, daß er mit der Eroberung Mexikos eine neue Provinz erhalten habe. Wie könnte sie auch anders im Sattel sitzen! Wie dürfte sie! Was würde die Welt von ihr denken und sagen, wenn sie auf dem Wege von den Frauen anständiger Rancheros angetroffen würde, daß sie auf dem Mule sitze, unanständig und säuisch wie eine protestantische Gringa, die weder an Heilige noch an die Unbeflecktheit einer gebärenden Jungfrau glaubt! Und was würde nun gar erst der Señor Cura sagen, wenn er das hörte und sie gar so sähe! Keine Sitte und keine wahre Freude ohne Unbequemlichkeiten.

Und weil die Frau des Don Gabriel auf anständige und züchtige Art und Weise angeritten kam, so wußte die Frau des Don Rafael, wie sie ihren Gast aufzunehmen habe, um ihm die Härten einer solchen Reise zu mildern.

Als sie später beim Essen saßen, erzählte Don Rafaels Frau den Hergang des Geschäftes, das ihr Gatte gerade jetzt abwickelte und das der Grund seiner Reise war.

Weil niemand sonst beim Essen zugegen war, konnte sie ja, wie sie bei der Einleitung ihrer Erzählung betonte, ganz freiheraus sprechen; denn Don Gabriel war ja gleichfalls Secretario, und so blieb die Geschichte innerhalb der Sippe.

4

Auf dem offenen Platze, nahe der Kirche, wo ein schmaler Weg hinunterführte zu dem indianischen Ort, hatte ein Waffenschmied seine Werkstatt aufgeschlagen. Er war ein Mestize.

Die Werkstatt war eine nach allen Seiten offene kleine Hütte, sechs Stämmchen in die Erde getrieben und darüber ein Palmdach.

Hier stand eine kleine Feldschmiede. Dann war noch ein winzig kleiner Amboß vorhanden, der vielleicht noch gerade groß genug war, um einem Uhrmacher zu dienen. An einem Baumstrunk, der in der Erde faulte, war ein kleiner Schraubstock befestigt.

Das war die Waffenschmiede.

Ob der Mann, dem diese Kanonenfabrik gehörte, wirklich Waffenschmied war, konnte man nicht feststellen. Er hätte ebensogut Gerber sein können oder Kürschner. Aber niemand fragte ihn nach seinem Lehrbrief.

Wo sich keine Konkurrenz befindet und wo man es nicht besser weiß, kann eine Krähe als Pfau oder als Nachtigall durchgehen. Und weil der nächste Waffenschmied vierzig Meilen weit wohnte und jener gleichfalls nur Waffenschmied war, weil sich die Seilerei nicht lohnte, so hatte dieser Waffenschmied hier reichlich Arbeit. Alle Indianer, deren Vorderlader in Unordnung gekommen waren und hintenheraus schossen, gingen zu diesem Manne. Er setzte neue Pistons auf, fügte neue Hähne ein, spannte neue Federn ins Schloß, hämmerte die Abzüge wieder brauchbar und bohrte verstopfte und verrostete Zündkanäle auf. Der Mann überarbeitete sich nicht. Er nahm sich reichlich Zeit. Eine Arbeit, die er leicht in fünf Minuten hätte leisten können, verstand er geschickt auf einen halben Tag auszudehnen.

Der Indianer saß geduldig dabei, und er wartete ebenso geduldig, wenn der Schmied seine Arbeit unterbrach, um essen zu gehen, und bei seinem Essen zwei Stunden verweilte.

Je mehr Zeit er auf die Arbeit verwandte, je schwieriger erschien sie für den Indianer, und um so williger war der Indianer, dem Waffenschmied einen blanken Peso für die Arbeit zu bezahlen, wenn sie gut für ein Danke oder für zehn Centavos hätte geliefert werden können.

Hier, bei dem Waffenschmied, hockten ständig, den ganzen lieben langen Tag hindurch, Dutzende von Indianern, um dem Manne bei seiner interessanten Arbeit zuzusehen. Eine Schußwaffe, wenn auch nur ein Vorderlader, ist ein gewaltiges Ding im Leben jener Indianer. Und ein Mann, der es versteht, die Krankheiten einer Schrotflinte zu heilen, ist ein wichtiger und großer Mann, dessen Arbeit Bewunderung verdient.

Es geschah bei diesem Waffenschmied, wo zwei Händler, die sich auf einer Reise befanden und zur selben Zeit in dem Orte übernachteten, in Streit gerieten. Die Ursache des Streites war eine Meinungsverschiedenheit über das Kaliber für Jagdflinten, das sich am besten für die Jagd auf Tigerkatzen und Berglöwen eigne. Es kamen drei Kaliber in Frage, zwölf, sechzehn und zwanzig. Liegt keine bestimmte Absicht vor, einen ernsten Streit hervorzurufen, und ist keine Feindschaft aus früheren Zusammenstößen, die sich auf Märkten ereigneten, zurückgeblieben, so kann man sich bei einer derartigen Meinungsverschiedenheit sehr rasch darauf einigen, daß man mit jedem Kaliber eine Bestie erjagen kann, wenn man sie gut trifft; denn wenn man sie nicht trifft, ändert es auch nichts an dem, was darauf folgt, wenn man mit einer zwölfzölligen Granate auf das Tier gezielt haben sollte.

Der eine Händler, Don Ismael, war Araber, der andere, Don Martin, war Mexikaner. Die beiden waren ewig im Streit, wo sie sich auch trafen. Jeder warf dem anderen vor, daß er ihm das Geschäft versaue und ihn zum Hungertode führe, weil er ihn ständig mit den Preisen unterbiete, und wenn der eine an seinem Stand eine Frau habe, die Seidenstrümpfe kaufen wolle und das Geld schon abgezählt in der Hand halte, der andere sofort schreie: »Señorita, hier, diese echt französischen Strümpfe, gestern importiert, verkaufe ich Ihnen um zwei Reales billiger.«

Das ist schäbig. Aber jeder dieser beiden tat es, um den andern in Wut zu bringen.

Hier hatten sich die beiden wieder einmal getroffen. Don Martin kam von Montecristo herunter, und Don Ismael kam von Tullum, um nach Tumbala zu reisen.

Die Frage nach dem richtigen Kaliber für einen Berglöwen oder eine Tigerkatze war nur die Einleitung. Es folgte sehr bald die Beschuldigung des Don Ismael, daß die Mexikaner so dumm seien, daß sie überhaupt nicht wüßten, worin der Unterschied läge zwischen einem Maschinengewehr und einem Rücklaufgeschütz. Beide wußten nicht, was ein Rücklaufgeschütz sei. Don Ismael hatte das Wort irgendwo gelesen. Aber Don Martin war beleidigt. Er erwiderte, daß die Araber solche Heiden seien, daß sie sich nicht schämten, mit Schweinen, Kamelen, Eseln, Kindern und zehn Frauen im selben Mist zu schlafen.

Darauf sagte Don Ismael, Don Martin sei ja nur darum am Leben, weil seine Mutter, als sie ein halbes Dutzend Hunde geworfen hatte, alle zu ertränken gedachte, aber aus Versehen einen am Leben gelassen habe und absichtlich gerade den, der eiterbeulig war, weil sein Vater von einer gewissen Krankheit, die er ja gut kenne, halb aufgefressen war. Was Don Martin darauf sagte, läßt sich nicht so schlicht und sanftmütig wiederholen. Aber es war so romantisch, wie es nur immer sein kann, wenn ein Mexikaner, besonders wenn er reisender Händler ist, die Absicht hat, seinen Gegner zu veranlassen, den Revolver zu ziehen und besinnungslos sechs abzufeuern.

Don Ismael trug seinen Revolver nicht im Gürtel. Er hatte ihn in der Fonda zurückgelassen, weil er ja nur bequem hier herumzuschlendern gedachte. Aber er hatte ein Messer in einer Scheide im Gurt stecken.

Mit einem Ruck war das Messer heraus. Ebenso rasch hatte Don Martin den Revolver gezogen. Jedoch seine Bewegung dauerte länger, und der Revolver spannte nicht rasch genug. So kam es, daß er einen heftigen Stich in der Seite spürte, ehe sein Revolver feuerte. Die Kugel prasselte irgendwo gegen das Dach der Kirche. Ehe er den zweiten Schuß feuern konnte, hatte ihm Don Ismael den Arm heruntergeschlagen und die Hand, die den Revolver hielt, gepackt und so abgedreht, daß die Waffe auf den Boden fiel.

Don Rafael, der Sekretär des Ortes, stand während dieses Vorganges nur etwa hundert Schritte entfernt, wo er zu einigen Maultiertreibern sprach.

Als er den Schuß hörte, war er mit einigen Sätzen bei der Waffenschmiede, wo er gerade zur Zeit kam, um Don Martin zu verhindern, den Revolver, auf den Don Ismael seinen Fuß gestellt hatte, zurückzuerobern.

Gleichfalls durch den Schuß angelockt, kamen die vier Polizisten des Ortes herbeigerannt.

Sie waren Indianer, barfüßig, ohne Hut, mit einem Machete an der Seite und eine alte, halb verrostete Vorderlader-Schrotflinte umgehängt.

Als sie sahen, daß die Streitenden keine Indianer waren, blieben sie in einigen Schritten Entfernung stehen. Die indianischen Polizisten der kleinen Orte sind gegenüber den Leuten, die nicht ihrer Rasse angehören, sehr vorsichtig in ihren Amtshandlungen. Wenn sich Mexikaner oder überhaupt Caballeros herumschlagen und sogar Schnellfeuer aufeinander abladen, greifen sie nur ein, wenn sie einen direkten Befehl von der Autorität ihres Ortes, im gegenwärtigen Fall dem Sekretär, dafür empfangen. Caballeros haben ihre eigene Art, sich zu unterhalten. Zudem mögen die streitenden Herren ja hohe Beamte sein, die den Polizisten sofort einsperren lassen, falls er sich in Sachen mischt, die er nicht versteht. Etwas anderes ist es mit Indianern. Deren Handlungen begreift der indianische Polizist, und wenn sie sich nicht gutwillig

verhaften lassen, gibt er ihnen einen gesunden Hieb mit dem hölzernen Polizeiknüppel über den Schädel.
Der indianische Polizist weiß aber auch, daß der Caballero nicht fortrennt, auch wenn er seinen Gegner erschossen hat. Der Caballero hat gar keine Ursache wegzulaufen, denn er ist tapfer und trägt stets die Konsequenzen seiner Handlungen. Es ist ihm wohl bewußt, daß er in Mexiko lebt und daß ihm darum in einem kleinen Orte eines gelegentlichen Mordes wegen so gut wie nichts getan wird und er in den großen Städten immer einen Richter findet, der sich überraschend leicht davon überzeugen läßt, daß es sich nicht um einen Mord, sondern um Notwehr oder um gekränkte Ehre handelte.
Der Indianer kommt nicht so leicht davon. Darum versucht er auszubrennen, solange er dazu noch Gelegenheit findet.
Don Rafael sagte in freundschaftlichem Ton: »Caballeros, siento mucho, es tut mir sehr leid, aber ich sehe mich genötigt, Sie beide in Haft zu nehmen wegen Störens des öffentlichen Friedens. Kommen Sie, bitte, mit mir hinüber zum Cabildo.«
Don Martin fühlte sich schwach werden infolge des Messerstiches, den er im Leibe hatte. Darum mußte er den Streit aufgeben. Und weil Don Ismael keinen Widersacher in ihm fand, beruhigte auch er sich.
Beide gingen langsam mit dem Sekretär auf den Cabildo zu, gefolgt von den indianischen Polizisten.
Don Martin, der Mexikaner, hatte Herberge im Cabildo genommen, war also Hotelgast des Secretarios, während Don Ismael, der Araber, in einer der Fondas im Portico übernachtete.
»Pasen, Caballeros«, sagte Don Rafael, als er den beiden Verhafteten in die große Sala voranging. La Sala war Amtsstube, Wohnstube, Speisesaal und Schlafraum für die Gäste. Alles in einem. Der Raum war groß genug, daß gleichzeitig zwanzig Gäste darin ihr Lager für die Nacht aufschlagen konnten. Zuweilen übernachteten sogar dreißig darin.
Die Caballeros setzten sich nieder. Don Rafael brachte eine volle Flasche Comiteco herbei, und zuerst einmal wurden zwei Runden herumgereicht, ehe die Gerichtsverhandlung begann.
Die vier Polizisten hockten gleich Statuen vor dem Eingang der

offenen Tür, um, wenn auch ganz unfreiwillig von ihrer Seite aus, der Gerichtssitzung die erforderliche Dekoration zu verleihen.
Während der zwei Runden und der folgenden Dreingabe einer weiteren Runde gutsitzender Maulspüler redeten die drei Caballeros über Wetter, schlechte Geschäfte, Pferdepreise und durchgereiste Bekannte. Dann sagte Don Martin: »Oigame, Señor Secretario, hat Ihre Señora Esposa nicht vielleicht etwas Verbandsstoff zur Hand? Ich vermute, ich muß den Stich ein wenig verstopfen.«
»So, Sie haben einen Stich weg, Don Martin?« sagte der Sekretär. »Lassen Sie ihn einmal untersuchen.«
Don Martin zog den Leibgürtel auf, zerrte das Hemd hervor, das naß von Blut war, und zeigte die Wunde her.
Ein Europäer, der diesen Stich hätte, würde ihn wohl kaum selbst mit Kennermiene ansehen können, ohne an Hospital, Operation, Tod, Testament zu denken und dann in tiefe Ohnmacht zu fallen. Aber ein Mexikaner fällt einer solchen Kleinigkeit wegen nicht in Ohnmacht, viel weniger denkt er an Tod. Er besieht sich die Wunde mit großer Sachkenntnis, vergleicht sie mit den vielen anderen Stich- und Schußwunden, die er bereits überlebt hat und die er bei anderen gesehen hat, bohrt mit dem Finger in der Wunde herum, läßt sie von seinen Tischgenossen beurteilen und erlaubt ihnen, damit sie sich im Urteil nicht etwa irren, gleichfalls mit den Fingern in der Wunde herumzubohren, um die Tiefe und Weite festzustellen.
Das geschah auch hier. Und jeder der drei Herren gab sein Gutachten darüber ab, welche Zeit nötig sein würde, bis die Wunde zugeheilt sein werde. Arzt oder Hospital erwähnte keiner. Es wäre auch nutzlos gewesen, weil der nächste Arzt so weit wohnte, daß die Wunde sicher geheilt war, ehe der Verwundete den Arzt erreichte. Die Frau des Sekretärs brachte Baumwolle und eine Binde. Die Wunde wurde ausgewaschen, dann wurde Branntwein hineingegossen, und endlich wurde die Baumwolle hineingestopft und der Verband umgelegt.
Als das zu aller Zufriedenheit beendet war, sagte Don Rafael: »Nun müssen wir wohl die Sache hier amtlich untersuchen. Ich habe die für mich höchst unangenehme Verpflichtung, Sie beide

zur Distriktshauptstadt zu bringen, damit das Gericht entscheidet.«

»Was soll denn das Gericht entscheiden?« fragte Don Martin. »Daß ich einen Stich von dem Hurensohn hier weghabe, das braucht kein Gericht entscheiden, das weiß ich. Ich habe das schwarz auf weiß oder meinetwegen rot auf braun. Und daß ich mir von diesem eiterbeuligen Türken nicht gefallen zu lassen brauche, daß er mir frech ins Gesicht schreit, meine Mutter sei eine Zehn-Centavos-Hure, dazu brauche ich kein Gericht und keine Distriktshauptstadt. Der Messerstich sitzt mir nun einmal drin, und den kann kein Richter wieder herausflitschen.«

»Aber warum sagt denn dieser Notzüchter unschuldiger kleiner Mädchen, dieses stinkige Kojotengeklöte nicht auch, was er zu mir gesagt hat?« fragte nun Don Ismael. »Ich brauche keinen Richter in der Distriktshauptstadt und seinen verfuckten guten Ratschlag, stillzuhalten, wenn dieser Raubmörder, Wegelagerer und Kinderschänder den Revolver schwingt, um mir ein halbes Dutzend Fünfundvierziger in die Eingeweide zu brennen. Was kann mir denn ein Richter nützen, wenn ich das halbe Dutzend geschluckt habe und es nicht verdauen kann?«

Don Rafael mischte sich nicht in die Privatansichten der beiden Händler. Als er aber dann der Meinung war, daß sich beide genügend ausgeladen hatten und in ihrem reichen Wortschatz keine Reserven mehr besaßen, da sagte er: »Ich verstehe, Caballeros, daß Sie keinen Richter in der Distriktshauptstadt haben wollen. So können wir das ja hier unter uns ordnen. Justicia, Gerechtigkeit, muß sein im Lande. Das werden Sie mir zugeben, Señores. Don Ismael, da Sie hier in diesem friedlichen Örtchen einen Mann gestochen haben, muß ich Sie wegen schwerer Körperverletzung mit hundertfünfzig Pesos bestrafen und wegen Störung des öffentlichen Friedens mit fünfzig Pesos. Das ergibt zweihundert Pesos, die Sie hier zu bezahlen haben, oder ich muß Sie in Haft behalten, bis die Multa bezahlt ist.«

Don Ismael wollte dagegen etwas einwenden, jedoch Don Rafael sagte ernst: »Un momento, ich befinde mich in Amtshandlung.« Er wandte sich nun an Don Martin: »Sie, Señor, muß ich leider mit fünfzig Pesos Multa bestrafen, weil Sie in einem friedlichen Orte, ohne ersichtlichen Grund, den Revolver gezogen haben, um einen andern Mann zu erschießen. Und weil Sie, wie auch Don Ismael, den öffentlichen Frieden verletzt haben, muß ich Sie mit fünfzig Pesos extra festlegen. Das ergibt hundert Pesos, die Sie hier zu bezahlen haben, oder ich muß Sie in Haft behalten, bis die Multa entrichtet ist.«

Alle drei Herren, sowohl der Sekretär als auch die beiden Händler, wußten, daß dies nicht das letzte Wort in der Sache sei. Jetzt kam die Berufung, die von beiden sofort eingelegt wurde. Der Berufungsrichter war derselbe, der die Verurteilung ausgesprochen hatte. Dadurch vereinfachte sich das Gerichtsverfahren, und es wurde dem Staate eine Menge von Ausgaben erspart.

Der Sekretär hatte das Recht, die beiden Händler zu verhaften und, wenn nötig, mit Gewalt zur Distriktshauptstadt zu schleppen. Aber er hatte auch das Recht, in dringenden Fällen die Angelegenheit am Orte selbst zu beenden. Daß der Fall dringend war, konnte nicht bestritten werden. Die beiden Händler waren auf Geschäftsreisen. Es hätte ihren Geschäften geschadet, hätten sie jetzt zur Distriktshauptstadt gehen müssen, um dort drei, vielleicht sechs Wochen zu warten, bis die Verhandlung kam. Wie immer sie auch die Sache ansahen, es war unter allen Umständen billiger und bequemer, alle Instanzen des gerichtlichen Verfahrens gleich hier durchzuwaten. Was die Strafen anbetraf, so tat es der ordentliche Richter in keiner Hinsicht billiger als der Sekretär. Hinzu kamen die Kosten des Verfahrens, die nicht gering waren. Freilich hätte der Sekretär den Vorfall ganz übersehen können. Mit seinen guten Freunden und politisch einflußreichen Beamten würde er es auch getan haben. Aber er mußte leben. Und eine so gute Gelegenheit, eine ansehnliche Summe auf einen Hieb einzukassieren, fand sich nicht jeden Tag.

Er war aber auch Diplomat genug, sich niemand zum Feinde zu machen. Ob er immer Sekretär hier blieb, war fraglich. Wenn eines lieblichen Tages die Steuerkasse oder die Postkasse oder die Telegraphenkasse nicht stimmte, dann war die Herrlichkeit zu Ende. Dann mochte es geschehen, daß er nun selbst als Händler oder Viehaufkäufer im Staate herumziehen mußte, und es mochte sein, daß Don Martin dann irgendwo Sekretär war und ihm heim-

zahlen konnte oder daß er den Beistand des Don Ismael benötigte.
»Ich könnte Sie ja hier ganz frei gehen lassen, Caballeros«, sagte er, »aber ich darf es nicht. Ich bin hier im Amt. Es würde auf die übrigen Bewohner, selbst auf die Indianer, einen sehr bösen Eindruck machen, wenn ich den Vorfall übersehen würde. Ich könnte hier jegliche Autorität verlieren. Das geht nicht. Das werden Sie einsehen. Nur mit Gerechtigkeit und Unparteilichkeit kann die Welt regiert werden.«
Darauf sagte Don Martin: »Das mag ja alles ganz richtig sein, aber ich habe das Geld nicht. Hier in Haft kann ich auch nicht bleiben, denn ich muß zur Feria, zum Heiligenmarkt, zur Zeit kommen, oder ich erhalte einen schlechten Stand.«
»Ich schwimme in derselben dicken Suppe«, sagte Don Ismael, »ich kann keinen Tag verlieren, ich bin ohnedies schon, des gottverfluchten Weges wegen, eine halbe Woche zurück in meinem Geschäft.«
Als die Berufungsinstanz dann endlich, von einigen weiteren Gläsern Comiteco geölt, entschieden hatte, ergab sich, daß Don Martin zwanzig Pesos Multa bezahlte und Don Ismael fünfzig. Don Ismael konnte bares Geld gerade jetzt nicht entbehren, weil er es zu seinen Handelsgeschäften auf der Reise brauchte. Er gab an Stelle des Geldes dem Sekretär ein überflüssiges Pferd, das, wie Don Ismael versicherte, hundertzwanzig Pesos wert sei.
Don Rafael beeilte sich, das Pferd zu verkaufen, weil ihm mehr an gutem barem Gelde gelegen war als an guten Pferden.
Es war dieses Pferd, das die Ursache war, daß ihn Don Gabriel nicht daheim antraf.

SIEBTES KAPITEL

1

Don Gabriel sah seine Frau eingewoben in ein langes Geschwätz mit Don Rafaels Frau. Da ihn dieses Gerede nicht interessierte, schlenderte er auf dem Platze herum, in der Hoffnung, jemand zu finden, mit dem er schwätzen könnte.

Männer ereifern sich über ödes Geschwätz nur dann, wenn es sich um Geschwätz zwischen Weibern handelt. Aber wenn Männer zusammengeraten, sind sie hundertmal schwatzhafter und tausendmal ausdauernder in ödem Gequassel als ein halbes Dutzend Fischweiber. Der Unterschied ist nur der, daß der Mann seine ermüdenden Schwätzereien für intelligente Gespräche über politische und ökonomische Fragen hält, während er die Sabbereien der Frauen als inhaltloses Gewäsch beurteilt. Vorurteilslos betrachtet, sind aber die stundenlangen Schwätzereien der Männer nicht um eine Haselnuß wertvoller und ideenreicher als die Klatschereien der Frauen. Die Interessengebiete sind ein wenig verschieden, aber Zweck und Resultat der Geschwätze sind gleichwertig.

Bei diesem Herumschlendern kam Don Gabriel endlich in den Portico, wo sich die Fondas befanden. Er war sicher, hier einen Händler oder einen bekannten Arriero, den Führer eines Maultierpackzuges, anzutreffen, mit dem er die nächsten Stunden verreden könnte.

Es war an diesem Tage nicht viel Verkehr in den Kolonnaden. Einige indianische Träger hockten neben ihren Lasten, rauchten dicke Zigarren und sahen zu, wie ihre Bohnen weich kochten, die in einem Kesselchen an dem Feuer standen, das außerhalb des Portico auf dem Platze lässig schmokte.

Zwei Maultiertreiber flickten an Tragsätteln herum, zerrten das Gras, den trockenen Zacate, aus den Polstern heraus, zupften es lose und stopften es dann wieder hinein, um die Sättel weich zu machen. Die Sättel sahen nun aus wie die aufgedunsenen Matratzen eines Brautbettes aus einem Abzahlungsgeschäft. Waren diese Sättel dann einen Tag im Gebrauch, dann fühlten sie sich ebenso brettig, steif, knochig, flach und schwindsüchtig wie die Matratze jenes Brautbettes nach der Hochzeitsnacht an. Die Maultiere gewöhnten sich an diesen raschen Wechsel in der Weichheit ihrer Sättel genauso der Not gehorchend, wie das junge Ehepaar, derselben Not gehorchend, hofft, gelegentlich eine Woche mit der Abzahlung im Rückstand bleiben zu dürfen, wenn es den Möbelhändler bei guter Laune erhält, dadurch, daß es sich der minderwertigen Waren wegen nicht bei ihm beschwert.

An den Pfosten und Pfeilern der Kolonnaden standen, hängten und lungerten einige Männer herum, Indianer und Mestizen, die nicht genau wußten, warum sie eigentlich auf der Welt seien. Der Ort gewöhnte sich an solche Männer hier wie überall in der weiten mexikanischen Republik, und es würde hier, wie in anderen Orten, das Bild nicht vollständig gewesen sein, wenn jene herumlungernden Burschen und Greise gefehlt hätten. Irgendwo verbringen sie die Nacht, aber niemand weiß mit Bestimmtheit zu sagen, wo. Und irgendwie finden sie eine gelegentliche Tortilla und wohl gar eine gerollte Tortilla vollgestopft mit Frijoles und Chili, aber niemand weiß, wann und von wem sie kommt.

Fragt sie jemand, was sie sind und was sie hier tun, dann sagen sie, sie seien Mozos, Burschen, die auf Reisende warten, um sie zu begleiten.

Braucht aber ein Reisender dann wirklich einmal einen Mozo, weil sein eigener krank geworden ist, dann fordern sie einen so hohen Lohn, daß der Reisende dafür drei sehr geübte und erfahrene Pferdeburschen und Packburschen bekommen kann, wenn er sie unter den berufsmäßigen Burschen sucht. Die berufsmäßigen Treiber und Begleitburschen drücken sich nicht in diesen Orten herum, wo Arbeitsgelegenheiten nur zufällig zu haben sind. Sobald die berufsmäßigen Mozos mit einem Auftrag zu Ende sind, gehen sie von Hotel zu Hotel, von Fonda zu Fonda, um Reisende aufzusuchen, denen sie ihre Dienste anbieten. Die herumlungernden Burschen dagegen warten darauf, daß ein Reisender in Not um einen Begleiter ist, damit sie die Preise selbst machen können.

2

In einer solchen Not um einen zuverlässigen und vertrauenswürdigen Pferdeburschen befand sich Don Ramon Velasquez, der im Portico in einer Hängematte schaukelte. Das eine Bein ließ er links über die Hängematte hinaushängen und das andere Bein rechts. Die Hände hatte er hinten über den Kopf gefaltet, und mit weiten glasigen Augen stierte er hinauf in das Dach, als wolle er die Dachziegel zählen, die zerbrochen waren.

Er war bereits drei Tage hier am Orte und konnte nicht weiter, weil er keinen Burschen hatte. Bis hierher war er ohne Burschen gereist. Er hatte gehofft, hier einen indianischen Burschen mit Hilfe des Sekretärs anwerben zu können. Aber das war ihm nicht geglückt, weil der Sekretär nicht anwesend war. Mit keinem der herumlungernden Vagabunden konnte er über den Dienstpreis einig werden. Und abgesehen von dem Lohn, es wollte keiner sich mehr als zwei Tagereisen weit von dem Ort seines schönen faulen Lebens entfernen. Don Ramon hätte nicht nur die zwei Tage der Begleitung bezahlen müssen, sondern auch die zwei Tage, die der Bursche allein zurückwanderte.

Beinahe war er mit einem der Herumlungernden einig geworden hinsichtlich des Lohnes für die vier Tage. Als es aber zu den Einzelheiten kam, wollte der Bursche ein Pferd zum Reiten gestellt haben, das Don Ramon hier am Orte hätte mieten müssen. Damit nicht genug, verlangte der Bursche aber auch noch, daß ein zweiter Bursche mitzöge, der von Don Ramon gleichfalls bezahlt werden sollte und gleichfalls ein Pferd haben müßte; denn der erste Bursche erklärte, daß er die zwei Tage nicht allein zurückreisen wolle, weil auf den Wegen Indianer seien, die zuweilen morden, wenn sie dazu Gelegenheit finden.

Unter diesen Umständen gab Don Ramon es endlich auf, mit den Vagabunden weiterzuverhandeln. Nun wollte er auf die Rückkehr des Sekretärs warten, der ihm vielleicht einen zuverlässigen Burschen stellen könnte. Wenn er es nicht könnte, dann würde er warten, bis eine Maultierkarawane denselben Weg zöge, den er sich vorgenommen hatte.

3

Als Don Gabriel den Portico entlanggeschlendert kam, hörte er sich plötzlich anrufen: »Hombre, Don Gabriel, Hijo de mi alma, was tun Sie denn hier in diesem gottvergessenen Kojotenbau?«
Es war Don Ramon, der, die Schritte Don Gabriels hörend, den Kopf zur Seite gewandt hatte und den Ankommenden gleich erkannte. Er ließ sich aus der Hängematte gleiten, ging auf Don Gabriel zu, ihn, nach mexikanischer Sitte, umarmend, und sagte: »Sie hätte ich ganz gewiß hier nicht erwartet. Wen auf Gottes weiter Erde kann man hier auch antreffen mit einem zivilisierten Gesicht unter dem Hut! Zigarette?«
»Gracias!« sagte Don Gabriel und zog die Zündhölzer hervor. Wer eine Zigarette geschenkt bekommt, muß als Erwiderung das Zündhölzchen liefern, um das Zündholzmonopol der Schweden nicht zu schädigen und um zu verhindern, daß die Schweden in Lateinamerika Gesetze erzwingen, aufgrund deren mit Gefängnis nicht unter zwei Jahren jeder bestraft wird, der etwa den Versuch machen sollte, seine Zigarette an einer bereits glimmenden anderen Zigarette anzuzünden oder gar, was viel böser ist, die Zigarette an einem glühenden Stöckchen, das aus dem Campfeuer gezogen wird, anzurauchen. Das eine haben die schwedischen Zündholzmonopolisten durch geschickte Propaganda ja schon erreicht, daß niemals mehr als zwei Mann an demselben Zündholz ihre Zigarette anzünden, weil der dritte Mann, der etwa dasselbe Hölzchen gebrauchen sollte, an dem schon zwei andere ihre Zigaretten angeleuchtet haben, für den Rest seines Lebens von dauerndem Unglück verfolgt wird, aus welchem Bann er sich nur dadurch befreien kann, daß er in einer lateinamerikanischen Republik eine Revolution anzettelt mit dem Zweck, an Stelle eines monopolfeindlichen Präsidenten einen monopolfreundlichen auf den Thron zu setzen.
Don Ramon und Don Gabriel ließen sich auf eine schiefe wacklige Bank nieder, die auf dem trockenen Lehmboden des Portico stand.

4

Die beiden Caballeros waren alte Bekannte. Sie hatten sich schon als Jungen gekannt und waren dann später oft bei ihrem Viehhandel und anderen Geschäften zuweilen tagelang am selben Ort und im selben Gasthof gewesen, und unzählige Male hatten sie sich auf Reisen durch den Staat auf den Wegen oder in fernen Ranchos getroffen.

»Handeln Sie immer noch mit Vieh?« fragte Don Gabriel.

»Nein, geraume Zeit schon nicht mehr«, gab Don Ramon zur Antwort. »Es ist jetzt nicht viel dabei zu verdienen. Die Preise sind schlecht. Seit einiger Zeit habe ich ein bei weitem besseres Geschäft an der Hand. Bringt mehr ein, ist sicherer, und man hat weniger Verluste. Bin Agent für die Monterias, zuweilen auch für Kaffeeplantagen. Werbe Peones an, Kontraktarbeiter. Für jeden Mann, den ich nach Hucutsin bringe und dort am Heiligenfest der Candelaria abliefere und in Kontrakt übergebe, erhalte ich von den Kompanien dreißig gute blanke Pesos. Wenn ich die Leute aber gar bis zur Monteria hinbringe, bekomme ich für jeden Kopf fünfzig Pesos. Ausgaben habe ich nur gerade für mein Essen, wenn ich auf den Fincas, Ranchos und in den unabhängigen Indianerdörfern herumziehe, um die Burschen aufzukaufen. Verluste entstehen nur, wenn mir einer auf den Wegen durch den Busch wegstirbt oder so gut fortläuft, daß wir ihn nicht mehr einfangen können. Aber das kommt selten vor. Glänzendes Geschäft, sage ich Ihnen, Don Gabriel. Ein Drittel, in einigen der Monterias sogar die Hälfte der Peones sterben innerhalb eines Jahres weg. Da muß Ersatz geschafft werden. Und so habe ich ein ewig gut laufendes Geschäft, das ganze Jahr hindurch. Hundertmal besser als Handel mit Vieh oder Schweinen, Pferden oder Mules.«

Er streifte die Asche seiner Zigarette ab und wartete darauf, daß Don Gabriel etwas von sich sagen sollte.

Aber Don Gabriel war in Gedanken versunken. Er sah eine goldene Zukunft für sich aufsteigen, und er gedachte, diese Gelegenheit hier zu benutzen, um Einzelheiten zu erfahren, in welcher Weise sich ein solches Geschäft abwickelt. Jedoch unterließ er es, so plump draufloszufragen, weil er fürchtete, daß Don Ramon eine

Konkurrenz unbequem sein möchte und er ihn irreführen würde, sollte er zu deutlich fragen. Er überlegte, wie er Don Ramon verlocken könnte, die Geheimnisse des Geschäftsganges preiszugeben.

Als er nichts erwiderte und in seinem Schweigen verharrte, klopfte ihm endlich Don Ramon freundschaftlich aufs Knie und fragte: »Und was tun Sie denn jetzt, Amigo? Immer noch Viehhandel oder Waren?«

»Ich habe einen Posten«, erwiderte Don Gabriel, »Secretario in Bujvilum.«

»Schlecht, Amigo, schlecht, sehr schlechtes Geschäft«, sagte Don Ramon, während er den Mund sauer verzog, »in diesen indianischen Dörfern ist kein heiler Peso zu verdienen. Die Leute haben ja nichts. Und wenn sie einen Fünfziger klimpern haben, kaufen sie Aguardiente. Wie kann denn da ein Secretario auf seine Kosten kommen! Ich selbst war einmal in einem solchen Sumpfloch. Zwei Jahre. Masse Arbeit. Immer in Angst, daß einem hinterrücks ein Machete in die Gedärme gejagt wird oder daß einem eine halbe Pfundladung gehackter Bleistücke den Schädel von den Schultern reißt; und wenn Sie diese stete Angst nicht zu haben brauchen, dann sind Sie zu gutmütig mit diesem Ungeziefer und verhungern bei den armseligen paar Pesos, die Sie aus Ihrem jammernden Kramladen herausquetschen.«

»Sie haben recht, Don Ramon, so ist es, ganz genau so ist es. Aber ich habe nichts Besseres.«

»Was tun Sie denn hier in Cahancu?«

»Auf der Durchreise«, sagte Don Gabriel. »Habe einen Burschen nach Jovel zu bringen zur Aburteilung. Hat da einen erschlagen. Ich wollte die Sache am Ort abmachen; aber er hatte kein Geld. Stehenlassen kann ich den Fall nicht. Er ist zu schwer. Um mich in der Autorität zu halten, muß ich da etwas tun, sonst habe ich jede Woche einen Mord, bis es so weit kommt, daß vielleicht gar reisende Händler nicht mehr sicher sind und ich selbst mich nicht mehr aus dem Hause wagen kann am hellen Tage, wie es dem Sekretär in Bicocac erging, bis er endlich für ein paar Wochen Soldaten hingesetzt bekam. Mit den Soldaten am Orte ist es auch so eine Sache. Mehr Stehlen und dann ewig Händeleien der Weiber wegen. Ich

vermeide lieber Soldaten, solange ich kann. Verschlechtert das Geschäft, und man hat mehr Unfrieden und Unruhe als vorher.«
»Wie alt ist der Bursche, den Sie nach Jovel transportieren?« fragte Don Ramon.
»Ich schätze achtundzwanzig.«
»Stark und gesund?«
»Wie ein Bulle im vierten Jahr«, sagte Don Gabriel.
»Wie hoch wollten Sie ihn denn bestrafen, des Mordes wegen? Ich meine la Multa?«
»Mit fünfzig Pesos hätte ich ihn gehen lassen. Aber er hatte nicht einmal fünf und keine Aussicht, je den Rest zu kriegen. Nicht genug Schweine und Schafe, und der Mais hat keinen Preis.«
»Hören Sie, Amigo«, sagte Don Ramon nach einem kurzen Überlegen, »haben Sie den Fall zu Bericht gegeben und geschrieben, daß Sie den Mann nach Jovel überführen zur Aburteilung?«
»Nein, das habe ich nicht getan. Die Post wäre auch nicht früher da als ich. Wir haben keine regelmäßige Post, und ich kann Briefe nur mitgeben, wenn jemand durchkommt oder wenn einer unserer Leute, der genug Verstand hat, zu Markte geht.«
Don Ramon klopfte seinen Freund abermals aufs Knie und sagte: »Ich denke, wir können ein Geschäft miteinander machen. Verkaufen Sie mir den Burschen für die Multa und zehn Pesos mehr für die Kosten, die Sie hatten. Ich schicke den Mann mit einem Trupp in die Monterias. Ich verliere nichts dabei. Die sechzig Pesos, die ich Ihnen für ihn bezahle, werden ihm aufs Konto gebucht, genausogut, wie das Werbegeld, das ich für jeden Mann bekomme, auf sein Konto gebucht wird.«

5

Don Gabriel sagte weder ja noch nein. Darum glaubte Don Ramon, daß er vielleicht Gewissensbisse habe, den Mann zu verkaufen. Er beeilte sich, diese schädlichen Gedanken in Don Gabriel zu zerstören, ehe sie gefährlich für ihn werden konnten und dem Handel Schaden zufügten.
Er sagte: »Was geschieht denn mit dem Mann in Jovel, das frage ich Sie? Er bekommt fünf Jahre oder zehn in einer Strafkolonie, oder er sitzt sie im Gefängnis ab. Das Gefängnis überlebt er keine

drei Monate. Er hält das nicht aus, tagein und tagaus zwischen kalten Mauern und hinter eisernen Gittern zu sitzen. Wenn er den Himmel nicht über sich sieht und Bäume und Gras um sich, welkt er in einigen Wochen an Heimweh dahin. Dagegen ist keine Rettung. Besser für ihn die Füsilierung. Und diese Gnade wird ihm nicht erwiesen, weil sein Mord nur ein Totschlag ist. Wenn er eine Strafe verdient hat, kann er die ebensogut in der Monteria abmachen, wo seine Arbeit nützlicher ist als die Arbeit in dem Gefängnis oder wo er sonst hinkommen mag. In der Monteria muß er hart arbeiten. Richtig. Aber er ist zähe, und er ist hartes Arbeiten gewöhnt. Er ist immer im Freien unter offenem Himmel, befindet sich unter seinesgleichen. Unter uns gesagt, Don Gabriel, Sie erweisen dem Mann eine wirkliche Gnade, wenn Sie ihn mir überlassen.«

Don Gabriel zeigte eine gleichgültige Geste und sagte: »Ich habe kein Interesse an dem Mann, und ich habe keinen Grund, ihm eine Gnade zu erweisen oder nicht zu erweisen. Was geht mich ein Indianer an!«

Hier aber unterbrach er sich, ohne es zu wollen. Es tauchte vor ihm das Bild auf, als er Gregorio mit seiner Frau und seinen Kindern am Wege hockend angetroffen hatte in dem Augenblick, als er Abschied von ihnen nahm. Ihm selbst hatte Gregorio nie etwas zuleide getan. Er bekam eine Anwandlung von Mitleid. Ein Mitleid, nicht, wie er es gegenüber einem anderen Menschen empfunden haben würde, sondern ein Mitleid, wie er es gegenüber einem leidenden Pferde haben würde, das ihn mit traurigen Augen ansieht und mit einer darin glimmenden Hoffnung, daß ihm der Mensch helfen könne, da sich ja ein Gott seiner nicht erbarmt.

Es war gewiß nicht, in diesem Augenblick wenigstens nicht, das Geld, das er verdienen konnte, was Don Gabriel bewog, auf den Vorschlag des Don Ramon einzugehen. Er dachte nach, und er kam zu der Überzeugung, daß es wirklich für Gregorio besser sei, wenn er ihn anstatt ins Gefängnis in die Monteria schicke. Ob er aus dem Gefängnis oder aus der Strafkolonie je zurückkehrte, war fraglich. Er mochte fünf Jahre bekommen, oder acht, oder gar zehn. Es kam darauf an, in welcher Laune sich der Richter befand, ob er sich mit seiner Frau am Morgen gezankt hatte, ob ihm das

Frühstück nicht geschmeckt hatte, ob ihm eine seiner Geliebten, die er aushielt, Schwierigkeiten machte, ob er letzte Nacht betrunken gewesen war, ob ihm der vorgeführte Indianer gefiel oder ob er ihn anekelte, ob er wieder einmal ein Exempel festsetzen wollte, ob er ein hübsches Mädchen unter den Zuhörern im Verhandlungsraum erblickte, in der er einen sympathischen oder einen strengen oder einen brutalen Eindruck erwecken wollte, je nachdem, auf welche Weise er hoffte, das weibliche Wesen am besten auf sich aufmerksam machen zu können. Auf alle solche Dinge, Einflüsse und Umgebungen kam es an, ob der Indianer Gregorio gar freigesprochen wurde oder ob er zwei, fünf, vierzehn, zwanzig Jahre Gefängnis bekam, oder ob er füsiliert wurde.
Der angeklagte Indianer wußte nichts von einem Verteidiger. Er hatte kein Geld. Der Form wegen, damit man den Staat als einen zivilisierten Staat vor der Welt bezeichnen konnte, wurde dem Indianer ein Verteidiger gestellt, dessen Aufgabe darin bestand, nur einmal das Wort zu ergreifen und zu sagen: ›Ich bitte um mildernde Umstände für den Angeklagten!‹ Dann nahm er seine Papiere auf und verließ den Raum, um zu einer Verhandlung zu gehen, an der er etwas verdiente, denn er mußte leben und eine Familie versorgen.
Wenn auch Don Gabriel alle diese Kleinigkeiten in einer Gerichtsverhandlung gegen einen unwissenden indianischen Landmann nicht in Erwägung zog, weil er sich um solche Einzelheiten nicht kümmerte, so wußte er doch, daß Gregorio im Gerichtsraum vor einer Welt stehen würde, die für ihn auf der anderen Seite eines unentdeckten Planeten liegt. Dahingegen aber war dem Burschen die Welt der Monterias so nahe wie die Welt seines Heimatdorfes.
Es erforderte in der Tat kein langes Nachdenken, um Don Gabriel zu der Überzeugung zu führen, daß die Monteria für Gregorio nach dem Gesetz zwar eine Ungerechtigkeit war, daß aber nach Beurteilung der menschlichen Verhältnisse, die Gregorio zu begreifen vermochte, die Monteria eine Lösung bot, die er, wenn er hätte wählen dürfen und wählen können, vorziehen würde.
Don Gabriel betrachtete sich nicht als Menschenverkäufer, wie sich ebensowenig Don Ramon je als Menschenhändler fühlte.
Er ließ Gregorio herbeirufen.

6

»Du weißt doch, Muchacho«, redete ihn Don Gabriel an, »was man mit dir in Jovel machen wird. Wahrscheinlich füsilieren.«

»Ja, das weiß ich, Patroncito.«

»Und wenn man dich nicht füsiliert«, fuhr Don Gabriel fort, »dann sperrt man dich für zwanzig Jahre in die Carcel. Da siehst du weder den Himmel noch die Sonne. Und man peitscht dich auch noch aus.«

»Das weiß ich, Patroncito«, wiederholte Gregorio.

»Hier ist ein Caballero, Gregorio«, Don Gabriel deutete auf Don Ramon, »er ist willens, dich mit nach der Monteria zu nehmen. Da bist du immer im Freien. Immer im Wald. Siehst die Tiere und die Vögel. Und da arbeitest du mit anderen Burschen, auch Indios wie du, die mit dir sprechen können und mit denen du sprechen kannst. Du arbeitest tüchtig, dann tut dir niemand etwas zuleide. Du verdienst deine Multa ab und das Kontraktgeld. In drei Jahren bist du wieder frei, und du kannst dann nach Hause gehen, zu deiner Mujer und zu deinen Hijos.«

»Das will ich wohl gern, Patroncito«, sagte Gregorio.

»In drei Jahren ist im Ort alles vergessen, und du lebst dann dort wie vorher, friedlich und fröhlich.«

»Ja, mein Herrchen.«

»Dann bist du also damit einverstanden, daß du in die Monteria gehst, hier mit dem Caballero, mit Don Ramon?« fragte Don Gabriel.

»Ja, Patroncito.«

»Dann werde ich dafür sorgen, daß du nicht in das Gefängnis kommst, und wir werden hier gleich den Kontrakt machen«, sagte Don Gabriel.

7

Der Vertrag wurde aufgesetzt. Das Konto, das Gregorio übernahm auf seinen Lohn von zwei Reales, fünfundzwanzig Centavos, täglich, waren sechzig Pesos, die Don Gabriel für die Überlassung des Burschen erhielt. Fünfzig Pesos Multa und zehn Pesos Kosten. Ferner fünfzig Pesos, die von der Kompanie an den Agen-

ten für den Arbeiter bezahlt wurden, die aber der Arbeiter auf sein Konto angerechnet bekam. Endlich kamen noch hinzu fünfundzwanzig Pesos Stempelkosten, die el Presidente Municipal in Hucutsin für jeden Mann erhob und wodurch der Kontrakt seine amtliche Bestätigung erhielt.
Hucutsin war der nächste Ort im Bereich der Monterias. Durch diese fünfundzwanzig Pesos Stempelkosten übernahm der Bürgermeister von Hucutsin die Verpflichtung, jeden Mann, der von seinem Kontrakt entlief, wieder einzufangen und an die Kompanie zurückzubringen. Die Kosten des Einfangens und des Zurücktransportierens hatte der Arbeiter zu übernehmen und auf sein Konto verbuchen zu lassen.
Don Ramon nahm seine Liste her, schrieb den Namen Gregorios ein, den Ort, aus dem er stammte, den Bürgen, in diesem Falle Don Gabriel, und die Summe, mit der das Konto begann.
Gregorio kleckste hinter seinen Namen ein paar Striche als seine Unterschrift. Damit war er eine Verpflichtung von hundertfünfunddreißig Pesos eingegangen. Bei seinem Lohn von fünfundzwanzig Centavos täglich bedeutete das eine Arbeit von fünfhundertvierzig Tagen. Jedes Hemd, das er während seiner Kontraktzeit aus der Tienda der Kompanie kaufen mußte, jedes Päckchen Tabak, jeder Basthut, jede Decke wurde, solange nicht das alte Konto abgearbeitet war, auf ein neues Konto geschrieben. War das ursprüngliche Konto nach fünfhundertvierzig Tagen abgearbeitet, so begann die Abarbeitung des neuen Kontos, das durch notwendige Käufe, die der Mann in den fünfhundertvierzig Tagen vollzogen hatte, höher war als das ursprüngliche Konto, das im Kontrakt verzeichnet stand. Der Arbeiter durfte die Monteria nicht verlassen, solange er auch nur zehn Centavos Schulden bei der Kompanie hatte.
Auf diese Weise war der Indianer Gregorio durch die große Güte und Barmherzigkeit seiner intelligenteren und gut katholischen Mitbürger und Mitmenschen vor dem Gefängnis, das andere seiner christlichen Mitmenschen für ihn gebaut hatten und für ihn bereithielten, bewahrt worden. Die Hoffnung, seine Frau, seine Kinder, seine Mutter, seine Freunde und sein Heimatdorf wiederzusehen, erfüllte sich, genau ausgerechnet, nach zweitausend-

sechshundertvierunddreißig Jahren, unter der Voraussetzung, daß er in der Tienda der Kompanie nichts, wäre es auch nur einen Sandalriemen, mehr kaufte, als er unbedingt brauchte.

8

Die zunächstliegenden erfreulichen Ereignisse, die Don Ramon und Don Gabriel auskosteten, waren, daß Don Ramon nun für seine Weiterreise einen zuverlässigen Burschen bekam, der ihn nur das magere Essen kostete, und daß Don Gabriel in seiner Tasche den Scheck einer Kompanie trug, der ihm in Jovel in jedem Laden ohne Abzug mit sechzig Pesos eingelöst wurde.

Diese sechzig Pesos, eine Summe, die Don Gabriel seit zwei Jahren nicht auf einmal in seiner Tasche gehabt hatte, machten ihn ehrgeizig. In den besten Zeiten seiner Tätigkeit als Viehhändler hatte er an einem Kopf nicht soviel verdient wie hier mit der Ausübung einer Barmherzigkeit an einem Indianer.

Don Ramon machte gegenüber seinem alten Freunde Don Gabriel keine Geheimnisse aus den Geschäften, die er abschloß. Er erzählte ihm alle Einzelheiten und Tricks, die angewandt werden mußten, wenn etwas verdient werden sollte. Es mußte nur offener Menschenraub vermieden werden, und auch das mit der Einschränkung, daß der Raub nicht so vor sich ging, daß man ihn als Raub beweisen konnte. Der mexikanische Bürger war frei und unabhängig. Sklaverei war streng verboten und wurde schwer bestraft. Kein mexikanischer Bürger, Kreole, Mestize oder Indianer, durfte als Sklave gehalten oder als Sklave verkauft werden.

Schuldverpflichtung war keine Sklaverei. Der Mensch, jeder Mensch, war frei, eine Schuldverpflichtung einzugehen oder sie nicht einzugehen; und wenn sie, etwa durch Todesdrohung oder durch Folterung, erzwungen worden war, so war sie vor dem Gesetz ungültig. Wenn ein so hochzivilisiertes Land, wie es England ist, eine Schuldhaft kennt und ausübt, wenn andere hochzivilisierte Länder eine umschriebene Schuldhaft zulassen durch Gefangensetzen eines Menschen, der sich weigert, den Offenbarungseid zu leisten, so liegt kein Grund vor, Mexiko als unzivilisiertes Land zu bezeichnen, wenn die Diktatur Schuldverpflichtungen anerkennt und deren Einlösungen durch staatliche Macht unterstützt.

Wer eine Schuld eingegangen ist, muß sie bezahlen. Das ist gutes altes römisches Recht, geachtet bei jeder Nation, die sich zivilisiert nennt. Wer die Schuld, die er gemacht hat, nicht mit barem Gelde bezahlen kann, muß sie bezahlen mit dem, was er besitzt. Besitzt er nichts anderes als seine Arbeitskraft, so muß er eben mit seiner Arbeitskraft bezahlen. Der Proletarier, der ohne elegante Nußbaummöbel nicht leben zu können glaubt und sie darum auf Abzahlung nimmt, darf sich nicht wundern, wenn seine Freizügigkeit beschränkt wird und er in Sklaverei gerät. Niemand zwingt den Indianer, Schulden zu machen, sich zu betrinken, kostspieliges Feuerwerk zu Ehren der Heiligen abzubrennen, seiner Frau Glasperlenhalsketten und glitzernde Ohrringe zu kaufen.
»Und überdies und alles in allem gesehen«, sagte Don Ramon, die Gesetzmäßigkeit und Christlichkeit seines Geschäftes erklärend, »die Monterias und die Kaffeeplantagen müssen Arbeiter haben, wenn die Wohlfahrt des Landes gefördert werden soll und die Republik geachtet, angesehen und respektiert unter den zivilisierten Nationen der Erde dastehen soll. Nur Arbeit, harte, unermüdliche und ausdauernde Arbeit, kann unsere geliebte Republik in die Höhe bringen. Das sagt auch schon unser verehrter Präsident in seiner Neujahrsproklamation an das Volk.«
»Ja, das ist richtig«, bestätigte Don Gabriel, »das hat er hundertmal gesagt. Und es ist die reine, ungeschminkte Wahrheit.«
»Richtig, Amigo mio«, sagte Don Ramon, »Viehhandel ist viel grausamer und mitleidloser. Das habe ich oft genug erfahren. Da ist ein schönes, lammfrommes Pferd, gewöhnt an eine gütige Behandlung und an freundliche Worte. Und da kommt der Käufer, ein roher, brutaler Bursche, von dem bekannt ist, daß er seine Tiere bestialisch behandelt. Er betastet das Pferd. Das Tier, instinktiv, fühlt unter den abtastenden Händen des Käufers die Brutalität des Mannes. Es zittert, und Schweiß bricht ihm aus. Aber es wird nicht gefragt, ob es zu jenem Käufer gehen will oder nicht. Der Verkäufer braucht Geld und muß das Pferd verkaufen. Ich kann die Mules und Pferde nicht fragen, ob sie zu jenem Manne gehen wollen oder nicht. Das wäre lächerlich. Aber ich frage jeden Peon, ob er in die Monteria gehen will oder nicht. Haben wir hier den Gregorio nicht auch erst gefragt, ob er lieber

ins Gefängnis geht oder in die Monteria? Wir haben ihn gefragt. Und was hat er geantwortet?«
»Daß er vorzieht, in die Monteria zu gehen«, sagte Don Gabriel.
»Richtig«, bestätigte Don Ramon. »Und sehen Sie, lieber Freund, so ist es mit diesem Geschäft. Es geht durchaus ehrlich zu. Niemand wird gezwungen. Aber es muß doch auch eingesehen werden, daß die Schulden, die jemand gemacht hat, bezahlt werden müssen. Die Sache bei dem Geschäft ist, die Leute davon zu überzeugen, daß sie ihre Schulden bezahlen müssen und daß sie hier eine Gelegenheit finden, ihre Schulden bezahlen zu können.«

9

Don Gabriel war nicht langsam im Begreifen. Er sah, daß hier Vermögen zu machen waren, leicht und ohne Risiko für Verluste. Er hielt sich nicht für dümmer als Don Ramon, und er war überzeugt, daß er dieses Geschäft genauso erfolgreich betreiben könnte wie Don Ramon. Intelligenz war nicht vonnöten. In dem Distrikt, den er kannte, waren Tausende von verschuldeten Peones und unabhängigen Indianern. Allein in seinem Ort hatte er mehr als ein Dutzend Leute, die bei ihm tief genug verschuldet waren, daß er ein Recht hatte, jene Schulden einzutreiben auf jede nur erdenkliche Art und Weise, die das Gesetz nicht ausdrücklich verbot. Den Leuten einen Kontrakt für eine Monteria anzubieten, um sie von der Schuld zu befreien, war nicht ungesetzlich. Im Gegenteil, die Regierung sah es gern, daß Schulden bezahlt wurden. Und die Regierung war noch viel mehr darauf bedacht, daß die Kompanien, die ihre Lizenzen und Konzessionen hatten und dafür hohe Abgaben bezahlten, immer reichlich mit Arbeitern versorgt waren, damit produziert und ausgeführt werden konnte. Je mehr ausgeführt wurde, um so besser waren die Finanzen des Landes und um so höher stand der Kurswert seines Geldes und seiner Staatsanleihen auf den Weltmärkten in New York und London. Die Monterias und Kaffeeplantagen mit Arbeitern zu versorgen und stets versorgt zu halten, war darum eine hochpatriotische Tat, ebenbürtig der glorreichen Handlung, für die Ehre des Vaterlandes auf Erden elendiglich zu verbluten, um des Paradieses und aller himmlischen Freuden im Jenseits gewiß zu sein.

Sowohl Don Gabriel als auch Don Ramon würden sofort gezogen und dem, der an ihrem Patriotismus etwa gezweifelt hätte, eine in die Eingeweide gebrannt haben oder gleich ein halbes Dutzend. Das geliebte Vaterland über alles. Es schadete dem Indianer absolut gar nichts, wenn er durch seine Arbeit in den Monterias auch etwas dazu beitrug, das Vaterland, dem er Leben, Obdach und Nationalität verdankte, in Ansehen, Ruhm und finanzieller Kaufkraft zu fördern. Denn was ist der Mensch, selbst ein unwissender armer Indianer, ohne Vaterland, ohne Staatsangehörigkeit und ohne Recht, sich Angehöriger der edelsten, tapfersten und ruhmreichsten Nation zu nennen? Er ist nichts. Ein Wurm. Ein Floh. Eine Laus. Ein schwankendes Rohr, das jeder Sturm zerbricht. Er ist verloren im weiten Universum. Ein Staubkrümelchen, hin und her geweht nach Belieben eines jeden Windhauches.
Aus dieser bejammernswerten Existenz eines Staubkrümelchens einen Indianer zu erlösen, ihn zu einem individuellen Bürger des Staates zu erheben, ihm die Möglichkeit zu geben, am Wohl des Staates mitzuwirken und an der Stabilität seiner finanziellen Sicherheit innerhalb der internationalen Börsensäle mitzuarbeiten, war eine lobenswerte Tat, an der selbst die Kirche ihr Wohlgefallen haben mußte. Denn auch die Kirche verlor, wenn die allgemeinen Geschäfte litten.
Was hat der verlauste Indianer in seinem Dorf? Gar nichts. Und was tut er zur Förderung der Ehre des Landes? Noch viel weniger. Er bezahlt weder Steuern noch Abgaben. Nicht gerechnet allerdings die hohen Steuern, die er bezahlt für jedes Glas Branntwein, das er trinkt; für jede Zigarette, die er raucht; für jedes Stück Baumwollstoff, das er kauft und das darum unnötig verteuert wird, weil Fabrikanten und Händler hohe Steuern bezahlen, die auf den Preis aufgeschlagen werden müssen.
Aber er hat die Pflicht, mehr für den Staat zu tun, als nur gerade auf dem Umwege persönlichen Genießens dem Staate Steuern zuzuführen.
Diese Pflicht kann er am besten dadurch erfüllen, daß er alle seine Kräfte, bis zum letzten Atemzug, in den heiligen und ehrenvollen Dienst der Produktionsförderung für die Ausfuhr stellt.
Mit Vieh zu handeln ist egoistisch. Den Indianer dagegen heran-

zuziehen, daß er wichtiges Material für eine konkurrenzfähige Produktivkraft des Staates wird, ist eine patriotische Tat. Mit der unerschütterlichen Überzeugung im Herzen, eine patriotische Tat zu begehen, kann man weder Unrecht noch Grausamkeit verüben, weder kann man Familienbande zerstören noch einem Individuum alles das rauben, was ihm Inbegriff seines Lebenszweckes ist. Jede Untat kann man vor sich selbst, vor aller Welt und auch vor der Kirche entschuldigen und sogar heiligen, sofern man die rechte Formel findet.

10

Don Ramon fand die rechte Formel. Genauer gesagt, er entdeckte sie in den Reden des Diktators und knetete sie für seinen eigenen Gebrauch zurecht.

Bei seiner Tätigkeit des Auftriebes der Arbeiter für die Monterias und die Kaffeeplantagen mußte er, falls er Geschäfte machen und seine Auftraggeber zufriedenstellen wollte, alle Verbrechen begehen, die sich nur begehen lassen. Fälschungen von Konten der Indianer waren die geringsten Verbrechen, die er verübte, um Leute in den Kontrakt zu bekommen.

Er war zuweilen freigebig und verteilte reichlich Branntwein in einem Orte, wo der Sekretär den alleinigen Branntweinausschank hatte. Dadurch verdiente der Sekretär, und durch das Verdienen wurde er sehr weitherzig.

War genügend Branntwein konsumiert, dann begannen einige Indianer streitsüchtig zu werden. Es gelang Don Ramon, den Streit anzufeuern durch gewisse Tricks. Der Streit artete nun aus in blutige Schlägereien. Waren genügend Männer in jene Schlägereien, oft durch Totschläge erweitert, verwickelt, dann wurden alle Männer verhaftet. Am nächsten Morgen erhielt jeder fünfzig oder achtzig Pesos Multa vom Sekretär aufgedonnert. Don Ramon bezahlte die Multas an den Sekretär, und die Männer hatten ein hohes Konto zu ihren Lasten. Der Sekretär bestätigte die Kontrakte, und Don Ramon bekam auf einen Hieb fünfzehn oder zwanzig Mann für die Monterias. Wer den Kontrakt nicht einging, wurde vom Sekretär beschuldigt, den Totschlag verübt zu haben. Er hatte die Wahl, dem Richter vorgeführt zu werden oder mit Don Ramon in die Monterias zu gehen. Er zog ohne Ausnahme die Monteria vor.

Es gelang nicht immer, die Männer in einen Streit untereinander zu hetzen. Entweder sie waren verträglicher, als es dem Agenten lieb war, oder, und das war häufig, die Frauen und Mütter der Männer versuchten mit allen nur denkbaren Verlockungen und Einflüssen, die Männer, wenn sie trunken waren, in die heimatlichen Hütten zu bringen. Waren die Männer erst einmal in ihren Jacales, dann war es ein leichtes für die Frauen, sie durch Zärtlichkeit oder energisches Zupacken zu bewegen, sich niederzulegen, um ihren Rausch auszuschlafen. Schliefen sie, dann blieben sie gewöhnlich liegen, bis sie nüchtern waren.

Zuweilen aber glückte es den Agenten, die Männer, wenn sie halb betrunken waren, zu veranlassen, Geld anzunehmen als Vorschuß auf einen Kontrakt. Hatten sie den Vorschuß angenommen und ihren Bürgen genannt, dann war der Vertrag gültig, und die Agenten hatten ihren Mann.

Dann wieder gebrauchten die Agenten die Anwesenheit herumziehender Händler, um die Leute zu verlocken, Waren einzukaufen, für die sie Geld benötigten. Die Agenten waren nur allzu willig, den Leuten jede Summe vorzustrecken als Vorschuß auf einen Kontrakt.

Mit Hilfe korrupter, geldgieriger Sekretäre und anderer Beamten wurde oft ein ganzer Trupp von Indianern, die durch einen Ort reisten, um irgendwohin zu Markte oder zu einem Heiligenfest zu ziehen, umzingelt und eingefangen. Sie wurden dann beschuldigt, daß sie eine ansteckende Krankheit hätten oder daß sie nicht geimpft seien oder daß sie aus einem Orte kämen, der wegen Viehseuche oder der schwarzen Pocken wegen unter Quarantäne stünde. Die Leute wußten nicht, was geschah und wie es geschah. Aber wenn sie aus diesem Tumult endlich aufwachten, fanden sie sich als Peones in einer Monteria, aus der sie nicht entweichen konnten.

Es geschah, daß ein Händler oder ein Ranchero irgendwo auf den Wegen ermordet und ausgeraubt worden war. Entweder die Tat war wirklich geschehen, oder es war ein Gerücht in Umlauf gebracht worden, daß die Tat geschehen sei, obgleich niemand mit

Bestimmtheit sagen konnte, wer der ermordete oder angeblich ermordete Händler sei, wie er heiße, wo er wohne und wer ihn vermisse.

Aber auf den Wegen, die von unabhängigen Indianern begangen wurden, lagen Gegenstände verstreut, die dem Ausgeraubten angeblich gehört hatten. Die Indianer hoben die Sachen auf, weil sie glaubten, es seien herrenlose Dinge. Im nächsten Ort wurden sie eingefangen und untersucht. Die Sachen wurden bei einzelnen gefunden, und der ganze Trupp, oft einschließlich der Frauen und Kinder, wurde des Mordes und Raubes angeklagt und zur Strafe einem Agenten übergeben, der den Trupp in die Monterias führte.

Irgendwer hatte die Telephonleitungen abgeschnitten und einige Meter Draht gestohlen. Das Dorf unabhängiger Indianer, das jener Stelle, wo die Telephonleitung beschädigt war, am nächsten lag, wurde von Soldaten umstellt. Alle Männer wurden gefangengenommen, drei oder vier wurden gehenkt, an einem Baum in der Plaza des Ortes, und zwei Dutzend gesunder und starker Männer wurden als Strafe in die Monterias verschickt. Wer die Telephonleitung abgeschnitten hatte, ob es vielleicht aus guten Gründen gar ein Agent oder einer seiner Mitarbeiter getan haben mochte, wurde nie untersucht. Indianer wurden beschuldigt, und mit dieser Beschuldigung war das Untersuchungsverfahren abgeschlossen.

Es wurde für brauchbare Arbeiter genügend hohe Provision bezahlt, so daß es sich wahrlich lohnte, jede Tat zu verüben, um Arbeiter für die Kompanien anzuwerben.

Nun kam es freilich vor, daß die Agenten es so wild trieben, daß selbst Finqueros, reiche Gutsbesitzer, Beschwerde bei der Regierung gegen die Brutalität der Agenten erhoben. Zuweilen war es Menschlichkeit, was die Finqueros bewog, die Regierung auf die Zustände aufmerksam zu machen. Aber genau besehen, waren die Finqueros und andere Besitzer großer Latifundien nicht sehr interessiert an dem Schicksal unabhängiger Indianer. Die unabhängigen Indianer und deren Ortschaften waren gegen das Interesse der Latifundienbesitzer gerichtet. Es mochte ja einigen Familien der Peones, die als unbewegliches Gut zu einer Finca gehörten und die den Arbeiterstamm der Finca bildeten und so für die Finca

einen Wert an Geld hatten wie die Viehherden, einfallen, die Finca zu verlassen, sobald sie schuldenfrei waren, und sich einer unabhängigen indianischen Kommune anzuschließen. Dadurch hätten die Finqueros mit der Zeit ihre Arbeiter verloren.
Für den Wohlstand der Finqueros war es darum vorteilhaft, wenn die unabhängigen Indianer nicht zuviel Freude an ihrer Unabhängigkeit fanden. Peones einer Finca konnten von den Agenten nur mit Erlaubnis des Finqueros angeworben werden. Aus diesen Gründen waren die Peones einer Finca sicherer und geschützter vor den Werbeagenten als die unabhängigen Indianer.
Jedoch ein anderes, bestimmtes Interesse kam hinzu, was die Latifundienbesitzer veranlaßte, zuweilen Beschwerde zu führen gegen unrechtmäßige und gewaltsame Anwerbungen von Indianern für die Monterias.
Wurden unabhängige Indianer gar zu brutal und gar zu ungerecht von unbarmherzigen Agenten und geldgierigen Unterbeamten behandelt, dann verließen die Indianer ihre Dörfer, rotteten sich zusammen, versteckten sich im Dschungel und Busch und bildeten Räuberbanden, die alle Wege unsicher machten und selbst das Eigentum an Vieh und Gebäuden der Fincas nicht mehr achteten. Der Schaden, der angerichtet wurde, ehe die Regierung Militär schicken konnte, war so groß, daß die Finqueros jede Ursache hatten, den Werbeagenten nicht gar zu weit gehende unbeschränkte Handlungen widerspruchslos zu gestatten. Waren der Beschwerden endlich zu viele und waren Anwerbungen geschehen, die durchaus den Charakter von Verbrechen hatten, und geschah es gar, daß irgendwie Nachrichten in amerikanischen Zeitungen erschienen, die über barbarische Zustände in Mexiko berichteten, unter Angabe von Beispielen, dann wurden einige Agenten in Haft genommen und vor Gericht gestellt.
Die Verteidigung der Agenten beschränkte sich stets nur auf einen Punkt: Patriotismus. Alles, was sie getan hatten, war nicht aus Geschäftsgründen geschehen, viel weniger aus Geldgier, sondern aus reinem unverfälschtem Patriotismus.
Das war leicht zu beweisen. Der Präsident der Republik hatte gegen gutes Geld Lizenzen an fremde Kompanien gegeben, um den Reichtum des Landes an begehrten Edelhölzern auszunut-

zen. Je mehr diese Naturreichtümer des Landes ausgenutzt wurden, um so höher und um so besser wurde der Kredit des Landes auf dem internationalen Markt. Es war darum eine hochpatriotische Tat, jene Reichtümer der übrigen Welt zugänglich zu machen. Aber die Kompanien konnten diese Reichtümer nicht ausbeuten, wenn sie keine Arbeiter hatten. Ohne Arbeiter waren auch die besten Lizenzen wertlos, und der Reichtum des Landes verfaulte in fernen Dschungeln und Urwäldern. Arbeiter heranzuschaffen wurde somit eine patriotische Tat. Kamen die Arbeiter nicht freiwillig, so mußten sie gewaltsam herbeigebracht werden, um den Wohlstand des Landes zu fördern. Das war ihre Pflicht als Staatsbürger, wie es die Pflicht der Staatsbürger ist, in die brüllenden Rachen wildgewordener Kanonen zu marschieren, wenn es die Regierung des Staates befiehlt. Das Individuum hat kein eigenes Recht an seinem Leben, noch viel weniger an seiner Arbeitskraft, wenn der Staat anders darüber urteilt als das Individuum. Gegen eine solche Logik konnte sich kein Richter verschließen. Der Richter war Angestellter des Staates, und er verdankte seine Existenz als Richter, seine hohe soziale Stellung und seine zukünftige Laufbahn dem Lande und dessen Wohlfahrt.

Die Verhandlung, zu der nie ein vergewaltigter Indianer als Zeuge geladen war, weil Indianer als Zeugen unzuverlässig waren und sie nur als Angeklagte ein Recht hatten, vor dem Richter zu erscheinen, kam damit zu Ende, daß der Richter den angeklagten Agenten im Namen des Landes dankte für die harte und unerfreuliche Arbeit, die jene Agenten zu tun gezwungen waren, um die Wohlfahrt und den Reichtum des Landes zu fördern. Der Indianer hatte ja sonst nichts, was er dem Staate hätte opfern können; so war es nur seine von Gott bestimmte Pflicht und Schuldigkeit, der Größe und dem Ruhm des Landes dadurch zu dienen, daß er in den Monterias arbeitete.

Freilich wurde immer den Agenten gesagt, sie sollten nicht zu weit gehen in ihren Werbungen und sollten die persönlichen Rechte des Indianers, der ja auch Mensch sei und ein getaufter Katholik wie alle anderen, in gebührender Weise achten.

Die Agenten versprachen das zu tun, und sie versprachen es unter der Beteuerung, daß sie nie ein Unrecht verübten, sondern daß alles gerecht und gesetzlich zuginge, wie man sich aus den Büchern, den Konten und den Verrechnungen der Konten jederzeit überzeugen könne.

»Sie sehen«, schloß Don Ramon seine Erklärung des Geschäfts, »es geht völlig geölt. Ich habe so ziemlich ganz freie Hand, und ich stehe mich vorzüglich mit dem Gouverneur und mit allen sonstigen Autoritäten, die mir unverdaulichen Salat machen könnten. Die Jefes Politicos, die Präsidenten der Ortschaften und die Polizeichefs wollen ja auch leben. Und das vergesse ich nie. Was liegt denn an so einem verlausten Indianer! Ob der lebt oder nicht lebt, das tut der Welt kein Kopfweh. Aber daß er arbeitet, das ist schon wichtiger. Wir kümmern uns ja auch nur um Ochsen und Pferde, die arbeiten; wenn sie nicht zu gebrauchen sind, weder zum Arbeiten noch zum Verkaufen, dann kümmert uns ihre Existenz nicht einen Cent.«

11

Don Gabriel hatte geglaubt, man könnte in dieses Geschäft ohne irgendwelche Vorbereitungen gelangen und gleich von Anbeginn auf eigenen Füßen stehen. Jedoch Don Ramons lange und ausführliche Erläuterungen ließen darauf schließen, daß es doch vielleicht besser sei, vorläufig erst einmal als Geschäftsteilhaber mitzumachen. Es mochte sein, daß da irgendwelche Kniffe der verschiedensten Arten hier und da in Frage kamen, die man gut kennen mußte, um sich ungerupft aus möglichen Schlingen ziehen zu können.

Auf alle Fälle war er klug genug, die Gelegenheit, die sich ihm hier so ganz und gar unerwartet bot, nicht aus den Händen schlüpfen zu lassen.

»Während Sie mir das Geschäft in seinen Einzelheiten klarmachten, Don Ramon, habe ich ernsthaft darüber nachgedacht, ob es nicht besser für Sie sei, einen Geschäftsteilhaber aufzunehmen. Um gleich auf den Kern zu kommen und ohne erst lange daran herumzukratzen: Wie denken Sie darüber, wenn wir beide in Zukunft dieses Geschäft gemeinschaftlich machen würden?«

Don Ramon war über den Vorschlag verblüfft. Aber guter Kaufmann, der er war, sah er sofort ein, daß sich hier Vorteile boten wenn er Don Gabriel in das Geschäft aufnahm. Don Gabriel kannte Regionen, die Don Ramon so gut wie unbekannt waren. Er war befreundet mit zahlreichen anderen Sekretären indianischer Ortschaften, er stand auf gutem Fuße mit dem Jefe Politico, und er kannte alle Finqueros der Distrikte, wo sich gute Märkte zum Aufkauf indianischer Hände befanden. Durch Don Gabriel als Teilhaber konnte Don Ramon den Umfang seines Geschäfts erheblich ausdehnen.

Noch etwas anderes kam hinzu, was Don Ramon veranlaßte, die Aufnahme eines Teilhabers mit sehr freundlichen Augen zu betrachten.

Es war dies: Don Ramon brachte gewöhnlich die angeworbenen Indianer nur bis Hucutsin, wo er sie am Tage des Heiligenfestes der Candelaria an die Aufseher der Monterias ablieferte, nachdem die Verträge von dem Ortsvorsteher in Hucutsin bestätigt worden waren. Er übernahm die Verantwortlichkeit für das Eintreffen der angeworbenen Leute nur bis zu diesem Orte und bis zum Tage des Candelariafestes. Dafür erhielt er für jedes Paar gesunder Hände dreißig Pesos. Brachte er jedoch die Angeworbenen bis zu der Monteria, von der er die Aufträge erhalten hatte, so bekam er für jeden Mann fünfzig Pesos. Einige Kompanien zahlten ihm sogar sechzig. Die Arbeit des Transportes der Leute von Hucutsin bis zu den Monterias war leicht, verglichen mit dem Herumziehen im Lande, um Leute für den Kontrakt zu werben. Aber diese Arbeit des Transportes durch den Dschungel war gefährlich und ermüdend. Nur einmal hatte er einen solchen Transport übernommen. Zur Hilfe gebrauchte er Ladinos. Und diese mexikanischen Treiber waren teuer. Sie waren unzuverlässig gegenüber Widerspenstigkeiten der Indianer auf dem Marsche. Sie erhielten nur ihren festen Lohn und kümmerten sich nicht allzusehr darum, wenn Leute ausbrachen und fortliefen. Sie ließen sich auf keinen Kampf um die Beute ein. Mit einem Teilhaber dagegen war das eine andere Sache. Der Teilhaber war interessiert am Geschäft, und er war darum Tag und Nacht auf dem Posten, daß auch nicht ein Mann verlorenging.

Jeder einzelne Mann war teuer. Der Agent hatte die Schulden für ihn bezahlt, ihm vielleicht auch noch Vorschuß gegeben, um den

Kontrakt zu versüßen. Dazu kamen die Kontraktkosten bei der Behörde in Hucutsin. Zuweilen war eine bare Summe von hundertfünfzig Pesos in dem angeworbenen Manne festgelegt. Das Einfangen eines Mannes konnte Wochen dauern. Es mochte aber auch geschehen, daß der Mann nie gefunden wurde. Entweder er war auf seiner Flucht im Dschungel verkommen, oder er hatte ein Dorf oder eine Gegend erreicht, wo er sich gut verbergen konnte, weil er unter Freunden seines Volkes war und jedem verdächtigen Mexikaner, der in jene Gegend kommen sollte, geschickt auszuweichen verstand.

Zwei Mann im Geschäft konnten besser und erfolgreicher arbeiten als einer. Während des Anwerbens ging jeder seinen eigenen Weg in die Regionen, die er am besten kannte. Dadurch war es möglich, in kürzerer Zeit mehr Leute anzuwerben. Es ließ sich auch leichter einrichten, nicht nur für die Monterias, sondern auch für die Kaffeeplantagen Indianer anzuwerben, so das Geschäft in großem Umfang zu betreiben und über das ganze Jahr hindurch auszuüben. Die Monterias arbeiteten ununterbrochen, während die Kaffeeplantagen große Mengen von Arbeitern nur in bestimmten Zeiten im Jahre benötigten, besonders während der Ernte. Diese Leute wurden nur für zwei oder drei Monate verpflichtet; sie zogen nach der Ernte oder nach der Arbeit des Ausreinigens der Plantagen wieder in ihre Dörfer zurück. Sie waren leichter anzuwerben. Es kostete oft so gut wie gar keine Arbeit, tausend Indianer für die Kaffeeplantagen zu erhalten, weil Hunderte, die in der vergangenen Ernte in den Kaffeedistrikten gearbeitet hatten, sich freiwillig anboten, sobald nur ein ihnen bekannter Agent in das Dorf kam, wo er geschickt verstand, sie freigebig mit Branntwein zu beduseln und ihnen Vorschüsse aufzudrängen.

12

Don Ramon überlegte rasch. Aber so rasch er sich auch entschied, Don Gabriel als Teilhaber aufzunehmen, so vergaß er dennoch nicht, Vorteile und Nachteile gegeneinander abzuwägen.

Ein Nachteil war, daß Don Gabriel sich zu einem harten Konkurrenten in den Bezirken, die Don Ramon als seine eigenen betrachtete, entwickeln mochte, um eines guten Tages das ganze Geschäft allein zu machen. Um diesen Nachteil gleich von Anbeginn sich so gut bezahlen zu lassen, daß spätere Verluste infolge einer harten Konkurrenz des Don Gabriel ausgeglichen waren, darum setzte Don Ramon seine Bedingungen auf.

»Das wäre so übel nicht, Don Gabriel«, sagte er nachdenklich. »Wir sind gute Freunde und können wohl recht sauber zusammenarbeiten. Aber sehen Sie, Sie sind hier eigentlich nur Lehrling. Ich muß Sie in das Geschäft einführen, sozusagen einlernen. Ich habe das Geschäft mit viel Mühe aufgebaut. Mehrere Schüsse und Machetehiebe habe ich in meinem Kadaver sitzen als eine dauernde Erinnerung an meine eigene Lehrzeit. Ich vermag Ihnen Hunderte von guten Winken zu geben und Ihnen vorzügliche Tricks zu lehren, so daß Ihnen mancher Schuß und mancher Stich erspart bleiben. Um die Wahrheit zu gestehen, ich habe nie daran gedacht, je einen Teilhaber aufzunehmen; denn ich kann das alles recht gut allein machen. Beweis: Ich betreibe dieses Geschäft seit mehreren Jahren und mit einem so guten Erfolg, daß ich ein ganz molliges Häufchen klingender Silberlinge auf die trockene Seite gebracht habe.«

»Glaube ich gern, Don Ramon«, sagte Don Gabriel. Er sagte es mit einem anerkennenden Ton in seiner Stimme, hinter dem die leise Furcht lauerte, daß Don Ramon vielleicht der Teilhaberschaft nicht günstig geneigt sein möchte.

Don Ramon war in diesem Geschäft ein guter Menschenkenner geworden. Er hatte gelernt, die Finqueros, die keine Peones hergeben wollten, an schwachen Seiten und an wenig geschützten Flanken zu überraschen, lediglich dadurch, daß er, ehe er zu dem Geschäft kam, zwei oder drei Tage auf einer Finca herumhing, bis er den Finquero ausstudiert hatte und genügend gut die Verhältnisse kannte, unter denen der Finquero mit seinen Peones lebte. Sehr aufmerksam und rasch begreifend in allen Dingen, die seine Geschäfte angingen, hatte er die vage Furcht, die in dem Ton des Don Gabriel lungerte, blitzartig erhascht, und er nutzte sie sofort rücksichtslos zu seinem Vorteil aus. Er erhöhte den Satz, den er vorzuschlagen gedacht hatte, daraufhin um zwei Pesos fünfzig Centavos.

»Freilich«, sagte er nun, »wenn Sie durchaus gemeinschaftlich mit mir arbeiten wollen, gut, aus reinem Herzensgefühl heraus kann ich einem guten Freunde, wie Sie es sind, Don Gabriel, nicht leicht etwas abschlagen. Recht, muy bien, machen wir die Sache gemeinschaftlich. Angenommen. Aber Sie werden einsehen, daß dadurch, daß ich mein Geschäft mit Ihnen teile, ich in etwas schadlos gehalten werden muß.«

»Natürlich, natürlich«, unterbrach ihn Don Gabriel eifrig, »das sehe ich ein. Ich bin ja kein Dummkopf. Jedoch im Vertrauen gesagt, Amigo mio, so viel Geld habe ich nicht. Ich kann im besten Falle vielleicht zweihundert, ja, wenn es sehr hart kommt, vielleicht zweihundertundfünfzig Pesos aufbringen, aber das ist das höchste.«

Auch dieses Geständnis fiel für Don Ramon auf fruchtbaren Grund. Er hatte gar nicht daran gedacht, daß Don Gabriel ihm eine Summe für den Eintritt in das Geschäft zahlen sollte. Aber er nahm dieses Angebot auf. Nur nichts am Wege liegenlassen, wenn es einem von selbst in die Tasche springt und wie Geld aussieht.

»Ja, also mein Vorschlag, den ich Ihnen machen will, ist dann so: Sie bezahlen mir für den Eintritt in das Geschäft zweihundert Pesos in bar aus. Für jeden Mann, den Sie heranbringen, geben Sie mir einen Anteil von sieben und einem halben Peso. Es bleiben Ihnen dann immer noch für jeden Mann zweiundzwanzig fünfzig. Wenn wir nun gar die Burschen in der Monteria selbst abliefern, bleiben Ihnen zweiundvierzig fünfzig bis zweiundfünfzig fünfzig. Das gilt für das erste Jahr unseres Zusammenarbeitens. Für das zweite Jahr geben Sie mir dann nur fünf Pesos Anteil für jeden Mann. Und nach Ablauf des zweiten Jahres arbeiten wir gleich und gleich, das soll heißen, jeder bekommt den vollen Betrag für jeden Mann, den jeder für sich selbst herangebracht hat, und wenn wir irgendwo zusammenarbeiten müssen, denn auch das kommt vor, dann wird genau auf die Hälfte geteilt, ganz gleich, wieviel jeder einzelne geschafft haben sollte. Einverstanden, Don Gabriel?«

»Einverstanden«, sagte Don Gabriel. »Wort gegen Wort.«

»Wort gegen Wort, palabra de honor de caballero«, erwiderte Don Ramon. »Dann wären wir also einig. Wann können Sie mitmachen, Amigo?«

»Anfang nächsten Monats. Ich habe in Jovel nur wenig zu erledigen. Dann gehe ich zurück, reite gleich am nächsten Tage hinauf zum Distriktsort und gebe mein Amt zurück an den Politischen Chef. Ich werde mich in Jovel nach einem Manne umsehen, den ich dem Chef empfehlen kann. Oder mein Bruder kann das Amt übernehmen, bis der Chef jemand gefunden hat.«

13

»Abgemacht, mit allem einverstanden«, sagte Don Ramon. »Die zweihundert Pesos können Sie mir in zwei Raten geben. Fünfzig Pesos geben Sie mir sofort. Damit wird unsere Abmachung gültig. Die fehlenden hundertfünfzig Pesos geben Sie mir Anfang nächsten Monats. Wir treffen uns hier in Cahancu, wo wir unsern Plan entwerfen. Ich werde Sie in die Mysterien einweihen. Sie errichten Ihr Hauptquartier in Chiilum, von wo Sie in Strahlen nach allen Richtungen hin die Fincas und die unabhängigen Dörfer bearbeiten. Ich werde mich in Oshchuc aufbauen. Sobald wir hundert oder hundertzwanzig Mann beieinander haben, treiben wir ab. Vielleicht schon mit achtzig. Ist sicherer. Zu viele sind gefährlich. Ich erkläre Ihnen schon alle die Einzelheiten, wie das am besten gemacht wird. Darüber brauchen Sie sich nicht zu sorgen. Nur keine Sentimentalitäten in das Geschäft einträufeln lassen. Rate es Ihnen von Anbeginn. Nüchtern und klar. Nackter Handel. Sie waren ja lange genug Viehhändler, um zu wissen, wie das geht. Wenn Sie auf jedes krumme Kalb hören wollten, das nach seiner Kuh blökt, weil es sonst nichts zu blöken weiß, dann gäbe es kein Kalbfleisch auf dem Markt. Der Markt ist es, worum es geht, Amigo mio. Die Leute wollen Kalbfleisch essen, und sie wollen außerdem ihre Fetzen in Mahagonischränke hängen. Wenn die Monterias keine Leute kriegen, dann gibt es keine schön polierten Mahagoniphonographen und keine Toilettentische für die Weiber. Wollte man sich um jedes blökende Kalb die Augen wischen, was sollten die Leute in ihre Töpfe tun? Wenn wir das Geschäft mit den Monterias nicht machen, dann machen es andere. Die Welt will bedient werden. Sie bezahlt dafür. Wir sind nicht verantwortlich für diese Welt. Denken Sie immer daran, und Sie haben zwanzig Leute in einer Woche. Liegen ewig beisammen. Jedes Jahr ein

Kind. Wohin mit der Masse? Besser, wir holen sie und machen ein paar Pesos aus ihnen, als daß die Pest sie holt oder als daß sie sich gegenseitig erschlagen. Ich denke, ich brauche Ihnen mehr nicht zu sagen. Die Behörden haben Sie immer auf Ihrer Seite. Die brauchen Steuern, und noch mehr benötigen sie reichlich Nebeneinkünfte. Es geht ja nicht aus Ihrer Tasche. Wozu ist der verlauste Indio auf der Welt? Macht uns nur Scherereien. Er ist geboren, um zu arbeiten. Gut, machen wir ihm das Vergnügen, damit er weiß, wozu er da ist. Uns fällt auch nichts aus dem Himmel in die Tasche. Sie werden schon bald lernen, wie hart wir unsere Pesos verdienen müssen.«

Don Gabriel hörte aufmerksam zu, um sich kein Wort entgehen zu lassen. Die erste Hälfte hatte er ja schon als Sekretär gelernt. Die zweite Hälfte war leichter zu erlernen.

Er sah die große glänzende Zukunft, die vor ihm lag. Willig, beinahe freudig, übergab er Don Ramon die verlangten fünfzig Pesos als erste Einlage in das gemeinsame Geschäft.

So kostete Don Ramon der erworbene Gregorio jetzt nur noch zehn Pesos. So billig hatte er selten einen gesunden, starken und arbeitsgewohnten Indianer bekommen.

Er kaufte zwei bunte Kerzen bei einer Händlerin auf der gegenüberliegenden Seite der Plaza. Er trug die Kerzen in die Kirche, stellte sie auf dem Tischchen vor dem Bilde der Jungfrau auf, zündete sie an, achtete darauf, daß sie gut brannten, kniete nieder, bekreuzigte sich, betete andächtig eine Reihe ›Ora pro nobis‹ herunter, bekreuzigte sich wieder, küßte seinen Daumennagel, verneigte sich vor dem Bilde dreimal, stand auf, verließ die Kirche und war sich bewußt, eine gottgefällige Handlung ausgeübt zu haben.

Gregorio hatte inzwischen das Pferd seines neuen Herrn gewaschen und ihm einen großen Haufen trockene Maisblätter vorgeworfen.

ACHTES KAPITEL

1

Don Gabriel ließ seine Frau in Jovel zurück, wo sie ein Haus mietete, um hier ein neues Heim aufzuschlagen. Sie war über alle Maßen froh darüber, daß ihr Mann seine Stellung als Sekretär aufgegeben hatte und daß sie nicht mehr zurückzugehen brauchte in den indianischen Ort, wo sie ständig glaubte, der großen Einsamkeit wegen früh sterben zu müssen. In der Stadt war sie wieder unter ihresgleichen. Sie lobte ihren Mann, daß er so geschickt auf seinen wirtschaftlichen Vorteil bedacht gewesen sei, als sich ihm eine Gelegenheit bot, in ein ehrliches und christliches Geschäft einzutreten. Sie erkannte, daß ihre wirtschaftliche Zukunft jetzt endlich gesichert war. Daraufhin unternahm sie große Einkäufe an Möbeln, Kleidern und Hausgeräten. Es wurde ihr willig geborgt, als die Händler hörten, in welch ein sicheres und ertragreiches Geschäft Don Gabriel gerutscht war. Auf Empfehlung des Don Ramon hin bekam Don Gabriel sofort reichlichen Kredit von den Vertretern der Monterias, die in Tabasco ihre Hauptbüros unterhielten. Denn so willig, wie die Agenten arbeitskräftigen Indianern Kredite gaben, ebenso willig gaben die Kompanien und deren Vertreter den Agenten hohe Kredite. Empfangene Kredite waren größere Sicherheiten als geschriebene Verträge. Kredite mußten abgearbeitet werden, nicht nur von Indianern, sondern auch von Agenten. Je höher der gegebene Kredit war, den ein Agent besaß, um so kräftiger bemühte er sich, allgemeine und besondere Wünsche der Kompanien zu erfüllen.
Don Gabriel war nunmehr ein Glied in der Kette, die von den Tiefen des Dschungels bis zum Boudoir der Filmschauspielerin und dem Konferenzsaal eines Ministerrats reichte. Die Kette lief, und jedes Glied mußte folgen, ob es wollte oder nicht.

2

Zwei Wochen war Don Gabriel auf der Reise gewesen. Während dieser Zeit hatte er seinen Bruder, Don Mateo, als stellvertretenden Sekretär im Ort zurückgelassen.
Don Mateo hatte diese zwei Wochen heftig ausgenützt. Er wollte zeigen, wie regiert werden müßte. Seiner Meinung nach hatte sein Bruder keine Idee von Regieren.
Sechs Mann waren im Gefängnis, die Don Mateo Trunkenheit wegen eingesperrt hielt, nachdem er ihnen reichlich Branntwein verkauft hatte, als sie bereits im Zustand von Trunkenheit waren. Jeden Mann bestrafte er mit fünf Pesos Multa für Störung des öffentlichen Friedens. Er wartete jetzt darauf, daß die Verhafteten oder ihre Verwandten das Geld beibrächten, damit sie das Gefängnis verlassen konnten.
Er ließ die Leute nicht müßig in der Carcel sitzen. Er schickte sie in den Busch, wo sie Holz schlagen mußten, das er zu verkaufen gedachte, sobald sich Gelegenheit dafür fände. Das Essen für die Leute hatten ihre Frauen oder Mütter zu liefern.
Die Zahl der Gefangenen, die er im Laufe von zwei Wochen gemacht hatte, war bis auf fünfzehn gekommen. Jedoch die übrigen hatten die Multa zu bezahlen. Das waren fünfundvierzig Pesos in seine Tasche. Er verstand zu regieren.

3

Es war noch etwas anderes inzwischen geschehen.
Als Don Gabriel ankam, fand er seinen Bruder mit einem verbundenen Arm herumlaufend.
»Wo hast du denn das weggekriegt?« fragte ihn Don Gabriel.
»Ja, was denkst du dir, wo ich das abbekommen habe?« fragte er. »Eines deiner Schäflein hat mich mit dem Machete erschlagen wollen. Aber ich habe den Hieb noch rechtzeitig mit meinem Arm auffangen können. Da siehst du, was du dir für eine Mörderbande hier erzogen hast. Wäre ich so lange Zeit Secretario hier gewesen wie du, dann hätte ich Ordnung geschafft. Dann könnte so etwas nicht vorkommen. Das sage ich dir, mein Brüderchen.«
»Warum hat dich denn der Bursche erschlagen wollen?«

»Wegen nichts. Wegen rein gar nichts. Aufsässig und rebellisch ist dieses verlauste Mörderpack hier. Das ist die ganze Sache.«
Don Gabriel wußte, daß die Leute niemand zu erschlagen suchen, solange sie keinen klaren Grund haben. Aber er fragte nicht weiter. Er kannte seinen Bruder genügend, um zu wissen, daß er auf keinen Fall eine genaue Antwort erhalten würde.

4

Als der Jefe vernahm, daß Don Gabriel zurück sei, kam er, um ihn zu begrüßen. Und als die beiden allein waren, erfuhr Don Gabriel die Geschichte.
Ein junges Indianermädchen, dessen Vater und Mutter gestorben waren und das jetzt mit ihrem Onkel und ihrer Tante lebte, war in den Laden gekommen, um Zündhölzer zu kaufen. Sie gefiel Don Mateo, und er gab dem Jefe den Befehl, jenes Mädchen während des Tages in den Cabildo zu schicken, um für ihn zu kochen, weil er, Don Mateo, angeblich das Essen nicht verdauen könne, das die Köchin koche, die für Don Gabriel und dessen Frau im Hause arbeitete.
Das Mädchen war nur zwei Tage im Hause, als Don Mateo einen Angriff auf sie verübte, nachdem er stundenlang versucht hatte, mit schmierigen Worten und mit einigen Seidenbändern, die im Laden waren, von dem Mädchen Gefälligkeiten zu erwischen.
Bei seinem gewaltsamen Angriff kam er nicht ganz zu seinem Ziel, nur zur Hälfte etwa. Das Mädchen lief schreiend aus dem Hause, ihren Rock in Fetzen.
Indianische Mädchen sind so zurückhaltend, daß sie über einen solchen Vorfall zu niemand reden. Vielleicht nur zu ihrer Mutter. Aber jeder Mensch im Orte, und ganz besonders die nächsten Angehörigen ihrer Sippe, wußten und verstanden sofort, was geschehen war. Das Mädchen war einem jungen Burschen seit zwei Jahren versprochen. Der Bursche arbeitete hart, um das Geld für die Geschenke an den Onkel des Mädchens und für die Hochzeit zusammenzubringen.
An dem Tage, als der Angriff auf das Mädchen geschah, war der Bursche im Busch gewesen, um Schlangen zu fangen, deren ausgegerbte Häute gut bezahlt wurden.

Am späten Abend, in schwarzer Dunkelheit, ging Don Mateo vor die Tür. Aus der Nacht heraus sprangen zwei Mann auf ihn zu, die mit dem Machete auf ihn einhieben. Da er die Tür offengelassen hatte, konnte er rasch ins Haus schlüpfen. Und das rettete ihm das Leben. Aber zwei gute Hiebe saßen ihm im Arm.
Wer die beiden Angreifer gewesen waren, konnte weder er noch Don Gabriel aufklären. Sowohl der Bursche als auch der Onkel befanden sich im Hause des Cacique, und genau in jenem Augenblicke, als Don Mateo die Wunden erhielt. Das war sehr geschickt von den beiden gehandelt. Der Verlobte und der Onkel wären mit Sicherheit in den Verdacht gekommen, den Angriff auf den Beamten, der Don Mateo in jener Zeit war, verübt zu haben. Darum hatten sie sich zu einem freundschaftlichen Besuche bei dem Cacique eingefunden. Die Angelegenheit selbst wurde von Sippenangehörigen besorgt, auf die kein Verdacht fallen konnte. Die Sippen und Verwandtschaften kennen sich gegenseitig gut aus. Es ist aber schwer, wenn nicht gar aussichtslos, für Leute, die nicht zu den Indianern des Ortes gehören, herauszubekommen, wer zu welcher Sippe gehört und welche Burschen und Männer Blutsfreunde sind.

5

»Ich hätte nicht gedacht«, sagte Don Gabriel zu seinem Bruder, »daß du so ungeschickt sein könntest. Du solltest doch die Leute und deren Art nun wirklich genügend kennen, um solche Dummheiten zu vermeiden. Ein jungfräuliches Mädchen ist immer eine böse Sache hier. Ein Indianer respektiert sie, weil er weiß, daß es sein Leben kostet. Du kannst wirklich froh sein, daß du noch so gut davongekommen bist. Ich denke überhaupt, es ist nun wohl Zeit, daß du dich aufmachst. Du bist nicht länger mehr sicher hier, nicht im Ort, nicht auf den Wegen. Nur gerade hier im Cabildo.«
Don Mateo setzte sich auf den Tisch, schaukelte mit den Beinen und sagte mit schiefem Munde: »Das hat mir noch gefehlt, daß du mich hier hinauswirfst. Schöner Bruder bist du mir! Aber tut nichts. Ich kann dir sagen, ich bin bereits halb auf dem Wege. Vorgestern kam Don Belisario hier durch, der syrische Händler. Er hat mir gute Nachricht gebracht. Der Polizeichef, mit dem ich

Schüsse in Balun Canan wechselte, ist nach Huixtla versetzt worden, weil sein Compadre, den er dort hat, Bürgermeister geworden ist. Don Belisario sagte mir auch, daß der Chef mir nichts mehr nachträgt von wegen der Schießerei. Er ist lange wieder gut auf den Beinen. Übermorgen ziehe ich ab und reite hinunter nach Balun Canan. Da wird ja nun sicher etwas für mich offen sein. Vielleicht mache ich jetzt selbst den Polizeichef. Das Eisen werden wir schon sauber feilen. Nur keine Sorge.«

»So war das nun nicht gemeint mit dem Hinauswerfen«, sagte Don Gabriel ruhig. »Du weißt recht gut, daß ich meinen Bruder nicht ersaufen lasse, wenn er in Not ist. Was ich sagen wollte, ist nur, daß es für dich besser ist, du gehst. Ich habe heute hier genug gehört. Du bist völlig durch im Ort. Alle, ohne Ausnahme, haben dich schwer auf dem Korn. Ich weiß nicht, wie du das in den kurzen zwei Wochen so schön fertiggebracht hast. Ich will es nicht wissen. Das Geld, das du während meiner Abwesenheit hier herausgeholt hast, magst du behalten. Für die Reise.«

Don Mateo lachte laut heraus: »Ja, hast du vielleicht gedacht, daß ich dir das Geld gebe? Wenn du das gedacht hast, dann bist du ein Esel, Brüderchen. Das Geld habe ich hart und schwer genug verdient. Würdest du das ebenso machen, wie ich es dir gezeigt habe während der zwei Wochen, dann könntest du dir in zwei Jahren die schönste Finca im Staate kaufen. Aber so dumm, wie du geboren wurdest, so dumm bist du bis heute geblieben. Für dich ist keine Hoffnung. Das meine ich nicht böse. Ich sage dir das nur, damit du das nun endlich einmal weißt.«

Don Gabriel hatte seinem Bruder nichts davon gesagt, daß er jetzt Arbeiteragent geworden sei und damit einen Posten habe, nach dem Don Mateo springen würde wie ein Bock, der drei Monate eingeschlossen war, wenn er die erste Ziege sieht, nachdem er wieder frei ist. Er hatte es ihm jetzt sagen wollen. Da aber das Gespräch eine andere Wendung genommen hatte, hielt es Don Gabriel für klüger zu schweigen. Irgendein unbedachtes Wort hätte Don Mateo auf eine Idee bringen können, die dem neuen Geschäft nicht günstig war. Er wollte nicht unnötig einen unbequemen Konkurrenten aufziehen helfen.

6

Don Mateo konnte am folgenden Morgen nicht abreiten. Er fand keinen Burschen, der ihn begleitete. Alle Männer, die Don Gabriel im Orte aufsuchte, gaben irgendeine glaubhafte Ausrede, daß sie nicht gehen könnten, weil sie entweder in ihrer Milpa, ihrem Maisfeld, zu arbeiten hätten oder weil sie einen lahmen Fuß hätten oder weil ihre Frau krank sei oder weil sie sonst irgend etwas nicht vernachlässigen könnten.

Don Gabriel ersah daraus, daß keiner seinen Bruder begleiten wollte. Er versprach einen halben Peso Tagelohn für die Hinreise und einen halben für die Rückreise. Aber selbst das verlockte niemand, Don Mateo als Bursche zu begleiten.

Am Nachmittag jedoch kam ein anderer arabischer Händler durch den Ort, der nach Achlumal reiste. Von Achlumal nach Balun Canan sind nur zwei Tagereisen zu Pferde, und auf dem Wege sind Ranchos, Fincas, Gehöfte und sogar einige kleine Ortschaften. Der Weg war einsam nur bis Achlumal.

So beschloß Don Mateo, mit diesem Händler, Don Elias, bis Achlumal gemeinschaftlich zu reisen und von dort aus allein, vorausgesetzt, daß er in Achlumal keinen Burschen bekam.

Was nun auf dem Weg nach Achlumal geschah, erfuhr Don Gabriel erst vier Jahre später, als er gelegentlich einmal jenen Händler in Yalanchen traf. Während jener vier Jahre hatte Don Gabriel in dem Glauben gelebt, sein Bruder sei in Balun Canan wohlbehalten zu guter Zeit angekommen. Daß sein Bruder ihm seine Ankunft brieflich oder telephonisch mitteilen würde, hatte Don Gabriel ja gar nicht erwartet. Außerdem war er selbst vier Wochen später von dem Ort weggekommen und seitdem als Agent herumgezogen, so daß es leicht möglich schien, daß ein Brief seines Bruders, falls er wirklich geschrieben haben sollte, ihn verfehlt hätte.

7

Don Mateo war mit Don Elias früh am Morgen abgeritten. Obgleich der Weg bis Hucutsin sehr einsam war, so geschah auf diesem Wege nichts. Die beiden Reisenden kamen mit zwei Tragtieren des Händlers am dritten Tage, am frühen Nachmittag, in Hucutsin an.

Der Händler hatte hier einige Geschäfte zu erledigen und Geld, das man ihm am Orte von früheren Verkäufen her schuldete, einkassiert. Darum blieben die beiden hier einen vollen Tag.

Am nächsten Tage zogen sie weiter, hin auf dem Wege nach Achlumal. Der Weg ist einsam. Es liegen am Wege einige große Fincas, die so groß sind, daß man von dem Herrenhaus der einen etwa vier Stunden bis zum Herrenhaus der andern zu reiten hat. Einige kleine Ranchos, deren Besitzer Indianer oder Halbindianer sind, liegen abseits von dem Wege. Als die Reisenden den Jatate-Fluß durchkreuzt hatten und auf schmalem Pfad durch dichten Busch ritten, bemerkten sie, daß zuweilen, bald links von ihnen, bald rechts, Äste brachen, als ob jemand dort herumkröche.

Zuerst dachten sie, es seien Kühe, die im Busch herumstreiften, um Blätter gewisser Bäume und Sträucher, die sie dem drahtigen Gras der Weiden vorzogen, abzustreifen. Aber bald wußten sie, daß es weder Kühe noch Antilopen sein könnten, was dort herumvagierte.

So kamen sie zu der Überzeugung, daß sie verfolgt würden. Don Elias bekam Furcht. Er glaubte, daß ihm Leute aus Hucutsin folgten, um ihm das Geld abzunehmen, das er dort einkassiert hatte. Er wollte umkehren. Aber Don Mateo sagte ihm, daß dies keinen Zweck habe, denn wenn man es auf sein Geld abgesehen habe, so könnten sie auf einem Rückmarsch ebensogut überfallen werden, wie wenn sie weiter voranritten. Es war nichts anderes zu tun, als nun auf dem Weg weiterzureiten. Sie ritten nebeneinander, um sich zu unterhalten. Die beiden Packmules, die den Weg oft genug gegangen waren und ihn gut kannten, marschierten gemächlich voran, und die beiden Reiter folgten.

Don Mateo redete scheinbar ruhig weiter, aber er beobachtete doch aufmerksam den Busch zu beiden Seiten, in der Hoffnung, vielleicht endlich einmal zu sehen, wer es sei, der ihnen hier auf der Lauer war.

Er ärgerte sich jetzt, daß er zusammen mit dem Händler aufgebrochen war. Er war überzeugt, daß die Banditen es nur auf das Geld des Händlers abgesehen hatten, aber daß sie, sobald sie eine geeignete Stelle für den Überfall gefunden haben würden, nicht nur den Händler ermorden würden, sondern auch ihn, um Zeugen zu beseitigen. Nach seiner Meinung wäre er zweifellos besser daran gewesen, wenn er allein geritten wäre. Die Packmules liefen nur im Schritt, ihrer Lasten wegen. So konnte er auch nicht gut austraben, um aus jenen Hohlpfaden, die am gefährlichsten waren, rasch hinauszustürmen, falls sich jemand in den Weg stellen sollte.

»Da«, rief er plötzlich, seine Unterhaltung abbrechend, »da habe ich einen gesehen. Ist ein Indianer mit Schrotflinte.«

Don Elias, sich Mut einredend, sagte mit heiserer Stimme: »Dann ist es nichts weiter. Das sind Indianer von einer Finca hier, die auf der Jagd herumstreifen. Wahrscheinlich haben sie die Fährten einer Antilope entdeckt.«

Don Mateo zog seinen Revolver, nahm die Zügel in die linke Hand und hielt den Revolver schußbereit in der rechten.

Als sie so etwa hundert Schritte weitergeritten waren, blickte Don Mateo rasch zur rechten Seite und rief: »Steh, du Cabron, du Hurensohn, komm heraus da, oder ich schieße!«

Die Bewegung in dem dichten Blätter- und Ästegewirr des Busches erstarb im Augenblick.

Don Mateo feuerte rasch hintereinander drei Schüsse in das verwickelte Grün, das sich bewegt hatte.

»Ich glaube, ich habe einen erkannt«, sagte er halblaut. »Er ist einer von Bujvilum. Ich habe ihn an dem Hute erkannt. Verflucht noch mal, der Hundesohn, habe ich doch sein Gesicht nicht erwischen können! Vielleicht habe ich ihm eine versetzt.«

Er stieg vom Pferde und ging auf die Stelle zu, auf die er geschossen hatte. Er bog die Zweige auseinander, sah aber nichts weiter, als daß dort wirklich jemand gestanden haben mußte; denn von dem Gesträuch waren Zweige frisch abgebrochen, so frisch in der Tat, daß sie sich noch bewegten.

Ehe er wieder aufsaß, zog er den Sattelgurt nach, stieß die drei leeren Hülsen der Revolverpatronen aus und lud drei neue Patronen ein.

Während er noch am Revolver hantierte, sah er zur linken Seite im Busch abermals eine Bewegung, und er rief laut: »Richtig, Don Elias, sind Burschen von Bujvilum, ich kenne die beiden.«

Er feuerte sofort vier Schüsse in die Richtung. Dann ging er darauflos, um zu sehen, ob er getroffen habe.

Er verzögerte sich dabei, weil er tiefer in das Gebüsch eindrang, ständig mit dem Revolver in der Hand.

Don Elias war inzwischen weitergeritten, weil er seinen Packmules folgen mußte, damit sie nicht etwa ausbrachen und sich irgendwohin verliefen, die Packen abscheuerten und abwarfen und er Ware und Mules verlor. Er war sicher, daß Don Mateo nachkommen würde; denn er kannte ja den Weg und war das Reisen im Busch gewohnt.

Als Don Elias dann am Nachmittag eine Finca erreichte, hielt er an, um zu warten.

Es wurde spät und später und wurde endlich Nacht.

Don Elias ließ inzwischen seine Mules abladen und blieb über Nacht in der Finca, immer in der Hoffnung, daß Don Mateo noch eintreffen würde. »Nur keine Sorge um Don Mateo, Don Elias«, sagte der Finquero. »Der geht nicht zugrunde. Was geschehen ist, kann ich Ihnen sagen. Durch das Schießen ist sein Pferd wild geworden und ausgebrochen. Wahrscheinlich fegt es zurück bis nach Bujvilum. Natürlich sucht es Don Mateo. Er will weder sein Pferd verlieren noch sein Sattelzeug. Das ist klar. Der bleibt die Nacht über da in einem kleinen Rancho.«

»Aber da waren doch die Muchachos, die indianischen Burschen«, wandte Don Elias ein.

»Gespenster«, sagte der Finquero, aufs neue Comiteco in die Gläschen füllend und dabei lachend. »Die Muchachos tun niemand etwas zuleide. Alles gute Jungen. Lebe doch hier fünfzig Jahre. In Ruhe. Reite allein durch den Busch, wer weiß wie weit und wer weiß wohin.«

»Don Mateo aber rief mir noch zu, daß er die Burschen kenne, daß sie von Bujvilum seien«, sagte Don Elias.

Der Finquero lachte noch kräftiger: »Daran sehen Sie ja allein

schon, Don Elias, daß dies alles nicht richtig ist. Sie glauben doch nicht etwa im vollen Ernst daran, daß da ein halbes Dutzend Burschen drei oder vier Tage weit von ihrem Pueblo fortlaufen, um Don Mateo zu folgen. Das tun die nicht. Wenn sie wirklich hinter ihm her wären, dann lauern sie ihm eine Stunde außerhalb ihres Ortes am Wege auf. Die sparen sich jeden unnützen Marsch.«
Don Elias aber beruhigte sich nicht damit. Er blieb den nächsten vollen Tag noch auf der Finca. Und der Finquero schickte drei Peones den Weg zurück, um zu sehen, ob sie vielleicht eine Spur von Don Mateo finden möchten.
Die Burschen kamen am Abend zurück.
Sie sagten, sie hätten den Spuren des Pferdes folgend die Stelle gefunden, wo Don Mateo abgestiegen sei; denn neben den vielen Spuren des stehenden Pferdes waren auch die Spuren der Stiefel des Don Mateo zu sehen. Den Busch hatten sie auch an jener Stelle durchsucht; aber sie konnten nichts weiter bemerken, als daß dort einige Indianer mit Sandalen an den Füßen herumgestampft hätten. Endlich hatten sie noch sehr gut beobachtet, daß die Spuren des Pferdes wieder zurückgeführt hätten in die Richtung nach Hucutsin.
»Dann ist da keine Sorge vonnöten«, sagte der Finquero. »Das waren Burschen, die da im Busch jagten. Und es ist so, wie ich Ihnen schon gesagt habe, das Pferd ist der Schüsse wegen ausgebrochen und Don Mateo hinter ihm her. Es kann leicht geschehen, daß das Pferd bis nach Bujvilum zurücktrabt, wo es die letzten Wochen auf der Weide war. Und wenn Don Mateo sein Pferd und sein Sattelzeug wiederhaben will, bleibt ihm nichts anderes übrig, als sich in Hucutsin ein Pferd zu mieten und bis nach Bujvilum zurückzureiten. Es ist fraglich, ob er diesen Weg hier wieder nimmt. Wenn er von Bujvilum nach Balun Canan reisen will, hat er noch zwei andere Wege frei, nicht nur diesen hier. So könnten Sie hier lange warten, wenn Sie auf ihn warten wollen. Nehmen wir noch einen Comiteco, Don Elias.«
Weil dies alles nun recht klar war für Don Elias, so machte er sich keine weiteren Sorgen über den Verbleib des Don Mateo. Solche Vorfälle wie diese hier, daß ein Pferd ausbricht und Tagereisen weit zurück zu seiner Weide trabt oder sich gar auf eine fremde

Weide verläuft, wo es sympathische Genossen antrifft, und der Reiter gezwungen ist, umzukehren, ohne seine Begleiter, die auf Pferden voraus sind, benachrichtigen zu können, weil sie glauben, daß er ihnen folge, kommen in der Tat so häufig vor, daß Don Elias keine Schuld beigemessen werden kann, wenn er sich bei der Rede des Finqueros völlig beruhigte. Als er endlich in Balun Canan angekommen war, erwarteten ihn zahlreiche Geschäfte und Sorgen, so daß er darüber auch noch den letzten Rest seines Nachdenkens über das mögliche Schicksal des Don Mateo vergaß. Alles das stieg wieder auf in seiner Erinnerung, als er vier Jahre später Don Gabriel traf, der ihm sagte, daß er nicht wisse, wo sein Bruder sei.

8

Don Mateo ist nirgends wieder aufgetaucht, und nie mehr hat irgend jemand von ihm und seinem Schicksal etwas gehört. Auch sein Pferd ist weder in Bujvilum noch auf einer Weide je gefunden worden. Wäre es irgendwo mit dem Sattel auf dem Rücken gefunden worden, so wäre darüber sicher von dem Finder an die Nachbarschaft berichtet worden. Aber das Pferd konnte auch den Sattel abgestreift haben, nachdem der Gurt durchgescheuert war. Ferner ist es auch möglich, daß das Pferd an einem kleinen einsamen Rancho vorbeikam. Der Ranchero nahm das Pferd auf und wartete einige Wochen. Er ließ das Tier endlich frei, und es suchte sich irgendwo eine Weide, während der Ranchero den Sattel und das Zaumzeug weiter aufbewahrte. Als sich niemand darum bekümmerte, gewöhnte er sich an den Gebrauch des Sattelzeuges und vergaß endlich ganz, daß es jemand anders gehören könnte. Da er sehr weit von irgendeiner Stadt wohnte, hatte er immer genügend Entschuldigung, den Fund zu verschweigen; denn er hatte keine Verpflichtung, eine weite Reise zur nächsten Behörde zu unternehmen, um über den Fund zu berichten. Auch das Brandzeichen des Tieres läßt sich mit einiger Geschicklichkeit ändern. Und was Gott einem frommen Christen so freundlich als gern gesehene Gabe ins Haus schickt, soll man nicht verschmähen; um Himmels willen nicht, denn das wäre ja Sünde.

Als Don Gabriel von dem Schicksal seines Bruders nach vier Jahren hörte, trauerte er nicht sehr um ihn. Es war zu lange her, um

Tränen zu vergießen. Er machte sich auch nicht die Mühe, den Busch an jener Stelle, wo Don Mateo zuletzt gesehen worden war, abzusuchen, um seinen Bruder christlich zu bestatten. Er wußte, es war vergebliche Mühe, nach so langer Zeit erfolgreich nach einem Kadaver zu suchen. Wenn er unter die Erde gelegt worden war, was als sicher angenommen werden mußte, damit nicht Hunde, die mit ihrem Herrn auf der Jagd waren, die Spur aufstöbern konnten oder Geier den Ort verrieten, so war über jene Erde genug Gesträuch gewachsen, daß auch nicht ein Schimmer von Hoffnung blieb, den Körper zu finden.
Vielleicht gar nach Bujvilum zu reisen und dort herumzufragen, welche Burschen an jenem Tage nicht im Ort gewesen seien, also im Verdacht standen, Don Mateo verfolgt zu haben, war aussichtsloser, als nach dem Körper zu suchen. Denn daß die Burschen Don Mateo so weit gefolgt waren, um zu vermeiden, ihn im selben Bezirk zu morden, war des Beweises genug, daß sie sehr geschickt und sehr wohlüberlegt gehandelt hatten, um das Strafgericht zu vollstrecken. Selbst wenn sie zufällig von einem Ranchero auf jenem Wege, wo der Überfall geschah, gesehen worden wären, so waren sie vor jeder Entdeckung sicher, weil sie, so weit von ihrem Orte entfernt, völlig unbekannt waren. Und was hätte es geholfen, wären die Burschen nach so langer Zeit entdeckt worden? Don Mateo kam nicht wieder zum Leben, ob die Burschen füsiliert wurden oder nicht.
So beruhigte sich auch Don Gabriel leicht über den Verlust seines Bruders, und er ehrte sein Andenken dadurch, daß er für die Rettung der Seele des Verschwundenen eine Messe für achtzehn Pesos in der Kathedrale von Jovel lesen ließ. Damit hatte Don Gabriel seine Pflicht gegenüber seinem Bruder in reichem Maße erfüllt.

9

Nachdem Don Mateo an jenem Morgen fortgeritten war von Bujvilum, ging Don Gabriel zum Gefängnis, öffnete es und ließ die Burschen, die Don Mateo hier gefangenhielt, heraus. Er fragte sie, warum sie festgesetzt worden seien.
Jeder sagte dasselbe. Er sei ein wenig betrunken gewesen, aber

nicht sehr, und er habe niemand im Orte erschlagen und niemand mit dem Machete verwundet.
Als Don Gabriel sich sorgfältig davon überzeugte, daß keiner der Verhafteten in der Lage sei, eine Multa auch nur von einem Peso bezahlen zu können, weil sie sehr dürftige Äcker und große Familien hatten, da beschäftigte er sie im Hause mit dem Zusammenpacken der wenigen Habseligkeiten, die er und seine Frau hierher mitgebracht hatten, als er das Amt antrat. Dann bestimmte er, daß sie als Strafe für ihr Vergehen, und damit sie keine Multa zu bezahlen brauchten, die Sachen aufzupacken und nach Jovel zu tragen hätten.
Es würde Don Gabriel ein hübsches Sümmchen gekostet haben, wenn er die Sachen auf gemieteten Mules die fünf oder sechs Tagereisen weit, die ein solcher Transport dauerte, hätte fortbringen lassen müssen. Auf diese Art brachten ihm die verhafteten Indianer viel mehr ein, als wenn jeder von ihnen fünf Pesos Multa bezahlt haben würde. Er belobte sich für diese Geschäftstüchtigkeit, und mit gutem Recht.
Dann brachte er seine Steuerabrechnungen in Ordnung. Er tat das so vorzüglich, daß für die Regierung gerade nur ein Gnadengeschenk herauskam. Darauf war noch der Jefe Politico zu bedenken. Dessen Einnahmen fanden zu einem großen Teil ihre Quellen darin, daß die Sekretäre und Beamten, die er eingesetzt hatte, Steuern und andere Einkünfte so verrechneten, daß immer ein ansehnlicher Prozentsatz für ihn herauskam. Das ist ja der Grund, warum man seine Freunde und Verwandten zu Beamten macht, wenn man selbst in Würden sitzt.
Den Jefe Politico mußte sich Don Gabriel warm halten, darum bearbeitete er die Verrechnungen mit den Steuerämtern der Regierung so geschickt, daß für den Jefe Politico bei weitem mehr heraussprang als für die Regierung. Er überließ es dem Jefe Politico, sich mit den Ämtern der Regierung ins reine zu setzen. Es wurde ja nichts nachgeprüft. Weil es unnötig Arbeit machte. Weil man sich nach allen Seiten hin damit nur Feinde schaffte.
Don Gabriel rechnete zugunsten des Jefe Politico eine gute Summe für Inspektionsreisen an, die der Chef angeblich nach Bujvilum häufig gemacht hatte. In Wahrheit war er während der

Amtszeit des Don Gabriel nur ein einziges Mal im Ort gewesen, weil er das Essen und die Ratten in den kleinen Ranchos, wo er auf dem Wege übernachten mußte, fürchtete. Er unternahm die notwendigen Reisen in einer so geschickten Weise, daß er immer nur in den großen reichen Fincas die Nacht zubrachte, und wenn er es besonders gut antraf, blieb er gleich mehrere Tage in dem Herrenhaus einer Finca und reichte seine Berichte so ein, als habe er eine vier Tage weite Reise unternommen und sei dann am fünften Tage zu jener Finca zurückgekehrt. Was er zu berichten gedachte hinsichtlich der Gegenden, die er angeblich inspiziert hatte, ließ er sich von dem Finquero oder von Viehhändlern, die er auf den Wegen traf, erzählen. Als er die wunderschöne Abrechnung des Don Gabriel erhielt, fand er sie so sehr zu seinem Gefallen, daß Don Gabriel weite Grenzen in seiner Anwerbung von Indianern ziehen durfte, ehe er zu befürchten hatte, daß sich der Jefe Politico einmischen würde, um von Gesetzen und Konstitution zu reden. Er würde ja an sich von Gesetzen und Konstitution nicht gesprochen haben etwa mit der Absicht, die konstitutionellen Rechte der Indianer zu schützen, die volle Staatsbürger waren wie er selbst, sondern er würde die Fangleinen der Gesetze nur ausgeworfen haben mit der Absicht, den Werbeagenten Schwierigkeiten zu bereiten, damit sie Gelegenheit haben sollten, sich von jenen Schwierigkeiten mit einigen Sümmchen freizukaufen. Wenn Arbeiteragenten so viel verdienten, daß sie sich in wenigen Jahren große Fincas kaufen konnten, um darauf wie europäische Herzöge zu leben, warum sollten dann der Jefe Politico und andere Beamte nicht auch ein wenig mit verdienen? Sie mußten ja doch die schwere und undankbare Aufgabe erfüllen, die Fundamente eines geordneten und erfolgreichen Geschäftes, das des Staates, zu zementieren und vor Erschütterungen zu bewahren.

10

Man kann wohl von Don Gabriel nicht gut sagen, daß er etwa lässig gewesen wäre. Er war ein fleißiger und tüchtiger Mann, auf den Staat und Kirche stolz sein durften. Es hatte ihm bisher nur immer an den rechten Gelegenheiten gefehlt, an Fundamenten zu bauen. Wenn man keinen Laden besitzt und keine Ware, so hilft es

einem wenig, daß man ein guter Kaufmann ist. Es muß etwas zum Anfangen da sein.
Sobald er seine Berichte fertig hatte und die Steuerabrechnungen so weit stimmten, daß es für jeden Kontrollbeamten, so tüchtig er auch sein mochte, schwer war, herauszufinden, wo die Fehler zuungunsten des Berichterstatters lagen, begann er gleich, den zukunftsreichen Markt, der sich vor ihm aufgetan hatte, zu beleben, sowohl mit Ware als auch mit Kundschaft. Es ist das Merkmal eines großen Kaufmannes, die Situationen, sobald sie sich einem bieten, zu ergreifen und auszunutzen. Studieren kann man sie später, wenn man das Geld in der Kasse hat. Ob Fehler, Ungerechtigkeiten oder Brutalitäten bei dem Handel geschehen sind, das zu untersuchen und vielleicht gar zu bereuen ist immer besser, man tut es dann, wenn das Geschäft im trocknen ist. Dann kosten eine etwa auftauchende Scham oder eine nagende Reue kein bares Geld. Scham und Reue lassen sich besänftigen und einschläfern mit einem Dutzend Kerzen, die man vor dem Bilde der Jungfrau anzündet. Und weil ja von Natur aus alle Menschen schwach im Fleische sind, so läßt sich mit dem Señor Cura, dem guten Manne, der behauptet, für die Seele zu sorgen, die Angelegenheit leicht ins reine bringen. Der Herr Cura sagt schon zur rechten Zeit, wieviel die Seelenwaschung kostet. Es gibt keine Sünde, die nicht vergeben werden kann, wenn man sich die Mühe macht, zu dem zu gehen, der durch Salbung mit den himmlischen Mächten intim geworden ist und genau weiß, was Gott in jedem besonderen Falle denkt und tut.

11

Don Gabriel ließ den Häuptling zum Cabildo rufen. Er schenkte ihm ein Gläschen ein und dann noch eins.
»Ja, ich gehe nun fort von hier, Don Narciso«, sagte Don Gabriel.
»Das ist sehr schade, Don Gabriel«, sagte el Presidente. »Wir haben gut miteinander arbeiten können.«
»Wahr, wahr«, erwiderte Don Gabriel, »es sind nicht alle Secretarios so gute Männer wie ich, und nicht alle haben ein so gutes und wohlmeinendes Herz für den armen Indio, wie ich es habe. Trinken Sie noch einen, Don Narciso.«

»Gracias«, sagte der Häuptling in Spanisch.
»Schön und gut, und gut und schön«, setzte Don Gabriel seine Rede fort. »Aber was wird denn aus dem Gelde, das mir hier so viele Leute im Ort schulden? Das möchte ich wissen.«
Nachdenklich erwiderte der Häuptling: »Das ist schwer zu sagen, Don Gabriel.«
»Sie werden zugeben, Don Narciso, daß ich so vieles Geld nicht verlieren kann. Schuld ist Schuld. Von den zahlreichen Multas, den Geldstrafen, die mir geschuldet werden, will ich ja nicht reden. Oder doch. Ich will auch davon reden. Ich will Ihnen hier zeigen, Jefe, was für ein gutes Herz ich habe und wie sehr ich mitfühle mit dem armen unwissenden Indio. Alle Multas schenke ich den Leuten.«
»Das wird die Burschen sehr erfreuen. Das ist eine sehr edle Handlung von Ihnen, Don Gabriel. Das wird Ihnen das ganze Dorf zum ewigen Freunde machen.«
Diese Freundschaft benötigte Don Gabriel. Sie gab ihm den Auftakt für die Melodie, die er zu spielen wünschte.
»Die übrigen Schulden jedoch sind bares Geld, klingendes blankes Geld aus meiner Tasche. Die kann ich nicht fortschenken.«
»Das können Sie gewiß nicht, Don Gabriel.«
»Sie kennen doch alle Burschen hier, die mir schulden, Don Narciso.« Don Gabriel zog sein Büchelchen hervor und las die Namen und die Schuldsummen, die auf jeden Namen fielen.
Als er mit der Aufzählung durch war, sagte er: »Wer von denen kann mir die Schulden bezahlen? Keiner. Auch keiner von den Bürgen kann zahlen. Bei einigen sind es vier oder fünf Ernten. Ich werde nun einen guten und gerechten Vorschlag machen, Don Narciso. Sie suchen mir sechs junge starke Burschen aus, Freunde oder Söhne oder Neffen oder sonstige Verwandte der Schuldner und der Bürgen. Diese sechs jungen Burschen sammeln auf sich die gesamte Schuld. Die Muchachos können das mit ihren Sippen verrechnen. Wir nehmen solche Burschen, die gern heiraten möchten, die aber das Geld nicht beisammen haben, um dem Vater ihrer Frau die erforderlichen Heiratsgeschenke zu machen und die Hochzeit zu bezahlen. Ich habe da einen Freund, einen ehrlichen und guten Menschen; ein Herz für den armen Indianer

hat jener Caballero, das ist wie reines funkelndes Gestirn am Himmel. Nur noch viel gütiger. Und der Caballero braucht tüchtige Burschen, die gut zu arbeiten verstehen.«

»Doch nicht etwa für die Monterias?« fragte der Häuptling unruhig.

»Aber nicht doch, Don Narciso«, antwortete Don Gabriel abweisend, als habe man ihn beleidigen wollen. »Nein, für die Monterias sind die Leute nicht. Mein Freund, eben jener Caballero, von dem ich sprach, benötigt Leute für eine Finca. Sehen Sie, Don Narciso, der Caballero hat da eine Finca vom Staat gekauft. Billig. Aber die Finca ist neu. Sie ist jetzt nur Dschungel. Darum hat er sie so billig kaufen können. Der Dschungel muß nun geschlagen werden, um Lichtung für die Finca zu schaffen. Der Finquero will da Kaffee bauen oder Kakao, und natürlich auch Mais.«

»Also ein Cafetal, eine Kaffeepflanzung«, sagte Don Narciso, erlöst aufatmend.

»Genau, ganz genau, das ist es. Sie haben es richtig erraten, Don Narciso.«

»Ja, wenn die Burschen auf eine Kaffeepflanzung gehen sollen, dann ist es etwas anderes. Da ist es nicht so schwierig, sie zu bekommen. Das kann ich den Männern empfehlen.«

»Darum habe ich das ja auch mit Ihnen durchsprechen wollen, Don Narciso. Sie, als Jefe, haben hier das Wort bei den Sippen. Wenn Sie das anordnen, dann gehen die Burschen. Sie werden zugeben, das ist der beste, ich will sagen, der einzige Ausweg für den Ort, daß ich zu meinem Gelde komme. Die Burschen übernehmen die Schuld, und die Kosten für den Kontrakt natürlich auch, das wissen Sie ja. Sie arbeiten die Schuld dort auf der neuen Finca ab, und sie können noch ganz gut etwas für sich hinzuverdienen. Wenn sie dann zurückkommen und heiraten wollen, haben sie auch noch genug Geld übrig, um sich Schafe und Ziegen zu kaufen. Die Burschen erhalten vierzig Centavos den Tag. Wenn sie tüchtig arbeiten, auch gar fünfzig. Denken Sie nur, einen halben Peso den Tag. Das sind in einem Jahr hundertachtzig blanke, schöne, harte Silberpesos.«

»Eine Menge Geld für junge Burschen, die heiraten wollen, das muß ich sagen«, erwiderte der Häuptling.

»Das ist ein ganzer Berg an Geld, sage ich, Don Narciso. Trinken Sie noch eine Copita. Und nun erzählen Sie das den Leuten. Sie wissen die Namen derer, die mir schulden und wieviel sie mir schulden. Und sie können das mit den Männern nun in Ruhe ausrechnen, wieviel jeder von den Burschen von den Schulden übernehmen will. In einem Jahr, oder sagen wir in vielleicht einem Jahr und einem halben, können die Burschen alle wieder zurück sein, und dann können hier in einer Woche immer gleich zwei Hochzeiten sein, und niemand hat Schulden, und jeder Mann im Dorfe hier kann seinen Mais und seine Schweine und seine Wolle verkaufen an wen er will und zu welchem Preise er mag. Und das will ich noch sagen, die Leute, die ihre Schweine, ihre Wolle und was sie sonst haben verkaufen wollen, können das schon alles frei verkaufen, wenn die Burschen einmal in der neuen Finca alle richtig angekommen sind, weil die Schulden ja dann übernommen sind.«

»Das ist richtig«, sagte der Häuptling. »Ich werde nun gehen und mit den Männern beraten und ihnen sagen, was Sie vorgeschlagen haben.«

»Gut, Don Narciso«, antwortete Don Gabriel.

Als der Häuptling bei der Tür war, sagte Don Gabriel: »Hören Sie, Don Narciso, wir sind immer gute Freunde gewesen. Ich habe hier noch einen tüchtigen Rest Aguardiente übrig. Mögen vielleicht dreißig Liter sein, die mir verbleiben. In wenigen Tagen gehe ich. Ich denke nicht, daß ich in dieser Zeit den ganzen Branntwein verkaufe. Wenn es gut geht, vielleicht drei oder vier Liter. Den Rest, der mir bleibt, den gebe ich Ihnen als Geschenk der Freundschaft. Den können Sie hier verkaufen. Ich glaube nicht, daß ein neuer Sekretär so bald kommen wird. Und solange kein Sekretär hier ist, können Sie Branntwein verkaufen, soviel Sie wollen.«

Ob Narciso über die Gabe erfreut war oder nicht, ließ er nicht klarwerden, weder in einer Geste noch in einem Worte, das ausgedrückt hätte, was er wirklich dachte. Er sagte nur kurz »Gracias!«, und er sagte das mit derselben schlichten Höflichkeit, als wenn er »Danke!« sagen würde, nachdem man ihm einen Stuhl zum Sitzen angeboten hätte.

12

Gleich so vielen natürlichen Menschen, die weder lesen noch schreiben können und erst recht nichts wissen von höherer Potenzialrechnung und der graphischen Emotionskurve in einem von Literaturprofessoren analysierten Drama Shakespeares, so besaß der Häuptling doch die große Klugheit, die im Leben wichtig ist: den Gegner rasch zu durchschauen und sofort zu verstehen, warum er so oder anders handelt.

Don Gabriel konnte in den wenigen Tagen, die er noch hierblieb, den Branntwein, den er noch auf Lager hatte, nicht verkaufen. Hätte er es tun können, so würde er ihn nicht verschenken. Mitnehmen konnte er den Rest nicht; denn er hatte genügend andere Dinge zu transportieren. So blieb ihm keine andere Wahl, als ihn fortzugeben. Und weil er den Brandy doch einmal fortgeben mußte, so konnte er ihn ebensogut benutzen, den Häuptling damit zu bestechen.

Durch diese versuchte Bestechung erst kam der Häuptling auf den Gedanken, daß in den Vorschlägen des Sekretärs irgendwo ein Haken auslag, mit dem er etwas anzufangen gedachte. Aber so sehr auch Narciso darüber nachsann, er konnte den Trick nicht finden. Eine neue Finca aus dem Dschungel heraus zu klären und sie zu einer Kaffeeplantage aufzubauen, war eine ehrliche Arbeit, die einmal ein Ende hatte. Außerdem war eine solche Finca, besonders wenn ihr Herr ein angenehmer und freundlicher Patron war, vielleicht geeignet, junge indianische Paare als Peones aufzunehmen und ihnen ein Leben zu bieten, das, wenn auch arbeitsreich und unfrei, dennoch größere Lebenssicherheit versprach als die magere Erde des unabhängigen Ortes. Vermehrten sich die Familien zu sehr, so wurde das Land, das auf die einzelne Familie fiel, immer kleiner. Und weil das Kommuneland an sich schon sehr dürftig und mager war – darum war es ja als Kommuneland erhalten geblieben –, darum mußte das Leben der Familien am Orte mit dem Entstehen jeder neuen Familie immer ärmlicher werden. Auf einer neuen Finca ist die Behandlung der Peones gewöhnlich besser als auf einer Finca, die schon mehrere Jahrhunderte besteht. Der Finquero möchte die Zahl der Familien, die ihm die

Peones stellen, vermehren. Er lockt sie aus unabhängigen Dörfern heran, und sie dürfen sich selbst aus dem Urland ihre Äcker aussuchen. Soweit es seinen Plänen beim Aufschluß der neuen Finca nicht entgegenläuft, läßt er ihnen freie Hand in der Auswahl derjenigen Stellen des Dschungels, die sie für sich in Äcker umarbeiten wollen. Dieses jungfräuliche Dschungelland ist ungemein fruchtbar, und es gibt den Familien, die es bearbeiten, sehr reiche Erträge.

Der Finquero gibt ihnen, um neue Familien an sich zu fesseln, Baumaterial für ihre Hütten, er gibt ihnen billig Schweinchen und junge Ziegen und Schafe. Er gibt ihnen willig Vorschüsse in bar und macht es ihnen leicht, die Vorschüsse abzuarbeiten. Das spricht sich rasch herum in den unabhängigen Dörfern, und der Finquero hat bald mehr Familien auf der neuen Finca, als er unterzubringen gedachte. Sobald er mehr Angebote von Familien hat, als er benötigt, und sobald die länger ansässigen Peones mit den neuen Peones auf der Finca bereits begonnen haben, sich zu versippen und zu verschwägern und die Erde, die sie dem Dschungel abgewannen, zu lieben begonnen haben und es ihnen schwerfallen würde, sich von hier zu trennen, fängt der Finquero allmählich damit an, die Peones ebenso auszunutzen, wie die Peones auf den uralten Fincas ausgenutzt werden.

Es walten hier genau die gleichen Gesetze der langsamen Verelendung und der Versklavung des Proletariats wie in der Industrie zivilisierter Länder.

Wenn ein Zweig der Industrie, der infolge einer neuen Erfindung reiche Gewinne verspricht, aufgebaut wird, bietet er den Arbeitern hohe Löhne und die verlockendsten Akkordpreise, um Arbeiter aus allen Schichten des Proletariats, selbst aus dem ackerbautreibenden Proletariat, aufzusaugen und mit ihnen den neuen Industriezweig zur raschesten Entfaltung zu bringen. Ist die Entfaltung endlich geglückt, so ist der Industriezweig zumeist bereits übersättigt mit Arbeitern. Aber der Zustrom neuer Arbeiter geht weiter und drückt auf den festgesetzten Arbeiterstock so sehr, daß nunmehr die einstmals günstigen Arbeitsbedingungen verschlechtert werden können bis zur Versklavung aller, die hier eingefangen wurden und die nun nicht mehr zurückgehen können in ihre ursprünglichen Berufe, weil jene früheren Berufe sich verändert haben oder von Proletariern ausgefüllt wurden, die auf tieferer wirtschaftlicher Stufe standen.

Ebenso ist es bei dem Aufbau einer neuen Finca. Die ersten fünf Jahre sind für den Peon in jeder Weise reiche Erntejahre. Diese ersten fünf Jahre genießen zu können, verlockt viele unabhängige Indianer, Peones auf einer neuen Finca zu werden. Sie kommen in der Hoffnung, daß sie ja stets gehen können, wenn die Bedingungen und die Behandlung sich verschlechtern. Aber sobald diese günstigen Bedingungen anfangen, ungünstig oder unerträglich zu werden, können sie nicht mehr fort. Entweder sie sind nun bereits so tief verschuldet, daß sie nicht frei gehen können, oder aber sie sind inzwischen mit der neuen Heimat so verwachsen, daß sie aus verwandtschaftlichen und anderen sentimentalen Gründen nicht mehr unabhängig in ihren Handlungen sind.

13

Es war ein vorzüglicher Trick, den Don Gabriel hier gebrauchte, um sein Geschäft zu beginnen. Der Häuptling, el Jefe, konnte ja nicht wissen, daß es eine Teufelei war, die Don Gabriel beging. Er glaubte den Worten des Don Gabriel, weil er dachte, daß ein Beamter, ein Sekretär des Ortes, den er nun seit mehr als einem Jahr kannte, nicht so bestialisch sein könnte, daß er von dem Aufbau einer Kaffeeplantage oder einer Finca spreche, während er eine Monteria meinte. Mißtrauen mag noch soweit gehen, es findet doch endlich eine Grenze, wo aus rein menschlichen Gründen angenommen werden darf, daß ein Vertrauen in einen Mitmenschen nun nicht länger mehr getäuscht werden kann, weil ja jeder Mensch ein Herz hat und eine Seele und ein Mitempfinden mit seinem menschlichen Bruder. Bei einem Indianer, der in der Natur lebt mit der Natur, der unter seinen Volksgenossen alle seine Handlungen und Geschäfte auf reines Vertrauen stellt, wo keine Papiere beschrieben und bestempelt werden können, weil sie niemand lesen kann, ist die Grenze, wo sein Mißtrauen beginnt, viel weiter gezogen als bei Leuten, die inmitten der Zivilisation leben, wo jeder empfangene Geldbetrag ohne Augenzucken abgestritten und abgeschworen wird, wenn keine Quittung beigebracht werden kann. Darum war es undenkbar für den Häuptling, auch nur für eine Sekunde lang zu vermuten, daß Don Gabriel, den er hier vor sich sitzen sah und den er als einen Freund betrachtete und als einen ehrlichen Beamten, ihn in einer so nichtswürdigen Weise hätte betrügen können, ohne ein deutliches Zeichen von Scham in seinem Gesichte zu verraten. Das angebotene Geschenk des übrigbleibenden Branntweins ließ freilich den Häuptling nicht völlig zur Ruhe kommen. Aber er vermochte die Bestechung nicht zu sehen. Nur wenn er die Bestechung gefühlt hätte, würde er gewußt haben, daß ein Trick im Geschäft eingehakt war.

Während er hinüberging zum Dorf, um mit den Männern zu beraten, mußte er unausgesetzt an den geschenkten Branntwein denken. Aber er kam nicht hinaus über die einfache Erklärung, die ihm durchaus natürlich erschien, daß Don Gabriel ihm den Branntwein nur darum geschenkt habe, weil er ihn nicht forttransportieren wollte und weil er ihn aus reiner Vorsorge lieber in dem Gewahrsam des Häuptlings zurückließ als in den Händen irgendeines beliebigen Mannes im Dorfe. Don Gabriel hätte auch den Branntwein unter die Männer verteilen können. Aber sie würden sich betrunken haben, und es wäre vielleicht zu Unheil im Dorf gekommen. Weil nun Don Gabriel den Branntwein nicht verteilt hatte, sondern ihm, dem Häuptling, in Gewahrsam gab, damit er nach seiner besten Beurteilung damit verfahren möge, glaubte der Häuptling, daß Don Gabriel in Wahrheit ein Freund des Dorfes sei, der verhindern wolle, daß im Dorfe Unheil angerichtet werde, das zu bösen Folgen für viele Familien führen könnte.

Aus den Verschiedenheiten des seelischen Charakters ihrer Rasse heraus, aus den Verschiedenheiten der Verhältnisse und Umgebungen, unter denen beide, sowohl Don Gabriel als auch der Jefe, aufgewachsen waren, sah jeder das Geschenk des Branntweins in einer anderen Weise an, als es gemeint war.

Don Gabriel meinte es als Bestechung, um das Geschäft besser zu ölen, und er glaubte, daß der Häuptling es ebenso als Bestechung annehme. Der Häuptling glaubte, daß es ihm gegeben werde als an den Verantwortlichen seines Volkes, und aus Freundschaft für den Ort, vielleicht als ein freundschaftliches Abschiedsgeschenk. Darum dachte er nicht daran, die Gabe schlicht abzulehnen.

14

Der Häuptling, el Jefe, berichtete den zusammengerufenen Männern des Ortes den Vorschlag des Secretarios in der Weise, wie er ihn verstanden und aufgefaßt hatte. Er war gegenüber den Männern so ehrlich, wie ein Vater gegenüber seinen Kindern ist. Er sagte, daß sich hier für junge Familien eine günstige Gelegenheit biete, wenigstens für die nächsten fünf oder acht Jahre ein besseres Leben zu führen, als es der Ort diesen jungen Paaren versprechen könne. Denn die guten Stücke Land stehen zuerst den älteren Familien, die eine große Zahl von Mäulern zu versorgen haben, zur Auswahl, während die neu hinzukommenden jungen Familien sich nach altem Brauch und wohlerprobtem Herkommen mit dem begnügen müssen, was übrigbleibt. Darüber entsteht kein Streit; denn es wird von allen nicht nur als gerecht angesehen, sondern als der einzige und natürliche Ausweg. Und weil es unter den Verhältnissen, wie sie sind, der einzige Ausweg ist, darum wieder ist es gerecht.

Alle die Männer, die hier im Rat waren, konnten an dem Vorschlag des Sekretärs nichts sehen, was ihnen ungehörig erschienen wäre. Es war billig und gerecht, daß der Sekretär sein ausgeborgtes Geld zurückverlangte. Es mußte ihm auf irgendeine Weise gegeben werden, wenn er es verlangte. Dafür sprachen sich auch die Bürgen aus, die für einen Verwandten oder Freund gegenüber dem Sekretär die Bürgschaft übernommen hatten. Sie drängten darauf, daß die Schuldner ihre Verpflichtungen einlösten. Es hatte ja niemand irgendwen gezwungen, Schulden einzugehen. Daß die ursprünglichen kleinen Schulden durch die seltsamen Zinsverrechnungen des Don Gabriel sich zu ansehnlichen Summen ausgewachsen hatten, betrachteten die Indianer nicht als eine Niedertracht des Gläubigers. Es war ihnen genügend bekannt, daß keinem Menschen, am wenigsten einem Indianer, auch nur ein Peso mit geringem Zins geborgt wird, wenn die Sicherheit für die geborgte Summe so windig ist, daß der Gläubiger stets in Gefahr ist, das ausgeborgte Geld zu verlieren. Fünfhundert Prozent Zinsen sind unter solchen wackligen finanziellen Sicherheiten, wie sie ein Indianer bieten kann, ein offenbar gerechter Satz.

Wer in einem Rat etwas gelten will, muß die Verhältnisse, die ihn umgeben, kennen und verstehen. Schön klingende Phrasen über allgemeine, urewige und unerschütterliche Menschenrechte machen einen Mann im Rat nur lächerlich, weil auch die schönste Phrase sich entweder gar nicht oder nur durch akrobatisches Einquetschen und Zurechtkneten mit den vorhandenen Tatsachen und mit der kalten Nüchternheit des täglichen Lebens in Eintracht bringen läßt.

Das sieht sogar ein einfacher Indianer ein. Und der zuweilen besser als mancher zivilisierte Proletarier, der glaubt, daß sofort die ganze Welt in funkelnden Sonnenschein gebadet sein wird, sobald alle Menschen zugleich an das alleinseligmachende Programm glauben, das so schön auf dem Papier leuchtet und lodernde Begeisterung hervorruft, wenn es in einer Nachtversammlung ermüdeter, hungernder und zerlumpter Proleten mit Nachdruck verlesen wird.

Die beratenden Männer kamen zu dem Ergebnis, daß der Vorschlag des Don Gabriel der einzige sei, der eine Lösung der verwikkelten Lage biete, die geschaffen worden sei dadurch, daß der Sekretär den Ort verlasse und darum alle ausstehenden Schulden einholen müsse. Niemand konnte von ihm verlangen, daß er ihm die Schuld schenke. Das erwartete auch niemand. Alle Forderungen des Sekretärs bestanden zu Recht. Jeder, gleich ob er einer der Schuldner war oder nicht, erkannte das an. Und es war nichts dagegen einzuwenden, daß der Sekretär nun das Geld verlangte. Er hatte niemand sein Geld oder seine Ware aufgedrängt. Als die Schuldner das Geld oder die Ware brauchten, waren sie sehr froh gewesen, daß ihnen geborgt wurde. Sie hatten darum nun kein Recht, ungehalten zu sein, wenn das Geld zurückbezahlt werden mußte, umso weniger, als für jede einzelne Schuld der Tag, an dem sie hätte eingelöst werden sollen, längst überschritten war.

Die Männer einigten sich darüber, welche Burschen die aufgeteilten Schulden übernehmen sollten. Es war aber nicht nötig, den Burschen etwa mit der Macht der Sippe zu drohen, den Kontrakt des Don Gabriel einzugehen. Mehrere Burschen, auf die keine Schuldpflicht gefallen war, weil entweder in ihrer Familie kein älterer Mann mit Schulden sich befand oder weil das Mädchen,

das sie sich zur Frau erwählt, gleichfalls keinen nahen Verwandten hatte, der verschuldet war, kamen freiwillig herbei, um in den Kontrakt zu gelangen, sobald sie hörten, daß es sich um Arbeit in einer neuen Finca handelte, die aufgebaut werden sollte. Sie sahen hier eine Möglichkeit, in kürzerer Zeit zu Geld und damit zu einem Heim zu kommen, als wenn sie am Orte geblieben wären.
Zwanzig kräftige, gesunde und junge Männer bekam Don Gabriel auf einen Hieb aus dem Ort. Sein Geschäft hatte gut begonnen. Er konnte es kaum erwarten, die Augen zu sehen, die Don Ramon machen würde, wenn er mit einem solchen Fang in Hucutsin eintraf.

15

Als sie einige Monate später erkannten, wo sie gelandet waren, protestierten die Burschen gegen die Kontrakte.
Sie hatten unterschrieben, was nach Don Gabriels Worten in den Kontrakten stehen sollte, aber nicht drinstand, weil es ja sonst kein Geschäft für Don Gabriel gewesen wäre. Lesen konnte keiner von ihnen. Der einzige Mensch, der lesen konnte und den sie kannten, war ihr Secretario, Don Gabriel. Es hätte ihnen nachträglich auch ein Licenciado den Kontrakt vorlesen können. Aber der mußte bezahlt werden. Und weil der Kontrakt in Händen des Don Gabriel war, so mußte Don Gabriel gerufen werden. Der Licenciado würde, ehe er mit dem Vorlesen begonnen hätte, erst Don Gabriel gefragt haben, was er vorlesen solle und ob ihm Don Gabriel mehr für ein korrektes Vorlesen des Kontraktes bezahle als die verlausten Indianer, die im Vorzimmer des Licenciado nicht auf Stühlen saßen, sondern nach ihrer Gewohnheit auf dem Boden hockten.
Die Burschen hätten freilich auch zu einer Behörde gehen können, wo sie einen Beamten bitten konnten, ihnen den Kontrakt zu verlesen. Aber immer hielt Don Gabriel den Kontrakt in den Händen. Er wäre mit dem Kontrakt zu dem Beamten gekommen und hätte gesagt: »Como estas, Compadre? Wie geht es dir, Herzbrüderchen? Ich habe hier zehn klingende blanke Duros für dich, zehn gute harte Pesos. Was? Was sagst du? Die Muchachos wollen wissen, was im Kontrakt steht? Habe ich ihnen doch gesagt, als die

Vorschüsse bezahlt wurden. Jetzt, nachdem sie das schöne Geld alles hinuntergegurgelt haben, wollen sie natürlich wieder raus aus dem Kontrakt.«

»Natürlich, kein Wunder«, hätte der Beamte gesagt. »Was willst du denn, daß ich hier vorlese. Kann ich tun, sage mir, wie du es haben willst. Und wenn die Burschen hier Lärm machen, stecke ich sie alle ein, wo ich sie in Sicherheit halte, bis du sie brauchst.«

Sechs Burschen versuchten zu entfliehen. Es waren die, die freiwillig gekommen waren. Die übrigen, die Schulden ihrer Verwandten und zukünftigen Schwiegerväter übernommen hatten, machten keinen Versuch, zu entfliehen, weil es gegen das Vertrauen ihrer Sippe verstieß, nachdem sie einmal die Verpflichtungen eingegangen waren.

Von den sechs Burschen, die entflohen, wurde einer erschossen. Zwei wurden eingefangen und unbarmherzig ausgepeitscht. Zwei verkamen auf der Flucht im Dschungel. Man hörte nie wieder von ihnen.

Einer kam im heimatlichen Orte an. Verwildert, blutig, abgemagert zu einem Bündel Knochen, mit Lippen, die aufgebrochen waren von Fieber. Er erzählte im Ort, wohin die Burschen in Wirklichkeit gebracht worden waren.

16

Don Narciso war nicht mehr Häuptling, als das geschah. Inzwischen war ein anderer Jefe von den Sippen gewählt worden.

Eine Anzahl von Männern kamen eines frühen Abends in die Hütte des Don Narciso, um mit ihm zu reden.

Don Narciso wußte, warum die Männer gekommen waren und was sie mit ihm besprechen wollten.

Es war jedem Mann im Ort bekannt, daß Don Narciso, als er noch Jefe war, von Don Gabriel, dem Sekretär, ein Faß mit Branntwein bekommen hatte. Keiner von den Männern, die jetzt mit Don Narciso sprachen, machte auch nur die geringste Andeutung, daß jener Branntwein eine Bestechung gewesen sei. Auf einen solchen Verdacht kamen sie gar nicht, weil die Ehrenhaftigkeit des Narciso außerhalb jeden Zweifels stand. Er wurde nur gefragt, ob er sich erinnere, daß Don Gabriel ein einziges Mal an irgendeinen Mann

des Ortes ein Gläschen Branntwein fortgegeben habe, ohne dabei eine bestimmte Absicht zu verfolgen.
Narciso sagte ruhig: »Ich kann mich keines einzigen solchen Falles erinnern.«
Er stand auf, sah sich um in seinem Hause, das dürftig von einigen Kienspänen erleuchtet war, ging zu seinem Jüngsten, der auf einem Petate am Boden schlief, betastete dessen Köpfchen, sah sich noch einmal um und folgte dann den Männern hinaus in die Nacht.
Zwei Stunden später brachten die Männer den Leichnam des Narciso in sein Haus geschleppt. Er war mit einem Machete erschlagen worden.
Es war infolge eines bedauerlichen Irrtums geschehen, draußen auf den Feldern, als die Männer Untergestrüpp wegschlagen wollten, um ein junges Maultier, das sich offenbar verlaufen hatte, zu suchen und einzufangen. Jeder im Ort erzählte diese Geschichte nach. Und jeder im Ort wußte, was hinter der Geschichte verborgen lag.
Die Frau und die Töchter des Narciso schrien auf.
Gleich darauf füllte sich die Hütte mit allen Frauen der eigenen Sippe und mit denen der befreundeten Sippen.
Der Leichnam wurde auf einem Gestell aus dünnen Bäumchen aufgebahrt. Die Frau des Narciso wusch ihm das Blut von dem Gesicht; und sie wusch das Haar aus, das von Blut verklebt war, und kämmte es.
Es wurden Kienfackeln gebracht und angezündet.
Dann hockten sich alle Frauen auf den Boden um den Leichnam, verhüllten ihre Köpfe mit dem Rebozo, einige andere mit dem Jorongo und begannen, die Trauerklage zu schreien.
Der Bursche, dem die Flucht aus der Monteria bis in den Ort hier geglückt war, starb vier Tage später. Sein völlig erschöpfter Körper vermochte dem wilden Fieber nicht zu widerstehen.
Die beiden berittenen Jäger der Company, die hinter dem Entlaufenen hergeschickt wurden, um ihn wieder einzufangen und zurückzubringen, fanden ihn aufgebahrt in der Hütte seines Vaters.
Die beiden Monteriapolizisten verlangten, daß der Vater und die Brüder des verstorbenen Burschen, weil er geflohen sei, seine Schuld übernehmen sollten. Sie weigerten sich indessen, und die

Polizisten erklärten ihnen darauf, daß sie es an den Ortsvorsteher von Hucutsin, der für den Vertrag verantwortlich sei, und auch noch an den Jefe Politico berichten würden, die Familie würde dann erfahren, was darauf geschehe.
Ein Sekretär, der den Einfängern für die Monteria hätte behilflich sein können, war nicht anwesend; weil der Jefe Politico seit dem Wegzug des Don Gabriel niemand gefunden hatte, der ihm gefällig genug erschien, ihm das Amt zu übergeben.

17

Der Ort blieb mehr als zwei Jahre ohne Sekretär. Darum vermoderte auch die Tür des Gefängnisses. Über der Amtsstube des Cabildo, wo der Tisch stand mit dem Tintenfläschchen darauf und mit dem Halter, den eine verrostete und verstilzte Stahlfeder verschönte, und wo die Bündelchen von Verordnungen lagen, die sich mit der Wohlfahrt und der Bildung der Indianer befaßten, brach das Dach herunter.
Da die Indianer das Dach nicht ausflickten, blieb es heruntergebrochen und riß weitere Stücke nach.
Die Telephonleitung war in Ordnung. Auch die Apparate in der Amtsstube, soweit sie von dem herunterfallenden Dach nicht getroffen wurden, schienen in guter Verfassung zu sein.
Aber es war niemand da, der sich die Mühe machte, zu telephonieren. Trotzdem blieb die Sonne am Himmel stehen. Trotzdem wuchs der Mais auf den Feldern. Trotzdem gebaren die indianischen Frauen ihren Männern Kinder und Kinder. Die Männer im Dorf wurden gut mit sich allein fertig. Nicht einem einzigen von ihnen kam je der Gedanke, daß sich der Ort ja in der tieftraurigen Lage befände, keinen Secretario zu haben, der hergeschickt war, um zu regieren.
Keiner von ihnen dachte auch nur einen Augenblick daran, daß die Welt untergehen könne und die Menschheit verschwinde, wenn sie nicht regiert werde.
Aus diesem Grunde fiel es nie jemand ein, weder dem Häuptling noch einem der beratenden Männer, an den Gouverneur oder an den Jefe Politico einen untertänigen Bericht zu schicken und die Herren daran zu erinnern, daß hier am Orte ein Secretario fehle

und daß der Ort infolgedessen keinerlei Verbindung mit der hohen Regierung habe.
Geronimo, der jetzt Häuptling im Orte war, sagte eines Tages, als die Männer über der Neuverteilung des Kommunelandes unter den neuen Familien zu Rate saßen: »Ich wünschte wohl am besten, daß die Regierung uns dauernd vergäße. Ich habe gesagt, was ich zu sagen hatte, meine Brüder und Freunde.«

NEUNTES KAPITEL

1

Wie das häufig so geht in dieser Welt, wo ein lieber Gott die Geschicke der Menschen nur zu deren Besten leitet und in seinen Handlungen niemals einen Fehler begeht, so war auch in diesem Falle das Glück beständig auf seiten des Don Gabriel, während die Unschuldigen und die Geplagten alles Unglück zu ertragen hatten, das nur immer von irgendwoher und durch irgend etwas auf sie herunterschmetterte. Das ist eine weise Fügung des Höchsten, die kein Mensch auf Erden zu kritisieren das Recht hat. Denn je unverständlicher ein Vorgang für den Menschen ist, um so mehr ist es gewiß, daß Gott in seiner großen Weisheit und in seiner ewigen unerforschlichen Menschenliebe jenen unverständlichen Vorgang gebraucht, um bestimmte, nur ihm bekannte Zwecke irgendwo in einem Spiralnebel im Universum zu verfolgen.
Aus diesen hiermit wohlbegründeten Ursachen heraus trug es sich zu, daß Don Gabriel vom Glück so verfolgt wurde, daß er ihm nicht ausweichen konnte. Es verging kaum ein Tag, an dem es ihm nicht gelang, einen Mann mehr in den Kontrakt zu bringen. Und mit jedem einzelnen Mann, den er einfing, vergrößerte sich sein Vermögen um fünfundzwanzig bis sechzig Pesos.
Er nahm die Burschen, die er kontraktlich verpflichten konnte, nicht gleich mit sich. Er hätte sie dann auf alle Fincas und durch alle Orte mit sich schleifen müssen.
Sobald er jemand im Kontrakt festhielt, machte er den Ortssekretär oder den Finquero oder den Polizeichef haftbar für das rechtzeitige und sichere Eintreffen des Mannes am Tage des Candelaria-Heiligenfestes in Hucutsin, wo alle angeworbenen Männer gesammelt wurden, um von hier aus, der äußersten Grenze der Zivilisation, zu den Monterias in Marsch gesetzt zu werden.
Die Ortssekretäre, Ortsvorsteher, Finqueros oder Polizeichefs bekamen von dem Agenten die Schulden oder die Geldstrafen ausbezahlt, für deren Betrag der Mann übernommen wurde, um die Schuld in einer Monteria abzuarbeiten.
Der Werbeagent war geschickt genug, niemals die volle Summe

sofort an den Gläubiger des verschuldeten Indianers auszubezahlen. Es wurde nur ein Viertel etwa sofort bezahlt. Dadurch wurde es für die Agenten möglich, mit geringen Summen zu arbeiten. Der Rest des Schuldbetrages wurde von den Agenten erst dann den Gläubigern der Indianer ausgehändigt, wenn die angeworbenen Leute in der Monteria angelangt waren. Dann erhielten die Agenten ihre Schecks, die sie in Jovel oder in Tullum einlösten, und nun besaßen sie genügend Geld, um die Restbeträge der übernommenen Schulden der angeworbenen Indianer zu begleichen.
So bestand kaum irgendeine Gefahr für den Agenten, daß er sein Geld verlieren könne; und es geschah nur ganz selten, daß einer von den angeworbenen Arbeitern nicht eintraf. Das kam nur dann vor, wenn er gestorben war in der Zeit zwischen dem Anwerben und dem Tage des Candelariafestes. Weigerte sich der Mann aus irgendeinem Grunde, rechtzeitig den heimatlichen Ort zu verlassen, um zu bestimmter Zeit in Hucutsin eintreffen zu können, so verfiel er der Strafe für den Kontraktbruch, das schwerste Vergehen, das ein indianischer Arbeiter unter der Diktatur begehen konnte. Ein Indianer, der einen Volksgenossen, also einen anderen Indianer, ermordet hatte, galt als weniger strafwürdig denn ein Indianer, der kontraktbrüchig geworden war.
Ob ein Indianer mehr oder weniger in Mexiko, oder sonst irgendwo auf dem amerikanischen Kontinent, am Leben war, das war unwichtig. Sie vermehrten sich reichlich genug, wenn auch vier Fünftel der Kinder wegstarben, ehe sie zwölf Jahre alt waren. Wichtig, ungemein wichtig dagegen war es, daß die fremden Kompanien, die den Reichtum des Landes ausbeuteten, stets genügend Arbeiter bekamen. Das wurde ihnen in den Konzessionen und Lizenzen ausdrücklich zugesichert. Kontraktbruch eines indianischen Arbeiters galt als Hochverrat. Darum wurde Streik mit dem Tode bestraft, weil es Kontraktbruch vor und mit versammelter Arbeiterschaft war. Ein kontraktbrüchiger Indianer vermindert die Ausfuhr. Verminderte Ausfuhr verschlechtert den finanziellen Ausgleich des Landes mit anderen Ländern. Damit wird das Vaterland an das Ausland, das immer der Feind ist, weil es ja das Ausland ist, ausgeliefert. Somit ist Kontraktbruch des indianischen Proletariers Hochverrat.

Verließ also ein Indianer, der in Kontrakt stand, den heimatlichen Ort nicht zu rechter Zeit, so wurde er von der Polizei oder den Soldaten eingefangen. Die Kosten des Einfangens wurden ihm auf das Schuldkonto gesetzt. Wenn er großes Glück hatte und ihn Gott unter seine Fittiche nahm, dann bekam er nur fünfzig unbarmherzige Hiebe; hatte er jedoch Schwierigkeiten beim Einfangen gemacht, erhielt er zweihundertfünfzig, und wenn ihn die Jungfrau ganz und gar verließ und nichts mehr von ihm wissen wollte, fünfhundert.

So erscheint es nicht nötig, eingehend zu erklären, warum die Agenten nie in Sorge waren, daß die angeworbenen Leute am letzten Nachmittag vor dem Tage des Generalabmarsches in den Dschungel beim Verlesen der Listen etwa nicht anwesend sein möchten. Kam einer nicht, so war in fünfundneunzig von hundert Fällen anzunehmen, daß er tot war oder ein Bein oder einen Arm verloren hatte und dadurch für die Monteria und somit auch für das Vaterland wertlos geworden war.

2

Don Gabriel hatte ein solches Glück, daß er gerade zu rechter Zeit nach Pebvil kam, wo ihm ein guter Fang in das Netz lief.

Pebvil war ein Ort, so unabhängig und so selbstherrlich, daß Don Gabriel nie daran dachte, hier auch nur einen einzigen Mann zu bekommen.

Zu dem Orte gehörten etwa fünfzehntausend unabhängige Indianer, die auf weiten Räumen sich verteilten, die aber Pebvil als ihre Hauptstadt betrachteten. Hier waren der Cabildo und eine Kirche. In dem Cabildo wohnte und amtierte der Sekretär. Der Pueblo, die federative Gemeinschaft der Sippen, wurde von einem indianischen Jefe geleitet.

Alle Versuche der Spanier, den Pueblo aufzulösen und aufzuteilen in Fincas und Domänen, waren in den dreihundert Jahren der spanischen Herrschaft fehlgeschlagen. Der Pueblo war zu stark. Wo einzelne Gruppen und Sippen nicht widerstehen konnten, wichen sie aus. Waren die Soldaten fort und hatte sich ein Finquero angesiedelt, so wurde er ermordet oder vertrieben. Die Spanier gaben es auf, den Pueblo zu unterjochen. Die spanischen Gouverneure, gut beraten von Kaufleuten und Handwerkern spanischer Herkunft, kamen endlich zu der Überzeugung, daß es allen Geschäften und einem friedlichen und erfolgreichen Handel und Verkehr dienlicher sei, die Unabhängigkeit des Pueblos anzuerkennen und mit den Angehörigen des Volkes in Eintracht zu leben, ihnen ihre Produkte abzukaufen und ihnen dafür andere Waren zu verkaufen. Beide, sowohl der indianische Pueblo als auch der große mexikanische Ort, der jenem Pueblo am nächsten lag und darum der Zentralmarkt für den Pueblo war, gediehen bei dieser friedlichen gegenseitigen Respektierung vorzüglich. Die Hälfte alles Handels der mexikanischen Stadt bezog sich schließlich auf jenen Pueblo.

Pebvil war der federative Name für vier Stämme, die alle die gleiche Sprache redeten, alle die gleichen Sitten und Traditionen besaßen, sich in gleicher Weise kleideten und so miteinander befreundet waren, daß Burschen aus dem einen Stamm in jeden beliebigen der übrigen drei Stämme einheiraten durften, wenn ihnen aus dem anderen Stamm ein Mädchen zusagte und das Brautwerbegeschenk an den Vater ihrer wirtschaftlichen Leistungsfähigkeit entsprach.

Der Platz, wo sich die Kirche und der Cabildo befanden und wo einige dreißig Familien wohnten, erhielt den federativen Namen Pebvil, nach welchem Namen die ganze Nation bezeichnet wurde. Dieser Platz war der politische Mittelpunkt der Nation. Hier kamen die Sippen zu dem Jahresfeste, und hierher sandten die einzelnen Stämme und Sippen ihre erwählten Männer zu den Beratungen.

Von diesem politischen Zentralplatz aus gruppierten sich die verschiedenen Stämme, oder Barrios, nach vier Richtungen hin. Es wohnten meist nur drei bis zehn Familien in einer Gruppe beieinander. Die nächste Gruppe wohnte, je nachdem wie es das Gelände zuließ und die Ergiebigkeit der Äcker es gestattete, dreihundert bis mehr als tausend Schritte nach jeder Richtung hin von der nächsten Gruppe entfernt.

Alle diese Gruppen von drei oder vier Familien bildeten je nachdem, ob sie innerhalb der nördlichen, östlichen, südlichen oder westlichen Gemarkungen lagen, je einen Barrio im Norden, Süden, Osten und Westen. Jeder Barrio hatte seinen uralten indianischen Namen. Aber unter dem Einfluß der katholischen Religion, und damit der Teufel weniger Macht und Unheil ausüben konnte, wurde jedem alten indianischen Namen ein frommer Name vorgesetzt. So hieß der eine Barrio San Andres, der andere San Marco, der nächste San Pedro und der vierte San Miguel. Jeder einzelne dieser Barrios veranstaltete eine Feria, ein großes Fest, wenn der Schutzpatron des Ortes, also San Marco oder San Pedro, seinen Tag im Kalender hatte.

Jeder Barrio, oder jeder Stamm, besaß seit uralten Zeiten seine eigene Industrie, die von allen übrigen Stämmen respektiert wurde. Es wurde niemals von einem Stamme versucht, in die Industrie des anderen Stammes hineinzuarbeiten. Der eine Barrio fertigte Töpfe und andere Tonwaren, der zweite fertigte Hüte, der dritte Körbe und Matten und der vierte Wolldecken. Kein Individuum der Nation fertigte sich seinen eigenen Hut an. Es war Brauch und Sitte, den Hut von dem Stamm zu kaufen, der das uralte Privileg hatte, Hüte anzufertigen. So gebrauchte auch keine Frau in der Nation einen Topf, der nicht in jenem Stamm angefertigt worden war, der das Vorrecht besaß, die Töpfe und Schüsseln für die Volksgenossen herzustellen. Und das wurde so getan, obgleich jeder Indianer befähigt ist, sich selbst seinen Hut zu machen, sich selbst seinen Petate zu flechten, sich selbst seine irdenen Küchengeschirre zu formen und zu brennen.

Es gibt bei den Indianern, die unabhängig leben, beinahe ebenso viele Regierungsformen, wie es Nationen und Sprachen gibt. Es gibt Caciques oder Jefes, die auf Lebenszeit gewählt werden, mit der Einschränkung, daß sie abgesetzt werden können, wenn sie sich unfähig ihres Amtes zeigen; es gibt Caciques, die nicht gewählt werden, sondern die langsam aus niederen Stufen eines Amtes aufrücken; es gibt Regentschaften, die nicht aus einem Präsidenten bestehen, sondern aus vier Männern mit gleichen Rechten und Pflichten; es gibt Caciques, deren Amtszeit vier Jahre währt, und es gibt solche, deren Amtszeit nur ein Jahr dauert; es gibt Nationen, wo ein Mann, der einmal Cacique gewesen ist, nie wieder in seinem ganzen Leben in dieses Amt gewählt werden kann, wäre er auch noch so tüchtig; in anderen Nationen dagegen kann ein Mann erneut gewählt werden, nachdem wenigstens zwei, drei, vier oder mehr andere Caciques amtiert haben, seit er das letztemal Cacique war. In einigen Nationen kann niemals ein Mann erwählt werden, dessen Vater einmal Cacique gewesen ist. So verschieden auch alle diese Formen sein mögen, so sind sie alle ohne Ausnahme in ihrer Basis republikanischer und demokratischer Natur.

In Pebvil nun war noch ein anderes System in Geltung. Es hätte, würde man eine Untersuchung mit Erfolg anstellen können, sicher zurückgeführt werden können auf jenen Tag, als hier in dieser Region die Nation auf der Suche nach neuer Erde eintraf, sich ansiedelte und von Anbeginn die vier Sippschaften jene vier Gemarkungen besetzten, die sie heue noch hielten. Aus Nützlichkeitsgründen und besserer Verteidigung wegen gegenüber anderen Nationen in der Nachbarschaft bildeten die vier Sippen eine Federation, bei der jede Sippe ihre Selbständigkeit behielt.

Um sowohl den Rechten und Eigenheiten jeder einzelnen der vier Sippen gerecht zu werden als auch die Einheit und Kraft der Federation zu wahren, beschlossen die Männer im Rat der Nation folgendes: Der Häuptling der Nation wird in jedem Jahr neu erwählt. Wer einmal Cacique war, kann es nicht zum zweiten Male werden. Die Amtszeit dauert ein Jahr. In jedem Jahr hat ein anderer Barrio den Cacique zu wählen. Nur Angehörige des Barrios, der in diesem Jahr den Cacique zu stellen hat, dürfen wählen. Der amtierende Cacique nimmt während seiner Amtszeit Wohnsitz im Zentralort der Federation, wo ihm gutes Land zugewiesen wird, das er mit seiner Familie bebauen kann. Eine Vergütung für sein Amt erhält er nicht. Für Fehler in seiner Verwaltung ist er den Abgesandten aus allen vier Stämmen der Nation verantwortlich.

Die Zeremonie der Amtseinsetzung des neuen Häuptlings vollzog sich in merkwürdiger Weise.

Am sechsten Tage, nachdem die Sonne in ihrem Lauf wieder zu steigen begann, nach unserem Kalender etwa am siebenundzwanzigsten oder achtundzwanzigsten Dezember, wurde die Feier der Amtseinsetzung vorgenommen.

Die Zeremonie hat sich heute völlig unserem Kalender angeglichen, so daß sie jetzt stets am ersten Januar stattfindet.

Frühmorgens um sechs Uhr kommt der ganze Stamm, der in dem neuen Jahr den Häuptling stellt, auf dem Platze vor dem Cabildo anmarschiert und bringt den erwählten Häuptling mit sich. Es steht allen Angehörigen der übrigen drei Barrios frei, sich gleichfalls zur Feier einzufinden.

Einige Männer laufen zur Kirche und läuten die Glocken. Ein Pfaff ist nicht am Orte. Er macht die höchst beschwerliche Reise in diesen abgeschiedenen Ort eines hohen felsigen Gebirgslandes nur einmal im Jahr, um eine rasche Messe herunterzurasseln, Kinder zu taufen, Ehen, die ein halbes Jahrhundert an Zeit und an sündigen Genüssen alt sind, einzusegnen, Gräber, deren genaue Lage nicht mehr festzustellen ist, mit Weihwasser zu bespritzen, allen Schäflein, den menschlichen sowohl als auch den wolligen, den apostolischen und allein wirkungsvollen Segen zu verabfolgen und die Gelder für das Messelesen, Taufen, Segnen, Weihwasserverplempern und für das Vergeben der befriedigten Gelüste auf ungeweihten und ungesegneten Ehepritschen einzukassieren. Zu dem Fest der Amtseinsetzung des neuen Häuptlings erscheint der Señor Cura nicht, weil an diesem Tage, dem Neujahrstage, der Dienst im Weinberge des Höchsten sich in der Kirche eines großen Ortes im Staate ertragreicher gestaltet.

Während nun, anläßlich der Amtsübergabe, die Glocken läuten, werden Feuerwerkskörper abgebrannt. Es wird musiziert, getanzt und fröhlich herumgelärmt.

Der neugewählte Häuptling wird vor dem Portal des Cabildo von den bevorzugten Männern seines Stammes dem abtretenden Häuptling und dessen Räten vorgestellt. Mit dieser Vorstellung ist die Prüfung der Wahldokumente vollzogen.

Der zurücktretende Häuptling hält eine Rede in indianischer Sprache, die in poetische Form gesetzt ist und die offenbar sehr alt sein mag.

Der neue Häuptling antwortet darauf bescheiden und höflich. Auch seine Rede ist in indianischer Sprache, und auch er bedient sich der alten Reime, die für diese Handlung, wahrscheinlich seit tausend Jahren oder länger, vorgesehen sind.

Nachdem unter vielen Zeremonien endlich der Amtsstab übergeben ist, wird ein Stuhl gebracht.

Dieser Stuhl ist niedrig. Er ist aus bastartigem Holz gefertigt und erscheint wie Flechtwerk. Der Sitz jedoch ist ausgehöhlt, in der Größe des Gesäßes.

Unter Lachen und fröhlichen Scherzen und derben Witzen der Männer, die in Mengen der Zeremonie beiwohnen, streift der neue Häuptling nun seine weißen Baumwollhosen halb herunter und setzt sich mit dem unbekleideten Gesäß in die Öffnung des Stuhles.

Er trägt den Ebenholzstab mit dem silbernen Knopf, den Amtsstab, im rechten Arm, und er sitzt nun würdevoll auf dem Stuhl, das Gesicht allen Männern der Nation, die vor ihm stehen, zugekehrt.

Er sitzt da, so ernst und majestätisch, als wolle er seine erste feierliche Amtshandlung beginnen.

Das Scherzen und Lachen der umstehenden Männer verstummt nun für eine Weile. Es macht den Eindruck, als wollten sie alle in Andacht den ersten bedeutenden Worten ihres neuen Häuptlings zuhören.

Aber nunmehr kommen drei Männer herbei, die zu dieser Feier von jenem Stamm hergeschickt wurden, der im folgenden Jahr den Cacique zu wählen hat.

Diese Männer tragen einen irdenen Topf, in dessen Seiten zahlreiche Zuglöcher eingebohrt sind. Der Topf ist mit glühenden Holzkohlen gefüllt, die infolge jener Zuglöcher tüchtig am Glühen bleiben.

Mit einer gereimten Rede in indianischer Sprache erklärt der Mann, was der Zweck der Handlung sei, die er jetzt vornehme. Sobald er seine Rede beendet hat, stellt er den Topf mit den glühenden Holzkohlen unter das unbekleidete Gesäß des neuen Häuptlings.

In der Rede hat der Mann gesagt, daß dieses Feuer unter dem Hintern des Häuptlings, der würdig auf seinem Amtssessel sitze, ihn daran erinnern möge, daß er nicht auf diesem Stuhle sitze, um sich auszuruhen, sondern um für das Volk zu arbeiten, er solle lebendig bleiben, selbst wenn er auf dem Amtssessel sitze; ferner solle er nicht vergessen, wer ihm das Feuer unter den Hintern gelegt habe. Es habe ihm der Stamm das Feuer untergelegt, der im nächsten Jahr den Häuptling stelle, und es sei geschehen, um ihn schon heute daran zu erinnern, daß er kein Kleber werden möge, daß er das Amt aufzugeben habe, sobald seine Zeit abgelaufen sei, um lebenslängliche Herrschaft und Diktatur, die dem Gedeihen eines Volkes schädlich sei, zu verhindern. Sollte er dennoch klebenbleiben wollen, dann würde man ihm ein Feuer unter den Hintern legen, groß genug und lange genug, daß weder von ihm noch von dem Sessel etwas übrigbleiben werde.

Sobald der Topf mit den glühenden Holzkohlen untergestellt ist, werden gereimte Sprüche aufgesagt, von je einem Manne aus dem Stamme, dessen Erwählter jetzt zurücktritt, einem Manne aus dem Stamme, der im nächsten Jahre den Jefe erwählt, und einem Manne aus dem Stamme des neueingesetzten Cacique.

So lange diese Sprüche nicht beendet sind, darf sich der neue Häuptling von seinem Sitz nicht erheben.

Es hängt von seiner Beliebtheit oder Unbeliebtheit als Volksgenosse ab, ob die Männer, die jene Sprüche aufsagen, die Reime langsam und bedächtig heruntersingen oder mit einer solchen Eile, wie gerade noch zulässig ist, um nicht die Absicht ganz offen zu verraten. Wenn es dem Manne, der seinen Spruch zuletzt aufsagt, so erschienen ist, als hätten die beiden Männer, die vor ihm sprachen, zu schnell geredet, so kann er den angerichteten Schaden durch verdoppelte Langsamkeit in seiner Rede reichlich wieder wettmachen.

Der Häuptling, was immer er auch fühlen mag, wird durch keine Miene oder Geste offenbaren, wie nahe ihm die Hitze ist.

Ganz im Gegenteil. Wenn die Sprüche alle aufgesagt sind, dann springt er nicht etwa gleich auf, erfreut darüber, daß die Anwärmung nun vorüber ist, sondern er bleibt noch eine gute Weile sitzen, um anzudeuten, daß er vor den Schmerzen, die ihm sein Amt vielleicht bereiten könne, nicht davonzulaufen gedenke. Oft genug macht er jetzt sogar noch Scherze. Und das steigert die Belustigung der Männer, die ihm zusehen und die so gierig darauf warten, daß er ein Zeichen von Unbehaglichkeit offenbaren möchte, um ihn auslachen zu können. Aber je lustiger seine Scherze sind und je länger er sitzen bleibt, um so mehr gewinnt er auch an Achtung und Vertrauen unter den Männern.

Seine Scherze suchen die Lächerlichkeit auf andere Männer zu lenken. Er sagte zum einen: »Schwächling, du hast ja keine Lungen, wie willst du denn deiner Frau eine gute Suppe eintropfen, wenn du zu schwach bist, hier das Feuer unter meinem Ursch anzublasen, daß ich doch endlich einmal warm werde unter dem Loch. He, du, Elizeo, komm her und schabe das Eis ab, das sich auf meinem Nacken anwurzelt.«

Die Kohlen sind nun auch so ziemlich verglüht.

Langsam erhebt sich der Häuptling. Aber das Eis, von dem er sprach, ist nicht ganz so unschuldig. Die Haut hat heftig Blasen gezogen, und an mehreren Stellen ist reichlich gebrannte Kruste, die man weit genug riechen kann.

Ein Freund kommt herzu, reibt ihm das Gesäß mit Öl ein und legt dann einen Verband mit weichgequetschten Blättern über, während ein anderer ihm große Gläser Tequila einschenkt.

Wochenlang vergißt der neue Häuptling nicht, was er unter seinem Sitz hatte. Das hilft ihm in den ersten Monaten seiner Amtszeit beträchtlich darin, das Amt so zu führen, wie es von der Nation bei seiner Wahl erwartet wurde. In beinahe allen Fällen bleiben genug Narben auf jenem abgelegenen Körperteil zurück, daß er nicht nur bis in sein höchstes Alter hinein durch ein unverwüstliches Dokument beweisen kann, einmal die Ehre gehabt zu haben, Häuptling in seiner Nation gewesen zu sein, sondern auch, daß er nicht daran denkt, sich gegen die Sitten seines Volkes ein zweites Mal zu diesem Amt wählen zu lassen.

Es wäre den Proletariern wohl ernsthaft zu raten, jene gut ausgeprobten indianischen Wahlmethoden anzuwenden, insbesondere gegenüber den Beamten ihrer gewerkschaftlichen und ihrer politischen Organisationen. Nicht nur in Rußland, wo es am nötigsten ist, sondern auch in allen übrigen Ländern, wo Marx und Lenin zu Säulenheiligen erklärt wurden, könnten kämpfende Proletarier bei weitem sicherer ihnen nützliche Erfolge erzielen, wenn sie ihren Führern jährlich ein heftiges Feuer unter den Hintern legen würden. Kein Führer ist unersetzbar. Und je häufiger neue Führer auf einen glühenden Sessel gesetzt werden, um so lebendiger bleibt die Bewegung. Nur nicht zaghaft sein, Proletarier. Erst recht nicht sentimental.

3

Eine Diktatur oben macht Diktaturen unten unvermeidlich. Don Porfirio ließ sich alle vier Jahre, wenn seine Amtszeit als Präsident abgelaufen war, erneut wählen. Die Clique, die unter seiner Regentschaft fett und fetter wurde, wählte. Wer unter seiner Regierung nicht fett wurde, hatte kein Wahlrecht. Ihm hatte, als er zum ersten Male gewählt wurde, der Feuertopf unter dem Ursch gefehlt, um ihn daran zu erinnern, daß es auf Erden nicht nur einen Menschen gibt, der die Geschicke eines Volkes zu leiten vermag, sondern daß jeder zehnte Mann in einem jeden Volke fähig ist, zu regieren. Es ist nichts Mysteriöses im Regieren. Es ist viel schwerer, eine brauchbare Maschine zu konstruieren, als ein Volk zu regieren, wo die Maschinerie gebrauchsfertig dasteht und läuft. Regieren wird als eine tief mysteriöse Kunst bezeichnet, um Revolutionäre abzuschrecken und den schlichten Untertan nicht sehen zu lassen, wie wenig man zu können und um wieviel weniger man zu wissen braucht, um regieren zu können. Wie viele Trottel und Idioten haben Völker ein halbes Jahrhundert hindurch segensreich und friedlich regiert.

Don Porfirio hielt sich für den besten, größten und intelligentesten Staatsmann auf Erden. Darum betrachtete er es als selbstverständlich, daß er immer wieder neu gewählt wurde. Und weil das oben so war, darum wurde es unten so nachgemacht. Die Gouverneure, Bürgermeister, Polizeichefs, Minister und Ingenieure blieben im Amt, bis der Tod das Volk von ihnen erlöste. Ein Verfallen in Gehirnlähmung oder Idiotie oder Infantilismus war kein ersichtlicher Anlaß, sie zur Ruhe zu setzen. Sie hätten Ruhegelder beansprucht. Es war für die Finanzen des Staates besser, die Herren im Amte zu lassen, bis sie beerdigt wurden, als ihr Gehalt an zwei Leute zu zahlen, an den pensionierten und an den amtierenden.

4

In Pebvil war Don Abelardo Secretario, und Don Amalio war Cacique der Indianer. Er war für das gegenwärtige Jahr der erwählte Jefe des Barrio San Andres.
Der Jefe, Don Amalio, war trunksüchtig. Ein anderer Fehler war, daß er sich leicht von Don Abelardo, dem Secretario, beeinflussen ließ. Don Abelardo verstand es, den Jefe nach und nach ganz auf seine Seite zu bringen. Er versprach, daß, wenn er gut mit der Regierung arbeite, er den Gouverneur des Staates veranlassen werde, ihm ein großes Stück Land bester Erde zuzuweisen, das einer Hacienda abgenommen werden würde, die im Westen an das Gebiet der indianischen Nation grenzte.
Der Sekretär war sehr geschickt in seinem Vorschlage. Er wußte, der Jefe der Indianer würde sein Volk nicht verraten und nicht verkaufen. Wenn jedoch der Jefe, durch sein gutes Zusammenarbeiten mit der Regierung, ein großes Stück neuer Erde für die Nation hinzugewinnen konnte, so geschah das zugunsten der Nation. Er würde sich mit seiner Familie auf das neue Land begeben, und dadurch würde das Land, das er jetzt besaß, frei für eine neue Familie.
Don Abelardo riet dem Cacique, im Pueblo nichts von diesem Vorschlage zu erzählen, um nicht unnötige Erregung hervorzurufen; denn sollte es geschehen, daß der Gouverneur vielleicht ein anderes Stück Land, etwa im Osten der Region, geben würde, dann würde das Volk glauben, daß es übervorteilt worden sei, weil es schon damit gerechnet habe, daß jenes neue Land im Westen läge. Das gäbe nur Reden und Verhandeln, mit dem niemand gedient sei. Obgleich der Grund, den der Secretario angab, durchaus nicht klar ausgearbeitet war und nur sehr lose mit dem Sachverhalt zusammenhing, so glaubte der Cacique doch, daß der Sekretär recht habe, wenn er ihm rate, über den Vorschlag nichts an seine Volksgenossen zu berichten.
Der Jefe sollte, nach dem Willen des Sekretärs, gut mit der Regierung zusammenarbeiten. Damit meinte aber der Sekretär, daß der Indianer gut mit ihm selbst wirtschaften solle, denn er war ja die Regierung hier. Wenigstens betrachtete er sich als die Regierung.

Wenn Proletarier gut mit den Kapitalisten und den bürgerlichen Parteien zusammenarbeiten, so heißt das immer und seit hundert Jahren, daß der Arbeiter die Kosten für das gute Zusammenarbeiten bezahlt. Ebenso ist es mit den Indianern. Wenn sie gut mit den Beamten zusammenarbeiten, dann geht es über ihr Fell her.

5

Mit Hilfe des Cacique, der nicht intelligent genug war, die Taktik des Sekretärs rechtzeitig zu durchschauen und auch dem Branntwein nicht widerstehen konnte, wenn er ihn vor sich sah, und der von Natur aus im Charakter schwächlich war, gelang es dem Sekretär, große Erfolge auf dem Gebiete des Regierens zu erzielen. Er ließ den Jefe Politico, den Gouverneur, die Staatsregierung und die Federalregierung reichlich von dem Regieren abhaben, denn je mehr er jenen Stellen zukommen ließ, um so weniger dachte irgend jemand daran, seine Amtsgeschäfte einmal näher zu untersuchen.

Es liefen bei dem Gouverneur Beschwerden über Beschwerden ein hinsichtlich der rücksichtslosen Verwaltung der Nation durch den Secretario. Klage über ungerechte Besteuerung, Klagen über Konfiskation von Vieh oder Feldfrüchten, die von den Indianern zu Markte gebracht werden sollten, ihnen aber von dem Sekretär abgenommen wurden als Bezahlung für Steuern oder Geldstrafen, von deren Vorhandensein sie erst durch die Konfiskation erfuhren. Ganze Trupps von Männern wurden weit hinweg kommandiert, um an Straßen und öffentlichen Gebäuden zwangsweise zu arbeiten, ohne dafür Lohn oder Essen zu bekommen. Die Löhne, die auf die Arbeit der Indianer entfielen und die dem Staat oder der Federalregierung auf Rechnung gesetzt wurden und im Budget erschienen, um von den Steuern des Volkes bezahlt zu werden, wurden aufgeteilt unter dem Gouverneur, dem leitenden Regierungsingenieur und dem Secretario, der die Leute stellte. Dem Indianer, der die Arbeit tat, wurde als Trost gesagt, er dürfe froh sein, daß die Regierung ihn und seine Familie am Leben lasse und daß er weder Recht noch Anspruch auf irgend etwas von dieser Erde habe, weil ihn niemand gerufen habe, auf dieser Erde zu erscheinen.

Wenn in der Stadt ein Fabrikant Leute brauchte oder ein Händler, der mit seinen Waren über Land reiste, wollte die Ausgaben für Tragmules sparen, dann schickte er einen Boten an den Sekretär, der ihm die erforderliche Anzahl von Männern am nächsten Morgen vor die Tür schickte. Für den Fabrikanten die Arbeiter und für den Händler die Burschen, die die Arbeit der Tragmules übernahmen. Der Secretario bekam die Löhne für die Leute, die er schickte, während die Indianer, freie Bürger der Republik, auch noch das Essen für sich mitbringen mußten.
Alle diese Dinge konnte der Secretario nicht allein ausführen. Es stand ihm keine Befehlsgewalt über die unabhängigen Indianer zu. Die Befehlsgewalt war in den Händen des Jefe der Indianer. Nur der Cacique konnte seinen Volksgenossen unmittelbar befehlen.
Das war sehr geschickt von der Regierung eingerichtet worden. Denn hätte die Regierung den Nationen Befehle gegeben, so wären mehr Soldaten zum Unterdrücken der Rebellionen der Indianer notwendig gewesen, als die Regierung dem Kriegsministerium je hätte bezahlen können.
Der Sekretär hatte stets Verordnungen irgendwelcher Art zur Hand, mit denen er bewies, daß die Nation soundso viel Mann zu öffentlichen Arbeitern zu stellen habe dafür, daß die Regierung das Kommuneland der Nation respektiere und nicht konfisziere, daß sie ferner dem Indianer gestatte, auf den Wegen des Staates zu wandern, daß sie ihm gütigst erlaube, seine Feldfrüchte und sein Vieh auf den Markt zu bringen und dort für jeden Verkauf die fällige Steuer zu zahlen, daß sie ihm nicht verbiete, Feste in seinem Orte zu feiern, daß sie ihm die Freiheit gebe, Branntwein zu trinken, wenn er ihn bezahle, und daß sie nicht gedenke, ihm das Fisch- und Jagdrecht innerhalb ihrer Region zu untersagen.
Alle diese Rechte, die freilich der Indianer von selbst besitzt, solange es eine amerikanische Erde gibt, mußten ausdrücklich von der Regierung täglich neu erkauft und neu bestätigt werden. Wäre das nicht so, brauchte man ja keine Regierung.
Der indianische Jefe konnte nichts anderes tun, als den Verordnungen der Regierung gehorchen und ihnen so zu gehorchen, wie sie der Secretario, der lesen und schreiben konnte, auszulegen und

auszudeuten beliebte. Hätte der Cacique sich geweigert, die Bestimmungen der Regierung anzuerkennen, so würde ihm die Regierung die Anerkennung als Jefe seiner Nation einfach versagen.

6

Die Indianer brachten oft genug hochintelligente und begabte Männer als ihre Jefes herbei, Männer, die so gute Diplomaten waren, daß sie, ohne sich der Regierung offen zu widersetzen, so sparsam mit Arbeitskräften und Geldern waren, die sie der Regierung zubilligten, daß ihre Nation während ihrer Amtszeit an Wohlstand zunahm und keine groben Ausbeutungen und Ungerechtigkeiten an den Volksgenossen verübt werden konnten.
Gute Diplomaten mußten die Jefes sein. Sie hatten immer drei Parteien mit sich auszugleichen, die Regierung, den Sekretär und das eigene Volk. Wenn man schon von Regierungskunst wirklich sprechen will, so hatte der Jefe einer großen unabhängigen indianischen Nation unter diesen Verhältnissen zehnmal mehr diplomatische und regierungstechnische Begabung nötig als der Mann, der an der Spitze der Republik stand. Der Jefe wird von seinen Volksgenossen für Fehler, die er begehen sollte, in keiner Weise entschuldigt. Für jeden von ihm begangenen Fehler wird er zur Verantwortung gezogen. Seine Aufgabe, mehr noch seine Pflicht ist es, zwischen den drei Parteien so zu regieren, daß sein Volk nicht nur nicht zerrieben wird, sondern wächst, und daß ihm auch nicht ein einziger Vorwurf gemacht werden kann, er habe an dieser oder jener Stelle die Vorteile seines Volkes nicht genügend wahrgenommen. Im Verweigern von Forderungen der Regierung darf er wieder nicht zu weit gehen; sonst geschieht es, daß ihm ein Bataillon Soldaten in den Zentralort gesetzt wird, und im Bereich der Nation trifft man innerhalb weniger Monate weder ein Schaf noch eine Ziege auf den Weiden an. Denn wenn Soldaten in einem indianischen Pueblo sich erst einmal auf Verordnung der Regierung festgesetzt haben, so bezahlen sie nichts, weder für das, was sie verzehren, noch für das, was sie lediglich zu ihrem Vergnügen vergeuden. Für das Einsetzen der Soldaten wird der Jefe von seinen Leuten gleichfalls verantwortlich gemacht, weil er es nicht dazu hätte kommen lassen dürfen.

7

Es ist nun menschlich erklärlich, daß Don Abelardo, als er einen so gefügigen und wenig intelligenten Jefe gefunden hatte, wie es Amalio war, sich mit allen seinen Kräften bemühte, diesen Jefe so lange im Amt zu halten, bis er den Sack genügend voll hatte, um den Posten als Sekretär aufgeben zu können.

Die Beschwerden bei der Regierung häuften sich. Die Beamten, die mit dem Behandeln der Beschwerden beauftragt wurden, weil es sich ja um ein zivilisiertes Land handelte, wo man sich zu eigener Lustbarkeit beschweren darf, waren dem Sekretär günstig gestimmt, denn er ließ sie immer verdienen. Ihm wurde geglaubt, denn er war der Sekretär. Er erklärte die Beschwerden für idiotische Lügen, die Leute seien ewige Nörgler, nichts sei ihnen recht und gut, und wollte man diesen Beschwerden Gehör geben, so würde er es lieber aufgeben, noch länger Sekretär zu bleiben, und die Regierung würde sicher keinen anderen finden, der willens sei, das Amt zu übernehmen.

Klug wie er war, ließ er einige unbedeutende Beschwerden gelten. Weil sie unwichtig waren, erkannte er sie zu Recht an. Er versprach, die Ursache dieser Beschwerden zu beseitigen. So erkannte die Regierung, was für einen vortrefflichen Vertreter sie in jenem Pueblo hatte.

8

Don Abelardo begann an der Erhaltung des Jefes, mit dem er so erfolgreich zu arbeiten verstand, energisch zu arbeiten.

Er fürchtete jenen Mann, der, wie er gehört hatte, die größten Aussichten hatte, zum Jefe für das kommende Jahr gewählt zu werden. Er kannte ihn als einen nüchternen, sehr schlauen und sehr eigensinnigen Menschen, mit dem so gut wie nichts zu erreichen war in allem, was er, der Sekretär, benötigte.

Der gegenwärtige Jefe hatte sich bei seinem Volke reichlich unbeliebt gemacht. Die ganze Nation wartete darauf, daß ein neuer Mann in den Cabildo komme. Und gerade darum, weil der Mann, der in seinem Barrio die besten Aussichten für die Wahl hatte, das entschiedene Gegenstück von Don Amalio war, darum war es so gut wie sicher, daß er gewählt werden würde. Man würde ihn schon darum wählen, um den Secretario zu ärgern, denn jedes Kind wußte, daß er wohl keinen Menschen so haßte wie den, dessen Wahl sicher schien.

Don Abelardo schrieb einen langen Bericht an den Gouverneur, in dem er sich über das Wahlsystem, das hier in Pebvil im Gebrauch sei, aussprach. Er erklärte ganz offen, daß dieses Wahlsystem ein Unsinn sei; denn sobald sich ein Jefe in sein Amt ein wenig eingearbeitet habe und gerade beginnen wolle, aus der gewonnenen Erfahrung heraus, etwas Ersprießliches zu leisten, da müßte er das Amt schon wieder verlassen, weil ein neuer Jefe gewählt sei.

Es war nichts Neues, was der Sekretär sagte. Dasselbe wird seit Tausenden von Jahren gesagt. Es ist der Grund, warum es erbliche Könige gibt, warum es ewig wiedergewählte Landespräsidenten und Deputierte gibt und warum es Diktatoren gibt. Insbesondere auch die Beamten in den Arbeiterorganisationen, die nicht herunter wollen vom Sessel, wenn ihre Zeit schon zehnmal gekommen ist, berufen sich auf diese Meinung.

Auf den Gouverneur machte der Bericht einen tiefen Eindruck. Er sah ein, daß hier ein System bestand, daß einem geruhigen konservativen Regieren nicht günstig war. Es konnte geschehen, daß ein solches System Nachahmung fand. Und würde man jedes Jahr einen neuen Landespräsidenten und einen neuen Gouverneur haben, so könnte das Volk gar glauben, daß der eine ebensogut regieren könne wie der andere, denn in zwanzig Jahren gab es dann zwanzig Regenten, und alle verstanden zu regieren. Also scheint regieren nicht so schwer zu sein, wie man den Regierten einzureden versucht.

Außerdem war der Gouverneur ein Mann, der ebenfalls dauernd im Amt bleiben wollte, weil es bequem war und das beste Geschäft für ihn bedeutete.

Und auch ganz oben, an der Spitze des Volkes, stand ein Mann, der nicht vom Sessel herunter wollte, so sehr auch an diesem Stühlchen gerüttelt und gestoßen wurde.

Weil der Diktator lebenslänglich dort sitzen bleiben wollte und weil auch der Gouverneur lebenslänglich Gouverneur zu bleiben gedachte, so erklärte der Gouverneur das System in Pebvil für

idiotisch und als einen Beweis, daß es sich um das System von Indianern handele, die noch tief in der Barbarei stecken.
Er ordnete durch Decreto an, daß der gegenwärtige Jefe, Don Amalio, entweder wiedergewählt werden müsse, wenn die Nation schon wählen zu müssen glaube, oder aber er bleibe im Amt auf Grund seiner früheren Wahl.

9

Don Abelardo verlas den Decreto in Anwesenheit des Don Amalio und einiger indianischer Männer, die gerade im Cabildo anwesend waren.
Es war nicht recht zu erkennen, ob dem Jefe jener Decreto willkommen war oder nicht.
Er sagte: »Wenn das der Befehl der Regierung ist, so haben wir ihm nachzukommen.«
»Keine Frage«, warf Don Abelardo ein, »Orden es orden, Befehl ist Befehl. Keine Verhandlung darüber zulässig. Sie, Don Amalio, bleiben Jefe, und damit abgemacht.«
Die übrigen Indianer, die anwesend waren, sagten nichts. Sie hörten ruhig zu, ohne eine Bewegung zu machen oder eine Miene zu verziehen. Es war November, als das geschah.

10

Am letzten Tage der zweiten Woche, nach der jener Decreto eingetroffen war, erschien eines Morgens eine Abordnung von Männern aus San Miguel in dem Cabildo, um mit dem Secretario zu sprechen.
San Miguel war der Barrio, der für das nächste Jahr den Jefe wählte.
Navidad, der Mann, dessen Wahl sicher war, befand sich nicht in jener Abordnung.
Alle Männer der Abordnung, sieben an der Zahl, waren ihrem Aussehen nach die üblichen schlichten Indianer. Kleine Bauern. Sie trugen Sandalen an den nackten Füßen. Sie hatten spick und span weiß gewaschene Baumwollhemden und Baumwollhosen an. Diese Kleidungsstücke waren bei einigen so zerflickt, daß wohl nicht ein einziges Stück des ursprünglichen Stoffes, aus dem diese

Anzüge gemacht waren, mehr vorhanden schien. Über den Oberkörper hatten sie den Jorongo geworfen, der aus grauer Wolle gefertigt war und der an beiden Enden lange Fransen hatte. Die Hosen trugen sie nach der Sitte ihrer Nation bis hoch über das Knie aufgekrempelt, so daß die kernigen kräftigen Unterbeine aus dem Bild auffallend hervortraten. Die Beine sahen aus wie aus altem hartem braunem Holz gekerbt, wie man sie zuweilen an hölzernen Christusstatuen sieht, die fünfhundert Jahre alt sind.
Nachdem die Männer in das Amtszimmer des Cabildo getreten waren, nahmen sie den Hut ab. Jeder einzelne trat vor den Secretario, sagte seinen Namen und reichte dem Sekretär die Fingerspitzen gegen dessen Hand, verbeugte sich tief und trat dann wieder zurück in die Gruppe. Don Abelardo bot Zigaretten an. Jeder nahm eine Zigarette und begann sie zu rauchen. Dann fragte der Sekretär, ob sie sich nicht auf die Bank setzen wollten. Sie antworteten, daß sie lieber stehenbleiben würden.
Sie hatten ihre Machetes mitgebracht, und drei trugen außerdem auch noch Schrotflinten, die üblichen spanischen Vorderlader. Aber diese Waffen hatten sie draußen im Portico des Cabildos zurückgelassen. Zwei der Männer, die mit ihnen gekommen waren, hockten auf dem gestampften Erdboden im Portico, rauchten und schwatzten. Die Hunde, die den Männern der Abordnung gefolgt waren, jagten sich auf dem Platze vor dem Cabildo herum und zankten und spielten mit den Hunden des Ortes.

11

Nachdem die Leute, die in der Amtsstube versammelt waren, eine Weile geraucht hatten, fragte der Secretario: »Que puedo hacerle para Ustedes? Was kann ich für Sie tun?«
Trat einer der Indianer vor. Er hieß Tomas und war zum Sprecher der Abordnung bestimmt worden.
»Wir haben gehört, daß ein Decreto der Regierung für unsere Comarca, das Wohngebiet unserer Nation, erlassen worden sei.«
»Das ist richtig«, sagte Don Abelardo, der Sekretär.
»Wir haben ein Recht zu wissen, was dieser Decreto sagt.«
»Dieses Recht haben Sie«, antwortete der Sekretär. »Der Decreto des Gouverneurs in Tullum bestimmt, daß dieses Wahlsystem, das

in Ihrer Nation in Gebrauch ist, außer Kraft gesetzt wurde.«
»Weder der Gouverneur«, sagte darauf Tomas, »noch die Federalregierung der Republik Mexiko kann unser Wahlsystem, das für unsere Comarca gilt, beseitigen, ohne vorher unsere Zustimmung einzuholen. Unsere Sitten und Gebräuche gelten für uns allein. Wir zwingen weder die Ladinos noch irgendeine indianische Nation im Lande, unsere Sitten und Gebräuche anzunehmen. Aus diesem Grunde gestehen wir niemand, auch wenn es der Präsident der Republik sein sollte, das Recht zu, uns Gebräuche aufzudrängen, deren Nützlichkeit wir nicht ausgeprobt haben und in deren Anwendung wir für unser Volk keinen Vorteil ersehen. Wir sind nicht abgeneigt, die Vorteile und Nachteile einer neuen Wahlordnung zu untersuchen und auf ihre Brauchbarkeit zu prüfen. Aber wir können nicht und wir wollen nicht zugestehen, daß die Regierung in unsere Rechte eingreift, die nur auf unsere Comarca sich beziehen.«
Tomas sprach das nicht alles in einem Zuge und geläufig herunter. Er sagte das langsam und sehr bedacht. Er sprach in einem holprigen Spanisch. Zuweilen sagte er immer erst den Satz in Indianisch, um sich den Gedanken, den er ausdrücken wollte, selbst klarzumachen und um seine Genossen in der Abordnung, von denen nur zwei Spanisch sprachen, hören zu lassen, was er sage. Der Sekretär verstand ein wenig das Indianisch, das in Pebvil gesprochen wurde, wenngleich er es selbst nur schwerfällig sprechen konnte.
Er saß hinter dem Tisch, die Beine übereinandergeschlagen, und hörte ruhig zu. Jetzt zündete er sich eine neue Zigarette an und bot den Tabak herum, aber keiner der Männer nahm davon.
»Das ist ein Decreto der Regierung«, sagte er endlich, »ich kann nichts dagegen tun. Ich habe den Decreto nicht verfügt.«
Die Männer wußten aus langer Erfahrung, daß keine Bestimmung, am allerwenigsten ein Decreto in bezug auf eine indianische Nation, erlassen wird, ohne daß der Secretario in jener Nation um seinen Rat und um sein Gutachten befragt wird. Der Secretario ist die Mittelsperson zwischen der indianischen Nation, wo er als Sekretär eingesetzt ist, und der Regierung. Irgendeine Bestimmung, die der Sekretär, der in der indianischen Nation

lebt, deren Sitten und Gebräuche sowie deren Eigenheiten, Neigungen und Abneigungen kennt, nicht befürwortet oder gar davor warnt, wird selten, wohl nie erlassen.

Und weil das den Männern bekannt war, so nahmen sie die Worte des Secretarios für das, was sie wert waren.

Sie sagten nicht, daß er einen solchen Decreto wohl hätte verhindern können, wenn er gewollt hätte. Sie übten keinerlei Kritik an seinen Handlungen oder an denen der Regierung.

Tomas, der Sprecher, sagte nun: »Wir sind gekommen, Ihnen zu sagen, daß wir den Decreto nicht anerkennen und daß wir ihn als nicht bestehend für uns betrachten. Wir wählen unsere Jefes, wie wir es bisher getan haben. Und für unsere Nation ist nur der Mann Jefe, den wir erwählt haben. Mit einem Jefe, den wir nicht erwählt haben oder der außer Amtes für uns ist, verhandeln wir nicht. Ob Sie oder die Regierung etwas mit unserer Nation oder in unserer Nation erreichen können mit Hilfe eines Mannes, den wir nicht als unseren Jefe anerkennen, das werden Sie wohl bald erfahren, Don Abelardo.«

»Der Decreto ist keineswegs gegen den Vorteil der großen und edlen Nation in Pebvil gerichtet«, sagte der Sekretär. »Amalio ist ein vorzüglicher Jefe. Er hat im Zusammenarbeiten mit mir hier im Cabildo viel erfahren und gelernt. Ein neuer Jefe muß wieder von neuem lernen, ehe er alles versteht, was von wirklichem Nutzen für euch sein kann.«

Darauf erwiderte Tomas: »Ob Amalio ein guter oder ein schlechter Jefe für uns ist, das zu entscheiden ist nicht unsere Aufgabe, und darum sind wir auch nicht hier. Angenommen, er ist ein vorzüglicher Jefe, der beste, den wir seit Jahrzehnten gehabt haben. Das aber ist kein Grund für uns, unsere uralten Gebräuche in einem Tage, und nur zu seinen Gunsten, zu ändern. Es kann leicht geschehen, daß ein nächster Jefe nicht so gut ist wie Amalio, und wir könnten ihn dann nicht loswerden, wenn wir ihn loswerden möchten.«

»Die Republik ist tausendmal größer als Pebvil«, sagte Don Abelardo. »Und in dieser großen Republik ist Don Porfirio nun schon seit zweiunddreißig Jahren Jefe. Er ist wieder und wieder aufs neue gewählt worden. Das hat sich sehr gut bewährt. Mit jedem

Jahre wurde er reicher an Erfahrungen, und er konnte diese Erfahrungen zum Wohl der Republik anwenden. Auch der Gouverneur dieses Staates, wie die Gouverneure in den übrigen Staaten der föderierten Staaten von Mexiko, wird immer wieder und wieder gewählt.«

Tomas wartete höflich eine Weile, um dem Sekretär Gelegenheit zu geben, noch etwas hinzuzusetzen.

Als aber Don Abelardo schwieg, sagte der Indianer: »Das ist gewiß recht gut und auch recht notwendig für die Ladinos. Aber darum braucht es noch lange nicht gut genug zu sein für uns, die wir Tsotsiles sind. Auch wir haben Jahrtausende gelebt, und wir sind nicht untergegangen, obwohl wir andere Gebräuche, andere Regierungssysteme hatten als die Ladinos. Und weil wir Jahrtausende unter unsern Gebräuchen leben und gedeihen konnten, ohne die Ladinos zu gebrauchen und ohne deren Rat einzuholen und ohne deren Sitten anzunehmen und ohne sie in unser Land zu rufen, darum sind wir sicher, daß unsere Gebräuche nicht schlechter sind als die der Ladinos. Wir haben Jahrtausende so gelebt, wie wir es für uns für gut und richtig hielten, und wir haben darum die Überzeugung gewonnen, daß wir unter unseren Systemen und Sitten weitere Jahrtausende leben können, ohne zu verderben und ohne unterzugehen. Wir haben erkannt, durch eine unendlich lange Erfahrung, daß es unserem Volke von Segen ist, in jedem Jahr einen neuen Jefe zu wählen, in jedem Jahr den Kandidaten für den Jefe aus einem anderen Barrio zu holen und niemals einen Mann, der einmal Jefe war, wiederzuwählen. Stünden wir in einem langen Kriege, wo wir den erfahrensten Krieger als Jefe brauchten, oder wären wir auf einer langen Volkswanderung nach neuen Regionen, dann möchte es sich wohl vielleicht empfehlen, den erfahrensten Mann länger im Amte zu lassen. Aber wir haben es in den Traditionen unseres Volkes, daß wir selbst in außerordentlichen Zeiten unsere Wahlordnung nie geändert haben. Niemals in unserer langen Geschichte ist ein Jefe länger im Amt gewesen als ein Jahr. Der neue Jefe, wenn es ihm an Erfahrung und Kenntnissen fehlte, fand jederzeit Hilfe, Rat und Beistand von früheren Häuptlingen, die mehr Erfahrung hatten als er. Denn es lebt kein Mann in unserem Volke, ob er nun Jefe ist oder nicht, ob er es war oder ob er es einst sein wird, der nicht alle seine Kenntnisse und Erfahrungen in den Dienst unserer Nation stellen wird, wenn das Volk seines Rates und seiner Hilfe bedarf. Darum haben wir nie Könige gehabt und nie Diktatoren und nie Despoten. Jeder Mann, auch der schlichteste, wenn er das Vertrauen der erwachsenen Männer seines Barrios hält oder gewinnt, kann für ein Jahr Jefe werden. Wir, und das weiß ich aus der Geschichte meines Abuelo, meines Großvaters, her, haben oft einen Jefe gehabt, der so klug und so tüchtig war, daß ein jeder im Volke es wohl gern gesehen haben würde, wenn er länger im Amte bleiben würde, um seine Pläne voll entfalten zu können. Aber meist geschah das Merkwürdige, daß der nächste Jefe noch klüger und besser war als der gewesene und der nächste wieder noch besser als der vorhergehende. Denn jeder, der folgt, hat als Volksgenosse von dem früheren gelernt, und jeder neue Jefe hat das eifrige Bestreben, den Mann, der vor ihm im Amt war und sich viel Lob verdiente, in der Arbeit und im Können zu überbieten, um sich noch größeres Lob zu verdienen. Je häufiger ein neuer Mann als Jefe gewählt werden kann, um so mehr Volksgenossen können Jefe werden. Je mehr Volksgenossen Jefe werden, um so mehr Männer lernen, wie regiert werden muß. Je mehr Männer das erfahren, um so besseren Rat können sie geben. Unser Bestreben ist, daß jeder einzelne Volksgenosse wenigstens einmal Jefe war. Dann kritisieren die Volksgenossen weniger, aber sie beraten besser. Sie bilden eine Einheit oder ein Parlament von Regenten. Männer, die einmal Jefe waren, kritisieren nicht so rasch und leichtfertig wie andere. Sie sind bessere Volksgenossen, weil sie gelernt haben, wie wichtig es ist, in notwendigen Fällen zu gehorchen, wenn etwas zum Wohl der Nation geschaffen werden soll. Jedoch das Wichtigste ist, daß jeder einzelne Mensch wenigstens eine Idee mit auf die Welt bringt, die wahrscheinlich kein anderer Mensch vor ihm gehabt hat. So bringt jeder neue Jefe in die Verwaltung unseres Volkes eine Idee, die ausgeprobt werden kann und von der es sich nun zeigen mag, ob sie nützlich oder schädlich ist. Jeder Mensch glaubt, daß er alles besser machen könnte als ein anderer, wenn er einmal im Amte sein dürfte. Wir geben allen unseren Volksgenossen diese Gelegenheit, zu zeigen, ob sie es besser machen können.

Jeder, der aus dem Amt zurücktritt, hat dann gelernt, wenn er es nicht schon vorher gewußt haben sollte, daß Mais gekocht oder geröstet werden muß, wenn man ihn essen und verdauen will. Das ist alles, was ich zu sagen im Auftrage meines Volkes hierhergekommen bin. Wir kritisieren nicht die Regierungssysteme der Ladinos. Aber wir geben niemand auf Erden, der nicht unseres Volkes ist, das Recht, unsere Sitten und Gebräuche nach seinem Gutdünken abzuändern. Wenn die Regierung uns zu überzeugen vermag, daß unser System uns zum Schaden ist, dann wollen wir überlegen und beraten und endlich tun, was wir für das Beste halten. Der große Nachteil, der in jenem System liegt, das die Regierung für uns anzuordnen gedenkt, ist der: Wenn ein Mann, der zum Jefe gewählt wurde, das Vertrauen seiner Wähler täuscht und nicht das ist, was das Volk von ihm erwartete, so kann er aus dem Amte nicht oder nur schwer entfernt werden. Ist er sogar ein Schurke, dem eigene Vorteile mehr gelten als die des Volkes, oder ein Mann, der eitel ist, herrschsüchtig, egoistisch, ruhmsüchtig, so wird er versuchen, durch Intrigen und durch Vergiftung der Volksmeinung im Amte zu bleiben. Das muß zu Korruption führen, zu Unfrieden und zu Rebellionen innerhalb des Volkes. Wir aber wollen in Frieden leben, unter uns und mit allen unseren Nachbarn, weil wir in Jahrtausenden gelernt haben, daß nur Friede und Eintracht den Menschen gedeihlich sind.«

12

Es ist nicht anzunehmen, daß der Sekretär verstand, was der Indianer sagte und was er wohl meinte. Zum Teil lag es daran, daß er nicht ganz hinhörte. Für ihn bestand der Decreto, und für ihn hatten die verlausten Indianer keine Berechtigung, den Decreto zu kritisieren. Sie waren Untertanen ohne Einfluß. Darum hatten sie zu gehorchen und das zu tun, was die Diktatur ihnen zu befehlen für gut hielt. Zum Teil lag sein Nichtverstehen der Rede des Wortführers darin, daß der Indianer von einer Welt und von einer Lebensanschauung sprach, die ihm, dem Sekretär, so fern lagen wie die Noten der Signale, die zum Jüngsten Gericht aufrufen.
Aber eines verstand der Sekretär. Tomas hatte seine Rede sehr klug aufgebaut. Den Punkt, auf den es in diesem besonderen Falle

ankam und der von dem Secretario als Anlaß gebraucht worden war, jenen Decreto zu erreichen, hatte Tomas geschickt und wohlüberlegt an das Ende seiner Rede gesetzt.
Amalio, der gegenwärtige Jefe, war in jener Schlußwendung nicht mit Namen erwähnt worden. Jedoch Don Abelardo hatte sofort verstanden, wer gemeint war. Und so gut durchdacht war das von Tomas gesprochen worden, daß jene Schlußwendung voll war von erbarmungslosen Hieben auf den Sekretär, ohne daß er hätte sagen können, er wäre beleidigt worden oder man habe ihn beschuldigt, die indianische Nation zu korrumpieren und zu spalten, um daraus persönliche Vorteile zu erzielen.
Er sah sich außerstande, die Rede zu erwidern. Er hätte nicht gewußt, wo er hätte ansetzen können. Die Rede des Indianers war gepanzert mit jenen tausend oder zehntausend Jahren, in denen die Nation, wahrscheinlich durch dauernde Zerwürfnisse innerhalb der Volksgenossen, die das Volk zu zerstören drohten, gelernt hatte, dieses Regierungssystem auszuarbeiten und anzuwenden. Gegen Erfolge, die in tausend Jahren Erfahrung wurzeln, läßt sich mit bloßem Reden nicht ankämpfen. Ohne auch nur den Versuch zu wagen, ob er nicht Einwände finden könnte, weil er sicher war, daß der Indianer ihn schlagen würde, sagte er nur: »Decreto ist Decreto, Tomas. Ihr habt diesem Decreto zu folgen. Das können Sie Ihren Leuten berichten. Amalio bleibt Jefe für das nächste Jahr. Und ob er noch weitere Jahre Jefe bleiben wird, das wird ein neuer Decreto anordnen, sobald die Zeit dafür gekommen ist.«
»Ich werde das getreulich an die Männer von Pebvil berichten«, sagte Tomas ruhig. »Ich habe weder Amt noch Auftrag, Ihnen, Don Abelardo, auf diese Ihre Antwort zu erwidern.«
Er ging näher zum Tisch. Der Sekretär war aufgestanden, kam um den Tisch herum und trat ein wenig auf Tomas zu.
Tomas berührte die Fingerspitzen der Hand, die ihm der Sekretär hinhielt, sagte: »Adios, Señor!«, verbeugte sich und verließ die Amtsstube. Die übrigen Männer der Abordnung verabschiedeten sich gleichfalls und folgten ihrem Wortführer.
Im Portico nahmen sie ihre Machetes auf, warfen die Schrotflinten über die Schulter und marschierten ab.
Sie redeten nicht miteinander.

13

Die ganze Nation wußte, daß die Abordnung beim Secretario war. Aber auch nicht ein einziger Mann aus dem Zentralort, an dessen Maguey-Einfriedigung die Abordnung jetzt entlangging, um heim nach ihrem Barrio zu wandern, kam herbei, um zu fragen, was das Ergebnis der Unterredung mit dem Secretario gezeitigt habe. Man hätte vielleicht glauben mögen, das wäre mangelndes Interesse der Indianer gewesen.

Aber in einem Falle wie diesem kennt der Indianer weder lebhaftes noch mangelndes Interesse. Er kennt in dieser Frage überhaupt kein Interesse.

Was geschieht und was zu geschehen hat, das weiß er; mehr braucht er nicht zu wissen.

Denn jedes Mitglied der Nation wußte, lange bevor jene Abordnung bestimmt wurde, daß die Verhandlung mit dem Secretario in Wahrheit keine Verhandlung ist, kein Versuch, einen Kompromiß zu schließen, kein parlamentarisches Ausgleichen der Parteien. Die Verhandlung mit dem Sekretär war die letzte Warnung. Nichts weiter.

Jedoch eine Kriegserklärung war es nicht. Die Nation wollte weder mit der Regierung noch mit den Ladinos Krieg führen. Sie waren nicht so dumm, mit Machetes und Schrotflinten gegen Maschinengewehre und Gebirgsartillerie anzurücken. Es sind zivilisierte Völker, die Krieg führen, um je zwei Millionen ihrer besten Männer zu verlieren und sich hundert Jahre für die Schulden zu versklaven.

Die unzivilisierten Indianer, die nicht lesen und schreiben konnten, die man darum also auch nicht so leicht zu Dummheiten verführen vermochte, dachten gar nicht daran, ihr Volk in eine so große Gefahr zu bringen und die Blüte und den Reichtum ihres Volkes zu vergeuden, wie das zivilisierte Völker tun.

Sie waren ein Volk von Regenten, hatten weder ein Kriegsministerium, noch hatten sie Stahlkompanien oder Munitionsfabrikanten.

Und weil sie ein Volk von Regenten waren, reich an Männern, die in kurzer Regentschaft gelernt hatten, guten Rat geben und

brauchbaren Rat richtig beurteilen zu können, sobald er hörbar wird, konnten sie nicht von einer Horde wild gewordener Schreier durcheinandergehetzt werden, um endlich alle in dieselbe Falle zu gehen.
Sie handelten wie barbarische Indianer. Aber sie handelten richtig, erfolgreich und unwiderruflich. Und pünktlich.

14

Der erste Januar war gekommen.
Die dichten Nebel des Morgens lagen noch schwer über der Erde, die im Tau badete.
Als der Tag auf Pebvil herunterfiel, die Nebel sich widerwillig trennten, lösten und verwehten, die Sonne wie in einem Sprung auf dem Rücken der Berge erschien, füllte sich der weite Platz in Pebvil mit Tausenden und Tausenden von Indianern.
Die Massen waren so plötzlich da, als hätten sie während der Nacht irgendwo versteckt gelegen und als hätten sie nur auf den Sekundenschlag gewartet, an dem der erste Glimmer der Sonne auf einer Bergesspitze hervorflickerte, um den Platz zu füllen, so rasch und so dicht, daß man glauben mochte, diese Tausende von Menschen hätten zwischen den Grashalmen und in den natürlichen Furchen des Erdbodens gelegen und seien nun aufgestanden mit einem Ruck.
Ein Gewimmel war auf dem Platze, wie es nur während des wichtigsten Jahresfestes der Nation zu sein pflegte.
Männer, Frauen, Kinder und Hunde in dicht gedrängten Gruppen und in weiten Versammlungen. Alle waren in fröhlichster Stimmung. Da war Lachen, Schreien, Schwatzen, Rufen, Singen, Musizieren über den ganzen weiten Platz hinweg.
Einige Sippen trugen lange Stäbe mit bunten Federbüschen oben, die sie gleich Bannern inmitten ihrer Gruppe aufpflanzten. Andere Sippen waren mit Fahnen gekommen, auf die der heilige Antonio oder die Heilige Jungfrau schlecht und recht genäht waren.
Zwischen den Massen sah man überall die Capitanes mit ihren Hüten, an denen lange vielfarbige Seidenbänder flatterten, als Zeichen ihrer Würde. Auch die sogenannten Capitanes wurden von jeder Sippe in jedem Jahr neu gewählt. Sie waren die Abgeord-

neten ihrer Sippe oder Gruppe, die ihre Sippe bei den großen Beratungen, denen der Jefe der Nation präsidierte, vertraten. Hier bei dieser Zusammenkunft der ganzen Nation zu einer außerordentlichen Gelegenheit waren sie die Führer und Ordner ihrer Gruppen. So stand jede Gruppe in jeder Minute stets mit dem Zentralrat der ganzen Nation in Verbindung. Alle Capitanes hatten in der letzten entscheidenden Ratsversammlung ihre Anordnungen erhalten, was sie mit ihren Gruppen bei bestimmten Vorgängen und zu bestimmten Zeiten tun sollten, und wie und wohin sie ihre Sippen zu führen hatten, sobald bestimmte Signale vom Zentralrat aus gegeben wurden.

Don Abelardo, el Secretario, war höchst erstaunt, so früh am Morgen die ganze Nation auf dem Platze vor dem Cabildo versammelt zu sehen. Er konnte es sich nicht erklären. Es war kein Markttag und auch kein Heiligentag für irgendeinen der vier Barrios. Er war noch nicht zwei volle Jahre hier, und er kannte nicht alle Feste und Veranlassungen für Versammlungen der Nation. Darum beruhigte er sich vorerst. Dann fiel ihm ein, daß der heutige Tag der erste Januar sei. Und er glaubte, die Nation sei gekommen, um Neujahr zu feiern. Daß die Indianer Neujahr nicht feierten, war ihm unbekannt. Aber er hatte nun eine Erklärung und ging frühstücken.

Etwas später trat er dann wieder in den Portico und fragte einige Indianer, die da in der Nähe standen und miteinander redeten, was der Zweck jener Massenversammlung sei.

Die Gefragten waren merkwürdig rasch mit ihrer Antwort. Sie sagten, sie seien gekommen, weil heute der erste Januar sei. Damit gab sich Don Abelardo zufrieden.

15

Er schickte Polizisten, Indianer, die in Pebvil wohnten, auf den Platz, damit sie auf Ordnung sehen sollten.

Während er noch herumstand und überlegte, was er nun weiter tun könne, um sehen und fühlen zu lassen, daß er hier die Autorität sei, begannen die Glocken der Kirche zu läuten.

Er sah hinüber zur Kirche und bemerkte, daß der niedrige Glokkenturm mit einer Schar von Jungen besetzt war, die unter

Schreien, Johlen und Kreischen die Räder der Glockengestelle wild herumschwangen.
Da kam aus dem Busch im Osten des Ortes eine Schar von Indianern mit lustiger Musik anmarschiert. Sie hatten Trommeln, Pauken, Flöten, Gitarren und Geigen und spielten Tänze.
Die Leute trugen Stäbe mit Blumen und bunten Federn; die Kirchenfahnen ihres Barrios wurden von einigen Burschen, die sich würdig zu benehmen versuchten, vorangetragen.
An den Fahnen erkannte der Sekretär, daß es der Barrio San Miguel war, der da in geschlossener Marschordnung angerückt kam.
Sobald die Massen auf dem Platze die Musik des anmarschierenden Barrios hörten, bemächtigte sich ihrer eine unglaubliche Erregung. Sie schrien hinüber zu den Ankommenden, und junge Burschen in großer Anzahl stürmten ihnen entgegen, um die Marschierenden bei dem Einmarsch auf den Platz zu begleiten.
In der einmarschierenden Schar erblickte man, dicht hinter den Fahnen, die Capitanes der Sippen des Barrio. Und zwischen jenen Capitanes marschierte Navidad, der Mann, den der Barrio San Miguel zum Jefe gewählt hatte.
Navidad trug seinen Hut ohne Bänder, weil die Bänder aufzustekken eine Handlung in der Zeremonie der Amtseinsetzung war. Aber er trug über der Brust zwei bunte Schärpen, die ihn von den übrigen Männern als Erwählten auszeichneten.
Die Kolonne hatte kaum den äußeren Rand des Platzes erreicht, als Amalio, der Jefe, der im Amte war und laut Decreto im Amt bleiben sollte, in stürmendem Lauf auf den Cabildo zugerannt kam, die Tür der Amtsstube aufstieß und dem Secretario zurief: »Sie kommen, sie kommen, sie werden mich töten.«
»Unsinn, que loco«, sagte Don Abelardo, »niemand wird Sie töten, Don Amalio. Die Regierung schützt Sie.«
Als der Sekretär das sagte, schien er aber doch nicht so ruhig und vertrauensvoll zu sein, wie er in seinen Worten auszudrücken versuchte. Er war bleich geworden, rückte seinen Revolvergurt herum, so daß der Revolver weiter nach vorn kam und gegen den vorderen Hüftknochen lehnte. Er sah an sich herunter und überzählte rasch die Revolverpatronen, die in seinem Gurt steckten. Er

beruhigte sich ein wenig, als er fand, daß der Gurt bis zur letzten Öse voll gespickt mit fünfundvierziger Patronen war, alle Kerne abgeflacht und mit einer Feile eingekerbt. Die Abflachung der Kerne hatte den Zweck, jeden Schuß, der auf einen Knochen stieß, verheerend für den Getroffenen zu gestalten, während die eingefeilten Rinnen auf der Abflachung dazu dienten, daß sich in jenen Rinnen Schmutz und Mikroben ansammeln sollten, die selbst eine leichte Fleischwunde durch Infektion tödlich werden ließen. Darum trug er alle seine Patronen stets im Gürtel, damit sich jeglicher Unrat darin festsetzen konnte.
Als der indianische Cacique jetzt so hereingestürmt kam, mit einem Ausdruck des Schreckens auf dem Gesicht, wie er bei einem Indianer selten war, wußte Don Abelardo, warum diese Tausende von Indianern sich hier am Ort versammelten. Jedoch den vollen Ernst der Situation erkannte er nicht. Als Sekretär und als Bevollmächtigter der Regierung glaubte er sich stark genug, die drohende Lage allein kraft seiner Autorität besänftigen zu können.

16

Amalio jedoch, der wohl den Ernst der Vorgänge auf dem Platze richtiger beurteilte als der Sekretär, weil er ja die Sitten seines Volkes kannte, fühlte sich nicht sicher genug in der Amtsstube.
Er trat in den Portico und sah sich um, wie er entschlüpfen könnte.
Aber in einem weiten Halbkreise standen und lagen die Massen der Indianer gleich einer undurchbrechbaren Mauer. Sie lagen noch reichlich weit von dem Cabildo entfernt, weit genug, daß Amalio die einzelnen Gesichter der Männer nicht erkennen konnte. Aber ohne daß er die Mienen der Männer infolge der Entfernung zu lesen vermochte, fühlte er die Unerbittlichkeit der Masse gegen sich gerichtet. Ihm war, als habe die ganze Menge nur ein einziges Auge, und als sei dieses einzige Auge nur auf ihn gelenkt, unwiderruflich in der Entscheidung und ohne irgendein Erbarmen.
Da kam Don Abelardo in die Tür und sagte: »Don Amalio, haben Sie nur keine Furcht. Laut Decreto der Regierung und auf besonderen Befehl der Regierung haben Sie im Amt zu bleiben. Ich telephoniere jetzt zur Garnison, daß man sofort eine Eskadron

Kavallerie schickt mit Maschinengewehren. Gehen Sie oben in das Schulzimmer, da sind Sie sicherer als hier unten. Inzwischen kommen die Soldaten.«

Gegen den Befehl der Regierung durfte sich der Cacique nicht auflehnen. Das wäre ihm als Ungehorsam gegen die Regierung ausgelegt worden, und er wäre vielleicht für Jahre hinaus ins Gefängnis geraten. Es hätte böser noch ausfallen können dadurch, daß ein Richter seinen Ungehorsam gegen einen besonderen Decreto des Gouverneurs als versuchte Rebellion und Auflehnung gegen die Staatsgewalt beurteilte und man ihn füsilierte. Die Gelegenheit, abzudanken am selben Tage, als der Decreto eintraf, mit der Begründung, daß er sich nicht länger fähig fühle, das Amt zu versehen, war von ihm verpaßt worden!

Aber abgesehen von dem Befehl der Regierung, verbot ihm die Hartnäckigkeit seines indianischen Charakters und seine Ehre als Mann, im Augenblick drohender Gefahren nachzugeben und sich als besiegt zu erklären. Er wäre durch ein solches Verhalten so unter seiner Sippe und in der Nation entehrt worden, daß er die Nation hätte verlassen müssen, falls er es nicht vorzöge, in den Dschungel zu gehen und dort freiwillig zu verhungern oder sich von Tigerkatzen zerfleischen zu lassen.

Aus der Lage, in der er sich jetzt befand, gab es kein Entweichen. Es gab nur einen Ausweg: die Vorgänge hinzuzögern, bis die Soldaten kämen, ihn zu schützen.

17

Im oberen Stockwerk des Cabildo befand sich an der einen Seite der Schulraum und an der anderen Seite ein Raum, der durchreisenden Beamten und Händlern als Hotelraum diente. Von der östlichen Seite des Hauses führte außen eine hölzerne Treppe zu dem oberen Stockwerk hinauf. Das obere Stockwerk hatte rund um das Haus eine offene Veranda. Weder der Schulraum noch der Hotelraum hatten Fenster, das Licht zu diesen Räumen kam durch die offene Tür.

Amalio verließ den Portico, ging um die Ecke des Hauses zur Treppe und stieg hinauf zu dem Schulraum, gesehen von den Tausenden, die auf dem Platze lagen.

Es mochte wohl sein, daß die Frau des Amalio gleichfalls von ferne sah, wie ihr Mann die Treppe hinaufging. Instinktiv fühlte sie, daß er darum in das obere Stockwerk gegangen sei, weil er sich unten nicht mehr sicher fühlte. Daraus erkannte die Frau, daß dies wohl die letzte Handlung ihres Gatten sei, die er noch freiwillig tun konnte.

Sie lief zur Hütte, nahm einen Krug mit Wasser, einen Topf mit Tamales, einen Ballen Frijoles, eingewickelt in Bananenblätter, rief ihre fünf Kinder herbei und eilte hinüber zum Cabildo.

Ohne mit dem Sekretär, der am Telephon arbeitete, um Antwort zu bekommen, ein Wort zu reden, lief sie gleich zur Treppe, jagte ihre Kinder vor sich her auf der Treppe, zog das Tuch, in dem sie auf dem Rücken ihren Säugling trug, fest über der Brust zusammen, packte die Krüge und Eßwaren, die sie für einen Augenblick auf der untersten Stufe abgelegt hatte, weil das Tuch über der Brust sich des raschen Laufens wegen löste, zwischen ihre Arme und folgte den Kindern hinauf zum Schulraum.

Niemand unter den Tausenden, durch die sich die Frau mit ihren Kindern hatte drängen müssen, sprach zu ihr. Niemand versuchte sie aufzuhalten in ihrem Lauf. Es bildete sich, als sie auf die Massen stieß, sofort eine Gasse. Ob die Gasse darum so schnell gebildet wurde, weil niemand sie berühren wollte, oder ob die Gasse darum so rasch sich formte, weil man der Frau die Flucht erleichtern wollte, konnte sie freilich nicht wissen, nicht einmal das Richtige vermuten.

18

Die Kolonne, mit dem erwählten neuen Häuptling in ihrer Mitte, war unterdessen fröhlich und guten Mutes weiter voranmarschiert, geradenweges auf den Cabildo zu.

Die Gruppe zog ihres Weges unbekümmert, als wüßte keiner von ihnen, was sich im Cabildo zutrug. Alles, was bisher über den Decreto und über das Verbleiben Amalios im Amte geredet worden war, schien, nach dem Verhalten dieser Kolonne zu urteilen, niemand für ernst zu nehmen. Sie handelten, als gäbe es keinen Decreto. Sie gingen voran, wie seit Hunderten von Jahren die Gruppe, die den neuen Häuptling in das Amt einsetzte, vorangegangen war. Sie handelten ihren alten ausgeprobten Sitten gehorchend. Und weil sie in ihrem Tun nichts erblicken oder erdenken konnten, was irgend jemandem, ob er nun zu dieser Nation gehörte oder zu einer anderen oder gar zu einer anderen Rasse, von Schaden sein konnte, so hätte sie niemand davon überzeugen können, daß sie eine Rebellion oder ein Verbrechen oder eine ungesetzliche Handlung begingen. Sie mischten sich nicht in die politischen Sitten und Gebräuche der Ladinos und vermochten darum nicht einzusehen, daß sie Rebellion begingen, wenn sie den Ladinos nicht erlaubten, sich in ihre politischen Gebräuche zu mischen und ihnen zu gestatten, ihre uralten Wahlmethoden aus reiner Laune heraus durch Gewalt abzuändern.

Ohne daß ein Signal geblasen worden wäre, ohne daß eine Fahne geschwenkt wurde, hörte plötzlich, wie mit einem Ruck, das Gesumme, das Gelärme, das Kreischen und Musizieren der Zehntausende von versammelten Indianern auf. Ein angstvolles, drükkendes Schweigen erfüllte den Platz. Man hörte nur hin und wieder einen Säugling krächzen, der aber, kaum begonnen, in das allgemeine Schweigen einfiel, beruhigt von seiner Mutter. Es versuchten einige Hunde zu bellen. Aber sie brachen mit einem kurzen Winseln ab, weil sie offenbar von ihrem Herrn einen Beruhigungstritt erhalten hatten.

Nur die Kolonne mit dem neuen Häuptling in ihrer Mitte blieb munter.

Sie marschierte ununterbrochen voran, auf ihr Ziel zu.

In dieser Kolonne wurde musiziert, halb gesungen, fröhlich gelärmt. Hier wurden die Fahnen, einige in mexikanischen Farben mit dem aztekischen Adler darauf, andere mit Muttergottesbildern und Heiligenbildern aufgenäht, lustig und unter zurufenden Schreien hin und her geschwenkt. Der Kolonne vorauf und an den Seiten waren Männer mit grünen Schärpen, die nicht marschierten, sondern in einem halben Tanz umherhüpften, gestikulierten und dazu in monotoner Weise sangen. Einige dieser Tänzer trugen grimmige Masken vor ihren Gesichtern. Masken mit dem Gesicht eines Tigers, andere mit dem Gesicht von Dämonen, mit großen Ochsenhörnern oben aufgesteckt. Diese Ordner des Zuges trugen Peitschen, die sie, scheinbar wütend, durch die Luft zwitschten.

Die gelagerten Massen bildeten, ohne von den Ordnern dazu aufgerufen zu werden, eine ungemein weite Gasse, um der Kolonne den Weg ungehindert freizugeben.

19

Es war Sitte, daß die Amtsübergabe im vorderen Portico des Cabildo vor sich ging; in jenem Portico, von dem aus man in die Amtsstube gelangte.
Ein Sekretär hatte freilich in dieser Amtsübergabe, die eine ureigene Angelegenheit der Indianer war, weder Wort noch Handlung. Er war nur Zuschauer. Seine ganze Tätigkeit bestand darin, daß er, nachdem die Amtsübergabe vorüber war, den Namen des neugewählten Jefe feststellte und diesen Namen der Regierung berichtete, damit sie die formelle Bestätigung geben konnte.
Diesmal jedoch zog die Kolonne nicht auf den vorderen Portico zu, sondern sie marschierte gegen jene Seite des Cabildo, wo sich die Treppe zu dem Schulraum befand.
In den Massen der Indianer, die auf dem weit ausgedehnten Platze lagerten, machte sich nun eine Bewegung bemerkbar. Ein großer Teil jener Menge hatte gegenüber dem vorderen Portico gelagert. Diese Menschen zogen nun im Rücken der Massen hinüber auf die östliche Seite des Platzes, um im Angesicht der Zeremonie zu sein. Aber diese Massenverschiebung vollzog sich ohne Lärmen, ohne Zurufe. Und weil diese Umschichtung so schweigend vor sich ging, wurde der Eindruck, den Don Abelardo erhielt, derart bedrückend, daß er sein Sattelzeug vom Pfosten abhob mit der Absicht, zu fliehen. Er hatte alle Türen bereits fest zugezogen und mit dem Vorlegebalken verriegelt. Er ging zur Küche und sagte seiner Frau, die ihr Jüngstes auf den Knien schaukelte, daß sie sich fertigmachen möge, weil er glaube, es sei besser, daß sie sich davonmachten, solange es noch Zeit sei. Er schickte seinen zehnjährigen Jungen auf die Weide, die Pferde zu suchen und heranzubringen.
Er beobachtete währenddessen die Vorgänge auf dem Platze durch die Spalten der Türen. Er bemerkte jetzt, daß einige Indianerjungen ihre Väter darauf aufmerksam machten, daß der Junge des Sekretärs vom Hause fort und auf die Weide zurannte.

Aber die Indianer schenkten dieser Neuheit keine Beachtung. Sie folgten nicht einmal mit dem Gesicht der Richtung, die ihre Jungen aufgeregt mit den Händen andeuteten. Daraus schloß Don Abelardo, daß niemand irgendein Interesse für ihn habe und daß seine Person und erst recht seine Familie sicher seien.
Seit einer halben Stunde hatte er mehrfach versucht, in telephonische Verbindung mit der Garnison in Jovel zu kommen. Zuweilen bekam er etwas Kontakt. Die Indianer hatten also die Telephonleitung nicht zerschnitten. Diese Tatsache bestärkte ihn in seiner Meinung, daß sie nicht in offener und feindlicher Rebellion gegen die Regierung waren.

20

Die Telephonleitungen in diesen fernen Gegenden sind in einem Zustande der Verwilderung, wo man die Frage, ob man sich in einem zivilisierten Lande befinde, nicht mehr aufwirft. Kilometerweit trifft man die Leitung auf dem Erdboden liegend an. Die Leitung wird selten an besonderen Leitungspfosten befestigt. Nur in Regionen, die reine Steppe sind, werden besondere Pfosten errichtet. Diese Pfosten sind Bäume, die abgehackt wurden im nächsten Busch. Sie sind krumm, schief, verbogen, verwachsen, wie eben Bäume im Busch wachsen. Diese Stämme werden nicht abgeschält. Das verursacht zu viele Arbeit. Sie werden eingerammt, wie sie sind. Und weil sie nicht abgeschält und petrolisiert werden, darum schlagen sie oft Wurzel und grünen. Oft fehlen Isolierglocken, oder die Glocken wurden zerschlagen. Der Draht wird dann einfach oben um den Stamm gewickelt.
Weil die Pfosten so sorglos wie möglich eingerammt werden, darum fällt die Hälfte beim ersten starken Winde um, und der Draht liegt auf der Erde.
Wo die Leitung durch den Busch und durch bewaldetes Gelände zieht, da werden überhaupt keine Pfosten aufgestellt, sondern die Leitung wird einfach an den Bäumen befestigt, mit Glocken oder ohne Glocken, je nachdem, ob der Vorrat von Glocken ausreicht oder die Leitungsleger guter oder schlechter Laune sind.
Bei den schweren Hurrikanen, die in den tropischen Zonen zuweilen ausbrechen, werden oft auch die dicksten Bäume entwurzelt

oder ausgebrochen. Natürlich auch Bäume, an denen sich Telephonleitungen befinden; denn Hurrikane legen gewöhnlich nicht viel Wert darauf, ob die Menschen Telephon haben oder nicht. Wenn die Bäume selbst auch keine Leitungen an ihren Stämmen haben, so fallen die abbrechenden Äste und niedergehenden Bäume auf die Leitung und zerren sie auf die Erde oder auf nasses Gebüsch herunter.

Die Indianer, die ihres Weges wandern, treffen die Leitung auf der Erde liegend an. Sie könnten hier oder dort die Leitung aufnehmen und wieder an einem Baum notdürftig befestigen. Sie würden es vielleicht auch tun, aus reiner Hilfsbereitschaft. Aber wenn ein Beamter oder eine militärische Patrouille gerade des Weges kommen sollte, während ein Indianer sich an einer Leitung zu schaffen macht, so wird er, ganz gleich welche Entschuldigung er anbringt, an derselben Stelle füsiliert, weil der Verdacht besteht, daß er die Leitung zerstören wollte. Weil jeder Indianer das weiß, macht er einen großen Bogen um eine Leitung, die auf der Erde liegt.

Es ziehen aber auch Farmer und Hacenderos zu Pferde des Weges entlang, gebildete Leute, die genau wissen, welchen Wert das Telephon für die Behörden und, in Fällen von Krankheit zum Herbeirufen eines Arztes, für sie persönlich hat. Aber selbst sie machen sich nie die Mühe, vom Pferde abzusteigen und die Leitung aufzuheben. Haben sie einen Burschen mit sich, dann geben sie ihm vielleicht den Auftrag, die Leitung aufzunehmen und über den nächsten grünen Busch am Wege zu legen. Meist jedoch lassen sie nicht einmal ihren Burschen anhalten, sondern sie sagen sich: »Was geht mich denn die Telephonleitung an; ich habe andere Sorgen!«

So ist es eigentlich nur seltenen Zufällen, die in sehr glücklicher Weise zusammentreffen und ineinandergreifen müssen, zu danken, daß ein Sekretär ein Telephongespräch durchbekommt, wenn er es benötigt. Er bekommt die Verbindung meist nur dann, wenn die ganze Angelegenheit, die er durch Telephon zu erledigen gedachte, bereits durch einen Boten geordnet wurde. Oft sitzt der Sekretär den vollen Tag am Apparat und wartet auf den günstigen Augenblick, wenn alle Bäume und Büsche knochentrocken sind und sich keine Erdleitung bildet. Am frühen Morgen, wenn der

schwere Tau auf Baum, Busch und Gras lagert, eine Telephonverbindung durchzubekommen, betrachtet der Sekretär als ein solches Ereignis, daß er den Rest seines Lebens diesen Vorfall als das größte Wunder erzählt, das ihm je widerfahren ist.
Warum jener ferne Staat unter solcher Nichtachtung der einfachsten Bauregeln einer Telephonleitung überhaupt eine Telephonleitung einrichtet und unterhält, wäre völlig unverständlich und ganz und gar unbegreiflich, würde man nicht das Leitmotiv der Melodie kennen. Der Staat wünscht als ein zivilisierter Staat angesehen zu werden. Aus diesem Grunde findet sich in der Statistik des Staates die Mitteilung, daß der Staat soundso viele tausend Kilometer Telephonleitung hat. Er besitzt wirklich diese zehntausend Kilometer Telephonleitung. Er hat sogar noch einige hundert Kilometer mehr. Aber benutzt kann diese Leitung nur dann werden, wenn es der Leitung einmal gefällt, sich benutzen zu lassen.
Don Abelardo hoffte auf den hohen Mittag, wenn aller Tau weggetrocknet ist und kein Regen fiel, daß er vielleicht in Jovel anfragen konnte, was er mit den Zehntausenden von Indianern, die auf der Plaza lagen, tun solle und tun könne.

21

Die Sonne war aufgegangen, und sie stand nun mit ihrem unteren Rande auf dem Rücken eines nahen Höhenzuges, der das Hochtal nach Osten hin abgrenzte.
Genau in diesem Augenblick war die Gruppe mit dem neuerwählten Häuptling an jener Seite des Cabildos angelangt, wo sich die Treppe befand.
Der niedere Thronsessel, mit rohgegerbten Rindfellen ausgeschlagen und mit der weiten Aushöhlung in der Mitte, wurde in einiger Entfernung vom Cabildo aufgestellt, um genügend Platz für die Zuschauer zu geben.
Ein Indianer brachte ein tönernes Öfchen herbei und fachte die Holzkohlen an.
Der Sessel, das Öfchen, wie alle anderen Dinge, die zur Zeremonie gebraucht wurden, waren in der Gruppe mitgetragen worden.
Die Männer mit den Fahnen und mit den langen Stäben, an denen

sich bunte Federn in dicken Büscheln befanden, stellten sich in einem Halbkreis auf.
Die Capitanes traten vor, sagten Sprüchlein auf und riefen dann Navidad, den gewählten Häuptling, auf, hervorzutreten.
Navidad kam in den Halbkreis.
Die Capitanes riefen die Männer mit den Kirchenfahnen sowie die mit der Landesfahne herbei.
Navidad kniete nieder. Jeder Fahnenträger trat vor den knienden Navidad hin, schwenkte die Fahne dreimal vor ihm her. Dann ergriff Navidad einen Zipfel der Fahne und küßte sie.
Die Capitanes schlugen nach jedem Kuß mit ihren Stäben drei Kreuze über das Haupt des Navidad hin und sagten dabei ein Sprüchlein her.
Wie alle Sprüchlein, die in der Zeremonie aufgesagt werden mußten, waren auch diese in indianischer Sprache.
Die Sprüchlein, die man hörte, während die Kreuze über Navidad geschlagen wurden, waren katholischen Zeremonien entnommen oder wenigstens mit katholischen Gebetsformeln reichlich vermengt. Denn zwischen den indianischen Worten hörte man die Worte Maria, Ave, Pro nobis und einige andere hebräische und lateinische Sprachfetzen heraus.
Nun trat der Capitan Primero, der eigentliche Zeremonienmeister, auf.
Er trug zwei Schärpen über der Brust, und er hatte bunte Seidenbänder an seinem Hut. In der rechten Hand hielt er einen langen Stab, an dem sich oben ein dicker Busch aus langen bunten Federn befand.
In einem Spruch, den er in einem singenden Tonfall heruntersagte, rief er Amalio, den gegenwärtigen Häuptling, auf, herauszutreten, um begrüßt zu werden, den neuen Häuptling zu begrüßen und ihm den Amtsstab zu übergeben.
Es verlangte die Sitte, daß, noch während der Spruch gesagt wurde, der scheidende Häuptling erscheinen mußte, mit dem Amtsstab in seiner rechten Hand. War der Spruch zu Ende, dann hatte der scheidende Häuptling zu antworten. Er begrüßte, gleichfalls in Sprüchen, den Ersten Capitan, dann die übrigen Capitanes und endlich alle Männer, denen er dankte für die Ehre,

die sie ihm angetan hätten, ihn in einer so wichtigen Angelegenheit zu besuchen.

Darauf begrüßte er den neuen Häuptling und sagte, daß er sich hochgeehrt fühle, sein Amt einem so würdigen Nachfolger, dessen Ehrsamkeit, dessen Weisheit, dessen Tapferkeit und dessen reiche Lebenserfahrung jedem Manne in jedem Barrio der edlen Nation wohlbekannt sei, übergeben zu dürfen. Er setzte hinzu, daß er mit seinen schwachen menschlichen Kräften nicht fähig gewesen wäre, alles das zu erfüllen, was die Nation von ihm erwartet habe, obgleich er sich die größte Mühe gegeben habe, allezeit gerecht zu jedem zu sein; aber er hoffe, daß sein so würdiger und angesehener Nachfolger das Amt, das er nun niederlege nach den Sitten seines Volkes, um vieles besser und erfolgreicher werde verwalten können, als er es habe tun können.

Nachdem das gesagt worden war, hatte der neue Häuptling vorzutreten und vor dem scheidenden Jefe niederzuknien. Der scheidende Häuptling schlug mit dem Amtsstab dreimal das Kreuz über das Haupt des neuen Jefe, dann reichte er ihm den Stab hin, worauf der neue Jefe den Stab küßte. Daraufhin nahm der neue Jefe den Stab in die Hand, stand auf und trat an die Stelle, wo der scheidende Jefe gestanden hatte, während dieser nun die Stelle einnahm, wo der neue Jefe zuerst gestanden hatte. Dann kniete der scheidende Jefe vor dem neuen Häuptling nieder. Der neue Häuptling reichte ihm den Stab hin, und der scheidende Jefe küßte den Stab. Nun schlug der neue Jefe mit dem Stabe drei Kreuze über den scheidenden Jefe. Der stand auf, reichte dem neuen Jefe die Hand, berührte mit seinen Backen die Backen des neuen Jefe und trat darauf zurück, um aus der Zeremonie völlig auszuscheiden.

Der neue Jefe sagte seine Sprüchlein herunter, die besagten, daß er, ein schwacher und irrender Mensch, ein schweres Amt zu verwalten bekommen habe; und daß er verspreche, dieses Amt zum Wohle des Volkes auszuüben, und daß er ferner ohne Ansehen der Person zu jedem gerecht sein werde.

War das gesagt, begannen die weiteren Zeremonien der Amtseinsetzung.

22

Jedoch alle diese Zeremonien, die seit vielen Hunderten von Jahren sich an jedem Neujahrstage stets in gleicher Weise und Form zugetragen hatten, vollzogen sich diesmal nicht.
Fremde Mächte, die keine andere Berührung mit diesen Menschen hier besaßen als jene kalte Annäherung, die sich auf reine politische Macht stützte, fühlten sich berufen, Sitten und Gebräuche nach eigenem Gutdünken abzuändern, um die Welt nach europäischem Muster einzurichten und ihr dadurch den Ruf zu geben, sie sei nun zivilisiert.
Nachdem der Capitan seinen Spruch aufgesagt hatte, wurden die Massen auf dem Platze zum erstenmal wirklich erregt.
Alle Männer standen auf, als ob sie einem Befehl gehorchten. Aller Augen richteten sich auf die Tür des Schulraumes oben auf der Veranda. Die Tür blieb geschlossen. Der scheidende Jefe trat nicht mit dem Amtsstab in der Hand vor, wie es seine Pflicht war.
Für einen solchen Vorfall hatten die Zeremonienmeister keinen gereimten Spruch in Bereitschaft; denn ein solches Verhalten eines scheidenden Häuptlings war nie erwartet worden. Ein solcher Vorgang wäre auch nicht eingetreten, wenn das Volk seinen alten Sitten hätte treu bleiben dürfen, bis es selbst entschied, daß neuen wirtschaftlichen Verhältnissen neue Gebräuche folgen müssen.
Die Capitanes gingen nun ohne jegliche Zeremonie rasch entschlossen die Treppe hinauf. Sie pochten heftig an die Tür und riefen, Amalio möge herauskommen, weil sie mit ihm zu reden hätten.
Amalio sah wohl ein, daß die Tür ihn auf keinen Fall noch länger schützen konnte.
Er öffnete und kam heraus.
In schlichten und ungereimten Worten sagten ihm jetzt die Capitanes, daß sie gekommen seien, um den neuen Jefe ins Amt zu setzen, und daß sie ihn dringend ersuchten, den Amtsstab zu übergeben, wie es Sitte sei und wie es seine Pflicht gebiete.
Vielleicht war Amalio nun bereit, den Stab zu übergeben und ruhig nach Hause zu gehen. Aber seine Ehre ließ es gewiß nicht zu, jetzt nachzugeben, wo die Männer drohend vor ihm standen und

jeder in der Nation gesagt haben würde, er habe aus nackter schlotternder Furcht nachgegeben im Augenblick, als er erkannte, daß es ernst wurde und keine Soldaten sichtbar waren.
Er erklärte, der Gouverneur habe einen Decreto erlassen, und er werde auf Grund jenes Decretos noch ein weiteres Jahr im Amte bleiben, ob es der Nation nun gefalle oder nicht. Er fügte hinzu, daß er der Regierung gehorche und nicht der Nation, und tun werde, was der Gouverneur ihm befohlen habe.
Darauf antworteten die Männer, daß sie ihm zwei Stunden Zeit zum ruhigen Überlegen geben würden, aber daß sie nach zwei Stunden erwarteten, daß er sich den Sitten und Gebräuchen der Nation füge, der er sein Leben und seine Existenz verdanke und die ihn geehrt habe, daß sie ihn im vorigen Jahre zu ihrem Häuptling erwählte. Sie sagten ferner: »Was die Regierung oder der Gouverneur gegen dich oder gegen uns tun werden, wenn wir den Decreto nicht befolgen, das wollen wir erst einmal abwarten. Wenn etwas geschieht von seiten der Regierung, dann werden wir unsere Antwort geben. Dann ist es Zeit genug. Aber jetzt und in diesem Augenblick hast du zu tun, was die Nation von dir erwartet, und das ist, dein Amt dem zu Recht erwählten neuen Jefe, dem Navidad, zu übergeben. Du magst dir alles das, was infolge deines Verrates geschehen kann und geschehen würde, in den zwei Stunden wohl überdenken. Nach zwei Stunden gibt es keine neue Bedenkzeit mehr. Dann handeln wir. Und das weißt du. Übel genug, daß du es so weit gebracht hast, die Festlichkeit zu verderben. Das allein wird dir nie vergessen werden, obgleich wir bereit sind, es nur als einen Irrtum anzusehen.«
Ohne seine Erwiderung abzuwarten, stiegen die Männer die Treppe hinunter und gingen zu ihrer Gruppe. Die Gruppe lagerte sich dicht bei der Treppe.
Niemand kam neugierig herbei, um zu erfahren, was Amalio gesagt habe. Und selbst hier in der Gruppe wurde von der Unterredung nicht gesprochen. Die Männer rauchten, schwatzten und lachten. Es wurde musiziert. An vielen Stellen des Platzes wurde getanzt. Kinder jagten kreischend herum.

23

Eine Stunde mochte verflossen sein, als Amalio die Treppe herunterkam.
Die Männer der Gruppe blieben auf dem Erdboden hocken.
Sie sahen nur auf, als erwarteten sie, daß er sie ansprechen würde, um mitzuteilen, daß er zu einer Entscheidung gekommen wäre.
Am Fuße der Treppe blieb er stehen. Den Amtsstab hielt er in der Hand.
Er fragte, ob die Männer etwas dagegen hätten, daß er zum Secretario gehe, um mit ihm zu sprechen.
Der Capitan erklärte, er möge gehen, wohin er wolle, denn er sei durchaus frei, zu sprechen, mit wem es ihm beliebe und was ihm beliebe, sie hätten erst wieder irgendwelches Interesse an ihm nach Ablauf der gegebenen zwei Stunden. Was er in diesen zwei Stunden zu tun gedenke, sei seine Sache, und es sei auch seine Sache, sich Rat zu holen, bei wem er wolle. Aber man werde ihm nicht erlauben, den Platz zu verlassen, ohne den Amtsstab übergeben zu haben. Wenn er wolle, dann möge er den Stab hier ohne jegliche Zeremonie abgeben. Aber abgeben müsse er ihn, ehe er den Platz verlasse.
Amalio ging zur Nordseite des Cabildo und pochte an die Tür der Amtsstube, gleichzeitig rufend, daß er, Amalio, an der Tür sei, um mit dem Secretario zu sprechen.
Don Abelardo öffnete die Tür einen Spalt weit und ließ Amalio ein.
»Señor Secretario«, sagte Amalio, »ich weiß nicht, was zu tun ist. Es sieht sehr ernst aus. Meinen Sie nicht, es ist besser, ich gebe nach?«
Der Sekretär wußte seit jenem Augenblick, wo sein Junge ungefährdet zur Weide hatte gehen können, um die Pferde einzubringen, daß sein Fell sicher war und daß, wenn jemand geopfert würde, nicht er es sein würde, sondern Amalio: »Don Amalio, das dürfen Sie nicht. Sie dürfen nicht nachgeben gegen diese Rebellen. Sie sind el Presidente Municipal hier. Sie sind Beamter und haben auf Ihrem Posten zu stehen. Als Beamter haben Sie dem Decreto des Gouverneurs zu folgen. Wenn sie das nicht tun, werden Sie wegen Widerstands gegen einen Befehl der Regierung füsiliert. Ich

habe soeben Verbindung mit Jovel bekommen. Die Soldaten, eine Escuadron Caballeria mit drei Maschinengewehren, sind bereits auf dem Wege hierher. Haben Sie nur keine Furcht, die Regierung steht hinter Ihnen mit ihrer vollen Heeresmacht, Sie zu schützen.« Von der vollen Heeresmacht zu sprechen klang schön und schwungvoll. Es war eben so poetisch und hirnverblödend wie die abgedroschene Phrase: ›Das Volk marschiert gegen den Feind.‹ Das schmettert nur so, wenn es in dicken Lettern quer über die erste Seite der Extrablätter fegt. Auch die standfestesten Antis gegen etwas und alles fallen gegenüber einer solchen Phrase glatt auf das Rückgrat, das zwölf Stunden vorher durch Opportunitätsgeschäfte verkautschukt wurde und darum durch einen unerwarteten Fall nicht mehr gebrochen werden kann.

Auf Amalio blieb jedoch die schöne Floskel von der vollen Heeresmacht ohne jeglichen Eindruck. Er kannte die Entfernung des Ortes von der Garnison, und er kannte sein Volk. Wenn nicht innerhalb zehn Minuten die Heeresmacht hier auf der Plaza eintraf, dann war es für ihn ohne irgendeinen Unterschied, ob die volle Heeresmacht der Regierung nur aus sechs Mann und einem Sergeanten bestand oder aus einer halben Million gut gedrillter Soldaten.

Er zögerte ein wenig und gedachte zu fragen, ob er nicht in der Amtsstube mit dem Sekretär bleiben könne. Aber der Sekretär hatte längst begriffen, daß eine derartige Gastfreundschaft für ihn gefährlich werden konnte. Es kann leicht ein Hieb danebenfallen, wenn Hiebe im selben Raum ausgeteilt werden. Und wenn Hiebe in der Luft herumflitzen, dann haben sie gewöhnlich keine Zeit, lange zu überlegen, ob sie aus Versehen auf einen Sekretär heruntersausen.

Darum ließ Don Abelardo dem Jefe gar keine Gelegenheit, eine solche Gastfreundschaft nachzusuchen. Er sagte rechtzeitig: »Es ist das beste für Sie, Don Amalio, daß Sie nun wieder hinauf in die Schulstube gehen. Sie sind hier, in meiner Amtsstube, ohne Ihre Delegierten. Das möchte leicht den Verdacht erwecken, daß wir beide hier Böses gegen die Nation aushecken. So etwas würde man Ihnen sehr übelnehmen, und gegen mich könnte man eine Beschwerde einbringen unredlicher Amtsführung und ungesetzlicher Bevorzugung wegen. Gehen Sie nur ganz ruhig wieder hinauf in die Escuela. Es geschieht Ihnen nichts. Sie stehen unter dem vollen Schutz des Gouverneurs.«

Der Indianer ging zur Tür, ohne noch ein Wort zu sagen.

Don Abelardo öffnete die Tür wieder einen Spalt weit, so daß sich Amalio gerade noch durchzwängen konnte. Sobald sich der Jefe hinausgequetscht hatte, zog der Sekretär die Tür rasch wieder zu und verrammelte sie heftig.

Es bewegte ihn nicht, daß er Amalio schmählich angelogen hatte. Bis jetzt hatte er noch keine Verbindung mit Jovel bekommen können, und aus diesem Grunde waren auch keine Soldaten auf dem Marsche, um die politische Laune eines habgierigen Gouverneurs mit Hilfe von Maschinengewehren zu einem Gesetz zu machen.

Die alten Sitten der indianischen Nation lagen weit außerhalb jeglichen Gesichtswinkels des Gouverneurs. Und darum glaubte er, daß ein Decreto von ihm die Sitten eines Volkes über Nacht ändern würde.

Amalio ging die Treppe wieder hinauf, ohne von irgendwem gehindert oder befragt zu werden.

Niemand schien ihn zu beachten.

Die Gruppe, die unten vor der Treppe lagerte, ließ sich in keiner Weise stören. Es wurde weitergeschwatzt. Einige Burschen musizierten lustig auf Mundharmonikas und Gitarren.

Man gewann den Eindruck, als ob die Massen auf dem Platze fröhlicher würden.

Bei vielen Gruppen begannen die üblichen Tänze.

24

Aber dann, wie mit einem Schlage, fiel auf die Menge ein bedrükkendes Schweigen. Jede Lustbarkeit war ausgelöscht.

Zahlreiche Gruppen wurden rührig und packten auf. Die Kinder wurden herbeigerufen und dicht bei ihren Vätern und Müttern gehalten. Säuglinge wurden eingehüllt und den Frauen auf den Rücken gebunden. Die Männer nahmen ihre Packen auf.

Jedoch alle saßen nieder.

Aller Augen richteten sich nun auf den Cabildo.

Die Gruppe, die den neuerwählten Häuptling gebracht hatte, stand auf und trat einige zwanzig Schritte zurück von der Treppe. Nun traten die drei Capitanes vor und gingen auf die Treppe zu. Sie riefen von unten laut hinauf: »Amalio, die zwei Stunden sind um. Wir sind gekommen, den Amtsstab zu übernehmen, um ihn dem neuen Häuptling, Navidad, zu übergeben. Navidad ist mit Recht und nach aller Sitte von den erwachsenen Männern unseres Barrios erwählt worden. Deine Zeit ist um. Übergib den Stab.«
Amalio war aus dem Schulraum getreten und stand nun an der Brüstung der Veranda. Als die Capitanes mit ihren Worten zu Ende waren, sagte er: »Der Decreto des Gobernador befiehlt mir, den Stab nicht zu übergeben, sondern ihn für ein weiteres Jahr zu behalten.«
Weder die Capitanes noch sonst irgendeiner in der Gruppe antwortete darauf.
Jedoch, als habe die ganze Volksmenge auf der Plaza jedes Wort gehört, das Amalio gesagt hatte, standen nun alle die zehntausend Männer auf. Es wäre wie eine Erlösung aus drückender Schwüle gewesen, hätten die Männer geschrien oder gejohlt. Aber sie blieben schweigsam. Nur einige kleine Kinder winselten, und einige Hunde bellten, aufgeweckt und aufgescheucht von dem Erheben der Massen.
Und nun, nicht aus der Gruppe der Bevollmächtigten, sondern aus einer anderen Gruppe heraus, die weit hinten, am äußersten Rande der Massen, wie angeklebt an einem Zipfel der wogenden Menge, lagerte, sprangen mehrere junge Männer hervor.
Sie liefen in einem gedrängten Knäuel. Darum vermochte man nicht zu zählen, wie viele es waren. Es konnten wohl sechs Mann sein, es konnten aber auch zehn sein.
Halb gleich flüchtigen Rehen, halb gleich angreifenden Pumas stürmten sie außen um die Massen der Indianer herum und auf den Cabildo zu.
Sie rannten nicht eigentlich, sondern sie jagten voran in langen springenden Sätzen. Ihre Körper lagen beinahe waagerecht zum Erdboden, während sie so dahinstürmten.
Jeder von ihnen trug einen Machete in der Hand. Im Lauf waren diese Machetes den Körpern weit voraus.

Die Männer waren barfüßig. Die Beine nackt bis zum Gesäß hinauf. Um den Oberkörper bauschten zerflickte, aber weiß gewaschene blusenartige Hemden, die an den Oberschenkeln, dicht unter dem Gesäß, aufgerafft und verknotet waren.
So aufeinandergedrängt hielten sich die Läufer in ihrer Jagd, daß niemand unter den Massen das Gesicht eines einzelnen erkennen konnte. Infolge der Heftigkeit ihrer Sprünge und Sätze waren die Gesichter aller auseinandergezerrt, ihre Mäuler weit aufgerissen, und ihre Augen waren zu einem winzigen Schlitz zugekniffen, die Stirnen von dicken und dunklen Falten tiefer Erregung zerfurcht. Ihr langes schwarzes Haar flatterte ihnen dick um ihre Köpfe. Alles das veränderte ihre Gesichter so weit, daß wohl kaum eine Spur ihrer wahren Gesichter gesehen werden konnte.
Es waren nur Sekunden, die sie brauchten, um von ihrer fernen Randgruppe bis zur Treppe zu gelangen.
Die Treppe nahmen sie in zwei Sprüngen. Dann befanden sie sich auf der Veranda.
Amalio, der von der Veranda aus die Massen bis zu ihren Gruppen übersehen konnte, hatte den Aufsprung jener Männer bemerkt. Er wußte sofort, was es bedeutete.
Er flog in den Schulraum hinein, rief ein rasches Wort seiner Frau und seinen Kindern entgegen und zog die Tür fest zu.
Die Tür hatte nur ein Vorlegeschloß von außen. Von innen wurde sie zugehalten von einem hölzernen Knebel, der angebracht worden war, damit Reisende, die in dem Schulraum übernachteten, die Tür auch von innen notdürftig geschlossen halten konnten.
Zwei der Männer warfen sich mit ihren Schultern gegen die Tür. Die Tür sprang gleich so gewaltig auf, daß sie aus den Angeln, die aus hartem Holz bestanden, gerissen wurde.
Ein entsetzlich schriller Schrei, der das bedrückende Schweigen auf der Plaza zerriß, als ob er die Luft mit einem kurzen Hieb auseinanderfetzen wollte, pfiff aus dem Schulraum heraus unter die Massen.
Der Schrei war von der Frau des Amalio gekommen. Er war das einzige Geräusch, das auf der Plaza von den Mengen aufgenommen wurde.
Die Gruppe des neuen Häuptlings, die am nächsten zum Cabildo

stand, hörte nur ein rasches Rumoren aus dem Schulraum und ein dumpfes kurzes Fallen von Körpern.
Für den abgehackten Bruchteil einer Sekunde stand einer der Männer an der Brüstung der Veranda, rief: »Ahoa!« und warf den Amtsstab dem Ersten Capitan so geschickt zu, daß der ihn mit den Händen auffangen konnte, ohne ihn zu Boden fallen zu lassen.
Die Gruppe des neuen Häuptlings sah dies als ein glückverheißendes Zeichen an; denn es galt als Schmach, wenn der Amtsstab eines Häuptlings irgendwo und irgendwann auf dem Erdboden lag. Der Häuptlingsstab, für den Indianer ein so würdiges, ja heiliges Symbol wie für den König eines zivilisierten Landes das Zepter, mußte stets in den Händen eines Häuptlings ruhen, und wenn der Häuptling arbeitete oder sich zum Schlafe niederlegte, so mußte der Amtsstab entweder auf dem kleinen Hausaltar vor dem Bilde des Heiligen niedergelegt werden, oder er mußte an das Kreuz, das sich in der Hütte des Häuptlings aufgestellt fand, mit dem Kopftuch des Indianers oder mit seinem wollenen Sash, den er während des Tages um die Hüften trug, angebunden werden.
Der Mann, der gleich einer Erscheinung für einen Viertelsekundenschlag an der Brüstung gestanden hatte, war sofort wieder verschwunden.
Und nun flogen aus dem Schulraum über die Brüstung der Veranda hinweg, auf den grasigen Erdboden der Plaza hin, zuerst der abgeschnittene Kopf des Amalio, dann die Köpfe seiner Frau und seiner Kinder. Gleich hinterher folgten die zerhackten Stücke der Körper der Enthaupteten.
Das alles trug sich so rasch zu, daß es für die Massen, die ihre Augen auf den Cabildo gerichtet hielten, wie ein wüster Traum erscheinen mußte. Von dem Augenblick an, wo die jagenden Indianer am Fuße der Treppe angekommen waren, bis zu jenem Moment, wo das letzte zerhackte Stück der Körper über die Brüstung im weiten Bogen geschleudert wurde, waren kaum mehr als zehn Sekunden vergangen.
Und jetzt kamen die Männer heraus. Aber es war nicht eigentlich ein Herauskommen.
Sie sprangen in einer geschlossenen Gruppe in einem Satz über die Brüstung hinweg, kollerten einige Rucke auf dem Erdboden

herum, sprangen am Rande der Massen in ihren gezogenen Sätzen entlang, und ehe man sie mit den Augen erhaschen konnte, waren sie im Busch, der an jener Seite die Plaza abschloß, verschwunden.

Alle, die aus irgendeinem Grunde bisher nicht gestanden hatten, standen jetzt auf. Auch die Frauen standen nun. Einige hielten ihre Kinder hoch.

Aller Augen wandten sich dem neuen Häuptling zu.

Die Capitanes hoben ihn hoch auf ihre Schultern, damit er von allen Angehörigen der Nation gesehen werden sollte.

Hoch in seiner rechten Hand hielt er den Amtsstab mit dem silbernen Knopf und mit der schwarzen seidenen Troddel unter dem Knopf um den Stab gebunden. Die schwarzseidene Troddel war das Zeichen, daß der Stab nicht zu einem kleinen Pueblo oder nur zu einem kleinen Stamm gehörte, sondern zu einer großen Nation, die aus mehreren Stämmen und Barrios bestand.

Als Navidad den Stab nun einige Male hin und her schwenkte, um die Männer der Nation zu grüßen, erhob sich ein einziger Jubelschrei unter den Tausenden der Männer, Frauen und Kinder.

Es war der jauchzende Siegesschrei eines Volkes, das einer fremden Macht, die seine Geschicke beeinflussen wollte, Trotz geboten hatte. Der Trutzschrei des Indianers gegen die Herrschsucht und Habgier einer ihm fremden und unwillkommenen Rasse.

25

Die Menge war nun fertig zum Abmarsch, in voller Klarheit über das, was geschehen würde. Der Siegesschrei war ihre letzte allgemeine Handlung als zusammengehöriges Volk gewesen.

Der Atem ihres Trutzschreies, des einzigen Nationalliedes, das sie kannten und zu singen vermochten, schwebte noch über den Massen, als auch schon die Tausende auseinanderzubröckeln begannen. Sie wurden jetzt wieder Sippen, Familien, Gruppen und Individuen. Jeder hatte seinen eigenen Weg, die einen einen sehr beschwerlichen Weg über steile Berge, die andern einen leichten Weg über Prärieland. Und jeder hatte seinen eigenen Weg allein zu gehen, um ihn unbehinderter gehen zu können, je nach seiner ureigenen Gefälligkeit und seiner eigenen Wahl und Vorliebe.

Die Massen fielen so rasch auseinander und lösten sich in Brocken und Fetzen mit solcher Eile auf, daß in weniger als einer halben Stunde nach dem jauchzenden Schrei das weite Feld so leer lag, als habe ein Wind jeden Gegenstand und jedes Menschlein in einem Zug heruntergefegt.

Nicht einmal ein Stückchen Zeitungspapier war liegengeblieben, um zu beweisen, daß hier auf der großen Plaza seit den ersten Stunden des neuen Tages Tausende von Menschen gelagert hatten, zu keinem anderen Zweck, als zu offenbaren, daß sie am Leben seien, und kundzutun, daß sie, solange sie am Leben seien, das zu verteidigen gedachten, was sie als recht und sittlich anzusehen von ihren Vorfahren gelernt hatten.

ZEHNTES KAPITEL

1

Während sich diese Ereignisse auf der Plaza abwickelten, lagen der Sekretär, seine Frau und seine Kinder vor dem Muttergottesbilde ihres Altars in der Wohnstube auf den Knien, haspelten nervös die Perlen an den Rosenkränzen herunter, die sie fromm in ihren vor Angst verschwitzten Händen hielten, und flehten innig die Heilige Jungfrau an, sie vor der Wut der Salvajes, der Wilden, zu schützen. Sie gelobten der Gottesfrau eine andächtige Pilgerung nach Tila, zwanzig Pesos in barem Gelde und zwölf Ein-Peso-Kerzen.

La madre del dios poderoso, die Mutter des allmächtigen Gottes, wie die Jungfrau genannt wurde, hatte daraufhin ein Einsehen mit ihren frommen Anhängern und trug das Ihrige dazu bei, daß die Indianer sich rasch und ruhig entfernten, nachdem sie sich davon überzeugt hatten, daß der Amtsstab in die rechten Hände übergegangen war.

Die Indianer hatten nie die Absicht gehabt, in dieser Angelegenheit den Sekretär zur Rechenschaft zu ziehen. Er war kein Angehöriger ihrer Nation und war darum auch nicht deren Sitten und Gebräuchen unterworfen. Es war ihr Plan gewesen, den Platz zu verlassen, sobald sie ihren Zweck erreicht sahen. Und sie verfolgten ihren Plan ohne Rücksicht darauf, ob Don Abelardo und seine Frau Rosenkränze herunterbeteten oder nicht. Mit dem persönlichen Wohlwollen der Heiligen Maria hatte ihre Nationalversammlung nichts zu tun.

Dennoch redeten sich Don Abelardo und seine Frau ein, daß sie es allein nur der Gottesmutter und ihren andächtigen Gebetsformeln und materiellen Gelöbnissen verdankten, daß die Indianer sich um den Secretario nicht kümmerten, sondern sich so benahmen, als wäre er gar nicht auf der Welt.

Don Abelardo und seine Frau unternahmen die gelobte Pilgerfahrt nach Tila natürlich nicht, was menschlich durchaus verständlich ist, denn jene Pilgerfahrt war mit allerlei Unbequemlichkeiten und mit noch mehr Kosten verknüpft. Sie opferten auch die versprochenen zwanzig Pesos nicht, gleichfalls begreiflich, denn einige Tage später kam ein arabischer Händler durch den Ort, der mehrere schöne Kleider auslegen konnte, von denen eines der Frau des Sekretärs so gut gefiel, daß sie erklärte, für den Besitz des Kleides sterben zu wollen. Um es kaufen zu können, wurden jene zwanzig Pesos mit herangeholt. Ferner mußte sich das Muttergottesbild in der Wohnstube des Sekretärs anstatt der versprochenen Ein-Peso-Kerzen mit gewöhnlichem Brennöl begnügen, an dem auch noch in der Weise herumgespart wurde, daß die Frau nur ganz dünne Dochte verwandte, die auf einer Blechscheibe in dem Öl schwammen und von denen das Dutzend zehn Centavos kostete.

2

Noch am selben Tage gelang es dem Sekretär, telephonische Verbindung mit Jovel zu bekommen. Das war etwa gegen Mittag. Aber der Garnisonkommandant selbst konnte noch nicht erreicht werden, denn es war Neujahrstag, und jedem Neujahrstage geht bekanntlich ein Silvesterabend voraus. An jenem Silvesterabend hatte auch der Garnisonkommandant teilgenommen, so erfolgreich, daß er erst gegen fünf Uhr nachmittags seinen Adjutanten zu fragen imstande war, was inzwischen irgendwo sich vielleicht zugetragen haben könnte.

Das Telephongespräch war, infolge der vortrefflichen Leitung, die wie gewöhnlich auf dem Erdboden schleifte, verstümmelt im Dienstzimmer der Kommandantur angekommen. Der Sekretär hatte keine direkte Leitung mit der Kommandantur. Das Gespräch wurde durch Vermittlung mit anderen Stellen weitergegeben. Jede Vermittlung gab den Bericht mündlich weiter, und jeder Vermittler fühlte sich berufen und verpflichtet, das Gespräch je nach seiner Laune, seinem Temperament, seiner Erfindungsgabe und seiner Hörfähigkeit aufzunehmen und weiterzugeben.

So gelangte im Dienstzimmer der Kommandantur der Bericht an, daß fünfzigtausend Indianer in Pebvil in heller Rebellion gegen die Regierung seien und daß sie den Präsidenten und den Sekretär der Zentralgemeinde und deren Familien ermordet hätten.

Im Cuartel war nur die Wache anwesend, weil die Soldaten infolge

des Neujahrsfestes freien Ausgang hatten und vor zwölf Uhr nachts nicht in den Cuartel zurückkamen, eine gute Anzahl von ihnen reichlich eingeweicht.
Der Kommandant hatte für den Neujahrsabend bereits andere Pläne. Er wollte auch die friedliche Stadt, die im Nachrausch des Silvesterabends schwankte, nicht unnötig aufregen, was geschehen wäre, wenn er durch Mobilmachungssignale die Soldaten, die in allen möglichen Winkeln und Ecken der Stadt mit ihren Mädchen sich daran erfreuten, daß nun wieder ein neues Jahr begonnen habe, hätte zusammenblasen lassen. Er wurde in seinem neutralen Verhalten bestärkt, als am späten Nachmittag das Telephongespräch durch Rückfragen berichtigt wurde und es sich herausstellte, daß die Indianer alle abgewandert seien und nur der Jefe, ein Indianer, ermordet worden sei, während der Sekretär, ein Ladino, am Leben sei und persönlich telephoniert habe.
Der Kommandant gab darum den Befehl aus, daß am nächsten Morgen ein Capitan mit dreißig Mann Kavallerie nach Pebvil abmarschieren solle, um an Ort und Stelle zu erfahren, was eigentlich geschehen sei und ob Ursache vorliege, eine größere Truppe abzuschicken und dort für einige Zeit einzulagern.

3

Es war am Vormittag des nächsten Tages, als Don Gabriel, der die unabhängigen Dörfer der Indianer absuchte, um Arbeiter für die Monteria aufzukaufen, in Pebvil eintraf.
Don Abelardo erzählte ihm die Ereignisse so heiß, wie sie ihm noch in seinem ganzen Körper kochten.
Don Gabriel, der sich, seinem Geschäft zuliebe, Mühe gab, die große Kunst zu lernen, den Charakter der Menschen aus ihrem Gesicht und ihrem Benehmen abzulesen, um diese Kenntnis erfolgreich für sein Geschäft gebrauchen zu können, versuchte die erlernten Anfangsgründe jener Wissenschaft gleich anzuwenden. Es muß freilich gesagt werden, daß Don Gabriel nur glaubte, eine neue Wissenschaft praktisch zu verwerten; denn die Wahrheit ist, daß er Don Abelardo genügend lange kannte, um zu wissen, wie er ihn zu behandeln habe, um auf den Knotenpunkt des Lebens zu stoßen, das heißt, auf Geschäfte, die Geld bringen.

Er sagte, als Don Abelardo sich die Geschichte von Leib und Seele heruntergeredet hatte: »Ich muß gestehen, Don Abelardo, daß ich Sie bewundere für diesen geradezu unerhörten persönlichen Mut, den Sie angesichts von dreißigtausend rebellischen Indianern gezeigt haben. Ich vermute, die ganze mexikanische Geschichte kennt nicht ein einziges zweites Beispiel solcher Kaltblütigkeit und solcher Tapferkeit gegenüber den Tausenden von mordgierigen Indianern. Wie Sie das zuwege gebracht haben, gerade in dem Augenblick, als die Hände jener Wilden noch vom Blute der Hingerichteten träufelten, allein, mutterseelenallein und ohne Revolver, so ohne weiteres offen aus der Tür zu treten und auf den Platz zu gehen und diese erregten Massen zur Besinnung aufzurufen und ihnen kalt den Befehl zu geben, ruhig nach Hause zu gehen und in Frieden und Ordnung zu gehen, das ist bewundernswert. Ich hätte das gewiß nicht vermocht. Ich würde mich mit meiner Frau im finstersten Winkel meiner Wohnstube verkrochen haben und würde nichts anderes unternommen haben, als vor der Purisima zu knien.«

Bescheiden antwortete darauf Don Abelardo: »Die Wahrheit gesprochen, Don Gabriel, la verdad es asi, ich habe mächtig gezittert für einige Augenblicke, als die Stücke von der Veranda herunterflogen.«

»Das ist doch ganz klar, daß Sie ein wenig nervös waren«, sagte Don Gabriel geschickt, »darin zeigt sich eben der rechte Held, daß er die Gefahr kennt. Und gelegentlich einmal zu zittern, ist das gute Recht eines jeden Helden; denn wenn jemand nie zittert, dann kennt er eben die Gefahr nicht, und wer die Gefahr nicht richtig einzuschätzen vermag, kann nie ein Held genannt werden, wenn er dieser Gefahr ins Auge sieht.«

»Richtig, richtig, Don Gabriel, genau, aber ganz genau so war es mit mir. Ich habe mich aber bezwungen, und ich habe den Burschen einmal gezeigt, was ein Ladino unter solchen Umständen zu tun vermag. Ich habe die Autorität hochgehalten. Das haben diese Wilden auch sofort erkannt, daß sie mit mir nicht herumspielen können. Darum haben sie auch willig meinen Befehl, ruhig und in Frieden nach Hause zu gehen, so rasch und widerstandslos erfüllt.«

Als ob er bereits vor dem Gouverneur stände, sagte Don Gabriel: »Ich werde schon dafür sorgen, daß Ihre tapfere Tat hier weit bekannt wird. Überlassen Sie es nur ganz mir und meiner guten Bekanntschaft mit dem Gouverneur und den Jefes Politicos, daß ich Ihr grandioses Verhalten an die richtigen Stellen lenke. Eine solche Tat wie die Ihre darf nicht in Vergessenheit geraten. Sie muß als strahlendes Beispiel der Tapferkeit eines Beamten auf verlorenem Posten durch das ganze mexikanische Volk leuchten. Sobald ich nach Tullum komme, werde ich sofort mit allen Korrespondenten der Periodicos sprechen, daß diese Geschichte publiziert wird. Steht es einmal in den Zeitungen, dann wird Ihre Tat in Ewigkeit nicht vergessen. Zeitungen leben, wenn auch alle Menschen nach und nach zugrunde gehen müssen. Ich kenne die Korrespondenten alle persönlich, und sie alle sind willig, mir eine Gefälligkeit zu erweisen.«
Man darf Don Gabriel nicht für einen solchen Dummkopf halten, daß er im Ernst die Geschichte glaubte, die ihm der Sekretär vorgewärmt hatte. Er selbst war ja Sekretär gewesen. Er selbst wußte am besten, wie er sich benehmen würde bei einem solchen Ereignis, wie es sich angeblich in Pebvil zugetragen haben sollte. Und daß irgendein Sekretär, ganz gleich, wie er aussah, ganz gleich, wie er hieß, ganz gleich, wie viele Revolver er im Gürtel trug, ganz gleich, welche gewaltigen Reden er schwenken konnte, wirklich gehandelt haben würde, wie Don Abelardo behauptete, gehandelt zu haben, das würde sogar der Erzbischof von Mexiko dem Don Gabriel nicht mit Erfolg einreden können. Don Gabriel kannte sich, und er kannte einige Dutzend von Sekretären, und daß er selbst oder auch nur ein einziger aus den Dutzenden eine Ausnahme gemacht haben würde, darauf hätte Don Gabriel nicht einen Peso gegen hundert gewettet.
Aber weil er sich selbst genügend gut kannte, darum kannte er auch genügend gut Don Abelardo.
Und er hatte ihn richtig eingeschätzt.
Don Gabriel hätte nach dieser Unterredung von dem Sekretär alles bekommen können, die Frau, das beste Pferd und hundert Indianer für die Monterias, wenn Don Abelardo frei darüber hätte verfügen können.

Don Gabriel war hier nicht, um die Prahlereien des Sekretärs hinunterzuschlucken, ihn über den Unbekannten Soldaten hinaus zu loben und ihm versteckte Versprechungen auf die Präsidentschaft der Republik zu machen, sondern er war hier, Indianer für die Monterias aufzukaufen. Und alles, was er tat und sagte, galt diesem edlen Zwecke.

Bis jetzt sah er noch nicht ganz klar, wie ihm die Indianer in die ausgespannten Netze laufen würden. Aber er hatte bereits seine Ideen und Pläne.

Er benötigte nur noch die Ankunft der Soldaten, um mit der Arbeit zu beginnen. Er hoffte, daß der Mayor oder der Coronel, der die Soldaten herbrachte, guten Vorschlägen zugänglich sein werde. Auch Coroneles waren Menschen, und sie hatten darum ihre ewigen Geldnöte. Wer in Geldnöten ist, kümmert sich gewöhnlich nicht sonderlich um die Geschicke anderer Menschen, soweit diese Geschicke nicht in irgendeine Verbindung mit der Lösung seiner finanziellen Schwierigkeiten gebracht werden können. Wenn diese Geschicke sich nun gar noch auf Menschen beziehen, die Indianer sind und aus diesem Grunde nicht eigentlich den vollen Anspruch darauf erheben können, als Menschen angesehen und behandelt zu werden, dann schiert sich das Gewissen nicht darum, ob jene Kreaturen Geschicke haben oder nicht.

4

Don Gabriel und Don Abelardo saßen gerade beim Frühstück, als der Trupp Kavallerie mit einem Capitan Primero als Kommandant vor dem Cabildo ankamen.

Der Trupp hatte sich für den Ritt hierher reichlich Zeit genommen. Der Capitan ließ auf dem Wege einen vollen Tag halten, um einen kleinen Ausflug nach einem Rancho in der Nähe zu unternehmen, weil dort ein Ranchero lebte, dessen sehr hübsche Nichte gerade auf Besuch war.

Der Capitan besaß die übliche Intelligenz von Offizieren. Auf Grund dieser Intelligenz sagte er sich, daß die Indianer warten könnten und daß er sie auch dann antreffen würde, wenn er zwei Tage später ankäme. Die Indianer liefen nicht fort, weil sie ihre Erde liebten. Dagegen war es nicht so sicher, daß die Nichte auch morgen noch anzutreffen war, denn sie wohnte in Tapachula, und es mochte wohl sein, daß sie ihren Aufenthalt hier nicht lange ausdehnte.

Der Capitan war aber nicht nur intelligent, er war auch klug in weltlichen Dingen, die an sich mit Kriegführung und Soldatendrillen nicht gerade viel zu schaffen haben. Er bekam für die gefährliche Expedition hohe Diäten, Kriegszahlung. Andere Völker machen häufig Krieg mit ihren Nachbarn, um ihren Offizieren Kriegslöhnung bewilligen und auszahlen zu können. Mexiko hat diesen Vorteil nur in sehr beschränktem Maße. Darum müssen Militärrevolten und Indianerrebellionen nachhelfen, um den Generalen und den übrigen Rängen Kriegslöhne zukommen zu lassen. Wenn Offiziere nicht gelegentlich Kriegslöhne erhalten können oder ihnen wenigstens diese erhöhten Diäten mit Hilfe schreiender Zeitungsartikel in steter Aussicht stehen, dann werden sie sauer und manschen gar in Politik herum.

Man soll darum dem Capitan nicht verdenken, daß er auf seinen Vorteil bedacht war und versuchte, die Expedition in die Länge zu zerren. Selbst Vierteltage wurden als ganze Tage bezahlt. Hätte Pebvil kein Telephon gehabt, das gelegentlich doch einmal ernsthaft arbeiten mochte, dann würde der Capitan wahrscheinlich einen großen Bogen geschlagen haben, ehe er in dem Bestimmungsort eintraf. Und er würde den Bogen damit begründet haben, daß er reportiert hätte, er habe den Indianern mehrere Schlachten liefern müssen, ehe er Zutritt zu dem Ort gewinnen konnte.

Es ist keineswegs so selten, wie man in Grönland vielleicht glaubt, daß Offiziere aufständischen Indianern und Banditenhorden Schlachten liefern, bei denen den Indianern oder den Banditen Maschinengewehre und die dazugehörige Munition in die Hände fallen, weil Kriegsglück schwankt. Aber die Generale werden von diesem schwankenden und trügerischen Kriegsglück nicht getroffen. Denn am Tage nach der Schlacht kommt der Banditenführer und bezahlt dem General ein schönes Sümmchen für die eroberten Maschinengewehre. Der Banditenführer oder der Häuptling der rebellischen Indianer weiß den Wert der Maschinengewehre zu schätzen. Außerdem gibt ihm der General einige Tage vorher

genau zu wissen, wieviel der Banditenführer für die Maschinengewehre, die er in der Schlacht erobern wird, zu zahlen hat.
Von Vaterlandsverrat und von Verschleudern staatlichen Eigentums zu reden, ist billig in einem solchen Falle. Denn es handelt sich hier nur um kleine Geschäfte. Auf den Schlachtfeldern Europas, wo, nach dem Glauben der erregbaren Bürgerchen, um Ehre und Staatsbestand gekämpft wird, sind diese Geschäfte lediglich umfangreicher. Das ist der Unterschied. Und es kommt nur in sehr verunglückten Fällen dem Bürgerlein zur Kenntnis, wenn Magnaten den fremden Mächten Öl, Kohle, Unterseeboote, Kanonen, Kriegsschiffe und Panzerplatten um die Hälfte billiger verkaufen als dem eigenen und geliebten Vaterlande. Die Tat eines mexikanischen Generals sieht nur darum schäbig aus, weil sie ehrlich ist, ganz offen betrieben wird und weil sie sich in Ziffern abwickelt, die der Bürger begreift. Erst wenn die Geschäfte mit hundert Millionen beginnen, besteht eine Möglichkeit, ja die Sicherheit, geheime Staatsgründe vorzuschieben, um Untersuchungen und Prozesse zu vermeiden. Denn sobald es sich um Staatsgründe handelt, wird die Öffentlichkeit ausgeschlossen; und weil alle Beteiligten, einschließlich der Richter des obersten Staatstribunals, alle an derselben Krippe sitzen, wird nicht aus der Schule geschwatzt. Man darf hierbei nicht vergessen, daß an allen Geschäften, bei denen die niedrigste Ziffer nicht geringer ist als hundert Millionen Dollar, Pfund oder Mark, sich nur solche Leute beteiligen können, die das Recht haben, am Klingelknopf der Regierung nach Belieben drücken zu dürfen.

5

Das Kapitänchen dieser Expeditionstruppe betrachtete sich schon auf gutem Wege, wenn es hundert Pesos am Rande verdienen konnte. Würde ein General den Trupp geführt haben, dann hätte Don Gabriel wahrscheinlich kein Geschäft mit dem Wahlsystem der Indianer machen können.
Der Capitan befahl Absitzen, und er übergab dem Sargento Primero das Kommando.
Don Abelardo und Don Gabriel waren herausgekommen, und sie begrüßten den Offizier.

Die Herren schüttelten sich kräftig die Hände. Dabei dachte jeder bereits bei sich, wieviel er wohl an dem andern und durch den andern in irgendeiner Weise verdienen könnte.
Ein indianisches Hausmädchen brachte eine Kürbisschale mit Wasser, und der Capitan wusch sich den Staub ab. Dann folgte er der Einladung des Don Abelardo, an dem eben begonnenen Frühstück teilzunehmen. Das kam Don Gabriel sehr gelegen, weil sich beim Essen, besonders aber nach einem guten Essen, Geschäfte schmiegsamer abwickeln als unter trockenen Umständen.

6

Die Caballeros begannen auch gleich auf den Punkt zu kommen, um keine Zeit mit Reden zu verbringen, die nichts eintragen.
»Der Ort scheint wie ausgestorben«, sagte der Capitan.
»Richtig, Capitan«, antwortete Don Abelardo. »Die Männer haben sich alle davongemacht. Es sind nur die Frauen hier und die Kinder.«
»Wissen Sie, wer den Presidente und dessen Familie erschlagen hat?« fragte der Offizier.
»Nein, das weiß ich nicht«, erwiderte Don Abelardo. »Ich habe von der Tür aus die Mörder herankommen sehen. Aber sie rannten so schnell und so dicht aufgruppiert, daß ich kein Gesicht erkennen konnte. Sie trugen keine Hüte. Und weil die Hüte das einzige Merkmal sind, an denen man den Stamm erkennt, zu dem ein Indianer gehört, kann ich nicht einmal bestimmt sagen, wo die Männer her waren. Ich habe die Überzeugung, daß die Mörder nicht zur Nation hier gehörten, sondern nur hergerufen wurden, um die Hinrichtung zu vollziehen. Das haben die Granden der Nation absichtlich getan, um jeden Verdacht von der Nation abzulenken und so zu verhüten, daß gegen die Nation eine Strafexpedition legalerweise unternommen werden kann. Ungesetzlich können wir aber gegen die Nation nicht vorgehen. Würden wir die Nation in irgendeiner Form zur Rechenschaft ziehen, ohne bestimmt zu wissen, daß die Mörder zur Nation gehören oder von der Nation gedungen wurden, dann begehen wir eine ungesetzliche Handlung, die weder Sie, noch ich, noch der Señor Gobernador gegenüber der Regierung verantworten können.«

»Dann weiß ich nicht, was ich hier tun soll«, sagte der Offizier. »Ich bin hierherkommandiert worden, um Ruhe und Frieden zu schaffen. Aber es ist auch nicht eine Seele hier anzutreffen. Der neue Jefe ist vor dem Gesetz unschuldig; denn wir können nicht beweisen, daß er die Mörder gedungen hat. Wir haben auch kein Mittel, einen solchen Beweis zu erbringen. Ganz im Gegenteil, wir müssen den neuen Jefe als berechtigten Häuptling der Nation anerkennen, ob es uns nun gefällt oder nicht. Lehnen wir ihn ab, wählen die Leute ihn wieder und wieder.«

»Das alles ist richtig, mi Capitan«, meinte der Sekretär. »Jedoch wir können den Vorfall nicht auf sich beruhen lassen, weil er eine Störung des öffentlichen Friedens bedeutet. Aus Gründen der Autorität müssen Sie irgend etwas hier unternehmen, um der Nation zu offenbaren, daß sie nicht tun kann, was ihr beliebt, und daß Decretos und Verordnungen der Regierung befolgt werden müssen.«

»Bueno. Muy bien, muy mucho bien. Pero, pero – ja, was meinen Sie, was ich hier tun kann?«

»Das weiß ich selbst nicht genau. Wären einige Männer hier am Ort, so könnten wir sie aufjagen und als Warnung füsilieren. Das wirkt immer und zeigt der Nation, daß wir regieren und die Macht haben, die Forderungen der Regierung durchzusetzen.«

»Ich befinde mich in einer üblen Lage«, sagte der Offizier. »Ich muß einen Report an den Jefe de las Operaciones Militares machen. Und ich muß irgend etwas hier tun. Ich kann hier nicht einfach abziehen und reportieren, daß ich den Ort in Frieden gefunden habe und ich nichts weiter getan habe, als meine Soldaten hier einige Tage einzulagern und sie dann wieder abmarschieren zu lassen. Das kann mich sehr leicht einen schweren Vorwurf kosten. Wenn Sie mir doch nur sagen wollten, was ich tun kann. Sie kennen die Nation, und Sie wissen, in welcher Weise man ihnen die Macht der Regierung beibringt. Unverrichtetersache hier abzumarschieren, macht uns lächerlich. Die Indios glauben, daß sie die Herren hier sind. Das können wir nicht zulassen.«

Nun mischte sich Don Gabriel ein: »Vielleicht warten Sie einen Tag oder zwei, Capitan. Zuweilen ergibt sich etwas ganz von selbst, wenn man der Zeit vertraut.«

»Das ist gut«, sagte der Offizier. »Warten wir einmal, was sich heute im Laufe des Tages oder morgen zuträgt.«
Nach dem Frühstück versuchte der Capitan Verbindung mit der Garnison zu bekommen, um Instruktionen einzuholen.
Es wurde ihm gesagt, daß der General angeordnet habe, er möge nach eigenem Gutdünken handeln und zurückkommen, sobald er sicher sei, daß ähnliche Vorfälle sich nicht wiederholen würden.
So wurde dem Capitan, einem jungen Manne, die volle Verantwortung aufgeladen, und der General blieb ungeschoren.

7

Die Caballeros vertrieben sich nun die Zeit mit Kartenspielen und Trinken.
Der Sekretär hatte den Ort beauftragt, Verpflegung für die Soldaten herbeizuschaffen.
Bald kamen die Frauen mit Eiern, Hühnchen, Tortillas, Bohnen.
Der Sekretär bezahlte ihnen dafür einige Centavos. Wenig genug, daß es ihm nicht wehe tat. Er wußte schon, wie er diese Ausgaben für die Verpflegung der Soldaten mit Gewinn für sich verrechnen würde. Grundprinzip im Leben ist, keine Gelegenheit vorübergehen zu lassen, an der man verdienen kann. Gelegenheiten haben keinen anderen Zweck.
Gegen vier Uhr nachmittags kam endlich eine Gelegenheit, die allen drei Caballeros aus den Schwierigkeiten half, die jeder einzelne von ihnen hatte.

8

Vierzehn Indianer, Angehörige der Nation, kamen über den Platz marschiert, um zu ihrem Barrio, der östlich des Zentralortes lag, heimzukehren.
Sie waren in Balun Canan zum Weihnachtsmarkt gewesen, wo sie Felle, Schweinchen, Petates und Wolle verkauften und für den Erlös ihrer Produkte Waren erwarben, die sie in ihrem Haushalt und für ihre Arbeit auf den Feldern benötigten.
An den Vorfällen, die sich am Neujahrstage hier zugetragen hatten, waren sie völlig unschuldig; denn sie waren ja nicht hier gewesen. Sie wußten auch nichts von den Vorgängen, sonst wären sie

ganz gewiß nicht hier offen über den Platz gezogen. Und ganz offenbar hatten sie auch niemand auf den Wegen angetroffen, der ihnen etwas hätte berichten können, um sie davor zu warnen, den Zentralort zu berühren. Sie waren über die Höhe gekommen, weil dies der kürzeste Weg zum Cabildo war. Wären sie einen anderen Weg gegangen, so hätten sie die Soldaten rechtzeitig hier lagern sehen können.

Die Anwesenheit von Soldaten ist immer verdächtig. Überall auf Erden. Und ob man nun ein zivilisierter Europäer ist oder ein halb zivilisierter Indianer, man geht Soldaten instinktiv aus dem Wege. Und man tut gut daran. Denn man weiß nie, was geschehen mag. Ganz besonders in Mexiko ist ein jeder Soldaten gegenüber vorsichtig. In Mexiko gibt es keine Wehrpflicht. Aber in Revolutionen und Militärrevolten geschieht es tausendmal, daß ein unschuldiger Mann, der ruhig seines Weges daherkommt, von den Soldaten aufgegriffen und zwangsweise in die Truppe eingezogen wird, um je nachdem, wie es sein Glück gerade will, entweder für die Federalregierung oder für den rebellischen General oder für den Führer einer großen Banditenhorde zu kämpfen. Fällt er bei einem Kampf in die Hände des Gegners, so wird er entweder füsiliert wegen Verrats, oder er wird in die Truppe des Gegners eingereiht, um bei einem neuen Wechsel des Schlachtenglückes dann von dem früheren Trupp wegen Verrats und Desertion füsiliert zu werden. Wenn diese Anwerbung schon Mexikanern und oft genug Fremden, Amerikanern oder Engländern, geschehen kann, dann um so mehr einem Indianer, der als herrenloses menschliches Gut von jedem angesehen wird, der ihn antrifft.

Aber als die Indianer auf ihrem Wege die Höhe überschritten hatten, waren sie auch schon so dicht an dem ausgestellten Posten, daß sie nicht mehr umkehren konnten. Das würde den Verdacht des Postens erweckt haben, und er würde sofort auf die Indianer schießen. Und weil die Soldaten Pferde hatten, wären alle Indianer schnell eingefangen.

Aus diesen Gründen gingen die Männer ruhig ihres Weges auf den Cabildo zu. Da sie friedlich auf den Cabildo zugingen, ließen die Soldaten die Leute ruhig passieren, ohne sie festzunehmen und ihrem Chef vorzuführen.

Der Grund, warum die Männer den Weg über den Zentralort gewählt hatten, war nicht allein, weil dieser Weg am kürzesten zu ihrem Barrio führte, sondern auch, weil einige der Männer ein Geschäft mit dem Secretario abzuwickeln hatten.
Der eine von ihnen brachte Briefe von der Post mit. Ein anderer sollte eine Botschaft von einem Kaufmann an den Sekretär ausrichten. Wieder ein anderer hatte von dem Sekretär den Auftrag erhalten, einige Sachen für ihn in Balun Canan einzukaufen, die er nun abliefern wollte. Die Mehrzahl der Leute wollte diese Gelegenheit benutzen, um fällige Abgaben an den Sekretär zu entrichten, was sie jetzt tun konnten, nachdem sie in Balun Canan bares Geld für ihre Produkte eingenommen hatten.
Alle aber gedachten im Schatten des Cabildo zu rasten, sich ihren Posol anzurühren, eine Zigarre zu rauchen und vielleicht einen kleinen Comiteco von dem Sekretär zu kaufen. Denn von hier aus hatten sie noch einen Marsch von etwa drei Stunden vor sich.

9

Die Caballeros saßen an einem Tisch im Portico des Cabildo. Hier saßen sie und spielten Karten, während die Comiteco-Flasche auf einem Schemel in leicht erreichbarer Nähe stand.
Die Indianer kamen heran. Sie warfen ihre schweren Packen ab und traten dicht an die Pfosten des Portico, wo sie höflich stehenblieben, um zu warten, bis der Secretario es für geeignet fand, sie anzusprechen und sie zu fragen, was sie wollten.
Sie begrüßten ihn und die beiden anderen Caballeros, wobei sie jedesmal die flache Hand an ihren Kopf legten und dann, mit einer Verbeugung, die flache Hand jedem Begrüßten zustreckten, aber ohne sie ihm zu reichen.
Der Sekretär sagte zu seinen beiden Mitspielern: »Con su permiso, Caballeros«, stand auf und ging auf die Männer zu.
Er lud sie ein, in das Amtszimmer zu kommen und ihre Aufträge auszuführen. Die Indianer gaben ihre Briefe und die bestellten Waren ab, und diejenigen, die Abgaben schuldeten, bezahlten die Sümmchen an den Sekretär aus.
Während dieser Zeit waren Don Gabriel und der Offizier allein im Portico.

Sie reckten sich gelangweilt, sahen über die Plaza hin, schenkten sich einen neuen Comiteco ein und zündeten sich eine Zigarre an. Sie standen lässig auf, traten mit den Füßen auf dem Boden herum, um die Beine zu beleben, und setzten sich wieder.

10

»Hören Sie, Capitan«, begann Don Gabriel, »hier ist eine vortreffliche Gelegenheit für Sie, etwas zu tun. Die Gelegenheit, die sich Ihnen hier und jetzt bietet, kommt nicht bald wieder. Wenn Sie mit Ihrer Truppe in die Barrios ziehen, treffen Sie nicht einen einzigen Mann dort an. Das verbreitet sich wie ein Kanonenschuß in der ganzen Nation, daß Sie die einzelnen Barrios aufsuchen, um dort Leute herauszuholen und abzuurteilen. Das beste, was Sie tun können, und das einzige ist, daß Sie diese vierzehn Burschen hier festnehmen und als Gefangene zur Garnison bringen. Überlassen Sie es dann dem General oder dem Gericht, was sie mit den Gefangenen tun wollen. Aber Sie sind dann wenigstens nicht ganz unverrichtetersache hierhergekommen, um Frieden zu schaffen.«
»Maravilloso«, rief der Capitan aus. »Das ist eine vorzügliche Idee von Ihnen, Don Gabriel, caray. Nichts Besseres in der Welt als das. Sie haben recht, ich überlasse es dem General, was er mit den Leuten tun will, und mir kann von niemand die Haut gekitzelt werden. Ich sehe, Sie sind einmal ein guter Sekretär gewesen. Sie wissen, wie man solche Sachen behandelt.«
Der Capitan rief den Sergeanten herbei und befahl ihm, die Leute festzunehmen, sobald sie alle wieder beieinander seien und ihre Geschäfte mit dem Sekretär abgewickelt hätten.
Die vierzehn Indianer wurden ins Gefängnis gesperrt, das gerade genügend Raum hatte, um vier Mann unbequem unterzubringen.

11

Der Tag ging zu Ende, die Caballeros saßen beim Abendessen. Sagte Don Gabriel, als die Teller von dem indianischen Mädchen abgeräumt waren: »Es läßt sich mit den gefangenen Muchachos noch etwas anderes tun, mi Capitan.«
Don Gabriel hatte vor dem Abendessen, als der Capitan die Abendparade abhielt und der Sergeant die Posten für die Nacht

bestimmte, mit Don Abelardo alles, was nötig war, bereits besprochen und dessen Zustimmung erhalten, ohne daß der Capitan etwas davon wußte.

»Was meinen Sie, Don Gabriel«, fragte der Capitan, »was ich mit den Prisioneros, mit den Gefangenen, tun sollte?«

»Die Leute mitzunehmen«, erklärte Don Gabriel, »kann seine Schwierigkeiten haben. Sie können auf dem Wege weglaufen. Es kann geschehen, daß die ganze Nation über Ihren Trupp herfällt, um die Leute zu befreien, und dann bleiben weder Sie noch sonst einer Ihrer Leute am Leben.«

»Vielleicht richtig«, erwiderte der Offizier nachdenklich.

»Und was wird man mit den Leuten in Jovel tun? Gar nichts!« beantwortete sich Don Gabriel selbst. »Man läßt sie frei, weil sie nachweisen können, daß sie während der Rebellion nicht am Orte waren. Sie waren in Balun Canan, worüber kein Zweifel besteht. Dann war die ganze Mühe hier umsonst. Ich würde nun raten, daß Sie die Gefangenen hier gleich selbst aburteilen.«

»Ich habe aber kein Recht, sie zu füsilieren«, wandte der Capitan ein.

»Gerade darum«, sagte Don Gabriel. »Gerade darum, weil Sie kein Recht haben, die Burschen zu erschießen, darum können Sie etwas anderes tun, was ebenso wirksam ist. Nehmen Sie die Gefangenen in eine genügend hohe Geldstrafe. Da die Leute zu der Nation gehören, die hier den Mord begangen oder angeordnet hat, so wird die Nation die Geldstrafe auf sich nehmen. Jeder einzelne der Nation wird seinen Anteil beitragen müssen, um die Geldstrafe dieser Leute zu übernehmen. Dadurch wird jeder der Nation getroffen, und die Nation lernt, daß sie mit der Regierung nicht herumspielen kann.«

»Das ist richtig«, meinte der Offizier. »Was meinen Sie dazu, Don Abelardo? Sie sind ja hier el Secretario und haben ein gewichtiges Wort mitzureden.«

»Ich bin der Ansicht«, erwiderte der Sekretär, »daß der Vorschlag des Don Gabriel der beste ist, der in Frage kommt. Mit einer Geldstrafe trifft man die Burschen heftiger als mit Füsilieren oder mit Gefängnis. Aus Füsilieren und aus Gefängnis machen sie sich gar nichts. Das ist ohne Wirkung. Ich weiß das aus Erfahrung.

Und ich denke, ich bin hier lange genug Secretario, um zu wissen, wie man die Leute zu behandeln hat, um sie zur Anerkennung der Regierung zu bringen.«

»Wenn Sie dieser Meinung sind, Don Abelardo«, sagte darauf der Capitan, »dann kann ich handeln. Mir ist anbefohlen worden, mich mit Ihnen über geeignete Strafmittel und Verhütungsmaßregeln fernerer Rebellionen zu beraten und Ihren Vorschlägen zu folgen, soweit es sich mit meiner militärischen Expedition verträgt.«

»Gut denn«, sagte nun Don Gabriel, »über das Prinzip wären wir einig. Können wir jetzt die Einzelheiten besprechen. Ich schlage vor, daß für jeden Prisionero die Geldstrafe auf einhundertfünfzig Pesos festgesetzt wird. Aber, wie Sie wissen, wir alle müssen leben. Auch Sie, mi Capitan. Sagen wir, daß Sie von je hundertundfünfzig Pesos fünfzig Pesos erhalten, die wir nicht verrechnen. Das bleibt hier unter uns, Caballeros. Fünfzig Pesos bleiben für uns beide, für Don Abelardo und für mich. Und fünfzig Pesos für jeden Mann bringen Sie zu Ihrem Chef, dem General. Wir stellen hier die Strafquittungen auf fünfzig Pesos aus. Die Burschen wissen ja nicht, wieviel sie unterschreiben, und der General wird nie Gelegenheit haben, die Burschen zu befragen. Er läßt sich mit solchen Unwichtigkeiten, wie das Befragen von Indianern, die nicht Spanisch sprechen können, nicht ein. Außerdem schaffen wir die Burschen sofort aus dem Wege, weit genug, daß niemand sie befragen kann.«

»Wie aus dem Wege?« fragte der Offizier.

»Ich nehme sie einfach mit nach den Monterias, wo sie die Geldstrafen abverdienen können. Ehe sie von dort wieder zurückkommen, hat die Garnison in Jovel zehnmal den Platzkommandanten gewechselt.«

Don Gabriel vermochte das so vortrefflich klarzumachen, daß der Capitan das als die schönste Lösung der schwierigen Aufgabe dieser Strafexpedition ansehen lernte.

12

Der Offizier war kein Schurke. Er war nur in ewiger Geldnot, das war der Nachteil seines Lebens. Geld war ihm ebenso willkommen wie jedem anderen Menschen, der mehr Ausgaben hat als Einnahmen.

Als ein wirklich guter und brauchbarer Offizier kannte er die Charaktereigenschaften seiner Vorgesetzten vorzüglich. Eine vortreffliche Kenntnis und richtige Beurteilung des Charakters ihrer Vorgesetzten hat wohl mehr Untergebenen geholfen, Rangstufen zu überspringen und bevorzugte Stellungen in der Armee und in Ministerien und Gesandtschaften zu erhalten, als irgendeine andere Kenntnis, etwa gar eine eingehende Kenntnis militärischer Wissenschaften. Seine Vorgesetzten gut zu kennen und richtig zu beurteilen, ist für eine rasche Beförderung eines Offiziers hundertfach wichtiger als eine bewundernswerte Tapferkeit vor dem Feinde oder das kühne Nehmen eines gepanzerten Forts. Offiziere, die einen feinen Fühler für ihre Generale haben, finden keine Gelegenheit, Forts oder befestigte Stellungen zu nehmen; denn sie kommen dem Feind nicht nahe genug. Sie sind, ihrer besonderen Kenntnisse wegen, weit hinter der Front wichtiger. Und weil Krieg ja ein Geschäft ist wie jedes andere, so liegt hier nichts verborgen, was man als eines Offiziers unwürdig bezeichnen könnte, um so weniger, als alle Armeen auf Erden die gleiche Ansicht haben über das, was nötig ist, um von einem Manne sagen zu können, daß er ein vortrefflicher Offizier sei.

Weil der Capitan seinen General sehr gut kannte, so kannte er auch dessen Lebensnöte. Und seinem General die Lebensnöte zu erleichtern, war seine Pflicht als Untergebener.

Dem General waren vierzehnmal fünfzig Pesos in barem Gelde bei weitem willkommener als vierzehn verlauste Indianer, die als Gefangene eingebracht wurden.

Der Capitan war sich dessen durchaus bewußt, daß der Kommandant ihn beloben würde, weil er die Strafexpedition so wirkungsvoll und so taktvoll zu Ende gebracht habe.

Die Staatskasse wurde bei dieser Banktransaktion natürlich nicht vergessen. Indianer waren wegen öffentlicher Ruhestörung und wegen Gefährdung des öffentlichen Landfriedens mit Geldstrafen belegt worden. Bei der Jahresabrechnung des Budgets des Staates kamen diese Geldstrafen zum Vorschein: Catorce Indigenas, Habitantes del Districto Pebvil, wegen Landfriedensbruchs bestraft mit je Pesos 1.50.

Die Öffentlichkeit sowie insbesondere die Berichterstatter der großen amerikanischen Zeitungen konnten nicht sagen, daß arme Indianer in Mexiko hart behandelt würden, wenn sie wegen einer so schweren strafwürdigen Handlung, wie es ein Landfriedensbruch war, nur einen und einen halben Peso Geldstrafe bezahlten.

Eine Regierung, die aufständische Indianer so milde bestrafte, trug den Namen davon, daß sie eine hochzivilisierte und gerechte Regierung genannt werden darf, weil sie Verständnis und Mitleid mit dem armen menschlichen Bruder Indio hat.

Der Capitan, an den bei der Verrechnung der Geldstrafen so gut und vorsorglich gedacht wurde, nahm sich nicht die Mühe, über einen Fehler in der Kalkulation nachzudenken.

Dieser Fehler war nebensächlich. Er bedeutete nur, daß die Nation keine Gelegenheit bekam, die Strafe der vierzehn unschuldigen Männer unter die Volksgenossen aufzuteilen. Denn ob die Nation das tat oder nicht, hatte auf das Schicksal der vierzehn Gefangenen keinen Einfluß. Diese vierzehn Mann wurden von Don Gabriel in die Monterias abgeführt, um dort ihre Geldstrafen und die Gebühren des Agenten abzuverdienen.

Für Don Gabriel war allein wichtig, daß er vierzehn kerngesunde, junge und bärenstarke Männer für die Monterias bekam.

13

Die Gefangenen wurden am nächsten Tage vorgeführt.

Der Capitan machte ihnen, mit Hilfe des Don Gabriel und des Don Abelardo als Übersetzer, begreiflich, daß sie wegen der Ermordung des Presidente und seiner Familie zu je hundertfünfzig Pesos Geldstrafe verurteilt seien und daß sie, da sie das Geld nicht besaßen, dem Don Gabriel als Kontraktarbeiter in die Monterias zu folgen hätten. Es wurde ihnen angedroht, daß sie nicht entlaufen dürften, und wenn sie das täten, dann würden nicht nur sie füsiliert, sondern auch ihre Söhne und ihre Väter.

Die vierzehn Indianer durften nun, nachdem sie den Kontrakt als richtig bestehend anerkannt hatten, in ihre Barrios gehen, um Abschied von ihren Familien zu nehmen und sich bereit zu halten für den Tag, an dem der Marsch zu den Monterias begann.
Sie betrachteten es als ein großes Glück, daß sie für eine Rebellion, die sie nicht begangen hatten, so billig davongekommen waren. Und sie bedankten sich dafür mit Verbeugungen bei dem Capitan, bei Don Abelardo und bei Don Gabriel.

14

Mexiko ist ein zivilisiertes Land. Darum hat es auch eine geregelte Gerichtsordnung mit mehreren Berufungsinstanzen. Aber davon wußten die Indianer nichts. Niemand sagte es ihnen. Und niemand sagte ihnen, wie sie sich dieser Berufungsinstanzen zu nähern hatten. Dazu hätten sie Licenciados gebraucht. Und Licenciados können, wie Rechtsanwälte in anderen Ländern, nichts umsonst tun. Das lassen schon deren Frauen nicht zu.
Die Nationen oder, genauer gesagt, die Führer der Nationen unterschreiben Friedensverträge und schwere Militärlieferungen. Diese Verträge und diese Lieferungen zu erfüllen wird denen überlassen, die auf jene Verträge keinen politischen Einfluß ausüben können, den kleinen arbeitsamen Bürgern, dem Proletariat und den Indianern, die rechtloses Gut sind. Es ist das anerkannte System aller zivilisierten Länder, ob sie in Europa, Asien oder in Amerika liegen. Die geographische Lage der Länder ist nur zufällig.

15

Der Capitan zog noch am selben Tage mit seiner Truppe ab. Er gebrauchte für den Rückmarsch zur Garnison reichlich Zeit, weil er zwei Tage auf dem Rancho verbrachte, wo die hübsche und gutgewachsene Nichte des Rancheros zu Besuch war.
Er versprach der Nichte eine goldene Armbanduhr, wenn sie, allein oder mit ihrem Onkel, für einen Tag oder für zwei, nach Jovel kommen würde, um mit ihm im Kasino zu tanzen.
Die Nichte vergaß nicht, sich die goldene Armbanduhr abzuholen, als sie auf der Rückreise nach Tapachula war.

Sie blieb einen vollen Tag und eine noch vollere Nacht in Jovel. Der Onkel hatte keine Zeit gehabt, weil er wichtige Arbeit auf seinem Rancho hatte.

Da der Capitan sechs Wochen später die Nichte heiratete, so erwuchs aus der goldenen Armbanduhr kein weiteres Unheil.

Sein General versprach ihm, dafür zu sorgen, daß er in zwei Monaten zum Major befördert werden würde. Und der General hielt sein Wort. Don Gabriel, nachdem er den Kontrakt mit den vierzehn Indianern, die ihm in den Weg gelaufen waren, mit Bürgen und mit der Autorität des Sekretärs gesichert hatte, machte sich dann auf, die Fincas zu besuchen, um verschuldete Peones von den Finqueros, die Geld brauchten, aufzukaufen.

Don Gabriel war unschuldig an allem, was geschah. Es waren die Monterias, die Indianer hundertweise auffraßen und verdauten, damit die zivilisierten Bürger und Bürgerinnen in den Vereinigten Staaten und in Europa Mahagonimöbel und die Bankiers und Industriegötter Mahagonischreibtische bekommen konnten.

Die Tonne Mahagoniholz kostete im Hafen von New York zwischen siebzig und hundertzwanzig Dollars, je nach den Bewegungen des Marktes.

Bei solchen Preisen darf man es nicht so sehr genau nehmen mit den sogenannten Menschenrechten von Indianern und ähnlichen Phrasen von menschlichem Mitbruder und Achtung vor Menschenwürde. In dem geordneten Verlauf eines Geschäftes, das Gewinn abwerfen soll, darf man nicht über die Berechtigung oder Nichtberechtigung von schönen Phrasen und Weltverbesserungsideen nachgrübeln. Das überläßt man Idealisten, die dafür bezahlt werden, solche Phrasen in Filmen zu verwenden, bei denen die Tränendrüsen gelockert werden müssen, um gute Kassen zu haben.

Ein Esel ist, wer die Macht hat und sie nicht zu seinem Vorteil gebraucht. Niemand schenkt einem etwas, und wenn man in seinem Geschäft bankrottiert, wird man von den Gläubigern angespuckt. Nur nicht bange machen lassen. Zugegriffen, wann und wo es etwas zum Zugreifen gibt. Das Gleichgewicht wird zurechtgerückt in der Oper; und im Ostergottesdienst, wo von der Auferstehung des Erlösers der Menschen gepredigt wird. Die Kirche will nicht leer ausgehen. Mit Gewissensskrupeln, die einem in der Kehle würgen sollten, kann man keine Dollars verdienen. Daß Dollars vom Himmel herunterregnen werden, darf man nicht erwarten. Es fehlen die Beispiele, um solche Hoffnung zu unterstützen. Dollars müssen hart verdient werden. Viele Hände und Hirne müssen kräftig am Werke sein, ehe man hundert Dollars für eine Tonne Mahagoniholz einsacken kann. Und wenn niemand Mahagoniholz in den Urwäldern Amerikas hackt und keiner das gehackte Mahagoniholz die Urwaldströme hinunterschwemmt, so gibt es eben keine Mahagonischränke und keine Mahagonischmuckkästchen. Billiges Mahagoniholz und zugleich Schutz von unschuldigen Indianern, die zu Tausenden in den Dschungeln, dem Mahagoniholz zuliebe, hingeopfert werden müssen, kann man nicht haben. Entweder das eine oder das andere. Entweder billiges Mahagoniholz oder Achtung vor der Menschenwürde des Indianers. Beides zugleich läßt die Zivilisation der heute lebenden Menschheit nicht zu, weil die Konkurrenz, hochgezüchtet in der gegenwärtigen Zivilisation, das nicht aushält. Erbarmen ja, mit Freuden und mit vollem christlichem Herzen, aber der Dollar darf nicht gefährdet werden. Verflucht noch mal!